Die Hexenfuhre

Das Buch

Der Roman basiert auf einer alten Legende und erzählt die dramatische Liebesgeschichte von Johanna und Hannes – eine gefährliche Liebe in ketzerischen Zeiten, die zum Scheitern verurteilt ist.

Schongau anno 1592: In der bayerischen Grenzstadt haben die grausamen Hexenverfolgungen ihren Höhepunkt erreicht.

In den Jahren zuvor vernichtet ein verheerendes Hagelunwetter in der Schongauer Gegend die Ernte und veranlasst den hier amtierenden Landrichter Hörwarth, sich an seinen Gerichtsherrn zu wenden: Herzog Ferdinand, ein Bruder des regierenden Herzog Wilhelm V. von Bayern. Der „Wartenberger", der von den Steuereinnahmen seiner Stadt Schongau fürstlich lebt, weist Hörwarth in seinem Schreiben vom 24. Juli 1589 an, „die Geistlichkeit zu veranlassen, das Volk zu Buße und Besserung zu ermahnen und selbst Nachforschungen nach Leuten anzustellen, die verdächtig sein konnten, Schadenzauber ausgeübt zu haben, diese verhaften zu lassen und darüber Bericht zu erstatten." Einen besseren Erfüllungsgehilfen hätte er nicht beauftragen können. Hörwarth, bald berühmt-berüchtigt im Ausforschen vermeintlicher Hexen, wird vom Volk als der „Hexenmeister von Schongau" geachtet wie gefürchtet. Innerhalb zwei Jahren werden 63 unschuldige Frauen ausgeforscht, der „Hexerei" überführt und hingerichtet. Die erforderlichen Geständnisse werden durch die peinliche Befragung (Folter) erpresst, mit Unterstützung der Kirche und ihren Beichtvätern, die „Seelenrettung" versprechen. Aufgrund seiner erfolgreichen Tätigkeit in der „Bekämpfung der Hexenplage" und durch die Einnahmen hoher Prozesskosten, die er persönlich bei den Hinterbliebenen der Opfer eintreibt, erhofft sich Richter Hörwarth von der Obrigkeit Anerkennung in Form eines Denkmals zur ewigen Erinnerung und Mahnung an künftige Generationen. Erst als Johanna in sein Visier gerät, zeigt der ehrgeizige Mann Gefühle. Deren Mutter wird als Hexe bezichtigt und in den Faulturm gesperrt. Landrichter Hörwarth verspricht Gnade, wenn Johanna ihm zu Willen ist. Doch die schöne Hebammentochter weist ihn ab. Ihr Herz gehört Hannes, dem Sohn des Schongauer Scharfrichters. Damit ist Johannas Schicksal besiegelt. Die beiden Liebenden wagen die Flucht auf der Hexenfuhre, dem Gefährt, das die Verurteilten zur Hinrichtungsstätte verbringt …

Der Autor

Unter dem Pseudonym Blanchefleur veröffentlichen die Verfasser ihren historischen Roman, für den sie sorgfältig recherchierten. Das Werk entspringt einer Novelle von Joseph Friedrich Lentner.

Blanchefleur

Die Hexenfuhre

Historischer Roman

Bibliografische Information der Deutschen Nationalbibliothek:
Die Deutsche Nationalbibliothek verzeichnet diese Publikation in der
Deutschen Nationalbibliografie. Detaillierte bibliografische Daten sind
im Internet über http://dnb.dnb.de abrufbar.

1. Auflage 2020

Umschlaggestaltung: HildenDesign, München
Titelabbildung: Stadtansicht von Schongau, Ölgemälde um 1850,
Bayer. Nationalmuseum, München
Person: © Shutterstock.com/Everett-Art, Anne Codde,
Ehefrau von Pieter Gerritsz Bicker, Maarten van Heemskerck, 1529

Satz: Jürgen Müller, LayArt, Schongau

Herstellung und Verlag: BoD – Books on Demand, Norderstedt
ISBN: 978-3-7504-6015-7

*Im Gedenken an die Opfer
der Schongauer Hexenprozesse
1589–1592*

Auszug aus der „Hexenfuhre" von Joseph Friedrich Lentner

„Durch die Nacht rasselt mit einemmale laut und flüchtig ein leichtes Fuhrwerk, schneller als ein Gedanke ist das Geräusch entstanden, gleich schnell verschwunden. Die Hexenfuhre! – sagte da meine alte Kinderfrau. – Habt ihr gehört, wie sie vorüberrasselt auf Teufelsflügeln? Seit über 400 Jahren rollt das Fuhrwerk, wenn die Nacht hereingebrochen ist, hier durchs Dorf, nichts Natürliches ist es und kein guter Christ hat es je gesehn', nur sein lärmendes Gepolter hört man und die Alten kennen die Geschichte jenes Tages, an dem zum ersten Mal das nächtliche Fuhrwerk gehört ward."

Joseph Friedrich Lentner

Prolog

eine kleine Stadtgeschichte,
vorher oder nachher zu lesen

Pfaffenwinkel, so nennt man den Landstrich im bayrischen Voralpenland, der seinen Namen von den zahlreichen Kirchen und Klöstern erhalten hat, die von den berühmten Söhnen des Landes erbaut wurden wie etwa die Wieskirche von den Brüdern Zimmermann, die schmucken Dorfkirchen in Ingenried, Burggen und Bernbeuren oder ebenfalls ganz in der Nähe die Klöster Polling und Wessobrunn mit der tausendjährigen Tassilo-Linde, die Wallfahrtskirche am Hohenpeißenberg, das Kloster und Welfenmünster in Steingaden – die letzte Ruhestätte der Welfen, die zwischen Schongau und Peiting ihre mächtige Stammburg hatten.

Der bislang letzte berühmte Bauherr mit visionären Ideen war König Ludwig II., dessen Lieblingsplatz auf dem Tegelberg gewesen war, wo er schon als Knabe spielte, wenn er auf dem elterlichen Schloss Hohenschwangau weilte. Als er dann selber König wurde, verwirklichte er seine Träume. Und anstatt das Geld in Waffen und grausame Kriege zu stecken, baute er die Attraktionen, die schon zwei Jahre nach seinem mysteriösen Tod im Starnberger See unzählige Besucher anzogen, so dass Land und Leute heute nicht mehr von Königen, sondern vom Tourismus beherrscht werden.

Wir konzentrieren uns jedoch auf die Stadt, in der unsere Geschichte spielt: Schongau am Lech. Von den Staufern quasi auf dem Reißbrett entworfen und geplant, entstand eine wehrhaft befestigte Handelsstadt mit einem geschlossenen Mauerring, der die Stadt nach allen Himmelsrichtungen hin schützte, sechzehn Wehrtürmen und einer Kirche, die nach der Gottesmutter Maria „zu Unserer Lieben Frau" benannt wurde.

Und so zog ein Großteil der Bevölkerung samt ihrer Mobilie, also mit ihrer gesamten Haus- und Hofstatt im 13. Jahrhundert auf den ehemaligen Umlaufberg des Lechs, wo sie ein Grundstück und die damit verbundenen Bürgerrechte erwarben, denn Stadtluft macht ja bekanntlich frei. Den Namen Schönachgau nahmen sie mit und die alte römische Siedlung an der Schönach wurde zu Altenstadt; die romanische Basilika mit der Triumphkreuzgruppe hatte man den übrigen Bewohnern gelassen. Zwischen der alten und der neuen Stätte verliefen zwei große Straßen, die Salzstraße und die Reichs- oder auch Heerstraße genannt, die teilweise ihren Ursprung in der römischen Via Claudia Augusta hatte. In der Mitte auf einem Hügel prangte der Galgen, wo man die Straßenräuber aufhängte, um vorbeiziehende Fremde, die nichts Gutes im Schilde führten, gleich abzuschrecken.

Die neue Stadt wurde durch ihre vorteilhafte Lage am Lech, einem damals wilden Fluss, ein bedeutender Handelsumschlagplatz. Ihre zentrale Lage auf einer Höhe von 711 m ließ sie zu einer reichen Handelsstadt werden.

Im Mittelalter führte der Handelsweg von den Städten Verona und Venedig mit Fuhrwerken entweder über den Brenner oder über den Reschenpass nach Füssen. Von dort wurde die sogenannte Orientware vorwiegend mit Flössen auf dem Lech transportiert und hatte in Schongau zwischengelagert und verzollt zu werden, bevor sie ihren weiteren Weg nach Augsburg nahm. Mit der Entdeckung des Seewegs nach Indien durch die Portugiesen ergaben sich dann andere Verkehrsverbindungen und der florierende Handel entwickelte sich allmählich zurück.

Von Asien wurde über den Schiffverkehr die Beulenpest eingeschleppt und raffte ein Drittel der Bevölkerung dahin. Im Jahre 1493 vernichtete ein verheerender Stadtbrand zahlreiche Gebäude, den Rest besorgten 1632 die anstürmenden Schweden, die ganze fünf Tage lang erfolgreich abgewehrt wurden, um aber auf dem Rückzug 1646 die vom Pesttod ihrer Bürger geschwächte Stadt letztendlich doch einzunehmen. Am nachhaltigsten zerstörten die Österreicher 1704 im Spanischen Erbfolgekrieg einen Teil der mittlerweile militärisch nutzlos gewordenen Stadtmauer und neun Wehrtürme.

Die Schongauer Münze wurde Mitte des 16. Jahrhunderts bedeutungslos; heute hat man die Möglichkeit, den Schongauer Pfennig im Stadtmuseum zu bestaunen.

In Altenstadt finden sich heute Zeugnisse der Templer und Römer. Letztere erbauten auf einem Moränenhügel eine befestigte Garnison samt Friedhof; später errichteten die Welfen eine Burg auf dem Burglachberg, die leider nicht mehr erhalten ist und deren letzte Spuren durch den Bau einer Kaserne, der heutigen Luftlandeschule der Bundeswehr, endgültig verwischt wurden.

Im Schwarzlaichmoor bei Peiting wurde eine spätmittelalterliche Moorleiche gefunden und ein Stück weiter in der Nähe vom Weinland die Villa Rustica ausgegraben, ein ehemals römischer Gutshof.

Von der einstigen Welfenburg, einem umzäunten Wohnturm auf dem Schneckenbichl und der imposanten Burganlage auf dem Schlossberg zeugen seit dem Erdbeben und den Schweden nicht einmal mehr Fundamente; die wurden von den Bewohnern der Umgebung geschleift und für den Bau ihrer Häuser verwendet.

In der Altstadt von Schongau stehen heute die schmucken Patrizierhäuser als steinerne Zeugen vergangener

Glanzzeiten. Die Mauern und Tore sind größtenteils erhalten, zwar wurde nach Norden und nach Osten hin die Ringmauer aus verkehrstechnischen Gründen durchbrochen, das heutige Münztor und das Bahnhofstor, und das für die Durchfahrt zu eng gewordene Lechtor gesprengt, aber zum Glück fand im 20. Jahrhundert ein Umdenken und rechtzeitiger Denkmalschutz statt.

Doch weder Pest noch Feinde von außen übertrafen das Grauen, das innerhalb der Stadtmauern seinen Anfang nahm: Die Schongauer Hexenprozesse in den Jahren 1589 bis 1592. Schwere Unwetter mit Regen, Hagel und einer für die Jahreszeit ungewohnten Kälte, die vermutlich durch eine kleine Eiszeit ausgelöst wurde, vernichteten die Ernten der Bauern. Die abergläubische Bevölkerung gab die Schuld den Hexen, unschuldigen Frauen, die schonungslos vom berühmten Hexenmeister von Schongau verfolgt wurden. Am Ende waren es 63 Frauen, denen allein durch die Folter Geständnisse abgepresst und die daraufhin hingerichtet wurden.

Hiervon handelt der Roman, dessen Handlung, Figuren und Namen frei erfunden und Ähnlichkeiten mit verstorbenen oder lebenden Personen rein zufällig sind. Historisch belegte Namen wurden zwar verwendet, deren Charaktere und Lebensläufe sind jedoch spekulativ.

Falscher Aberglaube existiert bis heute in den Köpfen vieler Leute. Bei meiner Großmutter auf dem Bauernhof ist es vorgekommen, dass eine ansonsten gute Melkkuh plötzlich ohne erklärbaren Grund keine Milch mehr gegeben hat; man sagte ihr, dass derjenige, der die Kuh heimlich melkt, am nächsten Tag bei ihr Salz ausleihen würde, was dann ihre Schwägerin, die Schwester meines Großvaters und meine Großtante war. Die Großmutter hielt das kopfschüttelnd für Zufall. Dennoch wurde man wachsam und traf Vorkehrungen, wie zum Beispiel ihre Schwiegertochter, der man geraten hatte, um ihr Kind in der Nacht zu beruhigen, keine Babywäsche mehr hinauszuhängen, wenn die Leute vom Kirchgang kamen.

Im 21. Jahrhundert fasziniert die Stadt Schongau vor allem durch ihre mittelalterliche Geschichte und hat sich zu einer Industriestadt im Grünen entwickelt, wie sie heute genannt wird.

Der Lech wälzt sich mittlerweile träge in seinem durch zahlreiche Staustufen beruhigten Bett und die historische Altstadt schläft ihren Dornröschenschlaf und wartet auf den Prinzen, der sie wieder wach küsst.

Diese dramatische Geschichte basiert auf einer alten Geisterlegende, die besagt, dass das schaurige Geräusch der Hexenfuhre, dem Gefährt mit dem die verurteilten Frauen zur Hinrichtungsstätte verbracht wurden, heute noch auf der alten Straße von Peiting nach Schongau zu hören sei.

Abschließend fällt mir ein Spruch von Wilhelm Busch ein: „Nicht allein in Rechnungssachen soll der Mensch sich Mühe machen, sondern auch der Weisheit Lehren muss man mit Vergnügen hören!" Ernstes sollte man unterhaltsam darbringen – in diesem Sinne wünsche ich den Lesern eine spannende Lektüre!

B.F. im Oktober 2017

Die Engelmacherin

Die Augenbinde war verrutscht und Johanna sah den Schatten des Schwertes auf sich zu kommen; sie versuchte zu schreien und sich zu winden, doch kein Laut kam aus ihrer Kehle.

Das flirrende Sonnenlicht blendete und die Menschenmenge johlte: „Nieder mit der Hexe!" Blut, alles war voller Blut.

Johanna erwachte schweißgebadet aus diesem Albtraum, der sie seit einiger Zeit quälte.

Das erste Mal, als sie von ihrer Hinrichtung träumte, in einer Vollmondnacht, drei Monate vor ihrem sechzehnten Geburtstag, schrak sie aus dem Bett hoch und es dauerte einen Moment, bis sie begriff, dass sie nur geträumt hatte. Ein Zittern durchlief ihren Körper und sie verspürte ein Ziehen im Unterleib. Etwas Warmes, Feuchtes lief ihre Schenkel hinunter und als sie die Decke zur Seite zog, schrie sie gellend auf. Blutflecken zeigten sich auf dem groben Leinen und sie geriet außer sich vor Angst.

Ihre herbeieilende Mutter hingegen brummte nur mürrisch und gab ihr wortlos einen Lappen. Sie klärte Johanna widerwillig auf, dass diese nun ein Weib geworden sei und sie dieses monatliche Übel auf sich zu nehmen habe. Sie band ihr eine Alraune um den Leib, die nach der Heiligen Hildegard gegen Unkeuschheit helfen würde und mahnte ihre Tochter, den Männern fern zu bleiben. Eine Mahnung, die Johanna nicht verstand, denn die Burschen wagten sich eh nicht in ihre Nähe. Sie war die Tochter einer Hebamme, die keinen Mann hatte und außerhalb der Gemeinde in der Lexe wohnte, einer einsamen und sandigen Gegend. Man munkelte, die Hebamme verkehre mit dunklen Mächten, manche hielten sie sogar für eine Hexe. Wenn Johanna in Begleitung ihrer Mutter war, traute sich niemand, sie zu belästigen. Die Leute im Dorf hatten Angst vor ihr und waren vorsichtig. Sie fürchteten den bösen Blick und glaubten, dass die Alte sie verwünschen könne. Da sie die einzige Hebamme am Ort war, wagte man nicht, sie zu vergraulen. Dass sie einmal von einem Mann berührt worden war, schien unvorstellbar, hässlich wie sie aussah. Man schob es ebenfalls auf ihre Zauberkräfte. Und dass die Tochter so schön geworden war, ging nicht mit rechten Dingen zu, da war man sich sicher. Manch einer scheute den Umgang mit ihnen, schon gar nicht bei Tageslicht. So kam es, dass Johanna an keiner Gesellschaft mit Gleichaltrigen teilnahm. Die Mädchen des Dorfes tuschelten und zeigten mit dem Finger auf sie und so vermied es Johanna, ihnen zu begegnen. Die Dorfburschen johlten und glotzten nur blöd. Der Hebammentochter war das egal, zumindest gab sie es vor, sie hatte schon früh gelernt, sich mit sich selber zu beschäftigen, liebte Tiere und streifte gerne durch die nahen Wälder und Auen. Ihr kleines Reich lag zwischen Ammer und Lech. Dort sammelte sie runde bunte Kieselsteine, die sie am Ufer fand und einige davon stets in einem Stoffbeutel bei sich trug. Sie genoss die Natur, das Rauschen des Windes in den Wipfeln der Bäume, das Plätschern des dahinfließenden Wassers, das Zwitschern der Vögel, alles war wie Musik in ihren Ohren. Stundenlang saß sie nur still da und hing ihren Gedanken nach. Oft träumte sie von ihrem Vater, den sie nie gekannt hatte, da er vor ihrer Geburt verstorben war.

Johannas erste Lebensjahre waren ohne größere Ereignisse vergangen. Sie war als einziges Kind ihrer Mutter ohne Geschwister aufgewachsen und fühlte sich oft einsam. Die Hebamme hatte nie mehr geheiratet und Johanna vermisste einen Vater. Sie flüchtete sich in Tagträume und ihre Mutter schalt sie deswegen. Dennoch war sie ein fleißiges und wissbegieriges Mädchen, und als sie älter wurde ging sie ihrer Mutter geschickt zur Hand. Von ihr lernte sie früh haushalten und kochen, und fieberte dem Tag entgegen, es ihr gleichzutun. Die Wildkräuter, die sie auf Gottes weiter Flur fand, weckten Johannas Forscherdrang. Sie zeigte eine große Begabung darin, sie zu bestimmen und einzuordnen, was ihre oft fassungslose Mutter nur zu einem Kopfschütteln veranlasste. Das Mädchen begriff rasch Zusammenhänge. Schon bald war sie imstande, die Namen auf den Tongefäßen zu entziffern und zu beschriften. Die wenigen Bücher, welche die Hebamme ihr Eigentum nannte und die Abbildungen darin, faszinierten Johanna. Ein kostbarer Schatz, den ihre Mutter da besaß, die weder lesen noch schreiben konnte und die Rezepturen nur nach Bildern und mündlichen Überlieferungen zusammenbraute. Oft rätselte die Hebamme selber, was sie da alles zusammenmischte und zweifelte an ihren Fähigkeiten, doch die Leute, die zu ihr kamen, glaubten an ihre magischen Kräfte und Worte, denn auf das Abbeten verstand sie sich ebenfalls. Wenn es dann half, wunderte sie sich selbst am allermeisten. Die Leute empfahlen sie unter der Hand weiter, und wenn nicht, hielten sie trotzdem den Mund, schon allein aus Schamgefühl. Die Hebamme war sich in ihrer Sorglosigkeit der Gefahren gar nicht bewusst, die da lauerten. Ihre Mischung von Liebestropfen, die eine enttäuschte Witwe ihrem zweiten Ehegatten in hoher Dosis unter die Kost gab, um dessen Manneskraft zu steigern, ließ diesen fast das Schicksal seines Vorgängers ereilen, hätte er nicht das Herz eines Stieres besessen.

Johanna agierte geschickter, sie erkannte bald das Prinzip von Ursache und Wirkung und mischte gezielt Kräuter,

Beeren und Wurzeln. Mit Frösche Fangen verdiente sie sich bei den Bauern ein paar Heller zusätzlich. Sie entwickelte eine Falle, in der sie die quackende Schar in ein feinmaschiges, von Hand gefertigtes Netz trieb, dieses fest zusammenzog, um die Frösche dann in einem kleinen Handwagen weit in den Wald zu karren und dort wieder in Freiheit zu entlassen. Sollten sie doch über die Schongauer Fluren herfallen, Johanna kümmerte das nicht.

Sie wuchs zu einem schlanken, grazilen Mädchen heran, von hoher Gestalt und kastanienbraunen Haaren. Sie bekam kleine feste Brüste und rundere Hüften. Die Burschen aus dem Dorf, die sie vorher, als sie wie eine abgemagerte Katze ausgesehen hatte, keines Blickes gewürdigt hatten, fingen an, sie zu beäugen und ihr sogar auf dem Markt nachzustellen, so als röchen sie, dass sie ein Weib geworden war. Johanna bemerkte mit einer gewissen Genugtuung die begehrlichen Blicke erwachsener Männer. Mit ihrer aufkeimenden Schönheit fühlte sie eine ungewohnte Macht.

Doch das Bemerkenswerteste an Johanna waren ihre leicht schräggestellten, von langen Wimpern umschatteten grünen Augen, die sie immer etwas melancholisch aussehen ließen, trotz ihrer leicht nach oben gezogenen Mundwinkel.

Johanna schüttelte ihren Albtraum ab und schaute aus dem kleinen Dachfenster hinaus. Im Osten zeigte sich vom Hohen Peißenberg her, hinter den dunklen Wäldern, das schönste Morgenrot; von den feuchten Wiesen stiegen Nebelschwaden auf und in der Ferne erhoben sich die Alpen, dunklen Wächtern gleich reihten sie sich aneinander. Johanna liebte diese mystische Stille.

Ein Rabe landete krächzend auf dem Dachfirst. Wachsame Rabenaugen blickten um sich. Ein Geräusch ließ den Vogel erschreckt auffliegen. Ein Schatten an der Hauswand erregte Johannas Aufmerksamkeit und sie bemerkte einen buschigen Hundeschwanz, der um die Ecke verschwand. Unten öffnete sich der Fensterladen und schloss sich sogleich wieder. Sie hörte das vertraute Geräusch der schlurfenden Schritte der Mutter und leise Stimmen. Die Hebamme hatte Besuch. Lauschend presste das Mädchen ihr Ohr fest an die Bodendiele und wurde prompt von einem Klopfen aufgescheucht.

„Johanna!", klang die Stimme der Hebamme von unten herauf. „Trödle nicht herum, komm endlich herunter, der Tag ist keine Woche!"

Hastig zog Johanna Rock und Mieder an und stieg die schmale Holzleiter hinunter, dabei schwang ihr brauner Baumwollrock hin und her und ließ einen leinenen Unterrock hervorblitzen. Ohne einen Guten Morgen Gruß und mit einem herzhaften Gähnen drehte sie sich zu den beiden Frauen um. Schlaftrunken rieb sie sich die Augen. Um das überschulterlange Haar unter einem roten Kopftuch zu bändigen, langte sie nach einem kleinen verzierten Handspiegel und zupfte verspielt an einzelnen Strähnen herum.

Die Hebamme nahm ihr den Spiegel unwirsch aus der Hand. „Lass das, Eitelkeit schickt sich für unsereins nicht, beeil dich besser, der Markt wartet nicht auf dich!" Sie drehte ihre Tochter energisch zu sich herum und schnürte ihr mit geübten Griffen die Rückseite des Mieders zu.

Der düstere Raum war nur von etlichen Talglichtern erhellt. Das Mädchen öffnete den Fensterladen und schaute schmollend hinaus. „Morgenrot, Schlechtwetter Bot'. Es wird regnen, Frau Mutter. Wollt Ihr mich bei diesem ungewissen Wetter den weiten Weg nach Schongau schicken?"

Die Besucherin, eine Magd, die wartend auf dem Hocker saß, meldete sich keck zu Wort. „Du wirst ja wohl nicht aus Zucker sein."

Johanna musterte sie mit einiger Verwunderung. *Was führte die Magd zu so früher Stunde ins Haus der Hebamme?* Sie bemerkte, dass diese sich unter ihrem aufmerksamen Blick sichtlich unwohl fühlte und ungeduldig ihr molliges Hinterteil auf dem kleinen Hocker hin und her schob.

Johanna erkannte die Schongauerin, die schon einmal hier gewesen war und auf den Namen Babette hörte.

Die Magd hatte blonde Locken, eine füllige Figur und strotzte vor Gesundheit, doch heute wirkten ihre Wangen wie eingefallen und blass. Als ältestes Kind einer zehnköpfigen Bauernfamilie war Babette seit ihrem zwölften Lebensjahr in fremden Diensten und bis heute mit ihren knapp sechsunddreißig Jahren unverheiratet geblieben. Dabei war sie schon ein frühreifes Mädchen gewesen und lockte die Männer an wie der Nektar die Bienen. Und heute verstand sie sich insbesondere auf die Vorlieben und Begehrlichkeiten des starken Geschlechts und war beliebt. *Aber wie lange noch?* Babette wusste, dass ihre besten Tage gezählt waren.

Wortlos schlurfte die Hebamme zu einem Wandregal mit losen Brettern. Darin standen Tontöpfe von unterschiedlicher Größe und mit eingeritzten Zeichen in sorgfältiger Anordnung nebeneinander. Gezielt holte sie ein paar davon herunter und trug alles schwerfällig zum Herd, wo ein großer Wasserkessel über dem offenen Feuer brodelte.

Gundula Gruber, genannt Gundel war 46 Jahre alt. Ihr untersetzter, aber stämmiger Körper war von jahrelanger harter Arbeit zu einem Rundrücken verformt und ihre linke Hüfte machte ihr zu schaffen. Graue Haarsträhnen hingen ihr von beiden Seiten aus dem verblichenen Kopftuch. Sie hatte eine Knollennase und eine Warze am Kinn, vor der sich die Kinder des Dorfes fürchteten. Ihre kleinen flinken Augen schielten immer wieder misstrauisch zum Fenster, so als fühlte sie sich beobachtet. In ihrem kärglichen Häuschen gab es nur einen einzigen Raum, der Wohnraum und Küche zugleich war. Auf dem Speicher darüber waren zwei kleine Schlafkammern, eine nach Osten, in der Johanna schlief und eine nach Westen, in der Gundel ihre meist schlaflosen Nächte verbrachte.

Die Hebamme hatte hinter dem Haus einen Garten angelegt, mit Obstbäumen, Beerensträuchern und verschiedenen Beeten, in denen sie Gemüse und ausgesuchte Kräuter zog, die sie zur Herstellung von Salben und Tinkturen benötigte. Da wogte der buschige Salbei in Gesellschaft mit dem zartduftenden Lavendel, der bekömmliche Rosmarin an der Hauswand mit dem Efeu, der bis zum Dach emporkletterte. Im Schutz der Hecke wuchsen Wurmfarn und Giersch, letzterer im Volksmund Zipperleinskraut genannt, da er gegen Gicht, Rheuma und Arthritis helfen sollte. Allerdings wucherte er derart, dass er fast das echte Barbarakraut verdrängte, dessen junge Blätter wie Kresse schmeckten und deren überwinternde Rosetten noch bis zum Tag der Heiligen Barbara am 4. Dezember gesammelt werden konnten. Sorgsame Pflege erfuhr die krause Petersilie, deren aphrodisierender und abortiver Wirkung man nachsagte: „Sie helfe dem Manne aufs Pferd, dem Weibe unter die Erd'." Gewöhnliche Küchenkräuter wie Schnittlauch, Dost, Dill, Liebstöckel, Kerbel fanden sich ebenfalls im Gärtchen, und damit waren noch lange nicht alle Kräuter aufgezählt, die unter dem grünen Daumen der Hebamme gediehen. Und das, was ihr Garten nicht hergab, fand sich in der freien Natur und war meist mit Vorsicht zu behandeln.

Gundel vermischte das Mutterkorn mit den getrockneten Kräutern und zerstieß alles mit dem Mörser. Dann füllte sie die Mischung in ein Leinensäckchen, das sie sorgsam mit einem Bindfaden verschnürte und es Babette mit den Worten reichte. „Das nimmst, dann ist es weg und überleg dir nächstes Mal vorher, bevor du die Beine breitmachst!" Die Worte hatten forsch geklungen, doch Johanna war nicht entgangen, dass die Hand ihrer Mutter leicht zitterte. Babettes Blick fiel zögerlich auf das Kruzifix, das im Herrgottswinkel hing, dennoch konnte sie sich eine freche Antwort nicht verkneifen. „Was soll's, du lebst ja schließlich auch davon." Aus dem Stoffbeutel, den sie unter ihrer Schürze hervorholte, wickelte sie vorsichtig zwei Eier und ein Stück harter Wurst aus und legte alles auf den wackligen Holztisch, der mitten im Raum stand.

Gundel nahm mürrisch die Wurst in ihre prüfende Hand und schnüffelte missbilligend daran, dann legte sie das Stück auf den Tisch zurück, absichtlich zwischen die beiden Eier platzierend und bemerkte zynisch. „Man zahlt dich wohl auch nur mit einem Sack voll Eier und einem Stück ranziger Wurst, Babett'?"

Die Magd hielt vor Empörung die Luft an, ihre drallen Brüste hoben und senkten sich merklich, dennoch entschloss sie sich, den Mund zu halten. Man wusste ja nie, woran man in diesen Zeiten war.

Die Kirchturmglocke läutete zum Morgengebet.

Johanna nahm sich vom Tisch einen Ranken Brot, an dem sie hungrig nagte.

Gundel drängte ihre Tochter zum Aufbruch. „Jetzt mach schon, Mädel!" Sie drückte ihr einen Weidenkorb, gefüllt mit getrockneten Kräutern und irdenen Töpfchen in die Hand. Dann fiel ihr noch etwas ein und sie holte aus einer Truhe in der Ecke etliche verschieden farbige Tücher, die sie oben auf den Korb legte. „Die nimmst noch mit, lassen sich bestimmt gut verkaufen. Sind gegen Albträume oder Halsweh." In einem etwas leiseren Tonfall fügte sie hinzu. „Sag, was du willst, dir wird schon was einfallen."

Johanna seufzte und wandte sich zur Tür. Trotz des anstrengenden Fußmarsches freute sie sich auf den Markt und die willkommene Abwechslung. Sie feilschte und verhandelte besser mit den Händlern, und wer kaufte nicht lieber bei einem hübschen Mädchen, als bei einer mürrischen Alten. Babette drängte sich an Johanna vorbei. „Geh auf die Seiten, Mauerblümchen. Gepflückt wirst schon noch werden, aber pass auf, dass du keinen dicken Bauch bekommst. Bei deiner Herkunft nimmt dich eh kein Mann zum Eheweib."

Johanna sah verstört zu ihrer Mutter, die sich sogleich helfend einmischte. „Lass sie in Ruhe, Babett'! Da redet die Richtige. Bist ja selber nicht unter die Haube gekommen und dem Brautbett bald ferner als dem Grabe."

Wie eine Schlange zischend drehte sich Babette zu Gundel herum. „Halt' bloß deine Zunge im Zaum, Gruberin! Über dich wird so manches gemunkelt …"

Gundel schnitt ihr das Wort im Munde ab. „Jetzt scher dich weg! In der Öffentlichkeit bin ich Luft für euresgleichen, aber wenn was zwickt und der Bader kann es nicht richten, dann kommt ihr doch heimlich zu mir …"

„… und zu deiner schwarzen Magie. Sag es nur laut, du Hex'!", vollendete Babette den Satz.

Mit einer raschen Bewegung griff sich die Hebamme die überraschte Magd und verdrehte ihr den Arm, so dass diese vor Schmerz aufschrie. Drohend raunte sie ihr ins Ohr. „Mach ich dir Angst, du Luder? Dann bleib anständig, sonst misch ich dir nächstes Mal ein Pulver, dass dir Hören und Sehen vergeht, bis dir der Leibhaftige in Person erscheint!"

Babette schüttelte das widerliche Weib ab und spuckte

vor ihr aus. „Pass auf, dass man dir nicht dein teuflisches Handwerk legt, du du …"

Gundel verzog den Mund zu einem schiefen Lächeln und spottete mit diabolisch funkelnden Augen. „Na, was wohl, und wo will so eine wie du dann hin? Willst deine unehelichen Bälger ausbrüten und gar selber zur Welt bringen, ha? Weißt du denn nicht, was auf Unzucht steht oder willst dich gar versündigen und sie bei Seite schaffen?"

Babette stockte der Atem, ein Zittern durchlief sie, dennoch nahm sie allen Mut zusammen und konterte. „Wenn du mich hinhängst, bist auch dran!"

Das alte Weib lachte schrill auf. „Vorher schau ich noch zu, wie sie dich im Katzenweiher vor der Stadtmauer ertränken, als Kindstöterin!"

Die Magd warf der Alten einen letzten argwöhnischen Blick zu, dann verschwand sie nach draußen.

Fragend hob die Hebammentochter ihre Schultern und Hände in hilfloser Geste zu ihrer Mutter. „Warum helft Ihr bloß solchen Weibern, Frau Mutter? Das wird Euch noch zum Verhängnis werden."

Diese antwortete, ohne den Blick von der Tür zu lassen. „Was bleibt mir anderes übrig. Allein vom Kinder auf die Welt helfen kann eine Hebamme heutzutage nicht leben."

Johanna zögerte, bevor sie ihrem Herzen Luft machte. „Ihr macht dem Medicus Konkurrenz, das erzeugt Unmut in der Stadt."

„Jetzt halt dein vorlautes Mundwerk, Kind und mach dich endlich auf den Weg!"

„Wie haltet Ihr so ein Leben bloß aus, Frau Mutter?"

Als diese daraufhin nicht antwortete, nahm Johanna ihre Sachen und ging kopfschüttelnd zur Tür hinaus.

Der Landrichter

Der Reiter gab seinem feurigen Ross die Sporen und galoppierte quer über die Dornauer Felder. Erdklumpen wurden von den schnellen Pferdehufen losgetreten und aufgeworfen. Sein Jagdhund, eine Deutsche Dogge folgte ihm in weiten Sprüngen. Es war früh am Morgen und die Sonne am Aufgehen. Doch die friedvolle Stimmung trügte, denn die Wintergerste, die im Frühjahr so hoffnungsvoll zu sprießen begonnen hatte, lag völlig verwüstet auf dem schlammigen Boden.

Der Landrichter zog die Zügel an und seufzte. Er war ein Mann in mittleren Jahren, trug einen Spitzbart und war nach der Mode des spanischen Hofes entsprechend nobel gekleidet. Seine beginnende Stirnglatze wurde von einem schwarzen Barett verdeckt, unter den gewölbten Augenbrauen stachen ein paar dunkle Augen hervor und eine schmale, gekrümmte Nase. Der ebenmäßige Mund mit fast feminin wirkenden weichen Lippen und das gespaltene Kinn verliehen seinem Aussehen einen widersprüchlichen Reiz, der von Abenteuerlust und Sinnesfreuden zeugte. Trotz einem deutlichen Bauchansatz gab er eine gute Figur zu Pferde ab und war sich dessen – nicht ohne Eitelkeit – durchaus bewusst. Lässig schwang er sich aus dem Sattel und brach eine Ähre ab; sinnend zerrieb er sie zwischen Zeigefinger und Daumen, dabei schloss er die Augen und seufzte ein zweites Mal. Er liebte es, über die Felder und Wiesen zu reiten, konnte sich nicht sattsehen an dem Grün und den im Wind sacht wogenden Gräsern. Wie oft hatte er in einem Anflug von Zärtlichkeit, seine Fingerkuppen über die Ähren gleiten lassen, seidenweich hatten sie sich angefühlt und erinnerten ihn schmerzlich an das Haar seiner verflossenen Liebsten. Rasch schüttelte er die Gedanken daran ab, das gehörte einer Vergangenheit an, die längst vorbei war. Wut kam in ihm hoch, als er die am Boden liegenden, vom Unwetter vernichteten Halme betrachtete. Das war schon der dritte Hagel im Jahr. Die Bauern maulten und erwarteten von ihm Abhilfe. Schuld an den Unwettern waren natürlich, wie immer: die Hexen – Unholdinnen, die ausgeforscht und überführt werden mussten.

Hanns Friedrich Hörwarth von Hohenburg hatte lange auf so eine große Aufgabe gewartet, seit er vor siebzehn Jahren den langweiligen Posten des Landrichters in dieser ländlichen Gegend fernab von München übernommen hatte, wo der Großteil der Bevölkerung ungebildet und abergläubisch war und die Bürger der Stadt sich auf ihren gut gepolsterten Hintern ausruhten und zu stolz waren, um über ihren Tellerrand zu schauen. Der Landrichter wusste, dass er nur geduldet wurde, einer der ihren war er in all den Jahren nicht geworden. Bis jetzt nicht, das würde sich ändern, bei all den vielen Hexen, die er in letzter Zeit erfolgreich ausgeforscht hatte. Dankbarkeit erwartete er nicht, aber Ruhm und Ehre waren ihm gewiss, daran glaubte er sicher.

Ein Kichern in der Nähe ließ ihn aufhorchen und augenblicklich war er mit seinen Gedanken wieder in der Gegenwart zurück. Er wendete sein Pferd und kniff die Augen zusammen, um schärfer zu sehen. Rauchschwaden stiegen in der Nähe auf und bildeten mit der Morgenröte eine mystische Stimmung.

Am Rande des Feldes standen zwei Bauernmädchen, nicht älter als vierzehn Jahre. Sie wedelten mit langen schwarzen Vogelfedern über einer Schale mit Räucherwerk, dabei riefen sie: „Anna Susanna, schick's Wetter von danna!"

„Anna Marie, schick's Wetter von hi!"

Ein Mädel mit gesunder Gesichtsfarbe und einer Menge Sommersprossen darin, erkannte den Landrichter und puffte das andere mahnend in die Seite, so dass es ebenfalls verstummte. Beide Mädchen knicksten höflich, ihre frischen Münder standen leicht offen.

„Was treibt ihr da?" Der Landrichter kam auf seinem Rappen näher und zog grimmig die schwarzen Augenbrauen zusammen.

„Die Bäuerin hat uns aufs Feld geschickt. Das Räuchern soll die Unwetter vertreiben", antwortete das Mädel mit den Sommersprossen arglos.

„Das ist Teufelswerk, hört's sofort auf damit und lasst's euch nicht mehr bei solchem Tun erwischen!"

Die beiden jungen Mägde senkten schuldbewusst den Blick und nickten brav, dabei pochte ihnen das Herz bis zum Halse, was dem gestrengen Herrn Landrichter nicht entging. Sie waren so blutjung und rosig wie die ersten Blütenknospen im Mai.

Hanns Friedrich Hörwarth entschloss sich, hier Gnade vor Recht ergehen zu lassen. Er erkundigte sich nach dem Namen der Bäuerin, den ihm die forschere von den beiden mit der gleichen Arglosigkeit nannte, und notierte ihn gedanklich.

Zufrieden nickte er und wendete sein Pferd. Ein schriller Pfiff holte den Hund zurück, der in den zahlreichen Maulwurfhügeln auf dem Feld herumgestöbert hatte. Der Landrichter ließ den Friesen angaloppieren und verlor dabei fast seine Kopfbedeckung.

Als der Reiter sich in ausreichender Entfernung befand, bekreuzigten sich die Mädchen und ließen sich erleichtert ins Gras fallen. „Da haben wir nochmal Glück gehabt!", keuchte das Mädel mit den Sommersprossen.

Diesmal puffte die andere ihre Gefährtin in die Seite. „Ich hab' geglaubt, vor uns steht" – sie bekreuzigte sich abermals – „der – Gott sei bei uns – mit der roten Feder auf dem Hut."

Eine schicksalshafte Begegnung

Johanna war inzwischen auf der Anhöhe angekommen, die Nebelschwaden lösten sich langsam auf und letzte Tautropfen glitzerten auf den Bäumen und Sträuchern. Der steile Anstieg brachte sie etwas außer Atem. Sie machte eine kleine Pause und atmete tief die köstliche klare Luft ein. Hinter ihr lag der beschauliche Ort Peiting, vor ihren Augen grüßten die stolzen Türme und Kirchturmspitzen der Stadt Schongau im goldenen Morgenlicht. Dazwischen tobte der wilde Lech, der zu dieser Jahreszeit Schneeschmelze, Schlamm und Sand vom Gebirge mit sich führte, was seine sonst so grünen Wasser trübte. Das Mädchen stand völlig versunken da und betrachtete ehrfürchtig die Landschaft und das Treiben der Flößer, die schon unterwegs waren auf dem reißenden Fluss.

Der warnende Ruf eines Eichelhähers und plötzliches Rossgetrappel beunruhigten Johanna. Als sie sich umdrehte, sah sie ein schwarzes Pferd im Galopp auf sich zukommen. Der Rappe scheute und bäumte sich vor ihr auf, und nur mit einem beherzten Sprung zur Seite schaffte sie es, den bedrohlichen Hufen auszuweichen.

Der Reiter brachte sein Pferd in den Stand. Besänftigend tätschelte er das nervöse Ross am Hals und pfiff energisch seinen Hund zurück, der das am Boden liegende Mädchen stellte, als wäre es ein Stück Wild. „Ho, Ho, Tassilo! Bei Fuß, Artus!"

Johanna, die sich mittlerweile von dem Schrecken erholt hatte, richtete sich empört auf. „He, wohl toll geworden?" Als sie an der noblen Kleidung erkannte, dass sie es mit einem hochwohlgeborenen Herrn zu tun hatte, verbesserte sie sich schnell. „Oh, verzeiht mir, edler Herr. Wollte Euch nicht im Weg sein." Sie stand auf und sah dem Fremden direkt ins Gesicht. Ihre grünen Augen schillerten im hellen Licht der Sonne wie Smaragde.

Landrichter Hörwarth verlor die Fassung und sprang mit einem Satz vom Pferd, packte das Mädchen an den Schultern und rüttelte es. „Marie! Um Gotteswillen, Marie."

Johannas Kopftuch rutschte herunter, ihr langes, kastanienbraunes Haar kam zum Vorschein und umrahmte in wilden Locken ihr ovales Gesicht. Das Mädchen schien so verwirrt wie sein Haar, bis es begriff, dass hier ein Missverständnis vorliegen musste und beeilte sich um Aufklärung. „Lasst mich los, Herr! Ich bin nicht Marie!"

Hanns Friedrich Hörwarth kam augenblicklich zur Besinnung. Er stammelte etwas von einer Verwechslung, dann brach er hilflos mitten im Satz ab.

Johanna musterte den fremden Herrn erstaunt. Der Edelmann schien völlig durcheinandergebracht zu sein und es hatte ihm offensichtlich die Sprache verschlagen. Ein peinlicher Moment entstand und Johanna getraute sich nicht, etwas zu sagen. Ein vorsichtiges Lächeln umspielte ihre Lippen, dann gewann der Schalk die Oberhand und ließ sie forsch werden. „Wer's glaubt! Eine Schwester hab' ich nie gekannt, Herr!"

„Du treibst dich besser nicht so allein im Wald herum!" Der Landrichter hatte sich wieder unter Kontrolle und lächelte zurück. Das Mädchen bot in seinem leicht zerzausten Zustand einen reizenden Anblick.

Johanna klopfte ihre Kleidung vom Staub aus und meinte augenzwinkernd. „Ihr seht mir nicht so aus, als wenn Ihr mich gleich fressen wolltet, edler Herr."

Hanns Friedrich Hörwarth betrachtete sie wohlwollend und amüsiert zugleich. Auf dem Gesicht des Mädchens zeigte sich ein Ausdruck von Unschuld und Neugier, jener

Reiz, den nur junge Mädchen ausstrahlten, die in Sachen Liebe noch ahnungslos waren, aber mit dem Feuer bereits zu spielen begonnen hatten. „Du fängst an, mich zu unterhalten. Wohin zieht es so eine schöne Maid wie dich am frühen Morgen?"

Johanna wurde verlegen und streichelte vorsichtig den Hund, der um sie herum schnüffelte. „Wohin? Überall hin, wenn es mich nur fort von Peiting führt."

Der Landrichter zog fragend seine Augenbrauen hoch und hob mit einer Hand ihr Kinn an.

Johanna begegnete seinem intensiven Blick mit einem lasziven Augenaufschlag.

„Was für Augen, so grün wie der Lech. Ich habe dich hier in der Gegend noch nie gesehen. Wessen schönes Kind bist du?"

Johanna errötete und drehte hastig ihr Gesicht zur Seite. Sie bückte sich, um die aus dem Korb herausgefallenen Sachen aufzusammeln. „Ich muss weiter, Herr! Der Markt wartet nicht auf mich."

„Na, dann sitz auf! Kannst ein Stück mit mir mit!"

„Oh, nein Herr, das schickt sich nicht."

Hanns Friedrich Hörwarth gestattete sich einen tiefen Blick in ihren hübschen Ausschnitt, wo sich die kleinen weißen Brüste bebend hoben und senkten. Er lachte lauthals auf. „Haben wir da ein sittsames Jungferlein?" Er bückte sich ebenfalls und half Johanna die tönernen Töpfchen, Tücher und Kräuterbüschel vom Boden aufzuklauben, dabei ergriff er ihre Hände und grinste anzüglich. „Was hat sie denn alles zu verkaufen …?"

„Allerlei Kräuter und Salben für sämtliche Zipperlein." Johanna erschauderte und spürte, dass die Lage zusehends unangenehm für sie zu werden drohte.

Plötzlich schlug der Hund ein freudiges Gebell an und

verschwand im Unterholz.

Eine weibliche Gestalt tauchte aus dem Gebüsch auf. Der Hund wedelte mit dem Schwanz und sprang an ihr hoch. Es war Babette mit einem Korb voller Pilze. Sie hatte das Gespräch offenkundig belauscht und konnte sich eine spöttische Bemerkung nicht verkneifen. „Verzeiht, mein Herr, ich wollte nicht lauschen, aber so ein Tränklein für Eure volle Manneskraft könntet Ihr wohl gebrauchen. Die Peitinger Hebamme hat dafür bestimmt das richtige Mittel, ihre Künste sind ja im ganzen Umkreis bekannt."

Des Landrichters Gesicht gefror zu einer Maske, er hatte Johannas Hände losgelassen und erhob sich eilig. „Babette! Was hast du hier zu suchen?"

Die Magd knickste kokett. „Nun, mein Herr, das will ich Euch gerne sagen. Ich suchte ein paar schmackhafte Pilze für Euer Abendbrot und fand schon die ersten Sommer-Steinpilze, wenn es recht ist …"

„So? Bißchen früh für die Jahreszeit, aber lass sie sich nicht aufhalten!", unterbrach der Landrichter das vorlaute Weib schroff. Mit einem Seitenblick auf das fremde Mädchen nahm er die Zügel und stieg grußlos in den Sattel. Er gab seinem Pferd heftig die Sporen und galoppierte Richtung Stadt, ohne dem Hund zu pfeifen, der ihm folgsam hinterher sprang.

Das Mädchen und die Magd sahen ihm solange nach, bis er an der nächsten Wegbiegung verschwunden war. Johanna, erstaunt über Babettes Auftritt, zog ihre eigenen Schlüsse. „Du bist ganz schön frech, wenn das eben dein Dienstherr war."

Babette zuckte gleichgültig die Achseln. „Ich kann es mir erlauben."

Johannas Neugier war geweckt. „Ist er die Ursache, warum du schon zweimal bei uns warst?"

Die Magd warf ihr einen warnenden Blick zu. „Pscht, du schweigst besser! Der Landrichter ist ein gefährlicher Mann ...", sie vollendete den Satz nicht.

„So? Ich habe noch nie von ihm gehört." Johanna runzelte nachdenklich die Stirn.

Babette gab sich erstaunt. „Was, du kennst den Landrichter von Schongau nicht? Er ist doch berühmt-berüchtigt im Ausforschen von Hexen. Es gibt im ganzen Umkreis kaum mehr eine Hebamme, die er nicht als Hexe verurteilt hat. Was glaubst du, warum ich den beschwerlichen Weg zu euch machen muss?"

„Ehrlich? So sieht er gar nicht aus. Er hat mich mit jemandem verwechselt. Mit einer Marie."

Die Magd horchte auf. „Marie? So, so ..."

„Kennst du sie?"

Babette zögerte einen Augenblick zu lange mit ihrer Antwort. „Nicht dass ich wüsste und wenn, dann ist das schon lange her." Sie warf einen neidischen Blick auf das junge Mädchen. „Du gefällst dem Herrn Landrichter wohl. Nimm dich in Acht vor ihm, Johanna. Er pflückt gern schöne Blümchen, du erinnerst dich ja, was ich dir heute früh gesagt habe."

Johanna zahlte es ihr mit gleicher Münze heim. „Dann hat er bei dir wohl Scheuklappen auf!"

Babette hob arrogant den Kopf und drehte sich im Gehen zu dem Mädchen um. „Und ich sage es nochmal, nimm dich in Acht, sonst bist du schneller als Hexe verbrannt, als dein kleines Spatzenhirn denken kann!"

Verstört sah Johanna ihr nach, sie spürte wie eine plötzliche Kälte an ihr Herz griff und ihr ständig wiederkehrender Traum bedrohlich wie ein Drache vor ihrem inneren Auge aufstieg, eine Vorahnung? Sie schüttelte ihr langes Haar, wie um die bösen Geister wie lästige Bremsen zu verscheuchen, band sich ihr rotes Kopftuch um und straffte die Schultern. Dann nahm sie den Korb vom Boden auf und folgte Babette mit sicherem Abstand.

Auf dem Markt in Schongau

Der Platz zwischen Ballenhaus und Stadtpfarrkirche glich einem großen Festsaal; umrahmt von den schmucken Patrizierhäusern bildete er den Mittelpunkt des Geschehens, das Zentrum. Die altehrwürdige Stauferstadt blickte von ihrer exponierten Höhenlage und im Schutz ihrer dicken Mauern wie eine Königin auf Land und Fluss herab, wo der Handelsweg von Venedig und Verona nach Augsburg vorbeiführte und ein buntes Gemisch von Besuchern aller Herren Länder mit sich brachte. Darunter waren viele Kaufleute, fahrende Handwerker, Künstler und Edelleute, die für ein paar Tage und Nächte in der Stadt logierten.

Die Flößer transportierten die Waren von Füssen bis zur Floßlände, die auf der rechten Seite des Lechs lag. Was nicht im Zimmerstadel Platz fand, wurde von den dort zuständigen Fuhrleuten mit Ochsengespannen den Lechberg hinauf bis zum Ballenhaus gezogen. Der Rottfaktor hatte die Bereitstellung von 24 Lastfuhrwerkszügen zu garantieren. Die Stadt wurde von Ost nach West durchquert, vom Lechtor zum Kuhtor oder in entgegengesetzter Richtung zurück. Im Ballenhaus, das Amtsgebäude und Lagerhaus war, wurden die Waren des Fernhandels umgeladen und gestapelt. Für diese Zwischenlagerung hatten die Händler pro Ballen eine Abgabe an die Stadt zu bezahlen. Vor dem großen Gebäude, das sich in seiner Länge von Süd nach Nord bis zum Marienbrunnen erstreckte, herrschte ein reges Kommen und Gehen. Männer mit Listen in den Händen, darunter schicke venezianische Kaufleute mit großen wippenden Federhüten, die Ballen von feinstem Stoff auf den Schultern ihrer Dienstboten balancieren ließen und temperamentvoll mit Händen und Füßen untereinander feilschten. Die Venezianer nächtigten vornehmlich im Gasthof zum Goldenen Stern, gleich an der Westseite des Ballenhauses gelegen und das erste Haus am Platz. Die deftige Kost in den anderen Wirtshäusern bekam ihren verwöhnten Mägen nicht. Im noblen Stern sprachen sie reichlich dem gutgebrauten Bier, den erlesenen Speisen und den blonden Schankmägden zu, die nicht nur aufreizend, sondern auch willig waren. Letzteres hinter verschlossenen Türen und Augen des Gastgeb Semer, der auf den seriösen Ruf seines Hauses größten Wert legte, zumindest gab er es vor.

„Attenzione, Signore!" Der Venezianer war geschickt einem korpulenten Bürger ausgewichen. Sein Träger, ein schlaksiger Mohr im Leinenkittel und mit einem Turban auf dem Haupt, hatte das nicht rechtzeitig mitbekommen und drehte ungeschickt den Ballen, so dass er einen flachsblonden Jüngling am Kopf streifte und dessen Kappe herunterfiel.

Als der Bürger den Burschen erkannte, nahm sein Gesicht eine fahle Farbe an und mit ängstlich geweiteten Augen bekreuzigte er sich gleich dreimal. Der venezianische Kaufmann wunderte sich über das Verhalten des dicken Mannes, deutete mit einer leichten Verbeugung eine Entschuldigung an und winkte seinen ungläubig starrenden Lakaien weiter. „Avanti, avanti, stupido!"

Hannes, so nannte sich der Bursche, hob seine heruntergefallene Kappe auf und schlenderte scheinbar unbeeindruckt weiter, so als wäre er solchen Umgang gewöhnt. Einem aufmerksamen Beobachter wäre allerdings nicht entgangen, dass er um die Nasenspitze blass geworden war und seine Schritte merklich beschleunigte.

Eine Bürgerin mit Haube und vornehmer Halskrause erschrak ebenfalls, als er ihr in den Weg trat und bekreuzigte sich rasch; zerrte ihr Kind umständlich auf die andere Seite. Der dickliche, etwa sechsjährige Bub zog Hannes hinter dem Rücken seiner Mutter eine lange Nase und streckte ihm die Zunge heraus.

Hannes verzog daraufhin sein Gesicht zu einer wilden Fratze, so dass der Bengel zu weinen anfing und unter den weiten Rock der Mutter flüchtete. Zufrieden setzte er seinen Rundgang fort. Er mochte den bunten Markt mit den unterschiedlichsten Gerüchen. Da war ein Bäcker mit von der Hitze geröteten Backen, der zähen, klebrigen Teig um einen Holzstecken wickelte und auf dem offenen Feuer so lange drehte, bis er eine goldbraune Farbe annahm und den unwiderstehlichen, köstlichen Geruch von gebackenem Brot verströmte, dabei rief er mit lauter Stimme: „Frisches Brot macht Wangen rot!"

An anderen Ständen boten Bäuerinnen Eier, Rüben, Kohl- und Krautköpfe nicht minder lautstark feil.

Die vornehme Bürgerin mit ihrem aufsässigen Kind rümpfte die feine Nase über eine leicht angefaulte Rübe, doch die Bäuerin zuckte nur die Achseln und meinte, dass bei dieser unnatürlichen Kälte die ganze Saat verdorben wäre und die gnädige Frau deshalb mit der Ernte vom vergangenen Jahr vorliebnehmen müsse. Hochnäsig ließ die Dame die Rübe fallen und zeigte der empörten Bäuerin die kalte Schulter.

In hölzernen Laufställen, die eng beieinanderstanden, tummelten sich grunzende Schweine, gackernde Hühner und schnatternde Gänse – schicksalhaft vereint im letzten Konzert.

Hannes hielt im Vorbeigehen seine Nase an einen geräucherten Schinkenlaib, den auch grüne Schmeißfliegen verlockend fanden und die sofort aufstoben, um seinen Kopf zu umschwirren. Der Bauer beobachtete ihn dabei mit offensichtlicher Geringschätzung und voller Misstrauen. Er bezweifelte, dass der unverschämte Bursche auch nur einen Kreuzer im Säckel mit sich führte. Abwartend stand er da und verlor ihn nicht aus den Augen. Hannes, den dieser Umgang mit einem potentiellen Kunden verdross, ließ mit angewiderter Miene und abwertender Geste den Schinken los, so als würde ihm von dem Gestank übel. Schon lockte der nächste Stand. Da war eine exotisch aussehende Händlerin mit wallender schwarzer Haarmähne, die – in fremdländisch klingender Sprache und von Gebärden unterstützt – Halsketten mit aufgezogenen bunten Glas- und Holzperlen, silbern glänzende Ringe und klirrende Armreifen darbot. Beim Anblick des Burschen mit den hellen Haaren rollte sie die dunklen Augen, so dass das Weiß ihrer Augäpfel sichtbar wurde und einen auffallenden Kontrast zu ihrer dunklen Haut bildete. Sie legte ihm dieses und jenes Schmuckstück in seine Hand, hielt es ans Licht, so dass es in der Sonne funkelte. Er folgte ihrem ausgestreckten Arm mit den Augen, bis sein Blick an einem Mädchen hängenblieb. Mitten im Gewühl richtete es sich mit einer anmutigen Geste auf, schob eine eigenwillig gelöste Haarlocke unter das rote Kopftuch zurück und stand da, als wäre es soeben einer Welt von Feen und anderen Märchenwesen entstiegen.

Hannes war wie vom Blitz getroffen und augenblicklich verzaubert. Er legte den silbernen Armreif zurück und verließ ohne ein Wort den Stand der venezianischen Händlerin, die, nachsichtig lächelnd, ihr prächtiges Gebiss entblößte und ihm, mit der Zunge schnalzend, hinterher sah. „Amore", seufzte sie und rollte abermals die Augen.

Schüchtern trat Hannes zu dem Mädchen und tat so, als würde er sich für die Sachen interessieren, die ausgebreitet auf einem großen Tuch, zu seinen Füßen lagen.

Johanna ließ ihm ein wenig Zeit und verfolgte aus den Augenwinkeln, wie sein Blick unschlüssig über die angebotene Ware schweifte. Sie durchschaute seine Absichten sofort, und als er sich anschickte, den Platz wieder zu verlassen, hielt sie ihm forsch einen Bund Kräuter unter die Nase.

Der Bursche zuckte zurück, als hätte er sich soeben verbrannt.

„Trau dich nur! Darfst ruhig einmal daran schnuppern, kostet nichts!", forderte ihn Johanna ungeniert auf.

Vorsichtig senkte Hannes seine Nase an die getrockneten Kräuter, dann drehte er verstört den Kopf zur Seite, da er nahe an das Mädchen herangekommen und einen femininen Duft wahrgenommen hatte, der seine Sinne verwirrte. Verlegen deutete er auf ein Kraut. „Für was soll das helfen?"

„Das da? Sauerampfer – für einen gesunden Appetit."

Hannes versuchte, Zeit zu schinden. „Und das da?" Er zeigte auf einen getrockneten Blumenstängel.

Amüsiert nahm Johanna sein unbeholfenes Verhalten wahr, es rührte sie und forderte zugleich ihren Schalk heraus. „Das da? Löwenzahnblätter – hilft bei Juckreiz." Verführerisch strich sie sich über den bloßen Oberarm.

Ein Schauer überlief Hannes, sein Puls schlug schneller und ärgerlich fühlte er, dass er rot im Gesicht wurde.

Johanna ihrerseits gab vor, seinen Gemütszustand nicht zu bemerken, und fuhr emsig fort. „Ich hab' noch Spitzwegerich bei Wespenstichen, Weißdornbeeren bei Herzschmerz oder Tausendgüldenkraut, das hilft eigentlich für alles, wie sein Name schon sagt." Voller Stolz zeigte sie auf ihr beachtliches Sortiment von Tinkturen und Salben in kleinen Büchsen und Tontöpfchen, getrockneten Blumen- und Kräutermischungen in diversen Leinenbeuteln. Sie nahm ein hübsch besticktes Duftsäckchen in die Hand, drückte es mit den Fingern leicht zusammen und reichte es dem Burschen weiter.

Hannes roch höflich daran. „Riecht nach Maiglöckchen oder so was ähnlichem …" Der schwere, süßliche Geruch, der dem Säckchen entströmte, reizte seine Nase und heftig niesend gab er es zurück.

„Mädesüß, Lavendel und Steinklee … für süße Mädchenträume, übrigens ein beliebtes Geschenk zur Kirchweih, das heißt, falls du eine bestimmte Maid im Auge hast …", dabei lächelte sie ihn mit harmlos aufgesetzter Miene und lauerndem Auge an. *War er etwa schon vergeben?*

„Kein Bedarf!", ließ Hannes sie widerwillig wissen und es gelang ihm nicht, den Blick von diesen grünblitzenden Augen zu lassen.

„Oh", lächelte Johanna und um ihre Erleichterung geschickt zu überspielen, sagte sie schnell: „Wenn du willst, zeige ich dir noch einige besondere Hausmittel, nach geheimer Rezeptur", fügte sie bedeutungsvoll hinzu und musterte den Burschen dabei abwartend. Als dieser daraufhin nichts sagte, warf sie den Kopf in den Nacken und lachte ihn herausfordernd an. „Kommt ganz darauf an, was dir fehlt!"

Hannes bemerkte, dass eine winzige Ecke an einem ihrer vorderen Schneidezähne fehlte, was ihrem mädchenhaft unschuldigen Aussehen einen verwegenen Ausdruck verlieh. Er räusperte sich, und brachte vor immer größer werdender Verlegenheit kaum mehr einen vollständigen Satz heraus. „Vielleicht Halsweh?"

Johanna nahm ein blau eingefärbtes Baumwolltuch aus dem Korb und band es ihm kurzentschlossen um. „Wie wäre es damit? Die Farbe Blau schützt vor dem bösen Blick und hält dir aufdringliche Weiber vom Hals. Oder willst du das gar nicht?" Eine Nase voll männlichen Schweißgeruch überwältigte sie und ein siedend heißes Gefühl schoss ihr in den Unterleib. Ihre grünen Augen sprühten herausfordernd.

Bevor Hannes eine Antwort hervorbrachte, erhaschte er entrüstete Blicke von zwei umstehenden Bürgerinnen. Eine dritte Bürgerin, deren großer Kropf fast aus der engen Halskrause quoll, baute sich mit drohender Gebärde vor ihm auf. „Wer will schon was von dem da? Schaff lieber den Abfall von den Straßen, du fauler Sack. Das Ganze stinkt ja schon zum Himmel!"

Hannes Gesicht glühte, und innerlich vor Wut bebend, bückte er sich ohne Widerrede und hob seinen Lederbeutel vom Boden auf.

Johanna beobachtete sein zurückhaltendes Benehmen mit wachsender Verwunderung.

Doch bevor er seinen Mund aufmachen konnte, stürzte eine betuchte Bürgerin mit stechenden Augen und Oberlippenbart auf Johanna zu, drängte die anderen Damen unsanft beiseite und hielt ihr einen kleinen Tontopf unter die Nase. „Du Betrügerin! Ich will sofort mein Geld zurück! Diese angebliche Schönheitssalbe, die du mir neulich aufgeschwatzt hast, hat überhaupt nicht geholfen!"

Ehe Johanna daraufhin eine Erwiderung über die Lippen kam, mischte sich Hannes ein, der stinksauer auf diese sogenannte noble Gesellschaft war und das fremde Mädchen zu beeindrucken versuchte. Er beugte sich etwas vor und wählte unter den kleineren Tontöpfen ein ähnlich aussehendes aus. „Aber gute Frau, als ich Euch das letzte Mal sah, ward Ihr noch viel hässlicher! Ihr müsst die Salbe öfter anwenden, am besten, Ihr nehmt gleich noch ein Töpfchen!" Damit drückte er der völlig perplexen Frau das Gefäß in die Hand. Die Umstehenden lachten schadenfroh und die Bürgerin verließ sprachlos und mit hochrotem Gesicht den Platz.

Hannes und Johanna sahen sich an und brachen unvermittelt in prustendes Gelächter aus. Es schüttelte sie dermaßen, dass sie Tränen lachten und es einige Zeit dauerte, bis sie sich wieder beruhigten.

Die Hebammentochter besann sich und fing an, ihre Sachen zusammenzupacken. „Ich glaube, der Tag ist für heute gelaufen. Ich mach mich auf den Heimweg."

„Tut mir leid, hoffentlich hab ich dir dein Geschäft nicht verdorben." Hannes blieb abwartend, mit einem Fuß auf dem anderen balancierend, neben ihr stehen.

„Das ist ja die Peitinger Hexendirne!"

„Dass die sich noch in die Stadt traut!"

Das Mädchen und der Bursche drehten sich gleichzeitig nach den schrillen Stimmen um.

Zwei hiesige Marktweiber, die tuschelnd ihre Köpfe zusammengesteckt hatten, deuteten mit spitzen Fingern auf das Mädchen. „Verkauf dein Teufelszeug woanders!"

Eine stinkende Sandale traf Johanna an der Schulter. „Oder den dummen Peitingern!" Eine weitere folgte und streifte sie an der Schläfe.

Hannes wollte eingreifen, doch Johanna hielt ihn zurück. Mit einem letzten Rest von Würde warf sie ihren Kopf in den Nacken. „Lass nur, die kriegen schon noch ihre Himmelsstrafe. Hochmut kommt ja bekanntlich vor dem Fall." Die aufgebrachten Weiber geflissentlich übersehend, warf sie ihm einen zögerlichen Blick zu und verabschiedete sich kurzerhand von ihm. „Also dann, Servus!"

Hannes fiel ein, dass er nicht gefragt hatte, was das Tuch kostete und er beeilte sich, das Versäumte nachzuholen. „Wart', was bekommst du dafür?"

„Lass nur, nimm's als Geschenk. Viel Glück damit!"

Stummnickend und mit hilflosem Bedauern sah er ihr

zu, wie sie ihre Sachen sorgfältig in den Korb packte und, ohne ein weiteres Wort oder Blick für ihn, den Platz verließ. Sie hatte den grazilen, tänzelnden Gang, den nur junge Mädchen innehatten. *Würde er sie je wiedersehen?* Sein Herz krampfte sich zusammen, und er fühlte sich unwohl in der Magengegend. Doch, unverhofft, bevor sie seinem Blickfeld gänzlich entschwand, drehte sie sich nach ihm um und lächelte ihn mit ihren vollen Lippen herausfordernd an. Ein Strahlen breitete sich über Hannes Gesicht aus, dann folgte er ihr – ohne jeden weiteren Gedanken – mit langen, etwas ungelenken Schritten.

Die beiden Marktweiber, welche die zwei jungen Menschen voller Neugierde nicht aus den Augen gelassen hatten, stemmten die Fäuste in ihre breiten Hüften und glotzten blöd hinterher.

Mit angeborener Anmut, den Weidenkorb lässig am Arm baumelnd, schlängelte sich Johanna durch das Marktgeschehen. Die venezianischen Kaufleute blieben stehen und pfiffen anerkennend in ihre Richtung, dabei lächelten sie das bildschöne Mädchen mit verträumten Augen an.

Johanna senkte züchtig ihr Haupt, innerlich freute sie sich über diese Art der Aufmerksamkeit und war sich ihrer Wirkung auf Männer durchaus bewusst. Vor nicht allzu langer Zeit hatte ihr ein Händler aus Venedig einen kunstvoll gearbeiteten Handspiegel verehrt und sie dabei „Bella signorina" genannt. Als sie das erste Mal in diesen Spiegel schaute, blickte ihr eine unbekannte Schönheit entgegen und Johanna brauchte einen Moment, um zu begreifen, dass es ihr eigenes Gesicht war. Ihre Mutter hatte ihr Äußeres nie beachtet und sie selber hatte sich nicht einmal als hübsch empfunden, wenn sich ihr Antlitz auf der Wasseroberfläche eines Brunnens spiegelte oder sie an ihrer bescheidenen Kleidung heruntersah.

Die Hebamme schimpfte ihre Tochter, wenn diese sich in ihrem Spiegel, dem einzigen im ganzen Hause, betrachtete und behauptete, sie gerate nach ihrem Vater, einem Hallodri und Nichtsnutz, der so ungeschickt gewesen, dass er nicht einmal fähig war, im harten Winter Brennholz herbeizuschaffen und sich lieber von einem Baum hatte erschlagen lassen. Manchmal, wenn ihre Mutter wieder murrte und sich über ihr ungnädiges Schicksal beklagte, dachte Johanna, ihren Vater hatte ein weit gnädigeres Los getroffen. Obwohl sie ihn nie kennengelernt hatte, er verunglückte ja vor ihrer Geburt, hielt sie ihn in ihren Tagträumen am Leben. In ihrer Vorstellung war er ein Mann von Stärke und gutem Aussehen, der ihr die ebenmäßigen Gesichtszüge vererbt hatte und froh war, seine Wanderschaft im Haus der Hebamme zu beenden. Liebe war nicht im Spiel gewesen, glaubte Johanna zu wissen, getraute sich aber nie, ihre Mutter danach zu fragen. Liebe war in diesen schweren Zeiten selten der Grund für eine Heirat. Die Hebamme schwieg über ihren einzigen Mann beharrlich und irgendwann hatte die Tochter es aufgegeben, sie über ihren Vater auszufragen. Sie schloss ihn jeden Abend in ihr Gebet ein und war sich sicher, dass er oben vom Himmel aus seine schützende Hand über sie hielt.

Johanna bog um die Ecke des Ballenhauses und schlug den Weg durch das Lechtor nach Peiting ein. Über ihre Schulter blickend, bemerkte sie, dass der Bursche vom Markt ihr folgte. Ihr Herz hüpfte wild vor freudiger Erregung, denn er hatte ihr auf Anhieb gefallen. Sie verlangsamte absichtlich ihren Gang und zuckte zusammen, als eine knochige Hand an ihrem Rock zupfte. Erschrocken schaute sie nach unten.

Ein Bettler mit einem großen schwarzen Hund hockte am Boden und hielt sie fest; er hatte die löcherige Kapuze tief ins Gesicht gezogen, so dass seine Augen verborgen blieben. „Eine milde Gabe für einen blinden, armen Mann."

Unangenehm berührt, befreite sich Johanna von seinem Griff. „Tut mir leid, ich habe nichts!"

Der Mann in undefinierbarem Alter spuckte aus zahnlosem Mund vor ihr aus und hob drohend seinen Stock. „Eine reiche Stadt und lauter Habenichtse darin! Grind und Krätze sollst du kriegen, du Metze!"

Dem Mädchen überlief es bei diesen Worten eiskalt, es bekam es mit der Angst, raffte die Röcke und lief eilig durch das Tor mit den spitzen Türmen den Lechberg hinunter.

Ein Fuhrwerk war hängengeblieben und die beiden Fuhrleute rutschten ständig im Matsch aus. Die Wagenräder blieben trotz der Holzbohlen im Schlamm stecken. Der dicke Fuhrmann auf dem Bock schimpfte und schlug wie besessen mit dem Ochsenfiesel auf die geplagten Viecher ein. Die Ochsen waren offensichtlich unzufrieden in dieser misslichen Lage und brüllten gequält auf, einer versuchte sogar, sich hinzulegen.

Johanna drehte sich abermals nach dem Burschen um. Sie sah, dass dieser von den Fuhrleuten aufgehalten wurde und nicht umhinkam, mit anzupacken. Bevor sie weiter ging, erhaschte sie seinen enttäuschten Blick. Sie zögerte, ob sie stehenbleiben und auf ihn warten solle, aber das würde auffallen und sie getraute sich heute nicht, in dieser Stadt länger als nötig zu bleiben.

Hannes schob mit Leibeskräften von hinten an der Fuhre. Zweimal rutschte das Fuhrwerk ab, dann drückten die Ochsen ihr Kreuz durch und der Wagen zog mit einem Ruck vorwärts. Schwer keuchend blieb er zusammen mit den Fuhrleuten auf der Straße stehen.

Der dicke Fuhrmann schlug seinem Helfer mit kräftigem Schlag auf die Schulter. „Der Herrgott wird es dir lohnen, Bursche!"

Hannes, dem ein Trinkgeld lieber gewesen wäre, rückte seine Kappe zurecht und wischte sich den Schweiß mit dem blauen Halstuch von der Stirn; schweigend betrachtete er es und behielt es einen Moment in den Händen. Er reckte den Kopf in die Höhe; seine Augen schweiften suchend umher, doch das Mädchen mit dem roten Kopftuch war nirgends mehr zu entdecken. Eine plötzliche Melancholie überfiel ihn und er schlenderte mit hängendem Kopf weiter, bis er das stinkende Gerberviertel erreichte, welches unterhalb der Stadt am Lechufer lag. Dort lebten die Außenbürger, Menschen, die vorwiegend einen ehrlosen Beruf ausübten. Wie die Gerber mit ihren Familien, die sich die Hände schmutzig machten und mit denen niemand in der Gesellschaft unnötigen Verkehr pflegte, obwohl ihr Handwerk zum ältesten Zunftgewerbe in Schongau zählte. Dem Nachtwächter und dem Turmbläser war es ebenfalls nicht gestattet, innerhalb der geschützten Mauern zu wohnen, und fanden nur hier eine Bleibe.

Mit dem Scharfrichter und seiner Familie aber scheute man tunlichst jeden näheren Umgang und ging ihnen möglichst aus dem Weg. Dennoch war man gezwungen, miteinander zu verkehren. Der Henker ließ sich regelmäßig von den Weißgerbern seine Lederhandschuhe anfertigen, da er diese nach jeder Hinrichtung zu verbrennen hatte. Dafür kurierte er von Zeit zu Zeit die Gerbergesellen, wenn ihnen vom vielen Buckeln die Knochen schmerzten.

Im Gerberviertel herrschte wie immer reges Treiben; da waren ausgemergelte Rotgerbergesellen, die Tierhäute auf Holzgestelle spannten und die von der scharfen Eichenlohe braungebeizte Handflächen bekommen hatten, während ihre Frauen am Flussufer mit von der Lauge geröteten und rissigen Händen die Wäsche feiner Herrschaften schrubbten.

Hannes nahm den strengen Geruch von gegerbtem Leder schon gar nicht mehr wahr, denn hier war er geboren und aufgewachsen, inmitten von Schmutz, Ungeziefer und Ratten. Er steuerte auf sein Elternhaus zu, in Gedanken noch immer bei dem schönen Mädchen, als er drei jungen Wäscherinnen, die albernd mit ihren Waschkörben vom Fluss heraufkamen, in die Quere kam und diese mit erschrockenen Gesichtern kreischend aus einander sprangen, als hätten sie den Leibhaftigen persönlich gesehen. Er lief kopfschüttelnd weiter. Seine Mutter erwartete ihn ungeduldig im Türrahmen. Sie hatte schon eine Zeitlang nach ihm Ausschau gehalten und drückte ihm ein Leinensäckchen in seine Hand, das solle er auf schnellstem Weg dem Onkel nach Peiting bringen. Dieser war Bauer und von einer Kuh getreten worden.

Ursula Kuisl war ein stattliches Weib mit fraulicher Figur, die ihrem Sohn das helle Haar und die graublauen Augen vererbt hatte. Sie war überrascht, wie hurtig Hannes das Säckchen in seinem Lederbeutel verstaute und sich ohne Murren aufmachte, ja fast schien es, als flöge er. Mutter Kuisl hob den Kopf und schaute ihm stirnrunzelnd hinterher.

Hannes ließ das Gerberviertel schnell hinter sich und eilte Richtung Brücke, wo der Fluss die Stadt Schongau von dem nahe gelegenen Ort Peiting trennte. Er hatte mitbekommen, dass das Mädchen von dort stammte und versuchte, es einzuholen. Als er die Lechbrücke erreichte, hörte er beim Näherkommen weibliche Hilferufe. Eine Gruppe umstehender Männer und Frauen verfolgten schaulustig das Geschehen auf der Brücke.

Drei halbstarke Burschen bedrängten ein Mädchen mit rotem Kopftuch und bewarfen es mit Rossäpfeln und Steinen. „Hurrengoaß, losst an Schoaß und macht dem Teufel Knödel hoaß!"

„Deine Mutter ist eine Hexe, raus aus der Stadt mit dir!"
„Hexenbalg, Teufelshure!"
Das Mädchen wehrte sich vergeblich gegen ihre Angreifer, doch keinem der Gaffer kam es in den Sinn, ihr beizustehen.

Ohne zu überlegen, warf Hannes seinen Lederbeutel ab und stürzte sich auf den älteren Burschen, um ihn hinterrücks zu überwältigen.

Mit trotzig blitzenden Augen und geballter Faust, darin einen großen Stein umklammernd, stand Johanna zur Abwehr bereit. Gezielt schleuderte sie ihr Wurfgeschoss auf den Burschen vor ihr, doch der Bengel riss sich just in diesem Augenblick von seinem Bezwinger los und duckte sich geschickt weg.

Die ganze Wucht des Steines traf Hannes mitten auf die Stirn. Ihm wurde schwarz vor Augen, taumelnd stürzte er zu Boden und blieb regungslos liegen.

Erschrocken hielt sich das Mädchen die Hand vor den Mund.

Die anderen Burschen verließen fluchtartig, mit vor Angst verzerrten Gesichtern die Brücke. Die angesammelte Menschenmenge löste sich panisch, wie von Wespen gestochen, auf und stob auseinander.

Johanna blieb mit ihrem Retter allein zurück. Sie beugte sich über den Bewusstlosen und tätschelte ihm die bleichen Wangen.

In diesem Moment schlug Hannes die Augen auf und sah direkt in ihr besorgtes Gesicht. „Bin ich im Himmel?"

„So schnell noch nicht!" Erleichtert ließ Johanna von ihm ab.

Hannes stand vorsichtig auf und rieb sich schmerzhaft seinen Kopf. „Aua! Bist du immer so treffsicher?"

Die Hebammentochter war um eine schlagfertige Antwort nicht verlegen. „Selber schuld, für was stehst du im Weg!"

„Schöner Dank für meine Hilfe", beschwerte sich der Bursche.

„Ich kann mir selber helfen und brauche niemanden."

Schuldbewusst besah sie sich seine Stirn. „Du gehst besser mit mir mit und lässt dich von meiner Mutter behandeln, nicht dass du mir noch eine Riesenbeule bekommst." Sie bemerkte seinen unschlüssigen Blick. „Keine Sorge, sie ist Hebamme und hat die richtige Salbe für dich."

Hannes fiel ein, dass er im Besitz eines solchen Heilmittels war, aber einer plötzlichen Eingebung folgend, hielt er den Mund und nickte nur. Gerne hätte er das fremde Mädchen nach dem Namen gefragt, aber er traute sich nicht.

„Ich bin übrigens die Johanna, und du?"

„Hannes", antwortete er knapp, mehr wagte er nicht, zu sagen. Seine Schüchternheit gewann wieder die Oberhand.

„Oh …" Ihre Augen leuchteten auf und ein Lächeln umspielte ihre Lippen, als sie voranschritt. *Sie trugen den gleichen Vornamen, was für ein Zufall.*

Hannes folgte ihr, innerlich zutiefst aufgewühlt, mit etwas Abstand. Argwöhnisch schaute er um sich, aber die aufrührerischen Burschen waren nicht mehr zu sehen. Er war sich aber sicher, dass sie hinter dem Gebüsch hervorlugten.

Ein Gewitter zieht auf

Der Lech bei Burggen hatte eine schlammgrüne Farbe angenommen. Wie ein wildes, ungebändigtes Tier bahnten sich die Wassermassen ihren Weg, die Ufer gefährlich übertretend. Turmhohe Wolken drückten auf die Alpen, so dass jene sich kaum von ihnen abzeichneten und zusammen ein riesiges Gebirge bildeten, über das weitere dunkle Wolken aufzogen. Dahinter verschwand die Sonne gänzlich, nur eine rotgeäderte Umrandung blieb sichtbar. Ein letzter rosafarbener Streifen säumte die Ebenen im Westen.

„Fast wie beim Jüngsten Gericht", dachte der Landrichter laut und beobachtete fasziniert das Naturschauspiel. Die Brust schwellte ihm vor Stolz; er fühlte sich seinem Schöpfer so nahe wie sonst nirgendwo und glaubte sich berufen zum Handlanger Gottes.

Ein frischer Wind kam auf, das Vogelzwitschern verstummte und die Stimmung wurde zusehends düster. Sein Pferd hörte auf zu grasen und hob den Kopf. Beruhigend klopfte er Tassilo auf die Schulter, nahm die am Boden schleifenden Zügel auf und brachte mit sanftem Schenkeldruck den Friesen in gestreckten Galopp. Bei Ingenried und Tannenberg inspizierte er die ebenfalls verhagelten Felder und Äcker, um sich zu allerletzt nach Altenstadt in die Basilika zu begeben, wo er vor dem großen Gott mit den traurig gütigen Augen ein rasches „Vater Unser" sprach, bis fernes Donnergrollen ihn zum Aufbruch mahnte und zurück nach Schongau trieb. Durch das Hoftor trabend, verspürte er schon den ersten Regentropfen. Trotz des schnellen Rittes fühlte er sich erfrischt und wie neu geboren. Er war angekommen, nicht nur an diesem Ort, sondern auch in seinem Leben. Vor ihm lag sein Wohn- und Amtssitz, eine imposante Schlossanlage mit einem bis zur Erasmuskirche reichenden Torzwinger; bewacht von zwei Wehrtürmen und einem fünfstöckigen Schlossturm, der über dem inneren Stadttor thronte. Von dort hatte man eine gute Übersicht auf die Nebengebäude, Stallungen, die Kaserne mit der Wachstube des Amtmanns, die fernen Berge oder bei Gefahr auf anstürmende Feinde.

Der Landrichter stieg behutsam aus dem Sattel und warf dem herbei gesprungenen Stallknecht die Zügel zu, nicht ohne den scharfen Befehl, den Gaul gut zu versorgen. „Sonst Gnade dir Gott!", herrschte er ihn mit drohender Miene an. Der neue und etwas tölpelhafte Stallbursche nickte ergeben. Er sah zu, wie sein Dienstherr einen Apfel unter der Schaube hervorholte und dem Ross vor das weiche Maul hielt.

„Tassilo, mein Guter", lobte und tätschelte der Landrichter das Pferd und beobachtete fast zärtlich, wie es mit seinem starken Gebiss den Apfel genüsslich zermalmte, so dass der Speichel in langen Fäden auf den Boden tropfte. Der schwarze Wallach schnaubte zufrieden und schüttelte die lange Mähne, so als würde er seinem Herrn zustimmen.

Der schlaksige Stallknecht mit den abstehenden Ohren stand immer noch unschlüssig daneben, so als erwarte er einen weiteren Befehl. Doch stattdessen sah er mit Schrecken, wie sein Herr mit dem Arm ausholte und es gelang ihm gerade noch, sich rechtzeitig wegzuducken, bevor die Reitpeitsche ihm einen neuen Striemen auf den Rücken zeichnete.

„Was steht er so faul herum, Tölpel? Reib den Gaul ab, sieht er denn nicht, dass er schweißnass ist?"

Der Stallknecht zuckte zusammen, mit eingezogenem

Kopf führte er geschwind das Pferd ab, dabei entschuldigte er sich fortwährend.

Der Landrichter schüttelte verständnislos den Kopf. Er konnte es nicht ausstehen, wenn die Knechte keine Augen für die Arbeit hatten. Hanns Friedrich Hörwarth hatte es nun eilig, in sein Amtszimmer zu kommen, um die Gedanken, die ihm während seinem Ausritt zugeflogen waren, niederzuschreiben.

Ein schmächtiger Mann von kleiner Statur und dünnem Haarzopf kam ihm schnellen Fußes entgegen. Gerichtsschreiber Krampf war schon seit fast fünf Jahren im Dienste des Landrichters. Er war so eilfertig und bemüht, seinem Herrn alles recht zu machen, dass er vor lauter Arbeit kaum mehr zum Essen kam und die Hosen schon bedenklich um seine Beine schlotterten. „Euer Gnaden, da warten zwei Männer auf Euch."

Richter Hörwarth, der mittlerweile ein verdächtiges Knurren in seiner Magengegend verspürte, schaute unwillig drein und runzelte fragend die Stirn.

„Ein Zimmermann und ein Bauersmann aus Schwabsoien. Sie sagen, sie hätten eine Anzeige zu machen."

Der Landrichter horchte bei diesen Worten zwar leidlich interessiert auf, gab aber keine konkrete Anweisung. „So? Aha …"

„Soll ich sie auf einen anderen Tag vertrösten?" Krampf entging nicht das zögerliche Verhalten seines Herrn. Dieser warf einen Blick nach oben. An einem Fenster des herrschaftlichen Gebäudes bewegte sich der Vorhang und die Herrin des Hauses zeigte sich. Mit strengem Gesichtsausdruck sah sie zu den beiden Männern hinunter.

Adelheid Hörwarth war eine hochgewachsene Dame in mittlerem Alter und eine elegante Erscheinung. Das dunkle Kleid war bis zum Kinn zugeknöpft. Über dem weißen

Spitzenkragen bot sich dem Auge des Betrachters ein wohlgeformter Mund dar, der reizvoll zu nennen gewesen wäre, hätte sie ihre Lippen nicht verkniffen aufeinandergepresst. Sie hasste Unpünktlichkeit, und als sie die ablehnende Haltung ihres Mannes gewahrte, wandte sie sich brüsk vom Fenster ab.

Hatte er eben noch in seiner Entscheidung gewankt, so antwortete er jetzt mit fester Stimme. „Nein, nein. Bringen wir es hinter uns!" Entschlossen schritt der Landrichter zum Eingang. Der Hund sprang bettelnd an ihm hoch. Hanns Friedrich Hörwarth holte aus seinem Lederbeutel ein Stück Wurst, warf es in die Luft, wo es der Rüde geschickt aufschnappte. „Brav Artus, brav", lobte sein Herr. Gerichtsschreiber Krampf blinzelte missmutig Richtung Kirchturmuhr. Es war ein Viertel nach zwölf Uhr. Das Mittagessen würde wieder kalt werden und die Köchin Babette ungehalten sein. Regentropfen fielen auf seine runden Brillengläser. „Auch das noch", seufzte er und trollte sich achselzuckend hinein.

Auf der Burg

Alte Eichen und wildgewachsenes Dickicht säumten den schwer zugänglichen Weg zu der halbverfallenen Burgruine, dort oben auf dem grasbewachsenen Hügel. Und es brauchte viel Fantasie, um sich die Burganlage in ihrer einstigen Größe auszumalen. Johanna musste sich in Acht nehmen, dass ihr Rock sich nicht in den Dornen und spitzen Ästen verfing. Mit Mühe folgte sie dem Burschen, der ihr wortlos den Korb abgenommen hatte, und ohne Verschnaufpause zielsicher und hurtig voranschritt.

Oben angelangt, stellte der Henkersbub den Korb auf den Boden und wartete geduldig auf das Mädchen. Voller Stolz sah er sich um. Das hier war sein Reich. Wie oft hatte er hier gelegen, träumend im tiefen Gras, mit ausgestreckten Gliedern, die Arme hinterm Kopf verschränkt, zwischen den Mauern, die das Erdbeben überstanden hatten. Im letzten Winter hatte er im Schnee den Abdruck eines Falken entdeckt, in der Mitte ein winziger Blutfleck, der vermutlich von einer erbeuteten Maus stammte, und er stellte sich vor, wie er selber auf Falkenjagd ritt. Bilder entstanden in seinem Kopf und beflügelten ihn, erweckten diese ferne Zeit zum Leben, so wie er sie sich vorstellte: Mal war er der mutige Ritter, der auf einem feurigen Rappen Turniere bestritt und die edlen Burgfräulein hofierte, mal war er der Graf in Person und als Welf VI., genannt der Milde, regierte er gütig und wurde von seinen Untertanen geschätzt und geliebt. Niemand brauchte zu hungern oder zu frieren. In schlechten Zeiten ließ er seine reichlich gefüllten Kornkammern öffnen, um Arme und Notleidende zu beschenken. Vom Kreuzzug aus dem Heiligen Land brachte er auserlesene Dinge mit, die sein heimatliches

Domizil schmückten.

Welf VI. war Markgraf von Tuszien und Widersacher des staufischen Königs Konrad III. gewesen. Von seiner mächtigen Stammburg aus beherrschte er das ganze Land diesseits und jenseits des Lechs und feierte hier prunkvolle und vielbesuchte Feste. Nach dem Tod des einzigen Sohnes verlor er jegliches politische Interesse und verkaufte seine italienischen Besitzungen an Kaiser Friedrich, genannt Barbarossa, um seiner neuen Leidenschaft zu frönen: Er widmete sich der Dichtkunst und Geschichtsschreibung. Als großer Mäzen förderte er den Kirchenbau und stiftete in dieser Zeit das Kloster Steingaden. Hier fand er, hinter einem von steinernen Löwen bewachten Portal, seine letzte Ruhestätte.

Hannes spürte förmlich die Präsenz des Grafen in den verbliebenen Mauerresten. Diesen mystischen Ort hatte er bisher mit niemandem geteilt. Er war eher von schüchterner Natur, jemand der sich gerne zurückhielt und folgsam seinen Aufgaben nachkam. Nur die Tätigkeit als Henkersgehilfe, zu der ihn sein Schicksal verdammt hatte, war ihm äußerst zuwider.

Sein Vater war der Henker von Schongau, ein starker und bodenständiger Mensch. Als ehemaliger Söldner war er es gewohnt, Befehle zu empfangen und auszuführen, ohne lange zu hinterfragen. Mutter Ursula entstammte einer Henkersdynastie aus Bamberg. Die Tradition verlangte, dass Hannes eines Tages ein Weib aus dieser Zunft freite, denn Henkersfamilien heirateten ausschließlich untereinander.

Rasch verscheuchte der Henkerssohn diesen unangenehmen Gedanken und spuckte den Grashalm aus, auf dem er schon eine Weile herumgekaut hatte.

Mit hochrotem Kopf war Johanna bei dem wartenden

Burschen angelangt. Schwer schnaufend schob sie eine los-
gelöste Haarlocke unter das Kopftuch zurück, atmete ein
paarmal tief durch, bevor sie ihr Gesicht hob und seinem
unverwandten Blick begegnete. Schnell schlug sie die Augen nieder. Verlegen strichen ihre Hände über eine mit
Efeu berankte Säule, die verloren zwischen den Trümmern
stehengeblieben war. „Das war bestimmt mal wunderschön hier." Sie schmiegte ihre Wange an den glatten Stein
und betrachtete den gutaussehenden Burschen verstohlen
aus den Augenwinkeln. Sie kannte den Ort freilich, er war
ja von der Lexe nicht allzu weit entfernt und sie war schon
ein paar Mal hier oben gewesen. Als sie aber die unverhohlene Freude in Hannes Augen sah, der mit ausgestrecktem
Arm und stolzgeschwellter Brust wie ein Burgherr ins Weite zeigte, behielt sie es für sich.

„Von hier überblickst du die ganze Gegend, vom Hohen
Peißenberg bis zum Auerberg."

Seine Begleiterin sah sich um. „Wer hier wohl gelebt
hat?"

„Das Geschlecht der Welfen", antwortete Hannes.

Johanna, die davon noch nie gehört hatte, sah ihn fragend an.

„Die sind schon längst ausgestorben. Dem alten Grafen
sein einziger Sohn ist auf dem Feldzug mit dem Kaiser Barbarossa über die Alpen nach Süden gezogen und nicht
mehr heimgekommen."

„Oh, das ist aber traurig."

„Im Welfenmünster von Steingaden liegen seine Gebeine
begraben. Man hat den Körper vom jungen Grafen in einen Kessel geworfen und so lange gekocht, bis sich das
Fleisch von den Knochen löste …"

„Hör auf, das klingt ja grauenhaft, das ist doch Sünde!"

Das Mädchen schüttelte sich vor Entsetzen, bekreuzigte

sich und zog das Wolltuch enger um die Schultern.

„Aber nein – ganz im Gegenteil! Man wollte ein christliches Begräbnis der Gebeine in heimatlicher Erde", versicherte Hannes.

„Was du alles weißt." Aus Johannas Augen sprach pure Bewunderung.

„Von meinem Vater, er ist …", Hannes besann sich rechtzeitig und verstummte.

Johanna bemerkte, dass sich sein Gesicht verfinsterte und die ausgelassene Stimmung zu schwinden drohte. Übermütig in ihre Hände klatschend rief sie fröhlich. „Komm, du bist der junge Graf und ich das Burgfräulein! Musikanten, Musik!"

Impulsiv ergriff das Mädchen die Hände des Burschen, beide zuckten bei dieser ersten Berührung zusammen.

Johanna zog Hannes auf eine imaginäre Tanzfläche und knickste wie ein Edelfräulein vor ihm nieder.

„Ich kann nicht tanzen …", wehrte Hannes verlegen ab.

„Komm schon, Spielverderber!" Johanna gab nicht auf.

Das Mädchen drehte sich im Kreis und der Bursche unbeholfen mit, bis sein rechter Fuß sich in ihrem Rock verfing und beide ins Stolpern kamen. Vergnügt ließen sie sich auf den Boden fallen und rangen um Luft.

„Jetzt liegen wir beide flach", scherzte Johanna. Fasziniert bemerkte sie die Grübchen in seinem Gesicht, die sich zeigten, wenn er lachte.

„Sieh mal, eine Wegwarte." Hannes pflückte die hellblaue Blume und legte sie Johanna in den Schoß. „Einer alten Sage nach, sollen das die blauen Augen eines verwandelten Burgfräuleins sein, das am Wege vergeblich auf die Rückkehr ihres Geliebten vom Kreuzzug in das Heilige Land wartet."

„Oh, wie traurig und schön zugleich", seufzte Johanna.

Die beiden jungen Menschen blieben im weichen Gras liegen und schauten sorglos in den blauen Himmel. Die Sonne hatte inzwischen ihren höchsten Stand am Horizont erreicht, erste dunkle Wolken zogen auf und warfen einen Schatten auf ihre erhitzten Gesichter.

Johannas heitere Ausgelassenheit war mit einem Mal verflogen. „Meine Mutter ist keine Hexe."

Hannes sah sie aus bekümmerten Augen an, er schluckte, wusste aber nichts zu sagen.

„Glaubst du an Hexen?" Johanna sah ihn von der Seite her forschend an.

„Ich, ich weiß nicht …", zögerte Hannes und wich ihrem Blick aus.

„Hast du schon mal eine gesehen?"

Mit einem Satz sprang der Bursche auf und zog das Mädchen hoch. „Komm mit, ich zeig' dir noch einen anderen Platz!"

Johanna lächelte ihn an. „So? – da bin ich aber gespannt."

Zurück auf der Schongauer Straße blieb sie plötzlich stehen und deutete geheimnisvoll auf eine Anhöhe, die sich oberhalb des Lechs erhob. „Hast du gewusst, da oben haust ein Höllenhund, seine Augen leuchten in der Nacht wie glühende Kohlen und wer in seine Nähe kommt, den verschlingt er."

„Huhu", scherzte Hannes und vollführte ein paar komische Faxen.

„Sei still, das hat mir meine Mutter erzählt – eine uralte Sage", warnte Johanna, die ihrerseits mit Wissen zu beeindrucken versuchte und fuhr in beschwörendem Tonfall fort. „Zwischen der Wintersonnenwende und dem Heilig-Drei-Königs-Tag zieht hier die Wilde Jagd durch. Das sind die Seelen von Männern, Frauen und Kindern, die vorzeitig einen gewaltsamen oder unglücklichen Tod gefunden haben. Und derjenige, der dem Zug begegnet, wird mitgerissen und muss solange mitziehen, bis er befreit wird."

„Nie gehört, und das erzählt man sich in Peiting?", spottete Hannes, beschleunigte aber sein Tempo merklich.

„Du musst dich nicht fürchen", grinste Johanna und bemühte sich, mit seinen langen Beinen Schritt zu halten.

Eine weitere Anzeige

Richter Hörwarth horchte auf, die langweilige Angelegenheit schien doch noch interessant zu werden. Zwar musste er dem umständlichen Bauersmann aus Schwabsoien und seinem einfältigen Nachbarn, dem Zimmermann, jedes Wort mühsam aus der Nase ziehen und er wünschte sich mehrmals eine glühende Zange, damit es schneller ginge, doch was er jetzt zu hören bekam, ließ selbst ihm, dessen Ohren schon einiges vernommen hatten, die Nackenhaare aufstellen. Um völlig sicher zu gehen, dass er seinem Gehör trauen konnte, fragte er vorsorglich nochmal nach. Doch der vor ihm stehende Bauer drehte nur weiter an seinem Hut und wiederholte das soeben Gesagte. Der Mann war von langer, hagerer Gestalt mit strähnigen Haaren.

Nicht weniger grotesk wirkte der kurzbeinige Zimmermann, der einen wildwuchernden Bart trug und seinem Nachbarn eifrig zustimmte. Er hatte die Angewohnheit bei jedem Satz, den jener mühsam formulierte, unterwürfig mit dem runden Kopf zu nicken und mit einem „Jawohl" zu bekräftigen. Dabei vollführte er einen großen Buckel, so dass ihm Bart und Nase förmlich auf die Knie stießen.

Der Bauer, mit Namen Hans Miller, glaubte sich jetzt der vollen Aufmerksamkeit des Landrichters gewiss und schweifte aus, ohne einmal Luft zu holen. „Also, mir sind in den letzten zehn Jahren 24 Rösser und 30 Stück Vieh verreckt und da hat man mir geraten, ich sollt' einer Kuh den Kopf abhauen und selbigen mit dem Maul über ein Feuer hängen, dann tät' ich erfahren, wer mir so einen Schaden zugefügt hätt'."

Der Landrichter und der Gerichtsschreiber tauschten einen erstaunten Blick.

Hans Leuter, der Zimmermann, räusperte sich. „Jawohl! Meine Schwieger ist plötzlich blind geworden und hat vier Wochen hinter dem Ofen gesessen und gebrüllt wie ein Ochse."

Der Bauer ergriff wieder das Wort. „Ja, und daraufhin habe ich mich zu der Anzeige durchgerungen ..."

Sein Nachbar gestikulierte eifrig mit den Händen. „Jawohl, das kann ich bezeugen, geplärrt wie ein Vieh und ganz damisch geworden. Das geht nicht mit rechten Dingen zu. Die muss eine Hexe sein!"

Der Landrichter versuchte, seine Enttäuschung zu verbergen, und gab sich betont herablassend. „Warum hat er nicht zuerst nach dem Medicus geschickt?"

Mit weit aufgerissenen Augen starrte der Zimmermann den hochgestellten Herrn entgeistert an. „Na, um Gotteswillen! Dafür haben wir kein Geld, jawohl!"

Inzwischen war es im Raum düster und ungemütlich geworden. Der immer stärker werdende Regen peitschte gnadenlos an die Fensterscheiben. Dunkles Donnergrollen und rasch aufeinander folgende Blitze erzeugten eine unheilsschwangere, beklemmende Stimmung unter den Anwesenden.

Richter Hörwarth drängte zum Abschluss. „Gut, gut! Wir haben den Vorgang protokolliert und werden der Angelegenheit ehebaldigst nachgehen. Seid's somit entlassen und im Namen des Herzogs bedankt für eure Hilfe im Ausforschen der Hexen."

Mit zitternden Händen hielt sich Bauer Miller seinen Hut vor die Brust. Ein weiterer Blitz ließ ihn zusammenfahren. „Die letzte Ernte hat uns der Hagel vernichtet. Kein Korn ist stehengeblieben."

Der Zimmermann fasste sich ein Herz und wagte ebenfalls aufzubegehren. „Jawohl, wir können den Zehent nicht mehr aufbringen!"

Der ländliche Stallgeruch, den der stark schwitzende Bauer verströmte, stieg dem Landrichter unangenehm in die feine Nase und er nahm ein paar Akten vom Tisch, mit denen er auffällig in der Luft herum wedelte. „Wir und der Herzog Ferdinand tun unser Möglichstes." Er gab dem Schreiber einen Wink. „Krampf, bitte geleite er sie hinaus!"

Dem Befehl seines Dienstherrn geflissentlich nachkommend, legte der Gerichtsschreiber die Schreibfeder nieder und schickte sich an, seinen angestammten Platz zu verlassen. Mit ausholender, unmissverständlicher Geste komplimentierte er die Denunzianten höflich hinaus.

Die beiden Männer blieben am Ausgang einen Moment stehen und schauten einander unschlüssig an. „Ja, was machen wir jetzt? Bei dem schlechten Wetter können wir die Heimfahrt unmöglich wagen", gab Hans Miller zu bedenken.

„Gehen wir noch auf ein Bier, wo wir schon in Schongau sind?", schlug der Zimmermann vor.

„Eine ausgezeichnete Idee", mischte sich Gerichtsschreiber Krampf ein, „das heißt, wenn Eure Geldsäckel noch halbwegs gefüllt sind! Da empfehle ich das Rösslebräu, unsere älteste Brauerei vor Ort, älter als die herzogliche Brauerei in München. Unser gut gebrautes Schongauer Bier wird allgemein gelobt und gern getrunken. Es wird euch über so manches hinwegtrösten."

Die Gesichter der Angesprochenen erhellten sich augenblicklich. Hans Leuter schlug seinem Nachbarn mit der flachen Hand auf die Schulter. „Jawohl, das machen wir!"

Der Bauer verabschiedete sich mit einem herzhaften „Pfüa Gott allerseits!", der Zimmermann, seinen Schlapphut ziehend, mit einem übertrieben tiefen Diener in der imitierten Pose eines Edelmannes. „Jawohl, habe die Ehre!"

Sobald die beiden Männer draußen und außer Hörweite waren, schüttelte der Gerichtsschreiber nachdenklich den Kopf. „Die eigene Schwiegermutter, das ist nicht zu fassen!"

„Jawohl!", äffte der Landrichter gedankenlos den Zimmermann nach, bemerkte seinen Fauxpas und fügte schnell hinzu. „Äh, unglaublich, was ich da alles aufgehalst bekomme."

„Die Mär von der Schwieger nehme ich den beiden nicht ab", bemerkte Krampf vorsichtig.

Richter Hörwarth wurde sarkastisch. „Solche Grattler! Wir müssen vorsichtig vorgehen, sonst werden die Schwieger noch zu einer Spezie, die vom Aussterben bedroht ist!"

„Zum Glück ist Euer Gnaden werte Frau Schwiegermutter weit fort."

„Ja, zum Glück. So weit kommt es noch. Kein Geld für den Medicus haben, aber wir sollen wieder mal aus dem Stadtsäckel, quasi die Schwieger entsorgen."

Der Gerichtsschreiber resümierte. „Jetzt sind die ruhigen Zeiten in Schongau vorbei."

Der Landrichter konterte. „Vorbei ist auch die Langeweile, endlich rührt sich was! Die Stadt ist ja schon vom Aussterben bedroht."

„Jetzt bestimmt", antwortete Krampf leise und mehr zu sich selbst.

Richter Hörwarth stutzte kurz und schaute wachsamen Auges auf. „Hat er noch etwas zu vermelden?"

Eingeschüchtert schüttelte der Gerichtsschreiber den Kopf und senkte seinen Blick.

„Dann lasse er uns weitermachen, wir haben schließlich noch zu tun, all die vielen Hexen! Hat er alles vollständig protokolliert?"

Ulrich Krampf kehrte zum Schreibpult zurück und streute Sand über das von der Tinte feuchte Pergament, dessen Struktur ihn an die helle Haut der Vroni erinnerte, die bildhübsche und blitzsaubere Schankmagd vom Sternwirt. Vielleicht ergab sich heute noch ein Feierabendbier. Er pustete den Sand vom Blatt und schüttelte es ungeduldig in der Luft trocken. Er konnte das Ende des langen Arbeitstages kaum mehr erwarten.

Im Haus der Hebamme

Oberhalb der Steilhänge des Lechufers zog Hannes Johanna hinter sich her. Mit einer Hand hangelte er sich von Ast zu Ast auf dem rutschigen Pfad durch das Buchenwäldchen empor, mit der anderen Hand hielt er die Hand des Mädchens fest, dabei war es notwendig, dass er mal die linke, mal die rechte Hand mehrmals wechselte. Beide genossen diese scheinbar harmlose Berührung und ließen sich nichts anmerken.

„Ist es noch weit?", keuchte Johanna.

„Gleich sind wir oben."

Eine blühende Wiese mit Hahnenfuß, Margeriten, Gänseblümchen und Ehrenpreis erstreckte sich vor ihnen, so weit das Auge reichte.

Hannes führte Johanna zu einem kleinen Aussichtsplateau, das sich dort inmitten der abgebrochenen Steilwand gehalten hatte und an der sich die Wurzeln einer großen Kiefer einem Anker gleich ins Erdreich bohrten. Er deutete auf die atemberaubende Kulisse der Alpen, deren höchste Gipfel mit Schnee bedeckt waren.

„Was für eine Aussicht!", staunte die Hebammentochter, denn so weit fort von zu Hause hatte sie sich noch nie gewagt.

„Dort drüben ist der Auerberg. Da waren die Römer."

Johanna nickte respektvoll. „Ich kenn' die Namen der Berge nicht, ich weiß bloß, dass sie schön sind."

Etwas müde von der Wanderung setzten sie sich ins Gras und Hannes riss spielerisch ein paar blaue Blümchen heraus, die am Rande der Wiese wuchsen.

Johanna schlug ihm warnend auf die Finger. „He, lass das, das sind Gewitterblümchen! Weißt du nicht, dass man den Ehrenpreis nicht pflücken darf, sonst ärgert man die Heilige Veronica und es gibt ein Gewitter!"

„Wer's glaubt, wird selig", gab Hannes beleidigt zurück, wurde aber gleich eines Besseren belehrt.

Eine kühle Brise kam auf, die eine dunkle Wolkenwand vor sich herschob. Vom Auerberg ertönte tiefes Donnergrollen, Blitze zuckten zwischen den Wolken und erhellten sie schauerlich.

Das Grollen ängstigte Johanna und sie packte den Burschen am Ärmel. „Hannes, lass uns rasch fortkommen von hier!"

Und Hannes erbebte vor Glück, weil sie zum ersten Mal seinen Namen ausgesprochen hatte.

Doch dann ging alles schnell. Der Himmel öffnete die Schleusen und ein heftiger Regenschauer prasselte auf die beiden jungen Menschen nieder. Hannes nahm Johanna bei der Hand und sie liefen zusammen den Hang hinunter, seinen derben Umhang schützend über die Köpfe gezogen. Als sie das Haus der Hebamme erreichten, waren sie klatschnass geworden. Aber das schien ihnen nichts auszumachen. Froh, wieder in Sicherheit zu sein, lachten sie einander übermütig an. Für sie war soeben die Sonne aufgegangen und der Regen und das Gewitter war ihren in Aufruhr geratenen Gefühlen nicht unähnlich.

Gundel Gruber hatte die beiden schon von weitem kommen sehen und zeigte sich wenig erfreut, dass ihre Tochter einen Burschen anschleppte. Sie betrachtete ihn mit misstrauischen Augen und erst Johannas Bericht über den Vorfall auf der Lechbrücke stimmte sie ein wenig freundlicher, dennoch beschlich sie das unangenehme Gefühl einer Vorahnung. Die Gesichtszüge des Burschen kamen ihr bekannt vor, aber sie wusste im ersten Moment nicht, woher.

Hannes, der ihr Mienenspiel verfolgt hatte, beschloss,

lieber seine Herkunft und sein Tun für sich zu behalten, und stellte sich als einfacher Handwerksgeselle aus Schongau vor.

Wie gerne hätte ihn die Hebammentochter weiter ausgefragt, doch ihre Mutter gebot ihr, zu schweigen. Nachdem sie sich Hannes Stirn besehen hatte, mischte die Hebamme mit schnellen Handgriffen eine Paste aus essigsaurer Tonerde zusammen.

Fröstelnd wickelte sich Hannes die Decke, die Johanna ihm gegeben hatte, um die Schultern. Das prasselnde Feuer wohlig wärmend im Rücken, sah er das Mädchen, ohne es selber zu merken, unentwegt an.

Johanna hatte ihren von der Nässe schwer gewordenen Rock übers Feuer gehängt. Im Unterrock, fest in ein dickes Wolltuch gehüllt, stand sie auf bloßen Füßen an der Kochstelle, um einen Kräuteraufguss zu bereiten. Mit einer Kelle schöpfte sie einen Becher voll und reichte ihn Hannes.

Dieser setzte seine Lippen an den Becherrand und nahm vorsichtig einen kleinen Schluck von dem dampfenden Getränk. Der Duft von wilder Pfefferminze und Zitronenmelisse stieg ihm wohltuend in seine Nase.

Hinter dem Rücken der Hebamme lächelten sich die beiden verstohlen zu.

Den Burschen überkam das Bedürfnis zu niesen und er stellte schnell den Becher ab. „Hatschi!", nieste er gleich dreimal hintereinander.

„Helf' Gott!", riefen Mutter und Tochter wie aus einem Munde, denn verdächtiges Niesen konnte in diesen Zeiten erste Anzeichen von Pest bedeuten.

Die Hebamme kam zu ihm herüber und strich ihm unwillig die zähe Paste auf die Stirn. Unter ihrem forschenden Blick fühlte sich Hannes unbehaglich. „So Bursche! Bist nochmal mit dem Schrecken davongekommen. Das

Gewitter hat aufgehört und es gibt keinen weiteren Grund mehr, sich länger hier aufzuhalten."

„Aber Frau Mutter, es regnet doch noch!" Johanna war damit nicht einverstanden. Sie weigerte sich innerlich, den Burschen, dem sie sich bereits so vertraut fühlte, schon fortzulassen.

Hannes fiel ein, dass er ja zu seinem Onkel musste und er stand kurzerhand auf.

Das Mädchen versuchte, seine Enttäuschung zu verbergen, und bemühte sich um einen gleichgültigen Gesichtsausdruck.

Hannes bedankte sich bei der Hebamme für ihre Hilfe und langte nach seinem halbwegs trockenen Umhang, der ebenfalls über dem Feuer gehangen hatte.

Unter den wachsamen Augen der Mutter begleitete Johanna ihn vor die Tür und flüsterte ihm zu. „Morgen früh geh' ich in die Auen zum Kräutersammeln. Bei der Burg hab' ich welche gesehen …", es schien ihr völlig unmöglich, weiter zu sprechen, mit vielsagendem Ausdruck in den grünen Augen, suchte sie die Begegnung mit den seinen, tauchte tief ein, in diese unschuldig wirkenden graublauen.

Aber er schaute sie bloß stumm und fragend an, in seinem Blick flackerte große Hilflosigkeit auf.

„Gleich nach Sonnenaufgang geh' ich los", ließ sie ihn leise wispernd wissen.

Hannes errötete, unterdrückte einen jäh aufkommenden Freudentaumel; er schluckte und fasste sich wieder, dann nickte er, verabschiedete sich und machte sich umgehend auf den Weg. Er hoffte, der Onkel würde sein langes Ausbleiben nicht bemängeln, war ihm aber dankbar, dass er sich von einer blöden Kuh hatte treten lassen. Der Henkerssohn musste sich jetzt beeilen, damit er noch zeitig nach Hause kam und sich wegen seinem langen Ausbleiben keinen lästigen Fragen zu stellen brauchte. Er würde der Mutter einfach sagen, dass er vor dem Unwetter Schutz in einem Unterstand gesucht hatte. Völlig unwahr war das ja nicht. Der nachlassende Regen störte ihn nicht. Fröhlich pfiff er ein Liedchen. Hannes hatte sich zum ersten Mal in seinem Leben verliebt.

Die Hebamme wird denunziert

Soeben läutete die Kirchturmuhr zum Abendgebet. Das nachmittägliche Gewitter hatte die aufgestaute Luft gereinigt, ein weiterer Hagel war zum Glück ausgeblieben, und der Regen hatte nachgelassen. Letzte Buchenscheite glommen im offenen Kamin, und das Feuer begann auszugehen.

Hanns Friedrich Hörwarth von Hohenburg, ein Anhänger Sokrates und seinen Lehren, wandelte im Raum auf und ab. Die alten Eichendielen knarzten bei jedem Schritt, doch es schien ihn nicht weiter zu stören. Dabei knackte er mit den Fingergelenken, zum Leidwesen des Gerichtsschreibers, der davon nervös wurde.

Trotz der aufkommenden Kälte kam Ulrich Krampf ins Schwitzen. Behände kratzte seine Schreibfeder über das Blatt, und er bemühte sich, mit dem Tempo des Landrichters mitzuhalten und die Worte niederzuschreiben, die dieser ihm diktierte. Es handelte sich um ein weiteres Schreiben an Herzog Ferdinand, in dem die ausgeforschten Frauen angezeigt wurden, eine Zusammenfassung der Protokolle der vorausgegangenen Verhöre, peinlichen Befragungen und den daraus resultierenden Geständnissen.

Obwohl Richter Hörwarth äußerst strebsam war und nichts auf die lange Bank schob, ließen die Antworten aus München oft Monate auf sich warten. Der Landrichter wischte sich nun ebenfalls mit einem Spitzentaschentuch über die schweißnasse Stirn. Sein Ehrgeiz wetteiferte mit seiner Eitelkeit und er achtete darauf, dass er stets nach der vorherrschenden spanischen Mode gekleidet war. Er trug ein wattiertes, in der Mitte der muskulösen Brust durchgeknöpftes Wams mit Stehkragen und hohen Wülsten an den Schultern, um den Hals und die Handgelenke lag eine schmale Krause, enganliegende Trikothosen betonten seine vom Reiten gestählten Oberschenkel, über denen er eine ausgestopfte Pluderhose trug. Ein mit Edelsteinen besetzter Gürtel und eine Schamkapsel aus feinstem Wildleder perfektionierten seinen extravaganten Stil; die Füße steckten praktischerweise in hohen Reitstiefeln mit Stulpen aus robustem Korduanleder; die breitfallende, knielange Schaube hatte er abgelegt, sie hing nachlässig über dem Stuhl. Der neuesten Mode am Hofe folgend, bevorzugte er in seiner gesamten Aufmachung schlichtes Schwarz und mokierte sich innerlich über die aufgeputzten Bürgermeister und Ratsherren, die mit ihrer bunten Kleidung wie schillernde Gockel in den Straßen und Gassen promenierten. Am rechten Ringfinger trug er keinen Ehering, sondern stattdessen den goldenen Siegelring mit dem Adlerwappen der Stadt. Am Gürtel hing ein kostbarer Dolch aus Damaszener Stahl, dessen Knauf aus Elfenbein kunstvoll verziert war und noch aus den alten venezianischen Werkstätten stammte.

Der Landrichter lockerte seine Halskrause, die Luft im Raum war ihm zu trocken geworden und er trat zum Fenster, um frische hereinzulassen. Schon bald nach dem Bezug seines Amtssitzes hatte er in den Wohnräumen verglaste Sprossenfenster einbauen lassen, ein Luxus, den er sich genehmigte und den es hier sonst nur in Kirchen und Klöstern gab. Unter den Bürgern gab es Diskussionen wegen der hohen Kosten, aber es dauerte nicht lange, bis einige betuchte Patrizier diesem Beispiel folgten. Die kleine Hauskapelle, in der seine Gemahlin ihre täglichen Morgengebete verrichtete, war mit bleiverglasten Butzenfenstern ausgestattet. Zufrieden atmete er mehrmals tief durch und widmete sich mit Elan seinen Aufgaben. Die mittlerweile stark wütende Hexenplage machte der Stadt seit zweieinhalb Jahren schwer zu schaffen und die Obrigkeit in München in der Person von Herzog Ferdinand forderte eine rasche Bekämpfung.

Der Wartenberger, wie ihn der Volksmund nannte, war genötigt, aufgrund seiner morganatischen Ehe mit einer Fünfzehnjährigen von niederem Stand, der bayerischen Thronfolge zu entsagen, erhielt trotz alledem umfangreichen Grundbesitz in Wartenberg und Haag. Zur Zeit bewohnte er mit der Familie einen Palast am Rindermarkt in München, wo er seinem verschwenderischen Lebensstil frönte, den er durch die Einkünfte aus Steuern und Abgaben der Stadt Schongau finanzierte, die ihm von seinem älteren Bruder, dem Regenten Herzog Wilhelm V., übertragen worden war.

Wenn der Herzog samt Hofstaat im Herbst zur Jagd nach Schongau kam, was nur dem Adel vorbehalten war, herrschte lebhaftes Treiben in der Stadt. Nicht alle der zahlreichen Gäste fanden Unterkunft im Schloss, sondern wurden in besseren Herbergen oder bei vornehmen Patrizierfamilien untergebracht. Wenn dann zum großen Halali geblasen, die Schweißhunde in den Wäldern die Fährte aufgenommen, das Wild bis zur Erschöpfung gejagt, der kapitale Bock erlegt war, dann wurde ausgiebig gefeiert. Die Schlossküche lief an solchen Tagen auf Hochbetrieb, Speisen vom Allerfeinsten wurden aufgetischt, denn man war bestrebt, sich bei der gaumenverwöhnten Münchner Gesellschaft nicht zu blamieren. Erlesener Wein und Starkbier flossen durch die durstigen Kehlen der vom Jagen und Tanzen erschöpften Herrschaften, die kein Maß und Ziel kannten, zumal es sie ja nichts kostete.

Richter Hörwarth nahm den geschliffenen Kristallkelch in seine hohle Hand und schwenkte den Inhalt, einen fruchtigen Roten, den ihm der Abt von Steingaden kürzlich regaliert hatte, ein Schreckbichl aus Tirol, wo das Prämonstratenser Kloster Weingüter besaß, bedächtig hin und her, ehe er genüsslich daran nippte, dann diktierte er weiter. „Anna Kels aus Peiting hat ausgesagt, dass sie einen Pakt mit dem Teufel eingegangen ist, Gottesverleugnung betrieben hat", er hielt kurz inne, dann fuhr er fort, „mit ihrem Buhlen dreimal auf den Brucker Berg gefahren ist und dort am Hexenmahl teilgenommen hat, sie hat Teufelssalbe verwendet und elf Stück Vieh totgeschmiert." Er machte erneut eine kurze Atempause, einerseits, weil er um eine gewählte Formulierung bedacht war, andererseits, um seinem Schreiber Gelegenheit zu geben, mit der Feder Wort für Wort mitzuhalten. „Als ihre Gespielinnen nennt sie die Richterin aus Schwabsoien, Elß Kerbl, ferner die Witwe des Brunnenmandls, auch die Gruber Gundula, Hebamme aus Peiting", dabei schaute er Krampf prüfend über die Schulter. „Das wäre dann alles. Punkt."

Ohne den Blick vom Blatt zu nehmen, wiederholte der Gerichtsschreiber schreibend: „Hebamme aus Peiting", dann schaute er fragend auf. „Wer bezahlt die Prozesskosten?" Er erinnerte sich, wie der Landrichter mit 80 Bewaffneten an einem Samstag früh um vier Uhr, also zu nachtschlafender Zeit, in Schwabsoien eingefallen war, und die Witwer von drei hingerichteten Frauen ab nach Schongau in das Schuldgefängnis führen ließ.

„Die Ehemänner, sofern sie welche haben und bei den andern", der Landrichter rieb sich die Hände, „die Gemeinde Peiting hat mir den Nießbrauch zweier gemeinnütziger Höfe für die Dauer meiner Amtstätigkeit zugesagt, als Anerkennung für meine erfolgreiche Bekämpfung der dort wütenden Hexenplage." Richter Hörwarth gönnte sich einen weiteren Schluck Wein.

Ulrich Krampf legte die Feder beiseite, er hüstelte, da er von der stickigen Luft einen trockenen Gaumen bekommen hatte. Seine flinken Mausaugen schauten fragend über den Rand der runden Brillengläser. „Was soll mit den frisch genannten Delinquentinnen geschehen?" Dabei warf er einen begehrlichen Seitenblick auf die Weinkaraffe.

„Sollen bei Tagesanbruch festgenommen und in den Faulturm gesperrt werden, aber einzeln, damit sie nicht untereinander reden können. Man lege sie in Eisen und fessle ihnen die Füße! Unterweise er sofort den Amtmann!"

„Zu Befehl, Euer Gnaden." Krampf verließ mit steifen Schritten sein Schreibpult Richtung Tür. Dabei stützte er mit einer Hand sein Kreuz, das ihn vom langen Stehen plagte.

Xaver Weiß, der seinen Dienst als Amtmann nebenan in der Wachstube ausübte, schnaufte verdrießlich. In letzter Zeit häuften sich die späten Aufträge und er maulte über die zusätzliche Arbeit. An Schlaf war da nicht mehr zu denken. Er fürchtete um sein Feierabendbierchen. Sein Eheweib murrte schon, wenn er solange Dienst hatte und in der Wachstube übernachtete, während sie mit den Kindern allein im Haus blieb. Sie misstraute ihm und das nicht ohne Grund. All diese Gedanken waren ihm blitzschnell durch den Kopf geschossen, während ihn der Gerichtsschreiber über die verdächtigen Frauen instruierte, die er bei Tagesanbruch mit der Stadtwache abzuholen hatte. Der Amtmann kratzte sich am Schädel und ergab sich, nicht ganz uneigennützig, seinem Schicksal. Immerhin wurde für eine anständige Brotzeit gesorgt, die ihm die Köchin Babette servieren würde und von Zeit zu Zeit ergab sich ein Schäferstündchen mit ihr.

Mit Blick auf den feisten Bauch des Amtmanns erlaubte sich der Gerichtsschreiber die ironische Bemerkung, dass dieser ja genug Zeit gehabt hätte, Speck anzusetzen, während er selbst derart an Gewicht verloren hatte, dass ihn der nächste Windstoß gewiss umzuwehen drohte.

Bevor der Amtmann auf diese Beleidigung eingehen konnte, ließ lautes Rossgetrappel auf dem Kopfsteinpflaster die beiden Männer aufhorchen und sie traten ins Freie hinaus. Sie wunderten sich über den Reiter, der zu vorgerückter Stunde in den Hof hinein ritt. Seine Kleidung wies ihn als Boten des Herzogs aus.

Geduldig wartete Gerichtsschreiber Krampf, bis der Mann absaß, umständlich eine Rolle aus der robusten Ledertasche zog und ihm aushändigte. Er nahm die herzogliche Botschaft entgegen, winkte einen in der Nähe herumlungernden Knecht herbei und wies diesen an, Ross und Reiter zu versorgen.

Der vom scharfen Ritt von München sichtlich gezeichnete Bote, freute sich auf eine Stärkung in der Schlossküche, er war ja nicht das erste Mal hier und kannte das Küchenpersonal, allen voran Babette, die ihm heimlich leckere Bissen zusteckte und gerne mit ihm schäkerte. Die wusste genau, wie man Männer behandelte, damit sie zufrieden waren, an Leib und Seele.

Der Gerichtsschreiber kehrte in die Amtsstube zurück, wo er den Landrichter am Schreibtisch sitzend, zwischen zwei Aktenstapeln, in den losen Papieren blätternd, und mit gerunzelter Stirn, vorfand. „Soeben brachte ein Bote das Antwortschreiben von Herzog Ferdinand."

„So? Wurde auch Zeit, ist schon über zwei Monate her. Öffne und lese er es sogleich!"

Ulrich Krampf brach das herzogliche Siegel auf und rollte das Papier auseinander, stumm überflog er die amtlichen Zeilen.

Der Landrichter legte die Akten beiseite und schaute fra-

gend auf. „Was weist er bezüglich der alten Mayrin von Ingenried an?"

„Er erteilt Euch Vollmacht gegen die Mayrin entsprechend der Ingolstädter Anweisung zu verfahren. Es liegt in
Eurem milden Ermessen", er betonte dabei das Wort milde, „ob die Delinquentin stranguliert, statt enthauptet
werden soll."

Richter Hörwarth reagierte darauf verärgert. „Aha, diese
Gutachter aus Ingolstadt, auf die der Herzog soviel gibt,
diese lahmen Schmierfinken! Kein Wunder, dass die Verfahren sich derart in die Länge ziehen! Und ich darf dann
gnädiglich entscheiden, wie die Verurteilten aus dem Leben zu scheiden haben. Na, bravo! Gott weiß, wie mich
das nervt. Das zieht die Prozesse ja ins Unendliche hinaus
und die Gefangenen vermodern derweil in den Verliesen
und verursachen der Stadt jeden Tag unnötige Kosten."

Krampf blieb der Mund offen stehen, ob solch unge-
wohntem Ausspruch seines Vorgesetzten.

Der Landrichter besann sich und wurde wieder sachlich.
„Das wäre dann alles, Krampf. Schluss für heute!"

„Aber …", dem Gerichtsschreiber schien noch irgendetwas auf der Zunge zu liegen.

„Was aber? Hat er noch irgendwas zu vermelden?"

„Nein, gnädiger Herr!", beeilte sich Ulrich Krampf zu sa-
gen. Er hätte gerne die Gelegenheit genutzt und um eine
Aufstockung seines Salärs gebeten, befand aber, dass der
Zeitpunkt doch nicht der günstigste wäre.

„Nein? Dann mache er seinen wohlverdienten Feier-
abend. Gute Nacht!"

Der Gerichtsschreiber nickte ergeben. „Wünsche eine
angenehme Nachtruhe, Euer Gnaden." Er vollführte einige Bücklinge und war im Begriff, sich zu entfernen, als ihn
sein Dienstherr zurückrief.

„Krampf!"

„Euer Gnaden?" Der Gerichtsschreiber drehte sich fragend um.

„Gute Arbeit, Krampf."

Ulrich Krampf nickte hocherfreut und tänzelte leichten Schrittes und mit stolzgeschwellter Brust zur Tür hinaus. Draußen schlug er sich mit der flachen Hand gegen die Stirn, weil es ihn ärgerte, dass er nicht gefragt hatte. Vermutlich wäre die Gelegenheit doch eine günstige gewesen. Er beschloss, sich selber zu belohnen, und schlug den Weg zum Sternwirt ein.

Hanns Friedrich Hörwarth erhob sich vom Schreibtisch, dehnte und streckte seine müden Glieder. Er bückte sich vor dem Kamin und legte ein paar Holzscheite auf die Glut. Dann setzte er sich in den bequemeren Lehnstuhl und stierte gedankenverloren in die auflodernden Flammen. Bilder stiegen vor seinem inneren Auge auf, das Gesicht einer jungen Maid mit blondem Haar …

Artus, sein Hund, rollte sich behaglich vor seinen Füßen zusammen. Sinnend ließ der Landrichter eine Hand über das weiche Hundefell gleiten. Diesmal ließ er die aufsteigenden Erinnerungen zu, war in Gedanken bei seiner ersten und einzigen Liebe, als er noch ein unerfahrener Junker war. Sie war des Jagdmeisters Töchterlein gewesen, die er schon als junger Bursche im elterlichen Schloss geneckt und für die er Gänseblümchen gepflückt hatte, aus denen sie sich einen Kranz gewunden hatte. Er erinnerte sich, wie er zum ersten Mal, heimlich hinter einem Walnussbaum, ihre weichen Lippen küsste. Sie war etwa dreizehn Jahre alt gewesen. Als er zum Studium nach Padua fortging, hatte er sie fast vergessen. Bis er sie nach vier Jahren wieder getroffen hatte. Bei Gott, wie schön war sie geworden. Was für ein Weib! Er stöhnte auf. Das knarrende Geräusch der sich öffnenden Holztür riss ihn aus den Träumereien.

Adelheid, seine Gemahlin trat ein. Sie trug ihr Nachtgewand, darüber einen seidenen Schlafrock, der am Revers und Saum mit einem Fuchspelz verbrämt war. „Oh, ich dachte, mein werter Herr Gemahl sitzt noch über seinen Akten?"

Verlegen, fast wie ein verliebter Pennäler, schaute er zu ihr hoch, dabei kraulte er weiterhin das Fell des Hundes. *Verdammt, es gelang ihm nicht einmal, seine geheimen Gedanken vor ihr zu verbergen. Dieses Weib war eine Xanthippe.* Er räusperte sich. „Es sind schon wieder vier Weiber der Hexerei verdächtigt worden und eine weitere wurde heute Nachmittag denunziert."

Seine Gemahlin überschlug blitzschnell im Kopf. „Dann sind es ja schon über sechzig Frauen, die du ausgeforscht hast, in nicht mal drei Jahren. Das soll dir mal einer nachmachen!"

„Ich werde diese Unholdinnen allesamt ausrotten und unser schönes Schongauer Land davon befreien! Endlich komme ich voran. Ich werde mir in dieser Stadt noch einen Namen machen."

„Und immer noch keine herzogliche Auszeichnung, mein Armer! Da werden wir wohl wieder mal meine einflussreiche Verwandtschaft bemühen müssen." In Adelheids Stimme lag ein spöttischer Unterton, den ihr euphorischer Gemahl nicht bemerkte.

„Ich dachte da an eine Merksäule vor der Stadt an der Straße, die fremden Vorbeireisenden und Jedermann zur Erinnerung, Warnung und Andenken an die schrecklichen Prozesse gemahnt und das Unkraut nie wieder Wurzel fassen lässt." Der Landrichter sah mit entrücktem Blick ins lodernde Feuer.

„Dafür wird der Herzog nicht einen Kreuzer ausgeben."

Adelheid gähnte verhalten und legte ihm ihre makellose und von keiner harten Arbeit verdorbene weiße Hand auf die Schulter. „Es ist schon spät, komm zu Bett!"

Ungläubig starrte er sie an, ob dieser sentimentalen Gefühlsanwandlung. Allein die Vorstellung auf ein gemeinsames Nachtlager vermieste ihm die Stimmung. Ausweichend zuckte er mit den Achseln und hob mit entschuldigender Geste die Hände. „Ich habe noch zu tun, du weißt ja, die vielen Akten. Geh ruhig zu Bett, meine Liebe, bei mir wird es heute spät."

Adelheid strich ihm zärtlich über seinen dicht behaarten Unterarm. „In diesen kühlen Nächten werden meine Füße nicht mehr warm …"

Abermals zuckte Hanns Friedrich Hörwarth, unangenehm berührt, zurück. „Dann lass dir doch von Babette einen heißen Ziegelstein ins Bett legen … oder besser noch, schaff dir einen Kater an", fügte er zynisch hinzu, als er ihrem vorwurfsvollen Blick begegnete.

Seine Gemahlin reagierte beleidigt. „Ganz wie du meinst. Gute Nacht, mein Lieber, und weiterhin süße Träume."

Erhobenen Hauptes schritt sie an der Magd vorbei, die mit einem Krug Wein in der Hand hereingekommen war und die letzten Worte des Landrichters gehört hatte.

Babette stellte den Krug ab und bückte sich, um das Kaminfeuer zu schüren. Von der Hitze des Feuers hatten sich einige blonde Haarsträhnen unter ihrem straffgebundenen Kopftuch gelöst. Umständlich hantierte sie mit dem Schürhaken und wartete, bis Adelheids Schritte im Flur verklungen waren. Dann schürzte sie ihre Röcke und setzte sich mit gespreizten Beinen auf den Schoß des Landrichters. Ihre prallen Brüste drückte sie aufreizend nahe an sein Gesicht. Ihre pausbackigen Wangen glühten. „Ihr habt mein kleines Gärtchen schon länger nicht mehr bestellt, werter Herr", säuselte sie provokant, dabei griff sie ihm mit sanftem Druck an seine Schamkapsel.

„Lass das!" Richter Hörwarth wehrte sie ab wie eine lästige Fliege.

„Ist der Herr Landrichter jetzt nicht in Stimmung?"

„Du hast mich brüskiert!"

„Ach geh, wann denn?"

„Du weißt schon, heute Morgen im Wald."

„Das war doch bloß Spaß! Ihr wisst doch, Ihr seid der Einzige, der es mir richtig besorgen kann …" Sie begann, ihre Hüften rhythmisch auf und ab zu bewegen.

Hanns Friedrich Hörwarth packte sie hart am Oberarm. „Wer war das Mädchen? Du kennst sie doch!"

Babette rieb sich beleidigt ihren schmerzenden Arm. „Ich hab' sie vorher noch nie gesehen, das müsst Ihr mir glauben, gnädiger Herr!", beteuerte sie, den harmlosen Gesichtsausdruck aufsetzend, den sie so mühelos beherrschte.

„Lüg nicht, du kanntest sie!"

„Aber nein! Nur vom Hörensagen. Mit denen will ich nichts zu schaffen haben. Man munkelt, sie sind mit dem …", sie bekreuzigte sich, „Gott sei bei uns … im Bunde."

„Behalt dein dummes Geschwätz für dich, du infantiles Weib!" Der Landrichter stieß sie grob herunter. Er hatte sich nähere Informationen erhofft und war dementsprechend enttäuscht worden. „Geh zu Bett! Brauche deine Dienste heute nicht mehr!", herrschte er die Magd an.

Babette raffte verärgert ihre Röcke. „Ihr könnt' Marie wohl nie vergessen, aber sie war ein loses Ding, das Euch geblendet hat und sich mit jedermann vergnügt hat. Ihr habt ihr nicht mehr bedeutet, als der Dreck unter ihren Fingernägeln …"

„Aufhören!", brüllte der Landrichter und hielt sich die Ohren zu. „Hinaus!"

Mit triumphierendem Blick verließ die Magd den Raum. Mit Genugtuung hatte sie erkannt, dass sie seinen wunden Punkt getroffen hatte.

Marie – bei der Erwähnung dieses Namens zuckte Hanns Friedrich Hörwarth zusammen. Längst verschüttet geglaubte Sehnsüchte kamen in ihm hoch und griffen an sein verschlossenes Herz. Nach außen hin gab er sich betont kühl und unsentimental, doch im Innersten tobte es und war noch lange nicht tot. Er dachte an seine letzte Begegnung mit ihr und versuchte, die Gedanken an die erlittene Schmach zu verdrängen.

Hanns Friedrich Hörwarth von Hohenburg erblickte in einer sternenklaren Augustnacht, am Tag des Heiligen Laurentius, anno 1552, das Licht der Welt. In dieser Nacht fielen unzählige Sternschnuppen vom Himmel, doch die Wünsche seiner Mutter erfüllten sich nicht. Aufgewachsen war er in Possenhofen am Würmsee, wo sein Vater Hanns Caspar Hörwarth ein stattliches Schloss mit vier Zinnen erworben hatte. Als Stammhalter verbrachte er dort mit seinen älteren Geschwistern eine glückliche Kindheit und Jugend. Die vier Schwestern verhätschelten ihn nach Strich und Faden, nachdem die Mutter früh verstorben war, als er gerade mal drei Jahre zählte. Sie waren allesamt tugendhaft und leidlich hübsch. Aufgrund der großen Immobilienausgabe und dem aufwändigen Erhalt des Schlosses, hielt sich ihre Mitgift in Grenzen, und ihre Eheschließungen waren nicht ganz standesgemäß, so dass sie, zum Leidwesen ihres Bruders, in alle vier Windrichtungen verheiratet wurden. Therese, die Älteste, wurde die Gattin eines Brauereibesitzers in München. Die Zweitälteste, Gisela, verschlug es auf eine zugige Burg an der rauen Nordseeküste, wo sie zeitlebens kränkelte und Sehnsucht nach den Bergen hatte. Die Drittgeborene, Amalie, ehelichte einen Witwer mit drei Kindern, der ein Weingut am Bodensee betrieb. Lediglich die jüngste Schwester, Sophie, fand im Böhmischen ihr Glück und gründete dort einen eigenen Hausstand; sie liebte ihren Mann und bekam zehn Kinder.

Hanns Friedrich Hörwarth wankte zu seinem Schreibtisch und blätterte wahllos in ein paar Akten, doch er vermochte den Schmerz nicht aufzuhalten, der aus der Tiefe seines Herzen aufjaulte. Wie ein tödlich getroffenes Wild zuckte er zusammen. Er ließ sich mit dem Kopf zwischen den Armen auf die harte Tischplatte fallen und schluchzte herzzerreißend.

Sein Hund winselte mitleidig um ihn herum, doch als ihn der Fuß seines Herrn grob traf, vergrub er sich schuldbewusst in eine dunkle Ecke.

Adelheid

Schlaflos lag Adelheid Hörwarth im Bett. Zwei Katzen kreischten draußen im Hof. Fröstelnd zog sie die Knie an. Ihr Stolz verbot ihr die Tränen. Früher, in den ersten Ehejahren, hatte sie lange Nächte durchgeweint. Aber geholfen hatte es nichts, im Gegenteil, sie war verbittert geworden und hatte davon dunkle Augenringe bekommen. Der Wind wütete gegen das Hoftor und es fing zu regnen an. „Nein, nicht schon wieder Regen", murmelte Adelheid. Der ewige Dauerregen schlug ihr langsam aufs Gemüt und verursachte ihr Kopfweh. Rau war das Klima hier, nicht so lieblich und mild wie in ihrer Heimat Tirol.

Adelheids Kindheit und Jugendjahre auf der elterlichen Burg, zwischen Weinbergen und Obstgärten, waren unbeschwert und sorgenfrei gewesen. Sie genoss eine zwanglose Erziehung und wuchs zu einer selbstbewussten, jungen Dame von hoher Bildung heran. Leider fehlte es ihr an weiblichem Charme und Witz, der diesen kühlen Wesenszug ausgeglichen hätte. Ihre vornehme Blässe erzielte sie dadurch, dass sie ihre Haut niemals der Sonne aussetzte und keine unnötige Sommersprosse verunzierte ihr glattes Gesicht, eine kleine Äußerlichkeit, die den Adel und das Bürgertum vom gemeinen Landvolk unterschied. Sie hatte die dunklen Augen und Haare ihrer Mutter, Gräfin Isabelle, geerbt, die altem französischem Landadel entstammte. Adelheid hatte ihrer Frau Mutter in der Vergangenheit großen Kummer bereitet und ihrem Vater, Graf Anton von Arnsberg, beträchtliche Sorgen und Unbill, als sie hochkarätige Bewerber um ihre Hand arrogant abgewiesen hatte. Ihre Eltern nahmen es jetzt ohne jegliches Bedauern hin, dass ihre hochnäsige Tochter unter ihrem Stand heiraten musste. Aber länger hatte man nun wirklich nicht mehr warten können, denn das Kind ging schon auf die dreißig zu und es war höchste Zeit, es unter die Haube zu bringen. Die einzige Alternative, ein Leben in einem Kloster, kam für Adelheid, die einen eigenwilligen Kopf besaß, nicht in Frage. Keuschheit ja, aber Gehorsam, nein. Selbst das Amt einer Äbtissin war für sie nicht verlockend genug, obwohl ihre stattliche Mitgift für einen derartigen Aufstieg durchaus gereicht hätte.

Graf Anton besaß große Ländereien, war ein umgänglicher und romantisch veranlagter Mensch, der ein Faible für Bücher hatte und sich auf seinem Wohnsitz eine beachtliche Bibliothek eingerichtet hatte. Er verwöhnte die Tochter übermäßig und ließ ihr so manches durchgehen, insbesondere ihre Launen, war sie doch sein einziges, geliebtes Kind und Erbin. Was hatte er ihr nicht alles versprochen und in den Kopf gesetzt. „Adelheid, mein liebes Kind, bei deiner Schönheit und Bildung wird dir die Welt zu Füßen liegen."

Adelheid seufzte in ihr weiches Kissen. Hätte sie bloß auf ihn gehört, aber sie war stur geblieben. Ihr Vater war über diese Verbindung nicht sonderlich erfreut gewesen, dennoch hatte er auf den Wunsch von Tochter und Gemahlin nachgegeben. Heute nahm ihm das Adelheid übel. Sicher, ihr Bräutigam war in aller Augen vielversprechend, sah blendend aus, verfügte über enormen Ehrgeiz und der Posten jenseits der Alpen schien eine große Herausforderung für einen jungen aufstrebenden Advokaten und seine nicht minder zielstrebige Gemahlin. Für ihn verließ Adelheid ihre Familie und ihre vertraute Welt. Der Altersunterschied von sechs Jahren störte sie nicht, eiserne Disziplin und Schönheitspflege ließen sie deutlich jünger aussehen. Ihr Vorbild war Eleonore von Aquitanien. Diese war elf

Jahre älter als ihr Gatte, Heinrich II., und hatte ihm noch acht Kinder geboren, dabei war sie bei ihrer Hochzeit schon über dreißig gewesen. Adelheid wusste, dass ihr Mann sie nicht aus Liebe heiratete, das war in ihren Kreisen nicht üblich und darüber zerbrach sie sich nicht ihr reizendes Köpfchen. Sie galt als glänzende Partie und besaß genügend Selbstvertrauen, um sich einzureden, eines Tages sein Herz zu erobern. Er war ihre einzige und letzte Chance und sie hatte Gefallen an ihm gefunden. Ihr war es einerlei, dass er dem Stande nach nicht dem Adel angehörte, der ihrer würdig gewesen wäre. Adelheid beschloss, ihren Mann voranzubringen, und sie würde sich der notwendigen Mittel bedienen, um seine Karriere zu fördern. Zunächst ließ sich alles erfreulich an. Sie wurde die erste Dame in der Stadt, gab modisch den Ton an und unterhielt einige wohltätige Kreise. Schnell scharrten sich die Schongauer Bürgerinnen um ihren neu gegründeten Handarbeitszirkel, in dem Neuigkeiten und der jeweilige Tratsch besprochen wurde. Als freigebige Hausfrau verwöhnte sie die Gaumen ihrer Gäste mit honigsüßem Gebäck nach Rezepten ihrer Tiroler Heimat. Auf Adelheids Meinung wurde viel gehalten und sie wurde allseits beneidet, doch im Innersten war sie todunglücklich. Ihre Ehe war eine einzige Enttäuschung und sie fühlte sich hintergangen. Kaum eine Nacht, die ihr Gatte in ihrem Schlafgemach verbrachte, so dass der ersehnte Kindersegen ausblieb. Kein Kindelein, dass sie herzen und in ihren Armen wiegen durfte, eine fruchtlose Ehe, die nach außen hin nur zum Schein existierte.

Unangenehm berührt dachte Adelheid an ihre Hochzeitsnacht zurück. Dabei hatte der Tag so glücklich angefangen, ein großes gesellschaftliches Ereignis mit vielen hochgestellten Gästen, die meisten von weit her angereist.

Wie jede Braut blühte sie förmlich auf in ihrem Glück. Strahlend schaute sie zu ihrem frisch angetrauten Ehemann auf, die hohen Wangen von einer zarten Röte überzogen, das ovale Gesicht umrahmt von einem Kranz dunkler Haare, das zu einer Krone aufgesteckt war, mit silbernen Sternen darin. Ihre überschlanke Figur kam in der karmesinroten Robe, in deren Korsett sie sich hatte eng einschnüren lassen, anmutig zur Geltung. Unter dem mit Rubinen bestickten und Goldborten verzierten Oberkleid schimmerte ein Unterkleid aus eierschalenfarbener Seide. Damit widersetzte sich die eigenwillige Grafentochter der vorherrschenden spanischen Hofmode, die für eine fromme jungfräuliche Braut strenges Schwarz vorschrieb. Ihr Vorbild war Maria Sforza, die zweite Gemahlin von Maximilian I., die bei ihrer Hochzeit im Jahr 1503 in einem leuchtend roten Kleid geheiratet hatte. Die spanische Etikette verbot den Frauen außerdem, ihre Füße sehen zu lassen, was Adelheid geschickt verbarg, die unter dem weitabstehenden Rock bequeme Lederstiefelchen trug, statt der absatzlosen, flachen Schuhe. Der hinter dem Kopf fächerförmig hochstehende Kragen aus venezianischer Spitze umschmeichelte ihren schwanengleichen Hals, den ein dreireihiges Perlenhalsband aus der Schmuckschatulle ihrer Mutter zierte. Der goldene Verschluss war zu einem Herz geformt mit einem Edelstein in Farbe und Größe eines Blutstropfen. Passend dazu trug sie tropfenförmige Granatohrringe und über den Spitzenhandschuhen nur einen erlesenen Ring, ein Rauchquarz in silbern verzierter Fassung, der bis zum obersten Fingerglied reichte, das Verlobungsgeschenk ihres Bräutigams. In einem Nachthemd aus feinstem Batist bebte sie in fiebriger Vorfreude ihrer Hochzeitsnacht entgegen. Diese wurde wider Erwarten zum Desaster. Ihr sturzbetrunkener Gemahl rollte sich laut schnarchend zur Seite, während die enttäuschte Adelheid in ihre beiden geflochtenen Zöpfe weinte, die Haare in der Mitte akkurat gescheitelt. Das breite Himmelbett war von ihren alten Tanten liebevoll mit Rosen und Efeuranken geschmückt worden. Ihr Gemahl verschmähte sie noch zwei weitere Nächte, in der vierten wachte er mitten in der Nacht auf, löste ihre schweren Zöpfe und drückte sein Gesicht in ihr Haar. Die in der Liebe unerfahrene Adelheid wagte kaum, sich zu rühren. Sie hielt den Atem an, als ihr Gemahl ihr das Nachthemd über die Knie schob, dabei hörte sie ihn heftig und kurz atmen. Zuerst entschuldigte sie die fehlenden Manieren und die rüde Art, mit der er grob und ohne jegliches Zartgefühl in sie eindrang, mit jugendlichem Ungestümsein. Doch als er wild auf ihre sensiblen Lippen biss, und dabei undeutliche Koseworte an ihr Ohr stammelte, bäumte sie sich entrüstet auf. Zuerst verstand sie ihn nicht, doch dann vernahm sie einzelne Wortfetzen. „Marie! Oh, Marie!" Adelheid schlug ihrem Gatten heftig auf den Mund. Tief bestürzt ließ dieser von ihr ab, griff nach seinem Hausmantel und verließ mit langen Schritten den Raum. Adelheid war wütend, so hatte sie sich ihre Ehe nicht erträumt. Sie heulte in die Kissen, doch dann beruhigte sie sich und tröstete sich damit, dass es besser werden würde, wenn sie ihrem Mann ein Kind schenkte. Einen Sohn, den ersehnten Stammhalter, dann würde er sie endlich lieben. Sie horchte vergeblich auf den Klang seiner zurückkehrenden Schritte, doch diese blieben aus. Am liebsten hätte sie sich selber geohrfeigt und sie nahm sich vor, sich beim nächsten Mal nicht so gehen zu lassen. Tränen rannen abermals über ihr Gesicht, es sollten nicht die letzten in dieser trostlosen Ehe sein. Alle Hoffnung setzte sie auf den Umgebungswechsel und fieberte ihrer neuen Heimat hoffnungsvoll entgegen. Die bayerische

Grenzstadt Schongau würde alle ihre Erwartungen erfüllen. Als Frau des hiesigen Stadt- und Landrichters genoss sie dort hohes gesellschaftliches Ansehen. Eine noble Dame wollte sie sein, vornehm und unnahbar, zu der man aufsah und die man bewunderte. Doch es dauerte nicht lange und Adelheid gestand sich ein, dass ihre eintönige Ehe nicht mehr als eine schöne Fassade war, wie all die herausgeputzten Häuser hier in der Stadt.

Die Katzen hatten aufgehört zu kreischen und auf dem Hof war es still geworden. Adelheid fasste sich an ihre schlaffen Brüste, die all die Jahre leer geblieben waren. Ein krampfhaft aufkommendes Schluchzen unterdrückte sie; lange Stunden wälzte sie sich schlaflos hin und her, bis das regelmäßige Trommeln der Regentropfen an die Fensterscheiben sie einlullte, und sie in den ersehnten tiefen Schlaf fiel. Sie träumte sich zurück auf die Burg ihrer Eltern, war wieder ein junges und ungebundenes Mädchen, das auf Bällen tanzte und von fernen Prinzen auf edlen Pferden umworben wurde.

Im Gasthof zum Goldenen Stern

Beim Sternwirt herrschte zu später Stunde rege Betriebsamkeit. Das Bier hier unterschied sich vom üblichen Dünnbier, es war kräftig im Geschmack und rann wohltuend die durstigen Kehlen hinunter. Und wen es nach einem edlen Wein gelüstete, der kam ebenfalls auf seine Kosten. Im kühlen Kellergewölbe des Sternwirts lagerten nur die erlesensten Tropfen. Hans Semer, der Weinwirt und Gastgeb hatte aus der Gastwirtschaft eine Nobelherberge erschaffen, seit er und seine Familie das Gebäude erworben hatten. Mit Recht war er stolz auf den guten Ruf des Hauses.

Und die Schankmägde waren auch nicht ohne, wie etwa die dralle Vroni, an die dachte der Ratsherr Benedikt Augustin gerne mal. Wenn sie die Bierkrüge schwungvoll auf den Holztischen abstellte, schwappte der Schaum über und lief in ihr prächtiges Gebirg‘, welches sie ebenso freizügig kredenzte wie das Bier. Dazu lachte die Vroni herzhaft und scherzte, und wenn ihr der Ratsherr Lorenz Kirchbichler, sobald sie sich umgedreht hatte, einen Klaps auf ihr sattes Hinterteil gab, dann juchzte sie noch lauter. Das gefiel den angetrunkenen Herren und sie johlten beifällig. Ja, die Vroni, die hatte ihr Herz schon auf dem rechten Fleck, die geizte genauso wenig mit ihren Reizen, wie nachher die Herren mit den Trinkgeldern. Dem müde wirkenden Gerichtsschreiber zwinkerte sie aufmunternd zu und weckte augenblicklich alle seine Lebensgeister. Der schweigsam vor sich hin brütende Amtmann notierte das mit einem spöttischen Grinsen, trank seinen Krug leer und rülpste zufrieden.

Der monotone Ruf des Nachtwächters ertönte durch die

Gassen und mahnte zur Heimkehr. Die Herrenrunde erhob sich vom Tisch und die Männer torkelten, schwer vom Bier und Wein, zur Tür hinaus. Draußen an der frischen Nachtluft erleichterten sie sich als erstes im dunklen Hauseck', wo es derart nach Pisse stank, dass selbst ein Blinder und ein Sturzbesoffener es nicht hätten verfehlen können.

Xaver Weiß verabschiedete sich, er hatte es eilig zurück in seine Wachstube zu kommen und gab vor, sich um die nötigen Vorbereitungen für den morgigen Tag kümmern zu müssen. Insgeheim hoffte er aber, dass Babette ihm sein kaltes Feldbett schon vorgewärmt hatte.

Bedeutungsvoll tippte Ulrich Krampf auf seinen unbedeckten Kopf und verabschiedete sich von den anderen. Drinnen nahm er seinen Hut, den er absichtlich liegenlassen hatte und schaute vorsichtig um sich. Dann stieg er, am Sternwirt vorbei, der in diesem Quartal das Amt des Bürgermeisters innehatte und ihm vertraulich zublinzelte, die steile Treppe hoch. Im ersten Stock lagen die vornehm ausgestatteten Fremdenzimmer, in denen es den Gästen an nichts mangelte. Selbst dem von seinen Nierensteinen geplagten französischen Schriftsteller Michel de Montaigne war die Nobelherberge einen Eintrag in sein Reisetagebuch wert, als er im Jahre 1580 auf der Durchreise hier abstieg. Er fand eine neue Anordnung der Tafel vor: Die Salzständer wurden auf einem quadratischen Tisch von einer Ecke zur gegenüberliegenden aufgestellt, die Leuchter desgleichen, sodass ein St. Andreaskreuz gebildet wurde. Der Franzose lobte den Salat mit den frischen Kräutern und den in Viertel geschnittenen hartgesottenen Eiern darauf, ferner den neuen Wein, der dort meist nach Beendigung des Gärens getrunken wird. Erwähnenswert erschien ihm die Verarbeitung das Getreides, das in den Scheunen nach Bedarf gedroschen wurde, und zwar mit dem dicken Ende einer Peitsche. In der zweiten Etage wohnte die Familie Semer, dort gab es eine Hauskapelle. Im Dachgeschoß schliefen die Bediensteten, wo die Vroni eine kleine Kammer hatte, die sie mit der Fischer Berta teilte.

Behutsam setzte der Gerichtsschreiber einen Fuß nach dem anderen auf die Holzstufen, die bei jedem Tritt verdächtig knarrten. Verstohlen sah er um sich und klopfte mit zaghaften Fingern an die Kammertüre.

Vroni öffnete sofort, sie hatte den Herrn schon erwartet und schob ihn eilig durch den Türrahmen zum Rand des schmalen Bettes. Die Bettstatt daneben war leer, die alte Berta hatte noch in der Schankstube zu tun.

Mit fahrigen Fingern an seinen Hosen nestelnd, wankte dieser auf das Bett zu, wo die Schankmagd, die Röcke gerafft, schon lächelnd bereit lag. Geduldig empfing sie seine halbherzigen Stöße, schwer atmend, nach Bier und Wein ausdünstend, erwartete die Vroni nicht all zu viel. Sie wandte den Kopf etwas zur Seite und betrachtete im Ankleidespiegel an der Wand gegenüber das Schauspiel des auf und ab wippenden Gesäßes mit dem schlaff hängenden Eiersack, was ein rhythmisch klatschendes Geräusch erzeugte. Das Ganze belustigte Vroni und sie versuchte, ein plötzlich aufkommendes Kichern zu unterdrücken. Sie zwang sich, an das satte Trinkgeld zu denken, dass er ihr später in ihr Hemd stecken würde. Lange schon sparte sie auf ein paar neue Schuhe aus feinem Leder mit einer modischen Schnalle darauf, solche wie die Frau Landrichter sie trug. Ja und wenn das Geld reichte, würde sie sich dazu ein schickes Wolltuch kaufen, nicht so ein derbes, das auf der Haut kratzte, sondern eines aus feinem Tuch, das die Händler aus Augsburg mitbrachten.

Das Stöhnen des Gerichtsschreibers wurde lauter, er wurde kurzatmiger und seine Stöße heftiger. Die Schankmagd wurde augenblicklich wachsam, sie kannte die verschiedenen Rhythmen ihrer Besucher genau und wusste, wann es so weit war, sich in Acht zu nehmen. Mit Schwung stieß sie das schmächtige Männlein herunter und rollte rasch unter ihm zur Seite, so dass er auf dem Bauch zu liegen kam und sein Samenerguss nur das Linnen befleckte. Vroni hatte vorsorglich ein altes Leinentuch daruntergelegt.

Entkräftet von der großen Anstrengung, blieb der Gerichtsschreiber völlig erschlafft auf dem Bett liegen.

Vroni seufzte erleichtert auf, diesmal war es für sie ein Leichtes gewesen. Aber immer ging es nicht gut. Der beleibte Ochsenbauer hatte so schwer auf ihren Schenkeln gelegen, dass sie ihn nicht rechtzeitig hatte abschütteln können. Und bald schon schwante ihr nichts Gutes und sie begab sich heimlich auf den Weg zur Gruberin nach Peiting, die ihr ein Gebräu aus zerstoßenem Mutterkorn verabreichte, und als das nichts geholfen hatte, mit einem langen Haken, sie von dem „Geschwür" befreite. Eine ganze Zeitlang vermochte sie sich kaum mehr auf den Beinen zu halten, um die schwere körperliche Arbeit im Dienst des Sternwirts zu verrichten, so dass sie gezwungen war, von ihrem Ersparten und von Almosen zu leben. Ihr Dienstherr war zwar reich, aber geizig und außerdem streng katholisch, weswegen er gerne nach der Heiligen Schrift rezitierte: „Du sollst dein Brot im Angesichte deines Schweißes verdienen." Der Vroni half das nicht weiter. Sie verfluchte solche Männer, die ihre Samen gedankenlos verstreuten und alles den Weibern überließen. Für eine ledige Jungfer war das außerdem höchst gefährlich. Fröstelnd dachte sie an die zweite Schankmagd, die Liesel, die man vergangenen Sommer als Kindstöterin im Katzenweiher vor der Stadtmauer ertränkt hatte.

Vroni gab dem Gerichtsschreiber einen Tätscher auf sein Hinterteil und deutete warnend auf das leere Nebenbett. Er erhob sich hastig und zog seine Hosen hoch, griff in die rechte Rocktasche und holte den hirschledernen Geldbeutel hervor. Seine Brillengläser waren beschlagen und er zückte umständlich ein paar Kreuzer, drückte sie der Vroni zwischen die Brüste. Seine schmalen Lippen suchten ihren Mund, doch die Schankmagd drehte geschickt ihren Kopf zur Seite, so dass sein feuchter Schmatzer nur ihre Wange traf. Resolut schob sie ihn zur Tür hinaus, vorsichtig auf den Flur hinaushorchend. Beruhigt hörte sie unten in der Schankstube das vertraute Klappern von Geschirr. Zum Glück war die dicke Berta etwas träge und schwer von Begriff und dachte sich nicht recht viel. Vroni nahm die Kreuzer aus ihrem Ausschnitt, drehte sie ein paarmal in der Hand, dann holte sie unterm Bett einen Strumpf hervor, den sie auf ihrer Schürze ausleerte. Die junge Schankmagd zählte die Münzen und verstaute sie hastig wieder im Strumpf, hörte sie auf der Treppe schon die schlurfenden Schritte ihrer Bettnachbarin. Sie nahm das feuchte Leintuch, wusch es in der Waschschüssel, wrang es fest aus und hängte es zum Trocknen über die Lehne des einzigen Stuhles in der Ecke. Dann zog sie Schürze, Rock und Schnürmieder aus und legte sich im Hemd schlafen, dabei kam ihr der Gerichtsschreiber wieder in den Sinn, der jetzt in dieser kalten Nacht heimwärts torkelte und bei seiner Ehefrau keinen warmen Schoß fand. Nach sieben Kindern, dachte Vroni, war das verständlich. Wenigstens hatte die Gattin genug Abwechslung beim wöchentlichen Nähzirkel im Hause der Frau Landrichter, ein ebensolches Weib mit herabgezogenen Mundwinkeln, die sich emsig ihrer Klosterstickerei widmete. Zum Glück hatte er keinen weiten Weg, in seinem Zustand. Das Stadtschreiberhaus lag gleich auf der anderen Seite des Platzes und war Amtsgebäude und Dienstwohnung in einem.

Schläfrig zuckte Vroni die Schultern, ihr war das einerlei. Vor dem Einschlafen dachte sie voll Vorfreude an die neuen Schnallenschuhe, die sie bald beim Schuster in Auftrag geben konnte.

Johanna und Hannes
träumen von einander

„Hannes, sein Name ist Hannes. Das kann kein Zufall sein." An Schlaf war nicht zu denken. Johanna war schon zeitig nach oben in ihre Kammer gegangen, um ungestört ihren Gedanken nachzuhängen, die um den Einen kreisten, der ihr nicht aus dem Sinn kam und keine Ruhe ließ. Sie lag unter dem Laken und lauschte dem abendlichen Konzert der Singvögel zum Sonnenuntergang. Immer wieder rief sie sich die ersten Augenblicke mit Hannes ins Gedächtnis. Wie er auf dem Markt in Schongau auf sie zugekommen und sie ihm keck den Kräuterbuschen unter die Nase gehalten und bemerkt hatte, wie er über beide Ohren rot geworden und sich schüchtern erkundigte, was die Kräuter bedeuteten. Wie sie ihm das blaue Halstuch umgebunden und er sie gegenüber der vornehmen Bürgerin mit der Schönheitspaste verteidigt. Wie er ihr zuerst gefolgt und dann von den Rottfuhrleuten aufgehalten worden war. Und sie verspürte schon eine leichte Enttäuschung und glaubte ihn verloren. Dann war er unvermittelt wieder auf der Brücke aufgetaucht. Wie er beherzt eingegriffen, als die üblen Burschen sie bedrängten. Ihr war fast das Herz stehengeblieben, als der Stein ihn, statt den Angreifer getroffen und er kurz das Bewusstsein verlor. Und dann, mit welchem Blick er sie angesehen, als er wieder zu sich gekommen, da war es um sie geschehen. Gott sei Dank war er nicht ernstlich verletzt, aber sie hoffte trotzdem, dass er mit ihr nach Hause käme. Sie verlangte nach seiner Gegenwart und brannte darauf, mehr von ihm zu erfahren. Oh, wie er sie zu seinen Lieblingsplätzen geführt und was er alles wusste, über Dinge, von denen sie noch nie gehört, wie über die Römer und die Welfen. Ach, und als er mit ihr auf der Burg getanzt und sich ihre Hände zum ersten Mal berührten. Wie sie unter seinem Mantel Schutz vor dem Gewitterregen gefunden und völlig durchnässt bei ihr daheim angekommen waren. Wie er am Feuer gesessen und sie sich verstohlen hinter dem Rücken ihrer Mutter scheu zugelächelt, wie er sie andauernd angesehen …

Unruhig wälzte sich Johanna von einer Seite zur anderen. Hoffentlich hatte er nichts bemerkt von ihren in Aufruhr geratenen Gefühlen. Tief drinnen im Herzen hegte sie den Wunsch, sich bei ihm zu bedanken, am liebsten wäre sie ihm um den Hals gefallen, oder hätte ihn gar geküsst. Bei dieser Vorstellung kamen ihr die zehn Gebote in den Sinn und sie schämte sich. Schuldbewusst steckte sie den Kopf unter die Bettdecke und murmelte leise ein Gebet, doch immer wieder schlich sich Hannes in ihre Gedanken. Oh, wenn er sie doch ein wenig in sein Herz einschließen würde. Sie erinnerte sich, dass die Bürger der Stadt ihm mit Ablehnung begegneten. Er schien von der Gesellschaft genauso ausgegrenzt zu sein wie sie. Vermutlich war er ein Gerbergeselle, aber nein, dazu hatte er zu gepflegte Hände. Seine wohlgeformten Hände waren ihr als Erstes aufgefallen. Sicher war er ein guter und rechtschaffener Handwerksbursche und sie träumte bereits vom Brautkranz. Johanna schmiegte ihre Wange ins Kopfkissen, leicht seufzend drückte sie einen Kuss darauf. Vorsichtig tasteten sich ihre Finger unter dem Laken über den flachen Bauch zu ihrem kleinen Fellchen. Ein unbestimmtes Verlangen überkam sie, wie sie es zuvor noch nie verspürt hatte. Sie bewegte ihre Finger im Schoß und streichelte die zarte Stelle zwischen den Schenkeln, der Nachtigall lauschend, deren wehmütiges Crescendo in einen klangvollen Gesang überging. Irgendwann in der Nacht schlief sie mit einem zufriedenen Lächeln auf den Lippen ein.

Hannes lag ebenfalls lange wach. Ihn bewegten ähnliche Gefühle. Er rekonstruierte die Momente mit Johanna bis ins kleinste Detail. Doch ihn beschäftigte die Sorge, wie er dem Mädchen beibringen sollte, dass er aus einer Henkersfamilie stammte und diese dem Brauch nach untereinander heirateten. Ihm widerstrebte es zutiefst in seinem Innersten, dem Vater im Henkersberuf nachzufolgen, aber eine Verweigerung war undenkbar, dessen war er sich schmerzlich bewusst. Welch' Ironie des Schicksals, das zwei Menschen wie sie beide zusammenführte: sie, die Tochter einer ehrlosen Hebamme und ihn, den Henkerssohn, dem kein ehrbarer Beruf auszuüben erlaubt war. Zornig hieb er mit der Faust auf seine Schlafstatt, so dass das Stroh, mit dem das Bettzeug gefüllt war, aufstob. Er wünschte sich mit Johanna weit weg, in ein anderes Land, einen fernen Erdteil, wo ihn niemand kannte. Dort wäre es ihnen möglich, ein neues Leben anzufangen. Hirngespinste, Träumereien würde sein Vater dazu sagen. Dann stellte er sich vor, wie er Johanna auf ihren Mund mit den weichen Lippen küsste. Mit einem tiefen Seufzer schlief er ein.

Ein heimliches Stelldichein

Kurz nach Sonnenaufgang eilte Johanna in freudiger Erwartung dem Auwäldchen am Schlossberg zu, ihr Herz pochte wild. Abgestorbene Fichtenäste knackten unter ihren Füßen und es roch nach feuchtem Moos, Pilzen und Bärlauch. Auf den Gräsern schillerten Tautropfen.

Hannes wartete oben bereits voller Ungeduld und Sorge, ob das schöne Mädchen wohl kommen werde. Sobald er ihrer anmutigen Gestalt ansichtig wurde, erhob er sich und schritt ihr leichten Fußes entgegen. Hinterm Rücken hielt er einen frisch gepflückten Blumenstrauß verborgen. Trotz beginnendem Bartwuchs sah er mit seiner mittelgroßen Statur und den hellen, schulterlangen Haaren noch nicht aus wie ein Bursche von Anfang zwanzig. Er besaß eine breite Stumpfnase und glich im Äußeren eher der Mutter und nicht dem Vater, der mit Hakennase, buschigen Augenbrauen und einer stattlichen Größe von sechseinhalb Fuß eine imposante Erscheinung war.

Atemlos, und mit vor Aufregung glühenden Wangen, blieben die beiden jungen Menschen vor einander stehen.

„Ich hab' dir ein anderes Halstuch mitgebracht, eines, das selbst eines edlen Grafen würdig wäre." Sorgsam nestelte sie das mehrfach gefaltete Leinen aus ihrem Ausschnitt und reichte es dem Burschen mit einem scheuen Lächeln.

Derart ermutigt, zog Hannes den Feldblumenstrauß hervor, behielt ihn aber solange krampfhaft in den Händen, bis das Mädchen ihn staunenden Auges entgegennahm. Verstohlen sah er auf den Ansatz ihres Mieders, dabei erhaschte er einen flüchtigen Blick auf die zarten Knospen ihrer kleinen Brüste. Wie ein ertappter Dieb schaute er rasch weg.

Johanna bemerkte nichts von seinem Gemütszustand, sie befand sich selbst in einem Zustand innerer Aufruhr. Selig versenkte sie die Stupsnase in den glattblättrigen Blüten und sog, mit geschlossenen Augen, deren betörenden Duft ein. „Oh, wie herrlich", hauchte sie. „Sie duften nach Sommer und …", sie schaute Hannes verliebt an. „Du verhältst dich wie ein Edelmann, das gefällt mir."

„Ach, ich war schon früh da und hab' mir die Zeit damit vertrieben", leugnete Hannes und wurde vor lauter Verlegenheit rot.

„Oh, was für eine schöne Mischung", fuhr Johanna in ihrer Begeisterung fort. Jede einzelne Margerite, rote Lichtnelke, blau-violette Glockenblume, zartlilafarbenes Wiesenschaumkraut, hellblau leuchtendes Vergissmeinnicht und sogar der gelbblühende Hahnenfuß, fand ihre ausdrückliche Bewunderung.

Verzückt betrachtete Hannes sie dabei, und keine Blume erschien ihm so schön wie sie.

„Da hast du dir aber lange die Zeit vertrieben", meinte Johanna schließlich mit verschmitzter Miene und in Anbetracht der Fülle des Straußes.

„Nicht doch, ich war eh auf Kräutersuche."

„Ach geh', lass mal sehen, was du alles gesammelt hast." Johannas Neugierde war geweckt. Sie hielt ihre Schürze auf und wartete, bis der Bursche sein zögerliches Verhalten aufgab und den Inhalt des Lederbeutels ausleerte. Sie ließen sich im Gras nieder.

„Waldmeister, Bärlauch, Schöllkraut, Schlangenknöterich, Wiesenkümmel, Wiesensalbei und Christophskraut." Johanna war erstaunt über die Auswahl und mehr noch über den Burschen, der ihr jetzt in einem völlig neuen Licht erschien. Sie runzelte zuerst die Stirn, dann zog sie die Augenbrauen hoch. „Du scheinst dich ja mit Heilkräutern auszukennen.

Warum hast du dann auf dem Markt so blöd gefragt?"

„Och, ich wollte dich nur beschäftigen, du hattest außer mir ja sonst keine Kundschaft", versuchte Hannes zu scherzen.

„Na, warte nur!" Johanna knuffte ihn mit gespielter Wut in die Seite, war aber innerlich erfreut über diese Gemeinsamkeit.

„Schau mal, Wiesenkümmel! Die Samen helfen, wenn du zuviel Kohl oder frisches Brot gegessen hast, du weißt schon, was ich meine", lachte sie spitzbübisch.

„Also, wir machen daraus Kräuterlikör, zur Vorbeugung."

„Aha, auch nicht schlecht."

„Das da kenn ich, das ist gegen Schlangenbisse!" Sie hielt einen Halm mit hellroten Borsten hoch.

„Das hält mein Vater für ein Ammenmärchen, weiß nicht, wie der da hinein gekommen ist." Achtlos warf er den Schlangenknöterich fort und griff nach einer hübschen blaublütigen Wiesenblume. „Salbei, das kommt von salvare und ist lateinisch. Es bedeutet heilen." Er hielt inne und bemerkte freudig, dass er das Mädchen mit seinem Wissen beeindruckte.

„Bist du etwa ein Medicus – oder eher dein Vater?" Ihr entging, dass Hannes bei ihren Worten aschfahl geworden war.

„So etwas Ähnliches", wich er dieser leidigen Frage ungeschickt aus und erntete ein großes Fragezeichen in ihren Augen. Hastig lenkte er von dem unangenehmen Gesprächsverlauf ab. „Wusstest du, dass Schwalben ihren Nestlingen Stengelstückchen des Schöllkrauts auf die anfangs geschlossenen Augen legen, damit sie sehend werden?"

„Nein, meine Mutter macht damit Warzen weg", meinte Johanna nüchtern, fand aber Hannes Version wesentlich romantischer. Sie inspizierte die restlichen Kräuter, einige davon waren welk und sie vermutete, dass er sie schon länger mit sich herumtrug. „Das ist Christophskraut, hilft gegen die Pest. Der Herrgott verschone uns vor diesem Übel", unwillkürlich bekreuzigte sie sich.

„Aber nein, das ist ein Zaubermittel zum Heben verborgener Schätze!", rief Hannes augenzwinkernd.

Johanna stand auf und strahlte ihn an wie die aufgehende Sonne. „Oh, wie schön!"

„Wollen wir die Lechhöhe ein Stück entlang gehen?", brachte er stotternd hervor, bange abwartend, ob das schöne Mädchen ihm noch länger seine Zeit schenken würde und sein Herz frohlockte, als es nur stumm nickte.

Oben angekommen, erschloss sich den beiden jungen Menschen erneut der grandiose Blick auf den wilden Fluss, die Alpenkette und den nahegelegenen Auerberg.

Johanna holte aus einem Leinenbeutel unter ihrer Rockschürze zwei leicht verschrumpelte Äpfel hervor, die sie von der letzten Ernte aufbewahrt hatte, polierte sie mit dem Rockzipfel und gab den größeren ihrem Begleiter.

Dieser biss herzhaft hinein, schmeckte den süßsauren Geschmack und begriff, dass er – spätestens jetzt – wie einst Adam im Paradies, sein Herz an dieses bezaubernde Mädchen verloren hatte.

Unter dem Schutz ihrer langen Wimpern, beobachtete ihn Johanna dabei aufmerksam, aber innerlich glühte und bebte sie. Der Bursche an ihrer Seite versprach mehr, als sie zu hoffen gewagt hatte und übertraf alle ihre Erwartungen. Es gefiel ihr, dass er sich ebenfalls mit Kräuterkunde befasste. Er schien ihr anders zu sein, als die einfältigen Bauernburschen, die ihr nachstellten und nur blöde glotzten.

„Mmh, schmeckt gut." Hannes schaute sie verliebt an.

„Ich schmeck noch besser! Übrigens, danke für deine

Hilfe gestern." Einem plötzlichen Impuls folgend, hauchte sie ihm einen Kuss auf die Wange. Erschrocken über die eigene Kühnheit sah sie verlegen zu Boden.

Hannes errötete über beide Ohren und sein Herz pochte ihm bis zum Hals. So etwas war ihm noch nie zuvor im Leben passiert, dass solch ein Glück an seine Tür pochte. Plötzlich fühlte er sich frei und leicht. Mit einem lauten „Juchhe", dessen Echo im Wald widerhallte, schleuderte er den Apfelbutzen in weitem Bogen über die Wiese. Zwei Krähen, die in der Nähe gewartet hatten, stürzten sich sogleich darauf und zankten darum.

Mit einem befreienden Lachen warf Johanna ihren hinterher.

Auf einer kleinen Anhöhe war ein Baumstumpf, von wo man eine gute Aussicht auf das weite Land hatte. Darauf setzten sie sich und genossen es, so nah beieinander zu sein, die Körperwärme des anderen zu spüren. Für die Schönheit der Landschaft hatten die beiden Verliebten keinen Sinn. Sie unterhielten sich angeregt und merkten dabei nicht, wie die Zeit verging. Ein Zitronenfalter umschwirrte ihre Köpfe und landete auf Johannas rotem Kopftuch, das er wohl für eine Blume hielt. Im nahen Geäst hämmerte der Buntspecht und die Margeriten öffneten ihre Blütenkelche, um hungrige Insekten einzuladen.

Johanna maß die Zeit mit der Natur. Sie hatte herausgefunden, bei welchem Sonnenstand die Margeriten aufblühten, und dass der Specht ein Langschläfer war. Jetzt bemerkte sie, dass Hannes auf seinem Platz unruhig hin und her rutschte.

Ein Rotmilan zog seine eleganten Kreise hoch oben am Himmel, er beherrscht die Flugkunst wie kaum ein anderer Vogel und wird zu Recht ‚König im Reich der Lüfte' genannt.

Die Sonne wanderte höher. Von Schongau her läutete die Kirchturmglocke zur neunten Stunde. Ein leichter Wind kam auf und trieb einzelne Wolken vor sich her.

„Ich muss los, mein Vater wartet auf mich!", schrak Hannes auf. Doch etwas lastete ihm auf dem Herzen. Er nahm allen Mut zusammen und Johannas Hände in die seinen, schluckte schwer und sah gebannt in ihre Augen, die ihn nicht mehr losließen und deren freiwilliger Gefangener er geworden war. „Ich muss dir noch etwas sagen …", stockte er, überlegte es sich anders und warf ihre Hände zurück in den Schoß. „… aber heute ist keine Zeit mehr dazu." Er sprang hoch und rannte los, ohne sich noch einmal umzudrehen.

Wehen Herzens schaute ihm Johanna hinterher. Er hatte so bekümmert ausgesehen. *Was hatte er ihr bloß sagen wollen? War er einer anderen versprochen?* Das durfte nicht sein. Sie allein fühlte sich dazu ausersehen, ihn wieder froh zu stimmen, ihn zu umsorgen und liebzuhaben. Bisher hatte sie ihr Herz nur an Tiere verschenkt. Von ihren Streifzügen durch Feld und Flur brachte sie oft aus dem Nest gefallene Vogelkinder nach Hause, um sie gesund zu pflegen. Einmal sogar ein Waldkäuzchen, das fortan im Holunderbaum im Garten lebte, so wie das neugierige Rotkehlchen, das ihr Gesellschaft leistete, wenn sie im Gemüsebeet Unkraut zupfte. Dann verspürte auch Johanna so etwas wie einen Trost und verstand, warum der kleine Vogel dazu auserkoren war, in der Christuslegende dem sterbenden Jesus tröstend beizustehen. Schon eine Stunde vor Sonnenaufgang weckte sie sein lieblich melodiöser Gesang und bei feuchter Luft klang seine Stimme besonders schön. Wenn der Mond hell schien, konnte es sogar passieren, dass es mitten in der Nacht zu singen anfing, nur bei starkem Regen, da verstummte es. Oder der zugelaufene schwarze Kater mit den vier weißen Pfoten, ein schlechtes Vorzeichen, wie ihre Mutter prophezeite. Die Hebammentochter aber war selig und das anfänglich scheue Tier wurde immer zutraulicher und begleitete sie auf ihren Ausflügen. Träumend lag sie dann inmitten grüner Wiesen, den Kater zufrieden schnurrend auf ihrem Schoß. Ihrer Mutter war das nicht geheuer, schon wegen der vielen Wegelagerer und dem Gesindel, das sich überall in der Gegend herumtrieb. Aber zum Glück passierte nichts. Das Mädchen schien unter einem besonderen Schutz zu stehen. Die Hebamme wusste nicht, dass Johanna täglich Zwiesprache mit ihrem verstorbenen Vater hielt und fest davon überzeugt war, dass er vom Himmel aus über sie wachte. Auch glaubte und vertraute sie fest auf die Gottesmutter Maria, deren Schutz sie sich ebenfalls täglich erbat. Besonders angetan hatte es ihr das liebliche Gesicht der Marienstatue in der Schongauer Pfarrkirche, vor der sie andächtig auf der harten Holzbank kniete, und um deren Fürsprache sie bat, so oft die Zeit es ihr erlaubte und wenn sie in Schongau zu tun hatte. Der Muttergottes vertraute sie all ihre kleinen Geheimnisse und Kümmernisse an. Wenn dann ein Sonnenstrahl das starre Antlitz erhellte, kam es ihr vor, als wenn die Madonna lebendig wäre und ihr gütig zulächelte.

Trotz ihrer vielen Freiräume vernachlässigte sie ihre häuslichen Pflichten nicht und brachte immer Kräuter, Beeren und Pilze mit nach Hause.

Heute würde sie die Wassertropfen auf dem Frauenmantel aufsammeln, der auf den Wiesen und am Wegrand wuchs, und dessen Blattform an den ausgebreiteten Mantel der Gottesmutter erinnerte. Die in der Morgensonne glitzernden Tautropfen galten als besonderes Elixier und waren die Geheimrezeptur für ihre Schönheitspaste. Behutsam drückte sie den Blumenstrauß, den Hannes ihr verehrt hatte, an die Brust. Sie beschloss, die Blüten zu pressen, denn diese Blumen durften niemals welken.

Die Verhaftung der Hebamme

Gundel war schon seit Stunden auf den Beinen. Die Frau des Müllers hatte kurz nach Mitternacht heftige Wehen bekommen und man ließ die Hebamme holen. Das Kind lag verkehrt herum im Mutterleib und die Geburt zog sich über qualvolle Stunden. Doch endlich bekam der Müller nach fünf Töchtern den langersehnten Stammhalter und Gundel einen großen Sack voll Mehl. Sie fluchte, da ihr keiner beim Tragen half und schleppte den Sack allein heimwärts. Im Haus war es mucksmäuschenstill, nur der Kater strich maunzend um ihre Beine. Sie stellte den Mehlsack ab, nahm den Besen und klopfte ärgerlich an die Holzdecke. „Johanna, Schlafmütze, der Tag ist …", sie bemerkte, dass Johannas Sandalen fehlten und ihr fiel ein, dass das Mädel schon in aller Herrgottsfrühe in die Auen wollte, um bestimmte Kräuter und Pilze zu suchen. Die Hebamme war zu müde, um irgendeinen Verdacht zu schöpfen, und wärmte einen Topf mit Hafergrütze auf. Gerade als sie sich schwerfällig auf den Hocker fallen ließ, um etwas auszuruhen, hörte sie schwere Männerfäuste an die Türe klopfen.

„He, Gruberin, aufmachen!"

Gundel schrak zusammen. *Was um alles in der Welt wollte man von ihr?* Vorsichtig spähte sie zum Fenster hinaus. Draußen standen Männer der Schongauer Stadtwache in ihren schwarzgelben Uniformen. Voller Misstrauen öffnete sie langsam die Tür, und wurde von den hereinstürmenden Wachen beinahe umgerannt. Auf Befehl des Amtmanns durchwühlten die Männer wahllos Truhen und Kisten, ohne zu wissen, wonach sie genau suchten und was ein mögliches Indiz war. Verdächtig waren Katzenpfoten, Hostien, Krötenknochen oder dergleichen, was man mit Hexerei in Verbindung brachte. Das Regal mit den Tongefäßen schwankte gefährlich und sein gesamter Inhalt fiel scheppernd zu Boden.

Zitternd vor Angst starrte die völlig überrumpelte Hebamme einem Stadtknecht hinterher, der sich anschickte, die Holzleiter hochzuklettern. Und dazu schien sie allen Grund zu haben, was den misstrauischen Blicken des Amtmanns zu ihrem Glück entging.

Johanna schlenderte selig, in Gedanken versunken, auf ihr Zuhause zu, als sie schon von weitem merkte, dass irgendetwas nicht stimmte. Sie beschleunigte ihre Schritte und fing zu laufen an.

Dunkle Wolken verdeckten allmählich das Blau des Himmels und Regen setzte ein.

Fluchend trat der Amtmann vor die Haustür, die heftig um sich schlagende Hebamme hinter sich herziehend. Zwei Stadtknechte beförderten alle möglichen Haushaltsgegenstände nach draußen und warfen diese achtlos auf die Erde.

Gundel Gruber sank hilflos nieder, wurde aber vom Amtmann sogleich wieder hoch gezerrt.

„Habt's den ganzen Plunder und das Handwerkzeug von der Hex' beieinander? Dann ab!", winkte er ungeduldig die Stadtknechte heran.

Die beiden Männer rutschten im Matsch aus und maulten. Ihre Mienen verfinsterten sich und der immer stärker einsetzende Regen machte ihnen zu schaffen. Sie schauten einander unschlüssig an, dann nickten sie blöde.

Johanna stürzte auf das wehrlose Weib zu. „Frau Mutter, was geht hier vor?"

Die Hebamme stand zittrig und vom Regen durchnässt an die Hauswand gelehnt, das Gesicht kalkweiß. „Ich weiß, was mir bevorsteht. Ich hab' schon oft den Holzstoß lodern sehen für solche Weiber und bald wartet der Schürknecht an der Altenstädter Straße geradeso auf mich. Jetzt kommt alles ans Licht, ich bin verloren."

Entsetzt riss Johanna die Augen auf, schlagartig wurde ihr bewusst, was das bedeutete. „Vor diesem Moment habe ich mich immer gefürchtet", murmelte sie leise.

Der Amtmann überwachte mit Argusaugen die Stadtknechte, die das Beweismaterial zusammenpackten und auf den mitgebrachten Handkarren luden. Ungehalten sah er sich um. „Wo der verdammte Henker bloß bleibt?"

Ein schepperndes Geräusch ließ alle Anwesenden zusammenfahren. Mit hochrotem Kopf bog der Henker um die Ecke, auf dem Bock einer Karre sitzend, die ein altersschwacher Gaul willig zog: Die Hexenfuhre, das Gefährt mit dem die verdächtigen Frauen in den Faulturm verbracht wurden. Unablässig peitschte er auf die langsame Mähre ein. „Hüa!"

Das brave Pferd schnaubte und zog mühsam das Gefährt bis zum Haus, wo es Kuisl zum Stehen brachte. „Ho, ho, Liesel!"

Beim Anblick des Henkers brach die Hebammentochter in Tränen aus. Dann erst bemerkte sie Hannes, der vom hinteren Teil des Wagens herunterkletterte. Ihre Augen wurden groß und ungläubig starrte sie ihn an. „Hannes, du hier?"

Der schlaksige Bursche bot einen jämmerlichen Anblick im Regen, er fing zu stottern an. „Johanna, ich konnte es dir nicht sagen, ich ..."

„Du hilfst dem Henker?"

„Er ist mein Vater, jetzt weißt du es."

Johanna begriff plötzlich die schockierende Wahrheit, sie wurde blass. „Du hast mich getäuscht, du hast uns nur ausgekundschaftet!"

„Johanna, nein, bitte glaub' nur das nicht. Lass es mich dir erklären …"

„Hör auf! Kein Wort glaub' ich dir. Ich will dich nie wieder sehen. Hau bloß ab!" Sie ließ die Blumen fallen und trat sie mit Füßen. Die Luft blieb ihr weg, so als hätte man ihr einen tiefen Stoß in die Magengrube versetzt und sie klammerte sich am Türpfosten fest, um nicht umzufallen.

„Jetzt mach schon, hol die Stricke!", forderte der Henker seinen untätig und ratlos verharrenden Sohn mit einem derben Rempler in dessen Seite auf. Dann packte er mit geübtem Griff die Hebamme. „Und du Höllenweib, wag' ja nicht mit irgendeinem Spruch oder Teufelssegen uns abzuwehren. Dagegen sind wir gewappnet. Also ergib dich deinem Schicksal und lass dich binden!" Er hob das alte Weib mühelos mit seinen muskulösen Armen in den Karren und band sie mit den Stricken fest, die Hannes ihm reichte.

Die Gruberin stöhnte auf. „Aah, nicht so fest, das tut ja weh!"

Der Amtmann, der solchen Anblick mittlerweile gewöhnt war, stieg völlig mitleidslos auf seinen Schimmel. Er wies die Stadtwache an, sich zu formieren, um dem Henker mit seiner gefährlichen Fuhre Geleit zu geben.

Die beiden Stadtknechte machten sich ebenfalls, heftig schnaufend, mit der schwer beladenen Handkarre auf den Weg nach Schongau zurück.

Johanna überkam eine große Hilflosigkeit, sie sah ihre Mutter mit flehenden Augen an. „Frau Mutter! So lasst mich doch nicht allein!"

Der Henker hatte inzwischen wieder auf dem Bock Platz genommen. Hannes kletterte ebenfalls auf den Wagen, wo die Gefangene eingeschüchtert in der Ecke kauerte. Er warf einen letzten Blick auf Johanna und musste hilflos mit ansehen, wie diese auf den schlammigen Boden nieder sank, das nasse Haar hing in schweren Flechten um ihr kreidebleiches Gesicht, ihre Tränen vermischten sich mit dem Regen. Der Kloß in seinem Hals wurde immer größer und Johannas Leid erfüllte sein Herz mit jähem Schmerz. Es fühlte sich an, als wenn eine eiserne Hand es fest umklammerte und zu erdrücken drohte. Er presste die Lippen fest aufeinander, um seinen Kummer nicht laut in diese ungerechte Welt hinauszubrüllen.

Er war mehr als bereit, dem verzweifelten Mädchen zu helfen. Aber es nutzte nichts. Er war der Sohn des Henkers. Für ihn und Johanna gab es keine Hoffnung auf eine gemeinsame Zukunft. Und ihre Mutter war verloren, das war so sicher wie das Amen in der Kirche. Ihm schwanden die Sinne und er drohte, vom Wagen herunterzufallen.

Mit einem kräftigen Schnalzen ließ der Henker die Peitsche auf den Rücken des müden Gauls niedersausen. Die Räder der Hexenfuhre setzten sich ruckartig in Bewegung.

Fassungslos sah Johanna ihnen nach, bis das Gefährt aus ihrem Blickfeld verschwunden war. Nur das schaurige Geräusch war zu hören und sie hielt sich die Ohren zu. Mit hängenden Schultern ging sie ins Haus zurück und schloss die Tür. Alleingelassen in ihrem Elend, rannen ihr die Tränen unaufhörlich übers Gesicht. Der vom Regen durchnässte Baumwollrock war schwer und schmutzig geworden. Mühsam wie ein altes Weib tastete sie sich vorwärts. Alles in diesem beschaulichen Raum war verwüstet. Das Regal mit den Tongefäßen war abgefegt, der Hocker umgefallen. Tonscherben, loses Pulver und bunte Tücher lagen verstreut über die Holzdielen. Aus dem zerbrochenen Tonkrug sickerte Milch, die der Kater zwischen den Scherben aufzulecken begann. Der Topf mit der Hafergrütze auf der Kochstelle war übergelaufen und verströmte einen verbrannten Geruch. Johanna stellte den Hocker auf und ließ sich müde darauf nieder. Trostlos nahm sie den Kopf in ihre Hände, dabei sah sie vor sich etwas aufblitzen. Sie bückte sich und hob den kleinen Handspiegel auf. Als sie in dem zersprungenen Glas ihr trauriges Antlitz erblickte, schluchzte sie heftig auf. Zu ihren Füßen streckte sich der Kater mit einem behaglichen Schnurren. Wütend schleuderte sie den bislang sorgsam gehüteten Gegenstand, ihren wertvollsten Besitz, an die Wand. Das aufgescheuchte Tier gab ein vorwurfsvolles Maunzen von sich, besänftigend strich es Johanna um die Beine. Diese bereute ihr unkontrolliertes Verhalten und nahm ihn, für den sie bis heute keinen passenden Namen gefunden hatte, in die Arme und schmiegte, ein letztes Mal aufschluchzend, ihre Wange an sein weiches Fell. „Ach Kater, jetzt sind wir ganz allein."

Ihre kleine geordnete Welt war aus den Fugen geraten, so wie der zerbrochene Spiegel. Ihre arglos praktizierende Mutter war abgeholt worden, was Johanna immer befürchtet hatte und ihr wurde Angst und Bange vor der ungewissen Zukunft. Doch am meisten schmerzte der Verrat, den Hannes ihr angetan hatte. Nach einer Weile, die ihr wie eine Ewigkeit vorkam, raffte sie sich auf und stieg die schmale Holzleiter nach oben. Der Kater folgte ihr auf Schritt und Tritt mit wachsamen Augen. Hier erwartete sie die gleiche Unordnung: aus dem Bettzeug herausgerissenes Stroh, das lose verteilt im ganzen Raum herumlag, dazwischen einzelne, achtlos aus der Truhe herausgezerrte und in den Boden gestampfte Wäsche und Hemden. Die Holzdielen knarrten unter ihrem Gewicht und Johanna wurde es unheimlich zumute, so alleingelassen in der plötzlichen Stille des Hauses. Sie kletterte die Leiter wieder hinunter, um den Besen zu holen, als sie am Fenster zwei schaulustig starrende Gesichter ausmachte, die sich nach ihrer Entdeckung augenblicklich wegduckten. Johanna erkannte in ihnen Frauen aus dem Dorf, die offensichtlich in ihrer unbändigen Neugierde der Stadtwache gefolgt waren. Sie wurde derart wütend, dass sie mit dem Besen in der Hand aus der Tür stürmte, doch die beiden Weiber suchten bereits das Weite. Johanna rannte ihnen ein Stück weit hinterher und rief mit lauter Stimme. „Der Deifi soll euch holen, ihr Peitnachbritschen! Passt's bloß auf, dass euer Schandmaul nicht verbrennt's!"

Später berichtete die schwatzhafte Moosbäuerin der nicht minder wissbegierigen Kramerin: „Bis auf die Schongauer Straße hinaus hat sie uns verfolgt. Wir haben ihren höllischen Atem schon im Nacken gespürt. Auf dem Besen ist sie geflogen und wir sind nur mit knapper Not entkommen."

Gefangen im Faulturm

Der Gleichschritt der Stadtwache verhallte auf dem ausgetretenen Straßenpflaster, ihre schweren Stiefel ließen das angesammelte Wasser in den Regenpfützen aufspritzen.

Die Hexenfuhre entfernte sich mit schepperndem Geräusch, das schauerlich in den morgendlichen Gassen widerhallte. Das war das Letzte, was Gundel von der Welt draußen zu sehen und zu hören bekam, bevor die groben Hände der Henkersknechte sie in den Kerker stießen und an Ketten legten, wie einen räudigen Hund. Ein Eisenring umschloss ihren Hals, weitere ihre Hände und Füße. Wimmernd kauerte sie auf einem Haufen modrigem, übel riechendem Stroh und schaute sich um. In der Ecke stand ein Eimer für ihre Notdurft, ein Tonkrug und eine Schüssel mit brackigem Wasser zum Waschen. Oben in der Mauer war ein kleines vergittertes Fenster eingelassen, durch das ein wenig frische Luft drang. Nebenan hörte sie das Wehklagen weiterer gefangener Weiber, manche von ihnen schienen verrückt geworden zu sein, denn sie schrien wirres Zeug. Die Hebamme hätte sich am liebsten die Ohren zugehalten, aber die ehernen Ketten hinderten sie daran.

Die Zellentür öffnete sich und der Henker trat geräuschvoll ein. Er hatte Hannes mit der Karre nach Hause geschickt und kam, um nach der Gefangenen zu sehen. „Besser du gestehst gleich, Gruberin, sonst droht dir die Folter", riet er mit mitleidig dreinblickender Miene.

„Ich bin keine Hexe, das weißt du genauso gut wie ich." Gundel richtete sich mühsam auf und sah dem Henker herausfordernd in seine hellblauen Augen.

„Das sagen sie alle. Wart' nur ab, bis wir dich peinlich befragt haben."

„Du machst mir nichts vor. Ich kenne eure Praktiken."

„Wie meinst du das, Gruberin"? Der Henker hob seine buschigen Augenbrauen und richtete einen wachsamen Blick auf das forsche Weib.

„Du gibst den Gefangenen von der Tollkirsche, davon werden sie wahnsinnig und gestehen alles."

„Ach so, du kennst dich natürlich aus mit den höllischen Beeren und Kräutern …"

„Freilich, du hast ja schon selber welche bei mir gekauft. Glaubst du, ich kenn deren Wirkung nicht und dann sagt man alles, was ihr hören wollt's."

„Der Teufel kann in jede hineinfahren, er ist wief. Die meisten Weiber wissen ja gar nicht, dass sie eine Hexe sind, weil sie von Natur aus ohne Verstand sind und sich somit leichter verführen lassen. Wegen euch dummen Weibern ist der Mensch aus dem Paradies vertrieben worden, denk an Eva und die Schlange!", erinnerte Kuisl.

„Aber ich wollt' doch bloß helfen …"

„Du hast es mit deiner vermeintlichen Hilfsbereitschaft zu weit getrieben, Gruberin."

„Und wenn ich geständig bin, kann ich dann auf Gnade hoffen oder muss ich trotzdem sterben?"

„Wenn du gestehst, bleibt dir so manches erspart."

„Ich bin eine einfache Hebamme und keine Hexe, alles andere wäre gelogen, das musst du mir glauben!" Gundel rasselte mit den Ketten und versuchte, sich zu bekreuzigen.

Kuisl schüttelte den Kopf und warf im Hinausgehen einen scharfen Blick auf das aufgebrachte Weib. „Was eine Hexe ist und was keine, das entscheidet allein der Herr Landrichter und seine Obrigkeit."

Ermattet sank Gundel ins Stroh, die kreischenden Stimmen ließen ihr zunächst keine Ruhe, doch endlich dämmerte sie in den ersehnten Schlaf.

Zwei Vertraute

Der Kristalllüster in der gnädigen Frau Schlafkammer warf ein weichschimmerndes Licht in den Raum. Vier Pfosten aus Edelholz und ein Baldachin mit schweren Vorhängen aus dunkelrotem Brokat verhüllten das breite Bett. Die Dame des Hauses saß auf einem gepolsterten Hocker und betrachtete kritisch ihr Antlitz im kunstvoll verschnörkelten Spiegel aus Murano. Sie trug einen seidenen Schlafrock und ließ sich von ihrer Zofe für die Nacht zurechtmachen. Diese stand hinter ihr und bürstete mit energischen Strichen die langen, von einzelnen grauen Strähnen durchzogenen Haare. Babette diente ihrer Herrin seit jeher als Kammerzofe, als diese noch ein Fräulein gewesen war.

„Aua, nicht so fest!" Adelheid griff nach der Bürste.

„Ihr mögt es doch, wenn man Euch fest anpackt, Herrin!"

„Aber nicht so!" Mit vorwurfsvollem Blick begegnete Adelheid Babettes aufgesetzter Unschuldsmiene im Spiegel.

Mit versonnenem Blick und kreisenden Fingern strich die Magd mit leichtem Druck über Adelheids verspannten Nacken. „Ach, wie schön waren doch die früheren Zeiten … all die lustigen Jagdgesellschaften, Bälle und Theaterspiele, obwohl ich ja hauptsächlich in der Küche zu tun hatte", fügte sie schnell hinzu.

„Nun, immerhin warst du bereits die erste Köchin, und das mit sechzehn Jahren!"

„Och, die Alte war ja fast blind …"

„Und richtig schmecken konnte sie wohl auch nicht mehr", merkte Adelheid in wissendem Tonfall an.

„Wieso?", Babette schaute argwöhnisch auf.

„Starb sie nicht an giftigen Pilzen?", spöttelte ihre Herrin.

„Ich tat in die Suppe nur das, was sie mir zum Hineintun aufgab", rechtfertigte sich die Magd.

„Und hast sie selber nicht probiert, sondern es ihr überlassen?" Adelheid fand dies erheiternd und war von einem Vorwurf weit entfernt.

Babette ihrerseits wurde puterrot im Gesicht. „Ja, sollte ich einer halbblinden Köchin etwa trauen?", schmollte sie. „Seid doch lieber froh, dass ich den Rest der Suppe weggeschüttet habe!"

Adelheid wurde wieder ernst. „Den Verdacht hatte sonst niemand, außer mir und ich werde nichts sagen, nach so langer Zeit, verstehst du, Babette? Wir haben doch all die Jahre zusammengehalten, nicht wahr? Du hast recht, meine liebe, treue Babette. Schön haben wir es auf der Burg meiner Eltern gehabt, damals." Die ansonsten so kühl berechnende Adelheid wirkte nun ebenfalls verträumt und verlor sich in unsinnige Gedanken.

„Ach, wie ich unser schönes Tirol vermisse, all die feschen Herren ...", seufzte Babette, nachdem sie sich von dem Schrecken wieder erholt hatte, den die Herrin ihr eingejagt hatte.

„Ich habe einen nach dem andern abgewiesen ...", sinnierte Adelheid.

„Eurer Frau Mutter hat das gar nicht gefallen ...", schmunzelte die Kammerzofe in lebhafter Erinnerung.

„Ich habe eben nur auf den einen gewartet."

„Und ihn auch bekommen! Was war Euer Gemahl doch für ein fescher junger Herr, so gebildet und was haben Euch Eure Eltern doch für eine fürstliche Hochzeit ausrichten lassen ..."

„Ja, sie haben sich nicht lumpen lassen", bemerkte Adelheid lakonisch und mit bitterem Unterton in der Stimme.

„Was für eine Mitgift!"

„Aber das Beste davon bist immer noch du, meine liebe Babette!"

„Ich weiß, Herrin, aber es ist schade, dass Euer Herr Gemahl so wenig Zeit für Euch hat, wenn gleich ich Euch ganz gerne tröste …", säuselte die Magd und strich ihrer Herrin sanft über die Haare.

„Ach, Babette! Er behandelt mich nicht besser, wie seinen Stiefelknecht!" Adelheid seufzte schwermütig auf.

Babette zog mit dem Kamm einen Scheitel auf dem Haupt ihrer Herrin und teilte das Haar, um es zu zwei Zöpfen zu flechten. „Wenigstens hat Euch Euer werter Herr Gemahl von der Jungfernschaft erlöst."

Adelheid gähnte verhalten, an ihre Hochzeitsnacht wurde sie nur ungern erinnert.

Die Magd setzte sich auf den Bettrand und klopfte auf das weiche Kopfkissen. „Kommt zu Bett, Herrin. Ich will Euch die Füße ein wenig massieren", lockte sie mit sanfter Stimme.

Und Adelheid kam dieser kecken Aufforderung gewohnheitsmäßig nach und streckte sich wohlig neben der Vertrauten aus. „Ach, Babette, du tust mir so gut …"

„Dabei hat er seine Karriere allein Euch und Eurer Familie zu verdanken."

Die Dame des Hauses barg ihren Kopf in den Kissen und fing hemmungslos zu schluchzen an. „Immer nur Karriere, aber keine Liebe … die galt einer anderen."

Beruhigend streichelte Babette über die dunklen Haare ihrer Herrin und drückte einen Kuss auf den streng gezogenen Scheitel. „Fürwahr, sie hat uns alle mit ihrer Schönheit geblendet."

Adelheid richtete sich auf und wischte sich energisch die Tränen ab. „Was wohl aus ihr geworden ist?"

„Irgendeinen Dummen wird sie schon gefunden haben."

„Ach Babette, ich habe mir so viel von dieser Ehe versprochen, aber es war alles umsonst, was ich auch versuchte, er hat meine Gefühle nie erwidert ...", begehrte sie erneut heftig schluchzend auf.

Die Magd versuchte, ihre verzweifelte Herrin aufzuheitern. „Wisst Ihr noch, wie Ihr den stotternden Sohn vom Landvogt abgewiesen habt?"

Trotz tränenüberströmten Gesicht kam Adelheid nicht umhin, lauthals aufzulachen. „Du meine Güte, ich dachte, der kommt nie zu einem Ende."

Babette prustete ungehalten los. „Wohl der längste Antrag in der Geschichte!", erinnerte sie sich. „Ha, ha, war das komisch ... und peinlich!"

„Mein Gott, haben sich meine Eltern damals darüber aufgeregt."

Babette lachte jetzt Tränen. „Das konnte man ihnen wirklich nicht verübeln."

Aufs Äußerste belustigt, schleuderte Adelheid ein Kissen auf die hemmungslos zuckende Magd.

Diese tat es ihr gleich und sie balgten sich wie zwei junge Mädchen. Dann wurde Babette still. Sie öffnete behutsam Adelheids Schlafrock und begann, deren weißen Leib zu küssen, dabei ließ sie sich Zeit, sie wartete solange bis ihre Herrin den Atem anhielt, die Augen schaudernd schloss und mit einem tiefen Seufzen zurück in die Kissen sank, ihre Schenkel bereitwillig öffnend. Babette lächelte zufrieden. Hier auf dem Schloss hatte sie alles und jeden im Griff und nichts entging ihrer Kontrolle und Aufmerksamkeit, und gegen bare Münze gab sie Neuigkeiten, Gerüchte, diskrete Botschaften, die sie nach Gutdünken auch unterdrückte, oder gezielt Fehlinformationen weiter und wurde so eine wichtige Quelle der Nachrichtenübermittlung. Verschwiegenheit ließ sie sich ebenfalls bezahlen. Und, obwohl sie Kost und Logis auf dem Schloss frei hatte und ihre Herrin sich ab und zu großzügig ihr gegenüber zeigte, freute sie sich doch über jeden zusätzlichen Kreuzer, der ihre Schatulle füllte. Man wusste ja nie, wie lange man in der Gunst der noblen Herrschaft stand und bevor man in Ungnade fiel, sorgte man für schlechtere Zeiten besser vor.

„Aua, was soll das, Babette, warum zwickst du mich?"

„Ihr ward mit Euren Gedanken weit weg, Herrin", bemerkte Babette, die mit ihren Künsten am Ende war.

Adelheid presste die Hände gegen die Schläfen. „Ach, mein Kopf ist so schrecklich voll. Ich fühle, dass sich meine Kopfschmerzen wieder anbahnen. Lass es für heute gut sein und mach mir lieber einen Kräuteraufguss, von Mädesüß, Babette!"

„Das wird Euch sicher helfen, gnädige Frau." Die Magd erhob sich enttäuscht und schlenderte unlustig zur Tür.

Mit knapp vierzehn war Babette auf Burg Arnsberg gekommen und dem zehn Jahre älteren Burgfräulein Adelheid als Kammerzofe zugeteilt worden. Den Rest des Tages half sie in der Küche, um der mittlerweile fast blinden Köchin zur Hand zu gehen. Doch Babette war unruhig und unkonzentriert bei der Arbeit, so dass die Speisen oft versalzen waren. Schon früh erblühte sie zum Weib, mit vollen Brüsten und ebensolchen Schenkeln, die sich durch den Stoff des groben Gewandes abzeichneten. Eine Hitze durchströmte ihren Körper, die nicht vom Backofen kam. Ärgerlich schlug ihr die Köchin mit dem Holzlöffel auf die Finger und schalt sie wegen ihrer Unaufmerksamkeit und Verträumtheit.

Ihre Jungfräulichkeit verlor Babette an einen fahrenden

Schauspieler, der zwei Tage auf der Burg mit seiner Truppe weilte, und bei dessen imposanten Darstellung des glorreichen Helden es um Babette geschehen war. Der Prinzipal der weitgereisten Wanderbühne, ein kultivierter Angelsachse, war das Gegenteil der burlesken Harlekine und Hannswurste, die in den gewohnten Fastnachtsspielen derbe Sprüche von sich gaben und in denen stets ein Bauer, eine Magd und ein fetter Pfaffe verspottet wurden. Oder die welschen Komödianten, die sich nur über Pantomime verständlich machen konnten, da das gemeine Volk ihrer Sprache nicht mächtig war. Selbst die Passionsspieler, die an Ostern das Leiden Christi darstellten, brachten ihr Blut nicht in Wallung, umso mehr hing sie an den Lippen des fremden Schauspielers, der mit stimmgewaltigem Monolog in perfekt auswendig gelerntem Deutsch, alle Mädchen und Frauen auf der Burg in den Bann schlug.

Der im Theaterstück eroberten Königstochter gleich, gab sie sich in dem engen Zeltwagen, zwischen herumliegenden Theaterrequisiten, auf einem schwülstigen Lager seinen leidenschaftlichen Umarmungen hin. Der exotisch orientalische Duft, der dem Räuchertöpfchen entströmte, berauschte Babette, sowie die sinnlichen Öle, die der erfahrene Liebhaber kunstvoll anzuwenden wusste. Worte waren nicht nötig, seine flinke Zunge, welche ihre sensiblen Zonen liebkosten, steigerte ihre Lust und Bereitschaft ins schier Unerträgliche. Sie stöhnte und wälzte sich in den weichen Kissen, die er ihr untergeschoben hatte, bis sie endlich von ihrem brennenden Verlangen erlöst wurde. Eine ganze Nacht lang unterwies der feurige Mime das ahnungslose Mädchen in das Geheimnis der lustvollen Liebe, bevor er am nächsten Morgen weiterzog. Wehmütig würde sich Babette ein Leben lang an ihn erinnern und ihm ewig dankbar sein, dass er sie davor bewahrt hatte, eine alte

Jungfer zu werden, so wie das Schicksal es mit ihrem gnädigen Fräulein vor hatte.

Nach diesem Liebesabenteuer wurde Babette ruhiger und
das Ganze war zum Glück ohne unangenehme Folgen geblieben, aber ihre Bedürfnisse waren geweckt worden. Fortan schlief sie öfters im Bett der Grafentochter. Sie wurde die
engste Vertraute der in Liebesdingen noch unerfahrenen Älteren. Zusammen schmiedeten die beiden Frauen Zukunfts-
pläne und zogen über Adelheids Bewerber zu Gericht. An
jedem war irgendein Makel zu finden und so mancher wurde in hochnäsiger und arroganter Weise abgewiesen.

So verging die Zeit und schließlich zählte Adelheid
neunundzwanzig Jahre und ihre Eltern drohten ihr, sie in
ein Kloster zu geben, in den Orden der barfüßigen Klaris-
sen. Es gab da eine ehrwürdige, alte Abtei im nahegelegenen Meran, welches sie in Erwägung zogen. Doch die Grafentochter schreckten die radikalen Ordensregeln ab, die
sogar der Papst für zu streng und nicht einhaltbar befand.
Da zog sie lieber die Fesseln einer Ehe vor, von der sie, trotz
reifen Alters, gewisse romantische Vorstellungen hegte.

Und eines Tages kehrte ein junger, stattlicher Mann auf
die Burg zurück und Adelheid witterte ihre letzte Chance.

Hanns Friedrich Hörwarth von Hohenburg hatte mit
nur dreiundzwanzig Jahren sein Jurastudium an der Universität von Padua mit Bravour abgeschlossen. Die Professoren hatten ihn beglückwünscht und er trat die Rückreise
über die Alpen in seine Heimat Bayern an. Unterwegs war
vorgesehen, dass er den Winter bei der Verwandtschaft in
Tirol verbringen sollte, wie schon vier Jahre zuvor. Damals
hatte er dort die kalte Jahreszeit überbrückt, um im späten
Frühjahr, wenn Eis und Schnee geschmolzen und die Wege
passierbar geworden waren, nach der alten Universitäts-
stadt aufzubrechen und sein Studium anzugehen.

Und jetzt reiste er wieder in die entgegengesetzte Richtung. Burg Arnsberg lag strategisch günstig, etwa die Hälfte des Weges, und er dachte mit Wohlbehagen an die herzliche Aufnahme und erwiesene Gastfreundschaft zurück. Er freute sich auf den Aufenthalt und die anregenden Kaminabende in der großen Bibliothek mit dem Burgherrn, seinem weltgewandten Onkel. An die Tochter erinnerte er sich nur flüchtig, er hatte sie als hochnäsige und farblose Person in Erinnerung.

Vier Monate, rechnete sich Adelheid aus, in der sie Zeit hatte, ihn zu umgarnen und zu betören, bis er endgültig nach Possenhofen heimkehren würde, einem Ort nördlich der Alpen, wo sie noch nie gewesen war. Eine Aussicht auf einen lukrativen Posten hatte er zu diesem Zeitpunkt nicht und sie wusste, dass er sich durch die verwandtschaftlichen Beziehungen mit ihrer einflussreichen Familie einen Vorteil versprach.

Vater-Sohn-Konflikt

Der Henkerssohn untersuchte im Stall den Huf des alten Pferdes, als sein Vater zu ihm trat.

Mit imposanter Körpergröße überragte der Henker den schmächtig geratenen Sohn mit seinem vor der Zeit kahlgewordenen breiten Sturschädel. Ebenso bedrohlich wirkten die von kuislischer Seite vererbte Hakennase und der dunkle, ungepflegte Vollbart, in dem sich erstes Grau zeigte und mit dem sich seine untätigen Finger mit Vorliebe beschäftigten, meistens, wenn er scharf nachdachte.

Unter den buschigen Augenbrauen verbarg sich ein gutmütig dreinblickendes Augenpaar von hellstem Blau, das so manchen Verurteilten vergeblich auf Gnade hoffen ließ.

„Ich glaub' die Liesel macht es nimmer lang", meinte Hannes.

Sein Vater klopfte auf den Rücken der Stute, dass es nur so staubte. „Gell Liesel, war schon ein bisschen viel Arbeit auf deine alten Tage. Gib ihr eine extra Ration Hafer, Hannes!"

„Davon wird sie auch nicht feuriger …"

„Wenn alle Hexen ausgeforscht sind, kehrt wieder Ruhe im Land ein, aber dann ist es auch vorbei mit unserem guten Zubrot."

„Vater, ich wollte es Euch schon lange sagen …", stockte Hannes und hielt inne.

„Was?"

„Vater, ich will kein Henker werden. Mir graut davor." Jetzt war es heraus und der Henkerssohn wagte nicht, den Kopf zu heben, um seinem Vater ins Auge zu sehen.

„Was bist du bloß für eine Memme! Na ja, kein Wunder bei deinen zarten Händen. Weiberhände, gerade recht für eine Hebamme!" Der Henker wurde wütend. „Du beschäftigst dich viel zu oft mit Heilpflanzen und meinen Büchern. Ich hätte dir nicht Lesen und Schreiben beibringen sollen, das ist dir, wie mir scheint, zu Kopf gestiegen!"

„Ich lass mich nicht zum Mörder ausbilden!"

Seinem Vater verschlug es im ersten Moment die Sprache, dann wetterte er los. „Was heißt da Mörder, was redest du da? Was ist bloß in dich gefahren?"

„All die vielen Weiber, das können doch nicht alles Hexen sein …"

„Halt dein vorlautes Maul, schließlich verdienen wir gut dabei!"

„Ich kann das nicht mehr mit ansehen, ich …"

„Dann schau halt weg, wenn du leichter damit lebst!"

„Vater, plagt Euch nicht das Gewissen?", Hannes bezwang seine Unsicherheit und begegneten den zornigen Augen des Henkers mit festem Blick.

„Söldner war mein Beruf und Töten war schon immer mein Handwerk, lass dir das gesagt sein. Und außerdem entscheidet darüber die Obrigkeit und die wird es wohl wissen."

„Aber …", Hannes zögerte.

„Kein Wenn und Aber! Sei froh Bub, dass du noch nie einen Krieg hast mitmachen müssen. Wenn du wüsstest, wie das war, als der Herzog uns in den Kurkölnischen hat hineingezogen, ausgeblutet hat er unsere Stadt und die Bürger, der Blutsauger! Und das hat nicht nur Geld gekostet, sondern auch Leib und Leben der jungen Männer. Begreif doch, wir haben mit den vielen Hexen unser Auskommen in der Stadt und brauchen nicht, wie früher, auswärts unseren Lebensunterhalt aufbessern. So viele Verbrecher und Halunken gibt es hier in Schongau nun auch wieder nicht, verstehst du?"

„Ja Vater, aber Ihr versteht mich nicht, ich …"

Der Henker rüttelte seinen Sohn an den schmalen Schultern, als wolle er ihn solange schütteln, bis jeder Zweifel von ihm abgefallen war wie faules Obst. „Und eines noch, Bub, lass die Finger von der Peitinger Dirn'! Ich seh' doch, wie sie dir den Kopf verdreht hat."

„Johanna ist ein anständiges Mädchen, sie hat nur keinen Vater."

Vater Kuisl seufzte schwer und bewegte sich zur Tür, nicht ohne einen warnenden Blick auf seinen Sohn zu werfen. „Ich werde dir deinen Kopf schon wieder zurechtrücken und jetzt schau, dass du den Abfall aus der Stadt schaffst, bevor die Nacht zu Ende geht! Der höllische Gestank erregt schon die Gemüter der stinkfeinen Bürgerschaft." Mit diesen Worten war er bei der Stalltür hinaus.

Hannes legte seinen Kopf an den des Pferdes. „Ach Liesel, wenn wir beide doch nur fort könnten." Tränen rannen ihm über die Wangen.

Die alte Mähre schüttelte ihre verfilzte Mähne, schnaubte und zermalmte langsam ein Büschel Heu.

Das erste Verhör der Hebamme

Es stank in der Stadt, so dass selbst das anwesende Bauernvolk aus den umliegenden Dörfern abfällig die Nase rümpfte. Seit dem der Henker und sein Sohn die meiste Zeit mit all den angeklagten Hexen zu schaffen hatten, kümmerten sie sich nur noch sporadisch um den ganzen Unrat, der in den Gassen lag. Dies wiederum erhitzte die Gemüter der Bürger und führte zu Aufruhr in der Stadt.

Im Ballenhaus herrschte trotz der vielen noblen Gesellschaft dicke Luft. Der Innere und der Äußere Rat waren vollzählig versammelt. Den Ersteren stellten sechs Patrizier, vornehme Bürger aus alteingesessenen Familien, darunter die vier Bürgermeister. Im Äußeren Rat waren hauptsächlich Mitglieder der handwerklichen Zünfte vertreten, so wie der Bäcker- und der Schneidermeister, der Schmied, Hafner, Wagner und ein Ackerbürger. Heftig wurde zwischen den Ratsherren und anwesenden Schongauer Bürgern im Eingang des Ballenhauses hin und her diskutiert. Das gemeine Volk war von der anstehenden Verhandlung ausgeschlossen, dennoch war der Fall der Hebamme Stadtgespräch.

„Ruhe bitte!" Die einschneidende Stimme des Gerichtsschreibers war nicht sonderlich laut, dennoch erreichte sie die Ohren der Anwesenden und augenblicklich wurde es still.

Der Landrichter mit Gefolge betrat das Ballenhaus und die Ratsherren folgten die breitgeschwungene Treppe hinauf bis zur Ratsstube, in der solche Verhöre in der Regel stattfanden. Der Raum hatte hohe Fenster aus Butzenscheiben und eine getäfelte Holzdecke, deren Balken und

Verzierungen mit Ochsenblut bestrichen waren. An der Westseite stand ein großer Eichentisch, daneben das Schreibpult. Hinter einer gotischen Spitzbogentür verbarg sich das städtische Archiv, wo in einem großen Wandschrank wichtige Pergamente und Urkunden sorgfältig verwahrt wurden.

Die Herren nahmen ihren Sitzplatz auf den gepolsterten Stühlen mit den hohen Lehnen ein und warteten, ein Ausdruck unverhohlener Neugierde war ihnen ins Gesicht geschrieben. Auf den Wink des Landrichters wurde die an den Händen gefesselte Hebamme von den Gerichtsknechten hereingeführt.

Gundel schaute nicht auf, sondern hielt den Kopf demütig gesenkt. Einzelne Haarsträhnen quollen unter dem groben Kopftuch hervor, ihre Augenlider waren dick geschwollen. Auf Geheiß des Gerichtsschreibers setzte sie sich auf den bereitgestellten Holzstuhl und blinzelte vorsichtig um sich. Sie war offensichtlich kurzsichtig. Die zitternden Hände lagen sorgsam gefaltet in ihrem Schoß. Ihre untersetzte Figur wirkte stark abgemagert und die Wangen waren eingefallen. Als der Landrichter sie barsch ansprach, zuckte sie zusammen.

„Wie heißt sie?"

„Gundula Gruber", sie besann sich, „man nennt mich auch die Froscher Gundel."

„Wo wohnt sie?" Richter Hörwarth sah nicht einmal auf, das Weib widerte ihn an.

Die Hebamme antwortete mit einiger Verwunderung. „Aber das wisst Ihr doch, von woher man mich geholt hat."

Der Landrichter fuhr von seinem Lehnstuhl hoch, so dass die Holzdielen knarzten. „Ein bisschen mehr Respekt, gefälligst!", herrschte er das vorlaute Weib an, bevor er die

Befragung fortsetzte. „Also, wohnhaft in der Lexe in Peiting. Gehört ihr das Haus?"

„Ja, freilich. Ich habe es erworben, von meinem eigenen Verdienst. Mit eigener Hände Arbeit!", begehrte Gundel auf.

„Etwas unterwürfiger, bitte!", mahnte der Landrichter und setzte sich wieder. „Sie steht hier vor Gericht."

Die Hebamme sah den Landrichter fragend an. „Wegen was werde ich den angeklagt?"

„Die Fragen hier stelle ich! Also, wie hat sie ihr Geld verdient?"

Gundel schöpfte Hoffnung. „Ich bin die Hebamme am Ort und in der Umgebung. Ich habe schon vielen Kindern auf die Welt geholfen und Kranke gesund gepflegt."

„Und dafür hat sie Geld bekommen?" Richter Hörwarths Neugierde ward augenblicklich geweckt.

„Manchmal, aber meistens nur Naturalien." Sie sah vorsichtig um sich. „Die Leute haben ja oft nichts Anderes, gell."

„So, kein Geld", resümierte der Landrichter, „aber ein Haus konnte sie sich kaufen?"

„Ich hab' gespart. In den letzten Jahren hab' ich auch viele Frösche gefangen, auf den Feldern der Bauern. Da hab' ich auch ein paar Heller dafür gekriegt. Nach den vielen Unwettern sind die eine rechte Plage geworden."

Der Landrichter zupfte an seinem Spitzbart. „So, ein einträgliches Geschäft also. Da hat sie wohl profitiert von den vielen Unwettern?" Er neigte sich etwas vor. „Vermutlich hat sie die Unwetter selbst gemacht!"

„Wie sollte ich das anstellen?" Gundel zeigte sich entrüstet. „Ich bin ja schließlich Hebamme und nicht der Heilige Petrus!"

Dieser Ausspruch sorgte für Belustigung und fand seinen Beifall in den Reihen der Prozessbeisitzer. Entspannt lehnte sich Gundel zurück. Bis zu diesem Zeitpunkt glaubte sie noch, ihre Unschuld beweisen zu können.

„Aber vielleicht eine Hexe!", konterte der Landrichter und registrierte amüsiert, wie sich einige Ratsherren bekreuzigten. Er fuhr mit seiner Befragung fort. „Wie alt ist sie?"

„Zu Pauli werd' ich 46 Jahre."

„Ist sie verheiratet?" Dabei betrachtete er, mit hochgezogener Augenbraue und spöttisch verzogener Unterlippe, ihre Knollennase und die auffällige Warze am Kinn.

Unter diesem Blick stechend schwarzer Augen zuckte die Hebamme eingeschüchtert zusammen. „Nein", hauchte sie mit leiser Stimme.

„Hat sie Kinder?"

„Nur eine Tochter, die ist jetzt siebzehn Jahre alt."

Der Landrichter horchte auf. „Aha, interessant. Keinen Ehemann, aber ein Kind. Von wem hat sie dann die Tochter?"

Gundel brauchte für ihre Antwort einen Moment, sie zögerte und senkte die Lider. „Ein vorüberziehender Söldner, dem ich aus reiner Nächstenliebe seine Wunden versorgte und der es mir dann auf Landknechtsart heimzahlte."

„So, so ein Söldner, und von woher?"

Die Hebamme überlegte kurz, dann sagte sie mit fester Stimme. „Ich glaube, seinem Dialekt nach, war er ein verdammter Augsburger."

„So glaubt sie und weiß sie seinen Namen?", drangen die Worte des Landrichters weiter an ihr Ohr.

Trotzig wehrte Gundel ab. „Hat sich leider nicht vorgestellt, außerdem war es stockfinster."

Im Raum kam unterdrücktes Gelächter auf. Richter Hörwarth warf den Kopf zurück und lachte aus vollem

Halse. „Kein Wunder, dass erklärt ja dann alles." Dann veränderte sich sein Gesichtsausdruck, wurde zornig. Er stand auf und ging um den großen Tisch herum, trat nahe an die Hebamme heran, so dass sein Geifer ihre Wange traf und sie seinen säuerlichen Atem roch. „Das glaubt sie doch selber nicht? Also heraus damit. Wer ist der Vater ihrer Tochter?"

Verängstigt drehte Gundel den Kopf zur Seite und hielt krampfhaft ihre Hände im Schoß fest. „Wüsste nicht, was das hier zur Sache tut. Geht niemanden etwas an!"

Der Landrichter zog sich zusammen wie ein gefährliches Raubtier vor dem Sprung, er schritt vor der Angeklagten auf und ab, seinen nächsten Satz formulierte er sorgfältig, so als lauerte er auf ein Wort von ihr, mit dem er sie in die Enge treiben konnte. „Nun gut, also zur Sache. Sie wird bezichtigt, der Ochsenbäuerin einen Liebeszauber gemischt zu haben", er machte rhetorisch bewusst eine kleine Pause, um die Spannung zu erhöhen, „um ihren untreuen Ehegatten zu betören."

Ein deutliches Getuschel und Raunen war unter den Anwesenden zu vernehmen.

Erwartungsvoll sah Richter Hörwarth die Hebamme an. „Was sagt sie dazu?"

„Aber, nein! Um Himmelswillen, nicht für ihren Mann! – das war doch für einen ihrer Stiere, so hat sie mir jedenfalls gesagt", log die Hebamme, dabei zuckte ihr linkes Augenlid verräterisch. Nervös wartete sie darauf, dass weitere Namen von Weibern genannt wurden, denen sie einen Liebestrank gebraut hatte, aber dann beruhigte sie sich, in dem sie darauf vertraute, dass diese vor Scham schwiegen.

Seine Augenbrauen in strenger Manier anhebend, musterte der Landrichter sie scharf. „Nun, jedenfalls hat sie nach der ersten, äh, peinlichen Befragung so ausgesagt. Kennt sie die Angeklagte?"

Gundel Gruber rang mit sich und der Wahrheit, deshalb antwortete sie äußerst vorsichtig. „Ja, freilich, aber das waren nur wenige harmlose Kräuter und Wurzeln, etwas von der krausen Petersilie und Sellerie, die sie dem müden Stier unter das Futter mischen sollte, das gehört ja in jede gute Suppe, wie jedermann weiß, aber nicht wegen ihrem Mann …", stotterte sie hilflos.

„Und davon soll er Herzrasen bekommen haben? Absurdum!"

„Vielleicht war er einfach zu oft beim Sternwirt und das hat sein Herz nicht vertragen", antwortete die Hebamme gereizt. „Und außerdem geht mich das nichts an und davon war auch nie die Rede."

Richter Hörwarth kam in Fahrt. „Wer's glaubt, als wenn ihr Weiber nicht ständig untereinander tratscht. Das hat ja die ganze Stadt gewusst, dass er seiner Frau untreu war! Deswegen ist sie zu ihr gekommen, ihr Weiber steckt ja alle unter einer Decke!"

Gundel blieben die Worte förmlich im Hals stecken, sie klappte ihren Mund auf und zu, und beschloss, ihn lieber zu halten. Denn Schweigen war in diesem Fall Gold wert, so dünkte ihr jedenfalls im Moment.

Doch der Landrichter war mit seinen Anschuldigungen noch nicht fertig. „Sie wird ferner beschuldigt, eine sogenannte Teufelssalbe hergestellt zu haben. Auch soll sie mit ihren Gefährtinnen auf den Hohen Peißenberg geflogen sein, um sich mit ihrem Buhlen zu treffen. Dabei soll sie eifrig getanzt und gezecht haben und des weiteren …"

„Das ist nicht wahr!", wagte die Hebamme, den Landrichter zu unterbrechen.

Die Spannung im Raum war spürbar gestiegen, ähnlich

wie vor einem aufziehenden Gewitter. Landrichter Hörwarth hielt vor Empörung die Luft an. Er kehrte zum Tisch zurück, schenkte sich aus der Karaffe einen Becher Wasser ein, nahm einen Schluck und befeuchtete seine Lippen. „Die drei anderen Weiber haben bereits gestanden. Ihr Name wurde mehrmals genannt. Auch von euren heimlichen Treffen wurde gesprochen."

Gundel wurde blass. „Was für Treffen? Wer hat mich beschuldigt?"

„Jetzt tu sie doch nicht so unschuldig!", fuhr der Landrichter ungeduldig fort. „Namentlich die Kels, die Loserin und die Herzensfroh, allesamt aus Peiting."

Die Hebamme sank auf dem Stuhl zusammen. „Aber wie kommen die denn dazu so etwas zum Sagen?"

„Der Mesmer Bub hat sie gesehen, wie sie in der Thomasnacht aus der Amperleite heraufgefahren ist, auf einer Heugabel. Und dort unten haust ja bekanntlich der Teufel und seine Genossen."

Einige Ratsherren bekreuzigten sich abermals.

Gundel lachte höhnisch auf. „Was, in der Thomasnacht, wo die schwärzeste Nacht im ganzen Jahr ist, da will der mich gesehen haben? So eine Lüge, da sieht man ja die Hand vor den Augen nicht!"

Der Landrichter wirkte gefährlich ruhig, bevor er konterte. „Eben, aber sie hat den Weg gefunden. Sehr verdächtig. Ferner wurden in ihrem Haus dubiose Dinge gefunden, allerlei Salben, Pulver, Wurzeln, darunter eine Alraune. Wie erklärt sie uns das, wo diese doch in unserer Gegend gar nicht wächst?"

„Die habe ich von meiner Mutter geerbt! Weiß nicht, wo sie die her hat", beteuerte die Hebamme mit Nachdruck und um ihre Glaubwürdigkeit zu bekräftigen, fügte sie hinzu. „Die Heilige Hildegard von Bingen hat schon empfohlen, dass man die Alraune auf dem Leib tragen soll, als Vorbeugung gegen Unkeuschheit!"

„Und wie man sieht, hat es bei ihr ja geholfen.", amüsierte sich Richter Hörwarth in zynischem Tonfall.

Brüllendes Gelächter und johlender Beifall vom Publikum in der Ratsstube waren ihm sicher.

„Fragt doch Eure Magd, die hat sich doch auch von mir helfen lassen."

Nach dieser Aussage kam es zu einer peinlichen Stille im Raum, alle Augenpaare waren gebannt auf den Landrichter gerichtet.

Dessen Gesichtsausdruck veränderte sich, wurde undurchschaubar, seine dunkeln Augen blitzten alarmiert auf. *Dieser verbale Schlagabtausch drohte langsam zu eskalieren. Das Weib war gefährlicher, als er angenommen hatte und er nahm sich vorsorglich in Acht, bevor sie den Spieß umdrehte und er die Kontrolle verlor.* „Du schweigst jetzt besser, sonst bereust du das vielleicht noch …"

„Ihr vielleicht auch …", rutschte es Gundel heraus und sie biss sich sogleich auf die Zunge, um weitere unbedacht geäußerte Worte zu unterdrücken.

„Was?" Der Landrichter fuhr mit drohender Gebärde hoch. „Gib es endlich zu! Wer ist der Vater ihrer Tochter? Sie weiß seinen Namen, sie ist doch seine Buhlin!"

„Von wem?", fragte die Hebamme bange und duckte sich in Habachtstellung, da sie das Unaussprechliche ahnte.

Richter Hörwarth holte tief Luft und lockerte seine Halskrause etwas. „Gib sie es doch endlich zu, dass sie ihr Kind vom Leibhaftigen hat!"

Erschrocken griff sich Gundel ans Herz. „Nein, niemals!"

Die Stimme des Landrichters wurde seidenweich, doch

in ihr schwang ein gefährlicher Unterton. „Sie gibt es nicht zu?"

Die Gruberin überlegte fieberhaft, langsam aber sicher wurde sie sich ihrer verfahrenen und ausweglosen Lage bewusst. Argwöhnisch schielte sie auf den gestrengen Herrn Landrichter und sagte gar nichts mehr, um sich nicht tiefer in Widersprüche zu verstricken.

Richter Hörwarth drehte sich mit lauter Stimme zu den Ratsherren um, die folgenden Worte voll auskostend. „Wie Ihr sehen könnt, ist die Person verstockt. Man zeige ihr die Foltergeräte!"

Die Mitglieder des Rates nickten beifällig und erwartungsfroh, in ihren Köpfen stiegen Bilder auf, von diversen Folterinstrumenten, deren Bestimmung und Gebrauch ihnen schon schlaflose Nächte verursacht hatten, und die sie mit ihrer lebhaften Phantasie weiter ausmalten.

Ratsherr Kirchbichler stieß seinen Nachbarn, einen alt-ehrwürdigen Patrizier in die Seite. „Arschbirne und Fotzenspanner, dann wird sie schon geständig", grinste er.

Der Angesprochene riss entsetzt die Augen auf, ob dessen absonderlicher Einbildungskraft. Die vielen Hexenprozesse, denen er beigewohnt hatte, verwirrten allmählich seinen Verstand, und er wusste bald nicht mehr, was er glauben sollte, was wahr und was falsch war. Jedes Weib konnte eine Hexe sein, die Verdächtigungen in der Stadt nahmen zu, die Anzeigen breiteten sich aus wie eine Seuche. Bis dahin ahnte der alte Mann noch nicht, dass dieser Fieberwahn auch vor der eigenen Haustür nicht Halt machen würde. Wortlos zuckte er mit den Schultern und widmete seine Aufmerksamkeit wieder dem Geschehen, das in der Ratsstube seinen weiteren Verlauf nahm.

Abermals ertönte ein Raunen, als der Henker mit den Foltergerätschaften vortrat. Kuisl erzeugte Eindruck mit seiner wuchtigen Statur und den kräftigen Händen. Mit unbeweglicher Miene demonstrierte er die Daumenschrauben, ließ Zangen auf- und zu schnappen.

Alle Anwesenden hielten den Atem an und warteten ungeduldig auf den Fortgang der Verhandlung.

Der Landrichter genoss es sichtlich, sein Publikum zu unterhalten. Aus den Augenwinkeln beobachtete er zufrieden, wie die Ratsherren sich ruhelos auf den Sitzen wälzten.

Die Hebamme zuckte eingeschüchtert zusammen und wurde blass, lähmende Angst kroch in ihr hoch und schnürte ihr die Kehle zu. Fast war sie versucht, ihr Geheimnis preiszugeben. *Aber was geschah dann?* Sie hatte unbändige Furcht davor, dass es womöglich ärger käme, und barg den Kopf in ihrem Schoß, damit niemand ihre Tränen bemerkte.

Richter Hörwarth herrschte das Weib an. „Nun, sie hat die Daumenschrauben gesehen, da wird sie die Engelein singen hören!" Er trat auf sie zu, zog mit grober Hand ihren Kopf hoch und zwang sie, ihm in seine eiskalten Augen zu schauen. „Angeklagte, sie hat jetzt Zeit genug zum Nachdenken gehabt. Ist ihr der Name des Kindsvaters endlich eingefallen?" Er musste die Frage nochmal stellen, bis er ihre unwillige Antwort bekam.

Inzwischen hatte sich die Hebamme gefasst und begehrte in der ihr eigenen forschen Art auf. „Nein, vor lauter Schädelweh in der muffigen Zelle konnte ich an gar nichts anderes mehr denken!"

Richter Hörwarth glaubte im ersten Moment, sich verhört zu haben, ließ dann ihren Kopf los und meinte ironisch. „Nun, vielleicht war er ja gar nicht von dieser Welt?"

In Gundel regte sich der Trotz und sie rührte sich heftig. „Vielleicht war es bei mir ja grad' so wie bei der Heiligen

Jungfrau Maria und der Heilige Geist hat mich besucht", entfuhr es ihr und sie erntete dafür schallendes Gelächter bei den anwesenden Männern, was diesmal ganz und gar nicht im Sinne des Herrn Landrichters war. Ein Ratsherr klatschte sich sogar begeistert auf den Oberschenkel.

„Was erlaubt sie sich da, das ist Gotteslästerung!", empörte sich der Landrichter mit missbilligendem Seitenblick auf die Ratsherren.

„Ich bin katholisch und gottesfürchtig, das schwöre ich", beteuerte Gundel eifrig und hob die rechte Hand, um ihre Worte zu bekräftigen.

„Schweig, impertinentes Weib! Sonst verfahren wir noch ganz anders mit ihr! Den Namen!", forderte ihr Peiniger hartnäckig.

„Bei meiner Seel', das sage ich nicht, sonst kann ich mich ja gleich aufhängen!"

Richter Hörwarth schnappte merklich nach Luft, eine flammende Röte zeigte sich am Hals, er zerrte an der Halskrause. „Das überlass nur unserem Henker, das ist schließlich sein Handwerk und darin ist er richtig gut, das garantiere ich dir", sagte er in sarkastischem Tonfall und ein süffisantes Lächeln umspielte seine Lippen.

Es entstand eine kurze Pause, bevor er die Hebamme anbrüllte. „Und jetzt gesteh' sie endlich! Sie ist die Buhlin des Teufels und ihr Balg eine Teufelsbrut!"

„Das muss man erst beweisen!", wehrte sich Gundel und zeigte sich kämpferisch.

Ärgerlich mit sich und der Angelegenheit überdrüssig, gab Richter Hörwarth vorerst auf. „Das werden wir herausfinden. Der Satanas hinterlässt ein Zeichen auf dem Körper des Weibes. Wir werden sie untersuchen lassen und das Signum finden, verlass' sie sich darauf. Meister Abriel ist eine absolute Kapazität auf diesem seinem Spezialgebiet."

„Aber ich bin mir keiner Schuld bewusst!", schluchzte Gundel eingeschüchtert.

„Na, dann werden wir ihrer Bewusstlosigkeit etwas nachhelfen", sagte der Landrichter ungerührt und winkte die beiden Gerichtsknechte heran. „Man führe die Gefangene hinaus!" Er kehrte an seinen Platz zurück und klopfte auf den Eichentisch. „Die Befragung ist für heute beendet."

Die Herren erhoben sich von ihren Stühlen, wobei sie beim Hinausgehen eifrig untereinander schwatzten. Sie waren nicht enttäuscht worden. Der arrogante Herr Landrichter war wieder mal zu seiner Höchstform aufgelaufen, doch das Höllenweib, welches er gekonnt in die Enge zu treiben versuchte, hatte ihn völlig unerwartet wie eine Ratte angesprungen, seine Attacken mit angeborener Bauernschläue geschickt pariert und ihre scharfen Zähne gezeigt. Nach diesem unterhaltsamen, ja fast schon amüsanten Verhör, beschlossen sie, beim Sternwirt einzukehren, um die erfahrenen Neuigkeiten schnellstens unters Volk zu bringen.

Die Hebamme wurde von einem Gerichtsknecht vom Stuhl hochgezerrt und hinausgebracht, wo die Stadtwache bereitstand, sie wieder in den Faulturm zu verbringen.

Richter Hörwarth hielt den Gerichtsschreiber zurück. „Krampf, gebe er noch heute einen Bericht an den Herzog hinaus, es sind schärfere Maßnahmen im Fall der Gruberin zu ergreifen, aber mache er es diesmal dringend! Ich habe keine Lust, in dieser Sache noch Wochen zu warten."

„Meint Euer Gnaden mit schärferen Maßnahmen eine Tortur?", vergewisserte sich dieser.

„Natürlich, was sonst. Wir werden der Hexe schon Feuer unter'm Arsch machen", spöttelte der Landrichter und knackte dabei mit den Fingergelenken.

„Mit Verlaub, gnädiger Herr, in diesem schlechten Zustand und in Anbetracht ihres Alters übersteht die Gefangene die Folter vermutlich nicht", gab Krampf zu bedenken.

„Umso besser, dass erspart der Stadt dann weitere unnötige Kosten. Übrigens, war der Pater schon bei ihr?"

„Ich glaube noch nicht", mutmaßte der Gerichtsschreiber.

„So, glaubt er? Glauben heißt nichts wissen", brauste der Landrichter zornig auf. Spekulationen waren ihm verhasst, für ihn zählten nur Tatsachen. „Dann mache er dem Pfaffen mal Dampf!"

Ulrich Krampf ärgerte, dass er seinem Vorgesetzten missfallen hatte, und versuchte, dies mit einem vernünftigen Vorschlag wieder gut zu machen. „Sollten wir das Haus der Hebamme nicht nochmal gründlich untersuchen lassen? Vielleicht finden sich weitere Indizien. Und die Tochter – sollte sie nicht ebenfalls vernommen werden?"

„Später", sagte der Landrichter genervt und ließ seine Fingergelenke abermals knacken.

Der Gerichtsschreiber schielte irritiert über den Rand seiner Brille und deutete eine kurze Verbeugung an. „Sehr wohl, Euer Gnaden."

Richter Hörwarth winkte ihn hinaus. Fürs erste gab er sich mit dem Fortgang des Verhörs zufrieden. Ein Geständnis am ersten Verhandlungstag war nicht zu erwarten gewesen. Aber es würde nicht mehr lange dauern, bis die Angeklagte einbrach. Der Weilheimer Pater hatte schon oft einer Gefangenen ein Geständnis entlockt und diese erfolgreich bekehrt. Und wenn nicht, würde die peinliche Befragung ihren Zweck erfüllen. Dann konnte die Stadt sich den Meister Abriel samt Gefolge hoffentlich einsparen.

Der Nachrichter reiste mit seiner Frau und zwei Dienern wie ein feiner Herr durchs Land. Er hatte sich auf die Untersuchung von Hexen, im Besonderen von Hexenmalen spezialisiert und war im ganzen Herzogtum Bayern bekannt und einflussreich, denn nur ihm trauten die Gerichte zu, zu unterscheiden, was ein Hexenmal war und was keines.

Aber Hanns Friedrich Hörwarth von Hohenburg war sich sicher, wenn das Weib erst einmal ordentlich in die Zange genommen wurde, dann würde sie bald zusammenbrechen und gestehen. Sein Magen fing zu knurren an, er spürte, dass er Appetit bekam, auf etwas Deftiges, Scharfes.

Pater Anselm

Durch den schmalen Durchgang in der nördlichen Stadtmauer quälte sich auf der Straße von Hohenfurch kommend ein Franziskaner Mönch auf seinem Reittier, einem störrischen Esel, den er nur mit eifrigen Schlägen mit der Rute den leichten Anstieg hinaufzutreiben vermochte.

Es regnete in Strömen und der wohlbeleibte Pater warf einen vorwurfsvollen Blick gen Himmel. Beim Absteigen trat er prompt in eine Pfütze und ein „Kruzifix Hallepfuja", entwich den ansonsten frommen Lippen.

Der Schmied, der vor seiner Werkstatt stand, grüßte den Gottesmann ehrfürchtig. „Grüß Gott, Pater Anselm. Wieder mal in Schongau? Gell, ein Sauwetter!"

Der Gottesmann hob seine Hand zum segnenden Gruß. „Regen bringt Segen, Meister Kemlin."

Woraufhin sich der Schmied am Kopf kratzte und mit einiger Bitternis bemerkte. „Mittlerweile geht es uns aber arg nass herein, hochwürdiger Herr Pater."

Der Franziskaner zuckte daraufhin mit den Achseln und verabschiedete sich mit einem hastigen „Ora et labora", den widerspenstigen Esel dabei gewaltsam hinter sich herziehend, der seine Vorderbeine in den schlammigen Untergrund stemmte und mit einem kräftigen „Iah" zu protestieren versuchte. Pater Anselm beabsichtige längst den Heimweg nach Weilheim anzutreten, aber der herzogliche Landrichter hatte nach ihm schicken lassen. Er solle eine arme Sünderin bekehren, eine vermeintliche Hexe, nicht gerade eine Aufgabe, die er sonderlich liebte, aber auf die sein Orden immerhin spezialisiert war. Der Weg zum anderen Ende der Stadt, zum Faulturm war voller Matsch und Schlamm und Pater Anselm haderte abermals mit seinem Herrn, was er ihm alles an Mühsal auferlegte. Viele Passanten waren bei diesem Wetter nicht in den Gassen anzutreffen. Der Pater band das Grautier an einem dafür vorgesehenen Ring im Mauerwerk fest und teilte dem davorstehenden Wachmann sein Anliegen mit.

Der Faulturm war ein imposantes, fünfstöckiges Gebäude an der Südwestecke der Stadtmauer. Heftig keuchend folgte der Mönch dem alten Kerkermeister die nicht enden wollenden Holztreppen zu der oben gelegenen Zelle hinauf, in der die Hebamme verwahrt wurde. Nach Luft ringend wartete er, bis der alte Mann umständlich das schwere Eisenschloss aufgesperrt und die Türe geöffnet, die mitgebrachte Fackel in die Halterung gesteckt und einen Hocker für den Besucher hinein gestellt hatte. Für die Gefangene gab es noch eine Mahlzeit in einer Schüssel, gefüllt mit lauwarmem Gerstenbrei. Dann ließ man ihn mit ihr allein. Pater Anselms Augen schweiften in der düsteren Zelle umher. Ein strenger Geruch von Pisse und verrottetem Stroh stieg ihm unangenehm in die Nase, so dass es ihn auf seinen nüchternen Magen furchtbar würgte. Er drückte sich ein Tuch vor den Mund und bewegte sich schwerfällig auf die am Boden kauernde Gestalt zu. „Gundula Gruber?"

Gundel, die an der Tür nur einen dunklen Schatten gewahrte, erschrak zutiefst. „Der Todesengel, er kommt mich holen! Heilige Jungfrau und Gottesmutter steh' mir bei!"

Beschwichtigend griff der Gottesmann nach ihrem Ärmel. „Beruhige dich, ich bin es, Pater Anselm, du kennst mich doch, Gruberin!"

Die Gefangene blinzelte zuerst ungläubig, doch dann überzog eine Welle der Erleichterung ihr Gesicht und sie dankte innerlich dem Herrgott, dass er ihr einen Verbündeten sandte. „Pater Anselm, Euch schickt der Himmel!"

Der Franziskaner Mönch legte seinen vom Regen durchnässten Umhang ab und rieb sich die klammen Hände. Erschöpft ließ er sich auf den bereitgestellten Holzschemel plumpsen, das abgehärmte Weib in ihrem fleckigen Kleid mitleidig betrachtend, wägte er in einem bedauerlichen Tonfall seine Worte sorgfältig ab. „Gundel, ich kann dir nicht mehr helfen. Das, was du dir zu Schulden hast kommen lassen und all das, was man sonst noch so gehört hat …" Er spähte hungrig auf den Gerstenbrei, den die Hebamme nicht anrührte.

„Aber ich bin keine Hexe! Das wisst Ihr doch! Gebt doch nichts auf bloßes Hörensagen."

„Nur Gott allein ist allwissend. Besser du gestehst gleich, sonst wird man dich peinlich befragen. Du weißt ja, was das bedeutet?"

Gundel sah ihn verunsichert an, ihr schwante Unheilvolles.

Pater Anselm räusperte sich, ihm behagte das Ganze überhaupt nicht. „Ich werde dir die Beichte abnehmen und deine vom Weg abgekommene Seele bekehren, so lass uns denn anfangen. Äh, wann war deine letzte Beichte?"

„An Ostern, seitdem hab' ich keine Gelegenheit mehr dazu gehabt, bin ja hier eingesperrt. Was soll ich denn da noch beichten?"

„Alle deine Untaten in deinem jämmerlichen Leben, das erspart dir die Folter."

„Um Gotteswillen, alles, bloß keine Folter!" Gundel griff nach dem Saum der Mönchskutte.

Pater Anselm neigte den Kopf und hielt Gundel sein rechtes Ohr hin, dabei spielten seine Finger unablässig mit den Holzperlen des Rosenkranzes, den er mit einem großen Kreuz am Gürtel trug. „Ich höre …", dabei glitzerten seine runden Äuglein verdächtig.

„Ich weiß, was man von Weibern wie mir hören will. Dass ich die kleinen Kinder gleich nach der Geburt ertränkt hab', so wie die jungen Katzen … oder auf meinem Besen geritten bin, ganz nackend … oder mein Buhle mir Gold und Silber gebracht hat … und ich mit ihm getanzt habe, die ganze Nacht, ganz nackend, die ganze Nacht …", lachte die Hebamme hysterisch auf, dann hielt sie abrupt inne und schaute den Pater resigniert an. „Das ist es doch, was Euresgleichen von mir hören wollt's, so was befriedigt doch Eure niederen Gelüste und diesen Unsinn wollen die Klugscheißer da oben dann glauben, eine verrückte Welt ist das!"

Umständlich zog der Franziskaner ein Taschentuch hervor, um sich mehrmals über die schweißnasse Stirn zu wischen. Dann raffte er sich keuchend auf und rüttelte das aufgebrachte Weib an den Schultern. „Besinn dich! Du hast noch eine frühere Sünde von ganz anderer Art zu beichten!"

Die Hebamme forschte nach einer Antwort in seinem gutmütigen Gesicht, dann dämmerte es ihr. „Ach das, aber das habt Ihr doch immer gewusst. Ich dachte, Ihr habt das gutgeheißen, warum hättet Ihr sonst all die Jahre geschwiegen?"

Pater Anselms Blick wanderte nach oben, so als erhoffe er sich himmlischen Beistand, dann erhob er mahnend seinen Zeigefinger. „Darüber zu urteilen steht mir nicht zu, und außerdem unterliegt das dem Beichtgeheimnis. Aber du, du hast schwere Schuld auf dich geladen …"

Gundel griff sich an die Brust, so dass die Ketten klirrten. „Davor habe ich mich immer gefürchtet, dass ich dafür einmal bestraft werd'."

„Siehst du, nun erfährst du deine gerechte Strafe. Deine Gier nach Gold war größer, sonst hättest du das, was dir damals anvertraut wurde, in die richtigen Hände gegeben", pflichtete ihr Pater Anselm ungerührt bei.

Die Vergangenheit holte Gundel ein und sie ließ die Schultern sinken. „Ja, ich habe sie einfach sterben lassen, nichts gegen das Fieber getan, dem Kind seine Herkunft verschwiegen. Dieses Geheimnis drückt mir seit langem auf die Brust." Sie hatte die Bilder noch genau vor Augen und erinnerte sich an das junge, blondgelockte Weib, das in einem strengen Winter in einem dichten Schneetreiben mit letzter Kraft an ihre Haustür geklopft hatte. Widerwillig hatte sie ihr aufgetan, man wusste ja nie, welches Gesindel sich in dieser einsamen Gegend herumtrieb.

„Bitte, man hat mir gesagt, du bist Hebamme …"

Missbilligend hatte Gundel auf den gewölbten Leib des Mädchens geschielt, den steifgefrorenen, dünnen Rock, das löchrige, wollene Umschlagtuch, das kaum Schutz bei diesen widrigen Umständen bot. Normalerweise hätte sie solches Bettelpack abgewiesen, aber irgendetwas ließ sie wanken, war es der feste, willensstarke Blick aus den leuchtenden Augen des jungen Weibes, dessen blasses, madonnenhaftes Antlitz sie an die Heilige Jungfrau Maria gemahnte und an deren vergebliche Herbergsuche? Wortlos ließ sie den ungebetenen Gast herein. Das Mädchen war vermutlich schon länger unterwegs, denn Haare und Wimpern waren von Kälte, Schnee und Wind vereist und die Lippen bläulich angelaufen. Die Wehen setzten bald darauf ein und zogen sich über qualvolle Tage hinweg. Es war eine schwere Geburt gewesen. Das Kind wollte in diese unwirtliche Welt nicht kommen. Schließlich braute die Hebamme einen Sud aus bitteren Kräutern und flößte ihn der Gebärenden ein. Mit letzter Anstrengung und einem gellenden Schrei presste diese das Kind aus ihrem Leib. Gundel schnitt die Nabelschnur durch, verknotete sie und gab dem Neugeborenen einen Klaps auf den Hintern.

Es war ein feines, zartgliedriges Mädchen mit einem dunklen Flaum auf dem Kopf, das seinen ersten Atemzug tat und aus Leibeskräften schrie.

Die Hebamme legte den Säugling der halbtoten Mutter in den kraftlosen Arm. Das kleine Mädchen schlug die Augen auf und begegnete dem verzückten Blick seiner Mutter aufmerksam, die alsbald erschöpft, aber selig einschlief. Voller Neugier kramte Gundel in den Sachen der mutmaßlichen Bettlerin. Ihre Augen wurden groß, als sie deren Beutel ausleerte und ein kostbares Amulett und mehrere Gold- und Silbermünzen zu Tage förderte. Vorsichtig sah sie sich nach der Schlafenden um, die sich unruhig auf ihrem Lager hin und her wälzte und von Zeit zu Zeit ein tiefes Stöhnen von sich gab, Schweißtropfen auf der fiebernden Stirn. Die Hebamme haderte mit sich, sie hätte einen Kräuteraufguss gegen das Fieber machen können, doch ihre Hände blieben wie gelähmt und untätig in ihrem Schoß liegen. Gedankenfetzen huschten ihr durch den Kopf. *Was, wenn das Weib starb?* – dann fiele Schmuck und Geld ihr zu. Sie würde das Kind als ihr eigenes aufziehen. Ohne ihre Hilfe wäre die Arme eh gestorben und ihr Balg ebenfalls. Sie erschrak über ihre schlechten Gedanken und setzte sich ans Bett der Fiebernden, die vor Schüttelfrost schlotterte. Unfähig zu irgendeinem Entschluss zog sie die schäbige Wolldecke fester um deren Schultern und schaute bloß zu.

Die Kleine wimmerte und ihre Mutter wurde schlagartig hellwach, umklammerte das Handgelenk der Hebamme und flüsterte. „Einen Priester …bitte, schick' nach einem Priester!"

Lange rang die Gruberin mit sich und haderte mit Gott und der Welt, fürchtete aber dann doch den Zorn Gottes, wenn das Weib ohne christlichen Segen starb. Sie legte sich ein dickes Wolltuch um die Schultern und machte sich auf den Weg ins Dorf, um den Pfarrer zu holen. Und da schickte ihr der Zufall Pater Anselm, der auf einem Esel reitend, ihren Weg kreuzte. Gundel befand, dass in diesem Fall ein fremder Geistlicher besser wäre, als der örtliche Pfarrer und erbat sich seine Hilfe.

Der Franziskaner erbarmte sich sofort und kam mit in die kleine, elende Hütte. Zum Glück hatte er stets Papier und Tinte bei sich, denn für gewöhnlich fehlte es daran selbst in den besseren Häusern. Jetzt saß er, ein dicklicher Mann in den Dreißigern, am Lager der jungen Mutter und schrieb die Worte, die mit schwacher Stimme und äußerster Mühe über ihre Lippen kamen, nieder.

Währenddessen erhitzte die Hebamme im Kessel über dem offenen Feuer Wasser, dabei horchte sie mit gespitzten Ohren angestrengt zu und erhaschte so manchen bedeutsamen Wortfetzen. Dann wurde es plötzlich totenstill im Raum, nur das knisternde Geräusch des Feuers und der kochende Wasserkessel waren zu vernehmen. Gundel schielte zu den beiden hinüber und beobachtete, wie der Pater der jungen Mutter die Augen zu drückte und das Kreuzeszeichen machte. Das Neugeborene lag friedlich schlafend daneben und er segnete auch seine kleine Stirn. Die Hebamme sah den Pater fragend an.

„Sie hat es überstanden. Lass uns für ihre arme Seele beten", er überlegte kurz, „den Brief und ihre Hinterlassenschaft, ich werde alles dem Adressaten zukommen lassen, so wie es das arme Weib gewünscht hat."

Rasch schaute Gundel weg, aber es gelang ihr nicht, ein begehrliches Aufflackern in ihren Augen zu verbergen, und sie spürte, dass der Pater dies bemerkt hatte. „Nein – wartet! Das arme Kind, denkt doch an das Kind! Ihr könnt' es doch nicht solchen Leuten ausliefern! Überlasst es mir, ich werde ihm eine gute Mutter sein und es zu einem anständigen Christenmenschen erziehen."

Der Pater durchschaute ihre Absicht sofort. „Du meinst, wir sollen besser Stillschweigen bewahren, aber was ist mit dem Gold, sie hat von Gold gesprochen und von einem Amulett?"

Daraufhin nickte die Hebamme vielsagend. „Es soll Euer Schaden nicht sein, Pater."

Im Kopf des Gottesmannes begann es fieberhaft zu arbeiten und er fasste einen Entschluss. „Das überlasse ich ganz dir und deinem Gewissen. Tu, was du für richtig hältst. Ich halte mich da heraus."

Ihr Gewissen, siebzehn Jahre hatte es sie gequält. Keine Folter hätte ärger sein können. Ihre Habgier hatte ihr die Hölle auf Erden bereitet. Sie wurde aus ihren Gedanken gerissen und war sich wieder bewusst, wo sie war. „Es tut mir in der Seele weh, wie wir die Leich' damals vergraben haben. Ohne christliches Begräbnis, einfach in der Sandgrube verscharrt."

Pater Anselm, der die ganze Zeit mühelos ihren Gedankengang an ihrem Gesichtsausdruck abgelesen hatte, antwortete gleichgültig. „Du weißt, sie war eine ledige Mutter und am Ende zur Bettlerin heruntergekommen. So eine gehört nicht auf den Gemeindefriedhof und dir wird es nicht anders ergehen. Deine Asche darf auch nicht in geweihter Erde ruhen."

„Aber habt's doch ein Herz! Ich hab' Euch doch in all den Jahren einen Anteil von dem Gold und Silber gegeben, und nicht zu knapp! Das war doch Ablass genug für meine Sünden, so habt Ihr mir doch immer versichert!"

Andächtig faltete der Gottesmann seine Hände und wandte den Blick unschuldsvoll nach oben. „Der Zweck heiligt die Mittel. Davon haben wir unsere Marienstatue restauriert. Das wird dir im Himmel sicher angerechnet werden. Wenn du tot bist, wird dein Leib verbrannt, dann wird deine Seele von den Dämonen befreit sein." Er legte ihr beide Hände aufs Haupt. „In Gottes Namen spreche ich dich von deinen Sünden los, du sollst auch die Heilige Kommunion empfangen." Bei diesen Worten nestelte er unter seiner Kutte eine kleine Blechbüchse hervor und entnahm ihr eine geweihte Hostie, die er in die Höhe hielt. „Gelobt sei Jesus Christus."

Gundel, der die Bedeutung seiner Worte jetzt erst aufging, schrie entsetzt auf und schlug ihm die Hostie aus der Hand. „Ich will nicht brennen, ich bin keine Hexe!"

„Du willst widerrufen?" Der Pater war überrascht und verärgert zugleich.

Die Hebamme sprang hysterisch auf und zerrte an den Ketten. „Ich weiß gar nichts mehr, ich weiß nimmer, wer ich bin …" Trotz der Kälte im Verlies schwitzte sie und fing an, wirres Zeug zu reden. „Johanna, mein Kind … komm tanz' mit mir … der erste Schnee fällt schon … alles wird so weiß, so weiß um mich …"

„Komm zu dir!" Pater Anselm schüttelte sie.

Wieder zur Besinnung kommend, klammerte sich das hilfesuchende Weib an seine Kutte, soweit es die Eisenketten zu ließen. „Ihr müsst mich und mein Kind retten! Ihr allein könnt' es."

Der Pater hob segnend seine Hände über ihrem Haupt. „In nome di Padre et filii et Spiritus Sanctus!" Doch ihm lag noch etwas Anderes auf der Zunge, etwas, was ihm großen Nutzen versprach. „Ich werde mein Möglichstes tun, doch dazu musst du mir sagen, wo du die restlichen Münzen und das Schreiben versteckt hast."

Voll Sorge schaute Gundel zu ihm auf. „Ihr müsst das

Schreiben vernichten, dass müsst Ihr mir versprechen! Wenn das ans Licht kommt, bin ich verloren und Johanna auch."

„Darauf kannst du Gift nehmen."

Die Hebamme sah den Pater mit eigentümlicher Miene an und dann sagte sie es ihm.

Zufrieden stand Pater Anselm auf, nahm seinen Umhang und rief nach dem Kerkermeister. Mit einem letzten mitleidigen Blick verabschiedete er sich. „Gott sei mit dir, bist ein armes Luder, Gruberin, aber ich kann im Augenblick nicht mehr für dich tun. Doch verspreche ich dir, dass ich am Tag deiner Hinrichtung tröstend an deiner Seite sein und für dein Seelenheil beten werde."

„Aber, was wird aus meiner Tochter? Ihr müsst mir versprechen, Euch um Johanna zu kümmern!"

„Ich werde auch für sie beten."

„Zuschauen und beten, das ist alles, was ihr Pfaffen könnt", äußerte sich Gundel verächtlich.

„Des Herrn Wille geschehe!" Mit diesen wenig trostreichen Worten überließ der Pater die Gefangene ihrem weiteren Schicksal.

Gundel sank in sich zusammen. Etwas in ihrem Inneren sagte ihr, dass es falsch gewesen war, dem Pater das Versteck zu verraten. Aber wem sollte sie denn sonst trauen? Dem leiblichen Vater des Kindes? Völlig ausgeschlossen. Er hätte seinen Bastard nie anerkannt und mit Sicherheit bei Seite schaffen lassen. Nur das Geld und das Amulett, das hätte er an sich genommen. Sie hatte von einem Teil der Gold- und Silbermünzen dem Kinde eine neue Heimat geschaffen, hatte die ärmliche Hütte gegen ein kleines Häuschen eingetauscht, das mutterlose Balg großgezogen. Das war doch nicht alles falsch gewesen? Etliche Goldmünzen waren ihr noch verblieben und das Amulett, das sie nie verkaufen konnte, weil es aufgefallen wäre. Sie hatte mit Pater Anselm gemeinsame Sache gemacht und jetzt ließ er sie im Stich. Diese gottverdammten Pfaffen! Wenn sie gekonnt hätte, würde sie sich ohrfeigen, dass er ihr den geheimen Aufbewahrungsort entlockt hatte. Aber ihr Seelenheil, das würde er doch retten? Gundel hatte panische Angst vor dem Höllenfeuer und vor körperlichem Schmerz. Nur keine Folter, das würde sie nicht durchstehen und dann wäre sie verloren, genauso wie die vielen Weiber, die schon abgeurteilt waren. Einige von denen hatte sie gekannt, um manche hatte es ihr leidgetan, anderen hatte sie es gar gewünscht. Das war nicht richtig gewesen und jetzt hatte es sie selber erwischt. Sie musste einen klaren Kopf behalten, aber hier in der Enge und Dunkelheit des Kerkers fielen die Wahnvorstellungen sie wie ein tollwütiger Hund immer häufiger an. Argwöhnisch schnupperte sie an dem erkalteten Gerstenbrei, dann stieß sie die Schüssel mit dem Fuß von sich. Sie war sich sicher, dass der verdammte Henker ihr bei jeder Mahlzeit seine berüchtigten Tropfen untermischte, um ihre Sinne zu verwirren. Trotzig stierte sie auf die umgekippte Schüssel, dann überwältigte sie der Hunger und sie schleckte gierig mit ihren Fingern den Brei vom Boden auf.

Ein unerwarteter Besucher

Ein Stein flog durch die kleine Fensteröffnung und traf die Tonschale auf dem Tisch, die herunterfiel und in einzelne Scherben zersprang.

Der Kater, der es sich auf dem Fenstersims behaglich gemacht hatte, sprang aufgescheucht herunter und verzog sich kreischend unterm Tisch.

Johanna ging ebenfalls in Deckung und spähte vorsichtig zum Fenster hinaus. Der nächste Stein kam geflogen und verfehlte ihren Kopf um Haaresbreite.

Drei Burschen trieben sich in sicherem Abstand vor dem Haus der Hebamme herum.

Sie erkannte in ihnen ihre Peiniger von der Lechbrücke. „Die Schongauer!", durchfuhr es Johanna mit Schrecken und sie duckte sich erneut, als der dritte Stein durchs Fenster schoss.

Draußen grinsten sich die Burschen einander schadenfroh zu. Plötzlich kniff der Ältere von ihnen seine Augen zusammen und deutete auf eine sich nähernde Gestalt. Mit einem warnenden Pfiff suchte er das Weite, die beiden Anderen folgten ihm auf dem Fuß.

Vorsichtig kroch Johanna zwischen den Tonscherben herum; als sie von draußen nichts Auffälliges mehr hörte, richtete sie sich auf und holte den Besen. Ein Klopfen an der Tür schreckte sie abermals auf. Siedendheiß fiel ihr ein, dass sie die Tür nicht verriegelt hatte und jetzt war es zu spät. Den Besenstiel fest umklammernd, stellte sie sich geschwind hinter die Tür, gerade noch rechtzeitig, als der Besucher auch schon eintrat. Johanna sah nur den Rücken eines jungen Mannes und holte zum energischen Schlag aus.

Hart am Hinterkopf getroffen, ging der Eindringling zu Boden, wo er kurz liegenblieb und sich dann taumelnd wieder aufrappelte, dabei verzog er schmerzhaft das Gesicht und bedachte das Mädchen mit vorwurfsvollem Blick. „Aua!"

Erst jetzt erkannte Johanna den Burschen: Es war Hannes. Besorgt und freudig zugleich warf sie den Besen zur Seite und fiel ihm um den Hals. „Hannes, dem Himmel sei Dank!"

Ihr unschuldiges Opfer rieb sich nachdenklich den Kopf. „Also, ich muss schon sagen, du bist ziemlich schlagkräftig!"

„Ich hab' ja gesagt, dass ich mich selber wehren kann und keine Hilfe brauch!", antwortete Johanna trotzig, ihre angestammte Haltung wieder einnehmend. „Was willst du überhaupt hier? Ich leide keine unerwünschten Besucher und außerdem habe ich es ernst gemeint, dass ich dich nicht wiedersehen will!"

„Heh, du bist vielleicht undankbar! War es nicht dein Glück, dass ich die Schongauer verscheucht habe? Denen habe ich tüchtig Fersengeld gegeben, warum lässt du auch die Tür offen, bei all dem Gesindel, das hier herumstreunt?" Er entdeckte die Unordnung. „Da bin ich ja gerade zur rechten Zeit gekommen."

„Ich hab' dich nicht gerufen!" Johanna war weit davon entfernt, sich dankbar zu zeigen. Sie nahm den Besen wieder in die Hand und begann die Scherben zusammenzukehren.

Neugierig kam der Kater unter dem Tisch hervor und strich Hannes zur Begrüßung schnurrend um die Beine.

„Ich komme nur wegen deiner Mutter, sie hat mich hergeschickt."

„Wegen meiner Mutter? Sag schnell, wie geht es ihr?"

„Sie braucht ein Mittel gegen ihre Schmerzen. Sie sagt, sie hat es für Notzeiten aufbewahrt, irgendwelche Tropfen, du wüsstest schon und du sollst sie ihr mitbringen." Er runzelte nachdenklich die Stirn. „Und dann schien ihr noch etwas Wichtiges auf dem Herzen zu liegen, etwas, was sie dir unbedingt noch sagen will."

Argwöhnisch forschte Johanna in dem ehrlichen und offenen Gesicht des Burschen. „Weiß dein Vater davon?"

„Nein, und er darf es auch nicht erfahren, unter gar keinen Umständen!", erregte sich Hannes sichtlich.

„Wieso machst du das bloß?"

Hannes errötete bis unter die Haarwurzeln. „Das tut nichts zur Sache."

„Ja, aber, wie soll ich denn zu ihr gelangen?"

„Lass mich nur machen, mir wird schon was einfallen", dabei riskierte er einen schüchternen Blick in ihre grünen Augen.

Rasch schlug Johanna die Lider nieder, aber ihr Herz machte einen frohen Hüpfer.

Der peinliche Moment der Stille wurde von draußen durch Rossgetrappel und das Wiehern eines Pferdes durchbrochen.

Flugs eilte Johanna zum Fenster, und das Herz drohte ihr stehenzubleiben, als sie die Ankunft des Landrichters gewahrte, der sich anschickte, aus dem Sattel zu steigen.

„Brav, Tassilo, brav", tätschelte der hochgewachsene Mann den Wallach am Hals und spähte nach einem Pfosten, wo er ihn anbinden konnte.

„Der Landrichter! Pscht!" Johanna hielt sich zwei Finger vor die Lippen, dann packte sie Hannes am Arm und drängte ihn zu der schmalen Leiter, die nach oben führte. „Rasch, da hinauf!", wisperte sie.

Hannes zögerte nicht lange, stieg in großen Sätzen die

Leiter hoch und war rechtzeitig verschwunden, als der Landrichter an die Tür klopfte.

Johanna öffnete ihm stumm und mit fragendem Blick.

Fauchend sträubte der Kater sein Nackenhaar und schoss am Landrichter vorbei zur Tür hinaus ins Freie, wo er gerade noch dem großen Hund ausweichen konnte, der seinem Herrn auf dem Fuß folgte und die willkommene Verfolgung sogleich aufnahm.

Hanns Friedrich Hörwarth stand aufrecht vor dem Mädchen, nahm sein Barett ab und wirkte fast schüchtern, wie vor einem ersten Stelldichein. „Ich war gerade hier in der Gegend und wollte nach dir sehen", brachte er stockend hervor und bemühte sich um einen gleichgültigen Tonfall.

„So? – das habt Ihr ja nun …", gab sich Johanna betont forsch, aber innerlich bebte sie vor Angst.

Der Landrichter ließ seinen Blick kurz im Raum herumschweifen, dann machte er ein paar Schritte und legte sein Barett auf den Tisch. Er verharrte kurz, dann drehte er sich entschlossen zu dem Mädchen herum und kam gleich zur Sache. „Ich habe dir einen Handel vorzuschlagen …"

„Einen Handel?", wiederholte Johanna gedehnt und versteckte ihre zitternden Hände hinter dem Rücken.

„Du hast vielleicht schon bemerkt, dass du mir gefällst …" Er zog ihre Hände wieder hervor und drückte sie fest. „Sehr sogar."

Das Mädchen senkte peinlich berührt den Kopf. „Bitte spart Euch die schönen Worte."

„Ich könnte deiner Mutter die … äh … peinliche Befragung ersparen, wenn …"

„Wenn was?"

„Wenn du mir ein wenig gefällig wärst, du weißt, du bist ein ansehnliches Weib, siehst fast aus wie ein edles Fräulein." Er sah sie dabei so unverhohlen und ungeniert an, dass Johanna sich von seinen Augen fast ausgezogen fühlte. „Schau ich vielleicht aus wie ein Fräulein?", erwiderte sie trotzig und schaute zweifelnd an ihrer einfachen Kleidung hinunter.

„Du bist ganz schön aufmüpfig, Mädchen, aber das gefällt mir an dir." Er lächelte sie dabei offen an.

Johanna schaute zu Boden, etwas im Blick des Landrichters war aufgeflackert, was sie verstörte, ihr Herz fing wild zu pochen an und sie zwang sich zur Ruhe.

Hanns Friedrich Hörwarth hob mit fast zärtlicher Geste ihr Kinn an, zog das verlegene Mädchen näher an sich heran und versuchte, es zu küssen.

Johanna wich seinen fordernden Lippen geschickt aus. „Bitte, was geschieht mit meiner Mutter, sie ist keine Hexe! Bitte, das müsst Ihr mir glauben!"

„Das Schicksal deiner Mutter liegt ganz in deiner Hand, wenn du mich heute erhörst, kann deine Mutter morgen frei sein. Ohne Folter kein Geständnis, verstehst du?" Sein Blick glitt wohlgefällig an ihr hinab.

„Verstehe, so meint Ihr das." Johanna wurde abwechselnd blass und rot, sie wandte sich von ihm ab und sah zum Fenster hinaus. „Bitte, gebt mir noch ein wenig Bedenkzeit und geht jetzt, mir ist nicht ganz wohl, eine Frauensache, versteht Ihr?", sagte sie mit leiser, aber fester Stimme.

Der Landrichter drehte Johanna zu sich herum und küsste sie hart auf den Mund. „Überleg es dir nicht zu lange!" Er musterte sie aufmerksam, dann nahm er sein Barrett und schritt zur Tür hinaus, band das Pferd los, stieg in den Sattel und pfiff dem Hund.

Das Rossgetrappel entfernte sich und Johanna schloss erleichtert die Tür.

Hannes kam die Leiter herunter, dabei ließ er die letzten

Sprossen aus und sprang mit einem großen Satz auf den Boden. Durch die dünne Holzdecke hatte er das Gespräch belauscht. „Du darfst ihm nicht trauen!"

Johanna wischte sich mit der Hand über den Mund, noch nie zuvor war sie geküsst worden und war verwirrt. Eigentlich sollte sie sich vor diesem Mann ekeln, aber gleichzeitig fühlte sie sich in beunruhigender Weise zu ihm hingezogen. Sie wehrte diese unbestimmten Gefühle ab und riss sich zusammen, dabei sah sie Hannes ärgerlich an. „Wie gut kennst du diesen, diesen grässlichen Menschen?"

„Gut genug, um dir zu raten, ihm besser aus dem Weg zu gehen."

„Was ist mit dem Handel, den er mir vorgeschlagen hat?", wollte sie wissen und zog Hannes heftig am Hemdsärmel. „Soll ich mich darauf einlassen?"

Hannes spürte einen Stich von Eifersucht und meinte trotzig. „Glaubst du wirklich, dass du deiner Mutter damit hilfst, wenn du ihm zu Willen bist?"

„Warum sollte er denn sein Wort brechen?"

„Vergiss es! Noch nie hat sich die Obrigkeit an irgendwelche Versprechen gehalten!" Der Henkerssohn wurde nun ebenfalls ärgerlich.

„Aber, er allein kann meine Mutter noch retten!" In Johannas schönen Augen stand blanke Verzweiflung.

Hannes Beschützerinstinkt war augenblicklich geweckt. Er krauste die Stirn in tiefe Falten, ohne dabei wirklich nachzudenken, da er die Antwort längst kannte. „Wer einmal im Faulturm sitzt, ist dem Tod geweiht. Ich weiß von keiner Einzigen, die freigekommen ist, außer als verbrannte Asche. Nach der peinlichen Befragung gestehen sie alle", gab er zögerlich zu bedenken. „Du glaubst nicht, was wir alles zu hören bekommen, mein Vater und ich ... lauter schreckliche Dinge ...", stockte er verzweifelt. „Ich will kein Henker werden, ich will fort von hier, ich halte das alles nicht mehr aus. Ich bekomme Albträume davon und mein Vater säuft …" Hannes sank schluchzend, den Kopf zwischen den Armen, auf den Boden. Die aufkommenden Bilder des bisher erlebten Grauens schienen ihn am ganzen Körper zu schütteln.

Das Mädchen schaute mitleidig auf ihn herab, dann setzte sie sich neben den Verzweifelten und nahm ihn behutsam in ihre Arme. „Ich werde dich von deinen Albträumen befreien."

Zaghaft hob der Henkerssohn den Kopf und lächelte sie unter Tränen an.

Die Zeit blieb stehen und die Welt schien für einen kurzen Moment angehalten. In dem Zauber des Augenblicks gab es keine Sorgen mehr, nur die beiden jungen Menschen, die schweigend an die Wand gelehnt nebeneinandersaßen. Johanna wandte ihr Gesicht Hannes zu und streichelte ihm sanft über die tränennassen Wangen; ein schwaches Lächeln erhellte ihr Antlitz und zündete Lichter in ihren Augen an, deren Funken auf Hannes übersprangen. Ohne jede Absicht begegneten sich ihre Lippen zu einem ersten scheuen Kuss, der beide zutiefst verlegen machte.

„Jetzt muss ich aber los, sonst suchen die mich noch!" Hannes sprang auf und zog Johanna mit sich hoch. Verliebt lächelte er sie an. „Ich geb' dir Bescheid, wann es soweit ist und du deine Mutter sehen kannst."

Johanna nickte nur und begleitete ihn vor die Tür. Ihr war, als könne sie sich nicht mehr von ihm trennen. Zärtlich strich sie über die leichte Beule an seinem Hinterkopf, umarmte und küsste ihn wie eine Schwester auf die Stirn, dann erst ließ sie ihn fort.

Selig vor Glück sprang Hannes davon, am liebsten hätte er Purzelbäume geschlagen, aber das kam ihm dann doch zu albern vor. Er drehte sich nochmal um und rief ihr zu. „Vergiss die Tropfen für deine Mutter nicht!"

Oben vom Hügel sah ihnen der Landrichter grimmig zu; unbändige Eifersucht stieg in ihm hoch, er fühlte sich hintergangen und verspürte den starken Drang nach Rache. Er würde Johanna schon noch zwingen, selbst wenn er sie notfalls opfern musste und den törichten Henkerssohn auch. Wutentbrannt stieß er dem Pferd heftig die Sporen in die Flanken, so dass es sich kurz aufbäumte, dann galoppierte er heimwärts; sein Hund setzte ihnen laut kläffend hinterher.

Die peinliche Befragung der Hebamme

„Aah, aufhören!" Gundula Gruber schrie vor Schmerz laut auf.

Auf einen Wink des Gerichtsschreibers lockerte der Henker die Eisenschrauben an den Daumen der Gefolterten. Man hatte die Gefangene aus dem Faulturm in die Fronfeste am anderen Ende der Stadt verbracht, wo die peinlichen Befragungen durchgeführt wurden. Auf dem Weg dorthin, der Gundel ewig erschien, hatte Kuisl dem Weib einen Jutesack übergeworfen, um sie vor neugierigen Blicken und Gaffern zu schützen. Die Hebamme hörte nur das scheppernde Geräusch der Wagenräder auf dem Schongauer Pflaster, das ihr schon auf seltsame Weise vertraut vorkam.

Gerichtsschreiber Krampf hatte ein Fragstück mit 22 weiteren Fragen vor sich auf dem Schreibpult liegen, Fragen, die in der Regel von der Obrigkeit vorgegeben waren und üblicherweise den Probandinnen gestellt wurden, und deren Antworten, wie nicht anders zu erwarten, in der Regel immer ähnlich ausfielen, vor allem wenn Seiten des Henkers nachgeholfen wurde. Um keine unnötige Zeit zu verlieren, hatte Krampf die Anweisung, in Abwesenheit des Landrichters, mit der Befragung zu beginnen.

„Ob sie der böse Feind gezeichnet habe?"

„Ob es mit einem Biss geschehen war, oder wie?"

„Ob es gleich, wie sie dem bösen Feind die Hand gegeben und das Zusagen geschehen, oder hernach geschehen?"

„Ob sie nicht Schmerzen empfunden, wie der böse Feind ihr das Zeichen gemacht?"

„Was solches Zeichen, und an welchen Orten ihres Leibs oder Körpers sie solch Zeichen hab', bedeute?"

„Wie oft Er in der Wochen jederweil zu ihr kommen sei?" „Was Er sie angelernt hab?"

„Ob sie mit ihrer Kunst andere auch gelernet hab', und wen, wie sie heißen?"

Krampf hatte diese Fragen mehr oder weniger heruntergeleiert, und die Gruberin hatte nur fassungslos mit dem Kopf geschüttelt und immer verneint. Akribisch tippte er mit dem Zeigefinger auf die nächste Frage: „Wie oft ist dein Buhle mit dir auf der Gabel gefahren und wohin?"

„Ich wüsst' nicht wer!"

„Wie oft hat sie der böse Feind mit Unkeuschheit nach seinem bösen Willen beschlafen?"

„War sein Natur", Krampf räusperte sich und kam ins Stottern, „kkkalt uund unnaaatürlich?"

Dem Gerichtsschreiber wurde siedendheiß, er fing zu schwitzen an und schaute hilfesuchend Richtung Henker, der mit verschränkten Armen in stoischer Wartestellung ausharrte. Kuisl setzte seinen wuchtigen Körper unaufgefordert in Bewegung, beugte sich über das verstockte Weib und zog die Daumenschrauben so fest an, bis helles Blut aus dem Nagelbett quoll und die Hebamme gellend aufschrie.

„Was für Gesellschaft und Gespielen dabei gewesen, wie sie all heißen?"

Gundel bäumte sich mit schmerzverzerrtem Gesicht auf und war einer Ohnmacht nahe. Ihr markerschütternder Schrei quälte die Ohren der Anwesenden. „Aah, aufhören!"

Gerade rechtzeitig öffnete sich die eisenbeschlagene Holztüre der Folterkammer und der Landrichter trat in den muffigen Raum, wo verschiedene Foltergerätschaften aufgebaut waren, unter anderem spanische Stiefel, eine Streckbank, Seile und ein Wasserbottich. Er prüfte kurz die Sachlage und kam zu dem Schluss, dass es nicht nötig sein würde, alle vorhandenen Mittel einzusetzen.

Erleichtert trat der Gerichtsschreiber zur Seite. Befragungen solcher Art waren nicht seine Stärke und er liebte sie nicht, wenngleich ihn manches, was er zu hören und zu sehen bekam, innerlich erregte.

Richter Hörwarth baute sich mit geschwellter Brust vor dem Henker auf. „Nun, Meister, hat die Probandin gestanden?"

„Sie ist verstockt, der Teufel muss tief sitzen, Euer Gnaden."

„Lass er es für heute gut sein, Kuisl! Warten schließlich noch andere Weiber auf ein Rendezvous mit ihm oder soll ich sagen, lieber mit seinem Sohn?"

Der Henker schaute erstaunt auf, doch dann antwortete er nüchtern. „Ganz wie Ihr meint, Euer Gnaden."

„Lass er sich nicht aufhalten!" Der Landrichter betrachtete angewidert die wimmernde Hebamme und ihre zerquetschten Daumen, die blau angelaufen waren. Schleunigst verließ er die Feste, um wieder an die frische Luft zu gelangen. Folter war nichts für ihn, er zerlegte die Angeklagten vorzugsweise beim Verhör, das hatte er immerhin studiert.

Gerichtsschreiber Krampf wunderte sich zwar über das sonderbare Verhalten seines Dienstherrn, zermarterte sich jedoch nicht länger sein strapaziertes Gehirn. Die ganze Fragerei in der stickigen Kammer hatte seinen Mund ausgetrocknet und er bekam Lust auf ein kühles Bierchen, außerdem war es längst Mittagszeit. Er rollte die Pergamente zusammen, steckte Tintenfass und Feder in seine schweinslederne Tasche, zog die schlotternden Beinkleider hoch und begab sich auf den Nachhauseweg.

Der Henker nahm der Hebamme die Daumenschrauben

ab und verstaute sie in einer Holzkiste, die er sorgsam verschloss. „Na, Gruberin, da hast du für heute Glück gehabt, warum auch immer. Eigentlich war ich mit dir noch lange nicht fertig …" Mit einem kurzen Nicken zu seinen Gehilfen trat er zur Tür hinaus und überließ es den beiden Henkersknechten, die Gefangene auf den Wagen zu packen. Er selber wartete derweil auf dem Bock sitzend und stopfte sich sein wohlverdientes Pfeifchen. Eine Tonpfeife, das Geschenk eines dankbaren flämischen Tuchhändlers, dem er die Schulter eingerenkt hatte, nachdem dieser unvorsichtigerweise auf dem nassen Kopfsteinpflaster ausgerutscht war, und dem er seine blauen Flecken mit Hundefett behandelt hatte, welches er erfolgreich zur Salbung entzündeter Gelenke bei Pferd und Mensch einsetzte.

Mehrere Bürger blieben mit offenen Mündern stehen, um diesem ungewohnten Schauspiel zuzusehen, eilten dann aber erschrocken weiter, da sie befürchteten, der Rauch, den der Kuisl in weißen Kringeln aus dem Schlund paffte, hätte seine Ursache in dem Höllenfeuer, das im Innersten des Henkers brodelte, da er so oft mit dem Bösen zu tun hatte.

Kuisl gab sich unbeeindruckt und schaute fasziniert den kleinen Rauchkringeln hinterher, die sich nach und nach in Luft auflösten. Auf die Mithilfe seines Sohnes hatte er diesmal wohlweislich verzichtet. „Kruzitürken", fluchte er laut vor sich hin. Warum musste Hannes so widerborstig sein, konnte er nicht einfach der Tradition folgen. Andere Söhne machten ihren Vätern das Revier streitig, so wie der junge Bock dem alten, aber bei Hannes war Hopfen und Malz verloren, dieser Sturschädel.

Zurück im Faulturm rieb Gundel ihre schmerzenden Daumen und sah nach oben zu dem kleinen, vergitterten Fenster. Sie hatte sich längst entschieden, und hoffte dabei auf Johannas und Hannes Hilfe. „Und ich schwöre es Euch, ihr Bluthunde, bei meiner Seel', ich Gundula Gruber werde nicht als Hexe brennen – ich weiß Mittel und Wege, um dem Scheiterhaufen zu entkommen!"

Das Geheimnis der Hebamme

Die Nacht war hereingebrochen und innerhalb der Stadtmauern Ruhe eingekehrt. Die Bürger hatten sich in ihre Häuser zurückgezogen und die Tore wurden geschlossen. Wer zu später Stunde in die Stadt zurückkehrte, musste den bewachten Eingang am Südtor passieren.

Am Alten Einlass schritt der Torwächter mit seiner Hellebarde auf und ab. Ihn fröstelte und er klopfte sich die Arme ab; laue Sommernächte kannte er nur aus früheren Zeiten.

Zwei dunkle Gestalten huschten an der Stadtmauer entlang und näherten sich dem Einlass. „Johanna, hier lang!", flüsterte Hannes im Schutz der Heckenrosen.

Das Mädchen schaute bange um sich, dann folgte sie dem Henkerssohn, doch als etwas Haariges sie an den Knöcheln streifte, schreckte sie panisch auf.

„Pscht, das war nur eine Ratte", beschwichtige Hannes das Mädchen, dabei hielt er ihr den Mund zu und behielt den Torwächter im Auge, der zum Glück nichts bemerkt hatte.

Johanna fasste sich wieder. „Wo ist meine Mutter?", flüsterte sie.

Hannes wies zum Eingang des fünfstöckigen Faulturmes. „Du musst vorsichtig sein und leise auftreten, im obersten Stockwerk, die letzte Zelle auf der linken Seite."

Das Mädchen hatte verstanden, schluckte tapfer und nickte.

„Warte noch!", Hannes hielt sie an der Schulter fest. Er passte den Moment ab, bis der Torwächter ihnen den Rücken zukehrte und in die andere Richtung marschierte, dann winkte er Johanna zu sich heran und zog sie schnell

in den Eingang hinein. Mit einer stummen Geste bedeutete er ihr, stehen zu bleiben.

So flach, wie es ihr möglich war, drückte sich Johanna an
die kalte Wand. Hier roch es modrig und nach Verfall, mit
vor Angst klopfendem Herzen hielt sie den Atem an.

Hannes betrat die Wachstube, wo zwei Wachmänner
und der alte Kerkermeister sich die Zeit mit einem Würfel-
spiel vertrieben. Die Männer waren über den späten Besuch zwar etwas verwundert, aber nicht sonderlich überrascht. Was ging es sie an, was der Henkerssohn zu dieser
Stunde hier noch zu suchen hatte.

Ein Weilchen gesellte sich Hannes zu ihnen, lobte ihre
nächtliche Arbeit und zog schließlich eine Pulle selbstge-
brauten Branntwein vom gelben Enzian hervor, dem er
eine beachtliche Dosis Baldrian beigemischt hatte. Er
machte hier und da noch ein Späßchen, und als die Gesel-
len immer schläfriger wurden, langte er unbemerkt nach
dem eisernen Schlüsselring, der an einem großen Haken
an der Wand hing. Er winkte Johanna zu sich heran und
legte den passenden Schlüssel in ihre feuchten Hände;
stumm deutete er mit dem Kopf Richtung Treppe.

Johanna hielt den kalten Schlüssel zitternd an die Brust
gedrückt, vorsichtig tappte sie die unzähligen Stufen hoch,
bis sie oben angekommen war. Vereinzeltes Wimmern und
Klagen drang an ihr Ohr, bis sie an der Zellentür angelangt
war, hinter der sie ihre Mutter vermutete. Mit zitternden
Händen steckte sie den Schlüssel ins Schloss und drehte
ihn behutsam herum. Die Tür öffnete sich mit einem lauten Quietschen und das Mädchen hielt angstvoll inne und
horchte zum Flur hinaus. Von der Wachstube unten waren
keine Geräusche zu vernehmen, nicht mal das Fallen der
Würfel. Aufatmend schaute sie sich in der Zelle um. Ihre
Mutter lag zusammengekrümmt auf einem Haufen Stroh.

Oben vom Fenster leuchtete der Vollmond herein und warf einen schwachen Lichtschein auf das dösende Weib. Johanna bückte sich rasch und rüttelte sie leicht an der Schulter. „Frau Mutter?", flüsterte sie und war erleichtert, als sich die Hebamme sogleich aufrichtete.

„Johanna, Kind – endlich!"

„Pscht!" Johanna legte ihre Finger auf die aufgesprungenen Lippen der Mutter.

„Hast meine Himmelstropfen dabei?" Gundels Stimme klang rau und angegriffen.

Ihre Tochter nickte und wühlte in dem mitgebrachten Leinenbeutel, zog das Gewünschte heraus und reichte es der Mutter, deren eiskalte Finger fest umklammernd.

„Aah!", schrie die Hebamme voller Schmerz auf.

„Pscht!" Johannas Augen wanderten nervös zur Tür, dann betrachtete sie ihre Mutter eingehender und bemerkte die geschundenen Daumen, die mit blutverschmiertem Leinen verbunden waren und die schwarzblauen Flecken am Körper und im Gesicht. Während der Kerkerhaft war das graue Haar schlohweiß geworden und hing verfilzt und in wirren Strähnen bis auf die mageren Schultern hinunter. Das Gewand war an vielen Stellen eingerissen und durchlöchert und bedeckte kaum die nackte Haut. Das alte Weib litt sichtlich unter Schmerzen und verzog den Mund zu einem schiefen Lächeln, ein vorderer Schneidezahn fehlte.

„Um Gottes willen, Frau Mutter, was haben die mit Euch angestellt?"

„Folter, Daumenschrauben. Ich hab' nichts Schlimmes getan, Kind, ich schwöre es dir bei unserem Herrgott!"

„Frau Mutter, das weiß ich doch. Sie haben Euch böse verleumdet. Aber warum nur?"

Die Hebamme versuchte, sich aufzurichten. „Sie suchen

eine Schuldige, aber eine weitere Tortur halte ich nicht mehr aus."

Johanna schluckte hart. „Frau Mutter, warum sagt Ihr ihnen den Namen meines Vaters denn nicht?"

Wie vom Blitz getroffen, zuckte Gundel zusammen. „Das kann ich nicht."

„Aber, Frau Mutter, warum nur, Ihr habt mir nie seinen Namen genannt, ich hab' schließlich auch ein Recht zu erfahren, wer mein Vater war", drängte Johanna weiter.

„Besser, du erfährst es nie."

„Ist es, weil ich ein lediges Kind bin?"

„Nein, nein, das ist es nicht, ich …", Gundel kam ins Stocken. „Er war kein herumziehender Handwerker und auch kein Söldner aus Augsburg, das hab' ich denen nur beim Verhör gesagt, er …", sie verstummte hilflos.

Johanna rang um ihre nächsten Worte. „Sie sagen, dass Ihr die Gespielin, die Buhlschaft vom …", sie brach ab, da sie das Wort Teufel nicht aussprechen konnte.

Entsetzt fuhr die Hebamme hoch. „Nein, glaub' bloß das nicht, du bist nicht vom …, du bist …", sie war nicht fähig, den Satz zu vollenden.

„Wer bin ich?", sprang Johanna erregt auf.

Gundel sank schluchzend in sich zusammen. „Du bist nicht mein Kind, nicht mein Fleisch und Blut. Ich habe dich all die Jahre belogen. So, jetzt ist es endlich heraus."

Johanna erblasste und stammelte. „Was? – nicht meine Mutter, aber …", verwirrt hielt sie inne.

„Kind, hör mir zu, ich will dir jetzt die volle Wahrheit sagen. Ich habe deine leibliche Mutter nur flüchtig gekannt. Sie klopfte bei einem heftigen Schneetreiben an meine Tür, sie war guter Hoffnung und die Wehen setzten ein. Sie war so entkräftet, ihr Weg war weit gewesen. Ich hab' dich auf die Welt gebracht, mit meinen Händen."

Dabei schielte sie auf ihre gequälten Hände. „Deine Mutter hat mir im Sterben ein Stoffbündel anvertraut. Es waren Gold- und Silbermünzen darin und ein Schreiben für deinen Vater. Das hat sie schreiben lassen, von einem Pater. Sie hat auch ein Amulett um den Hals gehabt, das wollte ich dir geben, wenn du größer bist. Ich hab' alles versteckt und das Geheimnis um deine Herkunft für mich behalten. Von einem Teil des Geldes hab' ich unser Haus gekauft, der Rest und das Amulett, zusammen mit dem Schreiben, sind noch in dem Leinenbeutel verwahrt, unter der schweren Truhe in deiner Kammer, versteckt unter einem Brett mit einem Drudenfuß darauf. Nimm es, es gehört alles dir!"

„Aber, Frau Mutter, was habt Ihr getan?", Johanna wollte nicht glauben, was sie da eben gehört und was all die Jahre verborgen unter ihrer Kleidertruhe schlummerte.

Der Hebamme rannen die Tränen herunter und hinterließen eine weiße Spur auf ihren schmutzigen Wangen, sie schniefte. „Ich wollte dich behalten, ich wollte dich als mein eigenes Kind großziehen. Du hast es doch immer gut bei mir gehabt. Und das viele Gold, es war zu verlockend."

In Johannas Hals bildete sich ein dicker Kloß und sie schluckte schwer, bevor sie die Hände des alten Weibes ergriff und behutsam auf die wunden Stellen pustete, so wie es die Mutter früher gemacht hatte, wenn sie hingefallen und sich weh getan hatte. „Frau Mutter, oh meine gute Mutter."

Fast zärtlich streichelte ihr die Hebamme über das lange, seidene Haar. „Ach Kind, mein liebes Kind, ich hätte das nicht tun dürfen, das ist jetzt die Strafe."

Das Mädchen hob fragend den Kopf. „Aber, wer ist nun mein Vater, lebt er noch?"

„Ich weiß es nicht, Hannerl."

„Aber das Schreiben, in dem Schreiben muss doch der Name stehen?", sprang Johanna erregt auf.

Die Antwort der Hebamme klang resigniert. „Ja, aber ich kann ja auch nicht lesen und zu einem Schreiber gehen wollte ich nicht, dann wäre doch alles ans Licht gekommen." Sie stöhnte tief auf, denn sie durfte Johanna unmöglich die ganze Wahrheit sagen, das würde sie in höchste Gefahr bringen.

„Und der Pater? – der muss es doch wissen!"

„Plag mich nicht, Kind. Frag ihn selber, den Pater Anselm. Er ist eingeweiht und du kennst ihn ja von früher."

„Ach, der Pater Anselm! Er hat mir immer etwas mitgebracht", erinnerte sich Johanna an den dicken, freundlichen Mönch.

Erneut stöhnte die Hebamme auf und krümmte sich zusammen.

Johanna kniete besorgt vor ihr nieder. „Frau Mutter, Ihr habt doch Schmerzen, werden die Himmelstropfen denn helfen?"

Inzwischen war Hannes leise an die Zellentür gekommen und flüsterte. „Johanna, komm jetzt! Es wird Zeit, wir müssen fort!"

Gundel umarmte ihre Tochter, soweit es die Ketten zuließen. „Geh Kind, er ist ein guter Bursche, auch wenn sein Vater mir sehr weh getan hat." Sie besann sich und sah das Mädchen beschwörend an. „Und zu niemanden ein Wort, sonst sind wir beide verloren!"

„Johanna, komm jetzt!", drängte Hannes bei steigender Nervosität.

„Geh jetzt und Vergelt's Gott für die Tropfen, sie werden es mir leichter machen."

„Frau Mutter!", schluchzte Johanna auf, Tränen tropften über die geschundenen Hände des alten Weibes.

Mit nassen Augen löste sich die Hebamme langsam von dem umklammernden Griff und schob das Mädchen mit einem wehen Lächeln weg.

Unten in der Wachstube waren Stimmen zu hören. Der Henker war gekommen. Hannes erkannte die tiefe Stimme seines Vaters nur zu genau. Er drückte sich mit Johanna eng in eine Mauernische. Panik stieg in ihm hoch, doch er zwang sich, einen kühlen Kopf zu bewahren. Er überlegte kurz, dann nahm er das Mädchen bei der Hand und zog es mit leisen Schritten die Treppen zum Kellergewölbe hinunter bis zu einer kleinen verborgenen Tür. Als Kind hatte er hier oft gespielt und kannte jeden Winkel und jedes Loch. Diesen Geheimgang hatte er vor langer Zeit entdeckt und er lief ihn blind im Dunkeln, Johanna hinter sich herziehend, immer an den feuchten Wänden entlangtastend.

Der Henker trat mit eingezogenem Kopf durch die Tür ins Verlies der Hebamme. In den großen Händen hielt er Verbandmaterial und eine Paste. Er wunderte sich, dass der Schlüssel im Schloss steckte und brummte ein paar üble Schimpfworte über das Wachpersonal in seinen Bart, bevor er sich der Gefangenen widmete. „Na, Gruberin, schauen wir mal, ob meine Rezeptur etwas taugt. Ich weiß, dass du auch etwas davon verstehst."

„Hoffen wir, dass du kein Teufelszeug hineingetan hast", gab die Hebamme schwach zurück, dabei verbarg sie die Phiole mit den Himmelstropfen unter ihrem Rock.

„Da kannst du ganz beruhigt sein, Gruberin. Nur etwas Wallwurz und Arnika für die blauen Flecken." Er bückte sich zu ihr hinunter und wickelte die blutigen Stoffbinden behutsam ab, strich mit geschickter Hand die Paste auf die Daumen der Gequälten, dann verband er diese mit sauberem Leinen. Zufrieden mit seinem Werk stand er auf.

Die Hebamme beobachtete den Henker bei dieser Tätigkeit mit wachsender Verwunderung, ohne nur einmal vor Schmerz zu zucken. „Vergelt's dir Gott", krächzte sie mit belegter Stimme. „Schon seltsam, zuerst quälst du mich bis auf's Blut und danach tus't mich wieder kurieren. Das soll ein guter Christ kapieren."

„Nichts für ungut! Ich richte dich nur so weit her, dass du die nächste Tortur aushältst. Vorschrift ist Vorschrift. Du wirst eh morgen zur weiteren Verhandlung abgeholt. Diesmal wird er mit dir fertig werden. Der Landrichter ist ja für seine Schärfe bekannt. Am besten, du gestehs't gleich, sonst muss ich dir wieder weh tun. Aber diesmal geht es nicht so sanft ab!" Mit diesen Worten packte er seine Sachen zusammen und erhob sich.

„Pah, von wegen sanft! Ich bin eh verloren. Wenn nur meine Tochter verschont bleibt!"

„Deine Tochter geht mich nichts an, die soll gefälligst meinen Sohn in Ruh' lassen. Hat ihm ganz den Kopf verdreht, das vermaledeite Weibsbild!", schimpfte Kuisl und stürmte hinaus, wobei er sich seinen Schädel heftig am Türstock anstieß. Er fluchte, jetzt war er in der richtigen Stimmung, um sich mit den Wachposten anzulegen, wegen ihrer schlampigen Arbeitsweise.

Sprung von der Stadtmauer

Johanna und Hannes waren am Ende des unterirdischen Ganges angelangt. Der Henkerssohn hob den Deckel der Falltür an, die ins Freie führte, doch dieser entglitt seinen Händen und fiel mit einem krachenden Geräusch herunter. Das Mädchen und der Bursche erschraken und lauschten angespannt in die Dunkelheit hinaus.

Der Torwächter, der draußen auf- und abging, war durch diesen Krach alarmiert worden und kam mit raschen Schritten näher.

Mit wild pochendem Herzen und voller Angst vor möglicher Entdeckung warteten sie auf den Fortgang der Dinge, unfähig sich zu rühren.

„Wer da?" Der Wachmann hielt die Hellebarde drohend gesenkt und spähte in jede Richtung, bis draußen vor dem Einlass lautes Klopfen zu vernehmen war. Der Wächter eilte zurück und guckte vorsichtig durch die Luke des Holztores hinaus. „Wer da?", rief er abermals mit lauter Stimme.

Ein Betrunkener torkelte lallend vor dem Alten Einlass, dem einzigen Tor, wo die Bürger zu später Stunde noch in die Stadt heimkehren konnten. Der Mann hatte sich gerade an der Mauer erleichtert, als ihn der Torwächter erkannte und aufgriff. „Herein mit dir! Das war jetzt das letzte Mal, Schuster! Hast dich wohl wieder zu lange im stinkenden Gerberviertel herumgetrieben?"

Der Schuster lallte in einer Art Singsang: „Mein liebes Klärchen, hat so schöne Härchen ..."

Der Torwächter zog ihn gewaltsam zum Einlass hinein. „Geh lieber heim, Schuster, sonst bekommt dein Frauchen noch Härchen auf den Zähnen!"

Die beiden Männer verschwanden unter dem Torbogen und das Stadttor schloss sich.

Erleichtert sahen sich Hannes und Johanna an. Der Henkerssohn nahm ihre Hand und zog sie ein Stück weiter. Er schaute sich suchend um, entdeckte eine Holzleiter, die er an der Stadtmauer anlegte und daran hochkletterte, um auf den überdachten Wehrgang zu gelangen. Johanna folgte ihm ohne Zögern nach. Atemlos standen sie beide oben. Hannes zog die Leiter herauf und legte sie auf die Seite, da sie ihm nicht mehr von Nutzen war. Mit einem dankbaren Blick bedachte er den Vollmond für sein blasses Licht, als plötzlich ein flatterndes, schwarzes Ungeheuer sein Haupt streifte und kreischend über ihn hinwegflog. Der Henkerssohn erschrak dermaßen, dass er beinahe das Gleichgewicht verloren hätte und über das Geländer gestürzt wäre.

„Um Gotteswillen, was war das?" Johanna war kreidebleich geworden.

„Nur eine Fledermaus, wir haben sie gestört. Mein Gott, hab' ich einen Schreck bekommen!"

Das Mädchen schaute sich verzagt um. „Und was jetzt?"

Hannes führte sie weiter den engen Gang entlang, bis zu einem Loch im Mauerwerk, welches mit einer Holzklappe verriegelt war. Energisch schob er den Riegel auf und öffnete die Klappe. Dann zwängte er sich zuerst hindurch und half anschließend Johanna, die ihm an Gelenkigkeit nicht nachstand. Auf dem schmalen Mauervorsprung balancierend, drückten sie sich eng an die Außenwand der Stadtmauer und das Mädchen äugte besorgt in den Abgrund. In der Dunkelheit war die Höhe nur schwer abzuschätzen. Hannes überwand einen Anfall von Schwindel und entschied mutig. „Wir müssen springen!"

„Bist du wahnsinnig, wir werden uns alle Knochen brechen!"

„Vertrau einem Henkerssohn!", zwinkerte ihr Hannes zu. „Von hier aus fallen wir nicht so tief."

Ihren ganzen Mut zusammennehmend, schloss Johanna kurz die Augen und langte nach seiner Hand. „Also auf drei."

„Eins, zwei ... Moment!" Sie hielt den Burschen am Arm fest und bekreuzigte sich dreimal. „Jetzt!"

„Eins, zwei, drei!", murmelten beide gleichzeitig, damit niemand sie hörte. Dann sprangen sie gemeinsam in die dunkle, unbekannte Tiefe.

„Bäh!" Johanna landete zwar weich, aber ihre Hände griffen in frischen Dung.

„Bist du noch ganz?", fragte Hannes besorgt.

„Pfui Deibel, das ist ja stinkender Mist!"

Der Henkerssohn lachte leise auf. „Dein Glück, dass mir sämtliche Abfallhaufen der Stadt obliegen."

Das Mädchen knuffte ihn lautlos in die Seite. „Schau mich an, ich bin voller Mist ... du Mistkerl!"

„Heh, heh, so kriegst du nie einen Mann!"

„Ich will nach Hause!" Johanna schaute sorgenvoll in den Nachthimmel.

„Es ist zwar Vollmond und die Sterne leuchten dir den Weg, aber so spät lass ich dich nicht mehr allein nach Peiting, denk' an den Höllenhund!", versuchte er zu scherzen. „Bleib die Nacht über bei uns, meine Mutter wird dir helfen."

„Meinst du?" Johanna sah ihn unsicher an.

„Vertrau mir. Und jetzt komm mit!" Er schnupperte an sich herab und rümpfte seine Nase. „Ich finde, wir könnten ein Bad vertragen!"

„Ach, du bist mir vielleicht einer!" Die Anspannungen der letzten Stunden und des überstandenen Abenteuers fielen von ihr ab und sie lachte erleichtert. Der Henkerssohn lächelte beglückt, besann sich und warf einen vorsichtigen Blick hinter sich, dann nickte er dem Mädchen aufmunternd zu. Er schritt hurtig voran, und sie schlugen sich durch wildes Gebüsch, bis sie auf den ausgetretenen Fußweg hinunter zum Gerberviertel kamen.

Ein ungewöhnliches Versteck

Das Haus der Henkersfamilie stand am Rande des Gerberviertels, unterhalb der Staffelau, einer Wiesenterasse östlich der Lechänger. Zu dem Anwesen gehörte ein kleiner Weiher, in dem außer unzähligen paarungswilligen Fröschen, auch einige Karpfen auf dem schlammigen Untergrund lebten, die an den Fastentagen dem Mittagstisch der Familie geopfert wurden.

Vater Kuisl war ein leidenschaftlicher Angler vor dem Herrn. Früher, wenn seine Geschäfte ihn noch bis Augsburg führten und die Nasen im Frühjahr zur Laichzeit in großen Fischschwärmen flussaufwärts zogen, hatte er leichten Fang gemacht und sein Weib verstand es vorzüglich, die mitgebrachten Fische zu würzen und zuzubereiten. Der reißende Lech bei Schongau erschwerte das Angeln ungemein, selbst ein fromm gewünschtes „Petri Heil" brachte ihm kein Anglerglück.

Am Nachmittag hatte Mutter Kuisl ein Federvieh geschlachtet und es mit dem scharfen Küchenbeil fachgerecht enthauptet, so wie es von der Frau eines Henkers erwartet wurde. Jetzt köchelte das gerupfte Huhn im Suppentopf und verströmte zusammen mit den Kräutern einen verlockenden Geruch, so dass Hannes das Wasser im Mund zusammenlief und er sich schon auf einen Teller Suppe zur Stärkung freute, nichtsahnend, dass seine Mutter bald ein weiteres Hühnchen mit ihm zu rupfen gedachte.

Die Kuislin kam mit einem weiteren Krug voll heißem Wasser und goss ihn vorsichtig in den hölzernen Badezuber, wrang einen Lappen darin aus und schrubbte der verlegenen Hebammentochter kräftig den Rücken. Das Feuer im Kamin prasselte und verbreitete eine wohlige Wärme.

Als Hannes mit dem nicht minder verdreckten Mädchen nach Hause gekommen war, hatte seine Mutter keine lästigen Fragen gestellt, sondern nach einer knappen Erklärung ihres Sohnes, Johanna kurzerhand in den Bottich gesteckt. Mitten in der Stube hatte die Frau des Henkers Schnüre gespannt und darüber zwei große, weiße Laken aufgehängt, hinter denen Hannes wartend stand, die Badende verstohlen betrachtend. Ursula Kuisl bemerkte seinen Schatten, kam hinter dem Vorhang hervor, nahm ihren Sohn zur Seite und sagte, mit Rücksicht auf die Hebammentochter, mit leiser Stimme. „Lange kann sie nicht hierbleiben, du weißt, dein Vater kommt bald nach Hause."

Hannes fasste seine Mutter am Arm. „Ich bitte Euch, Frau Mutter, nur eine Nacht. Wir können sie ja im Stall verstecken. Der Vater braucht gar nichts zu erfahren."

„Ach Bub, du weißt, er billigt deinen Umgang mit der Peitinger Dirn' nicht. Ihre Mutter ist vielleicht eine Hexe", sagte sie vorsichtig im Flüsterton, damit das badende Mädchen es nicht hörte.

„Aber das ist ein Missverständnis, sie ist nur eine einfache Hebamme. Frau Mutter, bitte helft der Johanna! Es ist ja bloß für diese Nacht."

Die Henkersfrau sah ihren Sohn besorgt an. „Nun gut, aber nicht länger! Und jetzt ab mit dir ins Bad, du stinkst ja wie ein alter Ziegenbock!"

Johanna war inzwischen aus dem Zuber gestiegen und hüllte sich in ein großes Leinentuch. Sie schaute rasch weg, als der Henkerssohn seine Kleider ablegte und verzog sich hinter den Vorhang.

Hannes war ebenfalls aufs Äußerste verlegen, rasch stieg er mit seinen langen, sehnigen Beinen ins mittlerweile lauwarme Badewasser, so dass nur die glatte unbehaarte Brust herausragte.

Mutter Kuisl holte erneut einen Krug Wasser.

Hannes räkelte sich wohlig in dem Zuber, ihm war bewusst, dass soeben noch das nackte Mädchen hier gesessen hatte, was ihn erregte. Sinnend schloss er die Augen und gab sich verbotenen Gedanken hin, er seufzte leise.

Ein Schwall kaltes Wasser ergoss sich über seinem Haupt. „Da, mein Sohn, damit du wieder einen klaren Kopf bekommst!"

Hannes schüttelte prustend die langen Haare, zwischen Entrüstung und Scham schwankend, schaute er die Mutter ungläubig an, die mit dem leeren Krug an die Brust gepresst, abwartend vor ihm stand. Seine Gesichtszüge verfinsterten sich und er wurde ernst. „Frau Mutter, ich werde kein Henker."

Die Kuislin nickte im Hinausgehen und seufzte bekümmert. „Ich weiß, Bub …"

Eine Familientradition

Beim ersten Hahnenschrei saß der Henker wortkarg und mit rotgeäderten Augen auf der Bank und schnitt mit einem langen Messer gleichmäßige, dünne Scheiben von einem Laib Brot ab, in den er zuvor drei Kreuze eingeritzt hatte, um es zu segnen. Sein Blick fiel auf das Kruzifix im Herrgottswinkel, daneben hing das sieben Pfund schwere Richtschwert an einem Ehrenplatz über dem Kamin. Es stammte von seinen Vorfahren und hatte einen Galgen und einen besonderen Schutzspruch eingraviert.

Seine um den großen Holztisch versammelte Familie machte gehorsam das Kreuzeszeichen. Der Vater verteilte das Brot, zuerst an seine Frau, dann an Hannes und zuletzt an die beiden jüngsten Kinder, ein achtjähriger Bub, der dem großen Bruder bis aufs Haar glich und ein Mädchen von fünf Jahren mit blonden Zöpfen und einer niedlichen Stupsnase, eine Miniaturausgabe ihrer Mutter. Das kleine ungeduldige Mädchen langte voreilig nach dem Brot und bekam von seinem Vater auf die Finger geklopft. „Du wirst wohl warten können, Greti!"

Peterle, ihr Bruder, grinste schadenfroh und schlug seinem Schwesterchen unter dem Tisch gegen das Schienbein. Die Kleine fing zu weinen an und Mutter Kuisl strafte ihren Mann mit einem vorwurfsvollen Blick aus ihren hellen Augen.

„Was?", brummte Kuisl undeutlich und sich keinerlei Schuld bewusst in seinen Bart.

Hannes stand vom Tisch auf. „Ich versorge die Liesel."

Sein Vater sah ihn scharf an. „Dann spann gleich den Karren an, wir müssen später noch nach Peiting!"

„Wieso?", fragte Hannes, von Argwohn erfüllt.

„Frag nicht so blöd. Anweisung vom Landrichter. Das Haus der Hebamme soll nochmal gründlich untersucht und die Tochter zu einer Aussage abgeholt werden."

Obwohl Hannes sichtlich erschrocken war, wusste er doch, was das für Johanna bedeutete, fasste er sich sofort wieder. Seiner Mutter, die ebenfalls wie gelähmt dasaß, einen vorsichtigen Seitenblick zuwerfend, fragte er: „Wann?"

„Heute noch." Sein Vater drehte sich zu ihm herum und schaute ihm forschend ins Gesicht. „Was hattest du gestern so spät im Faulturm noch zu suchen?"

„Wer sagt das?" Hannes bemühte sich um einen gelassenen Gesichtsausdruck.

„Die Wachen! Du hast dich quasi in Luft aufgelöst."

„Pah! Wer weiß, was die wieder mal alles gebechert haben."

Der Henker musterte seinen Sohn aufmerksam. Dann stand er auf und griff ihm mit einer raschen Handbewegung hart ins Genick. „Vergiss die Dirn'! Sie ist verloren, verbranntes Fleisch! – verstehst du?" Dann ließ er seinen Sohn los und ging nach draußen, um die Wetterlage zu prüfen.

Mutter Kuisl trat hinter Hannes und umarmte ihn. „Bub, glaub mir, es ist besser so."

Hannes riss sich von ihr los und stolperte seinem Vater hinterher. „Vater, so wartet doch! Ihr macht aus mir keinen Schinderhannes, ich werde kein Henker, nur damit Ihr es endlich kapiert! Ich heirate die Johanna und geh' fort mit ihr!"

Sein Vater blieb wie angewurzelt stehen, die Augen vor Wut funkelnd, packte er mit seinen großen Händen den widerspenstigen Burschen und warf ihn mühelos wie einen halbvollen Sack Korn zu Boden. „Wie redest du mit deinem Vater! Du wirst tun und lassen, was ich will! Du wirst genauso wie ich Henker und damit basta! Das ist ein alter Handwerksberuf, den unsere Familie schon lange ausübt und du wirst die Tradition fortführen, hast du verstanden! Ich habe mich auch gefügt und es bis heute nicht bereut. Und auch du wirst dir eines Tages ein Weib von unserem Stand nehmen. Sei vernünftig, Bub – du rennst in dein Unglück! Und jetzt schau, dass die Liesel bis zum Zehn-Uhr-Läuten fertigmachst!" Der Henker war müde des Redens und er spürte den geleisteten Nachtdienst in den Knochen. Mit schwerfälligen Schritten begab er sich Richtung Haus, um sich noch eine Weile aufs Ohr zu legen.

Hannes richtete sich vom staubigen Boden auf und rief ihm zornig hinterher. „Ich hasse Euch, ich hasse Euch!"

Doch sein Vater war bereits außer Hörweite und im Eingang verschwunden.

Mutter Kuisl warf ihrem Sohn einen hilflosen Blick zu. Hinter ihrem Rücken hielt sie ein Stoffbündel verborgen, das sie Hannes zu Füßen legte. Dann erst folgte sie ihrem Mann hinein.

Hannes stand auf, klopfte sich den Staub vom Gewand, hob das Bündel auf und eilte zum Stall.

Johanna hatte oben im Heuschober genächtigt und kaum ein Auge zu getan. Ihre kleine heile Welt war aus den Fugen geraten. Unzählige, ungeklärte Fragen beschäftigten sie die ganze Nacht und zermarterten ihr das Hirn. Es war ihr unmöglich, einen einzigen klaren Gedanken zu fassen. Sie hatte immer angenommen, dass sie gänzlich nach ihrem Vater geraten war, den sie nie kennengelernt und in ihrer Vorstellungskraft völlig verklärt hatte. Jetzt war ihr Erzeuger ein größeres Mysterium für sie geworden und der Schock, dass die Hebamme nicht ihre leibliche Mutter war, ließ alles noch undurchsichtiger erscheinen. Wie mochte ihre wahre Mutter wohl ausgesehen haben, wer war sie und inwieweit glich sie ihr? Obwohl die Hebamme ihr all die Jahre die Wahrheit über ihre Herkunft verschwiegen hatte, empfand sie keinen Groll, schließlich hatte sie ihr auf die Welt geholfen, ein Zuhause geschaffen und sie wollte nicht undankbar sein.

„Johanna?", flüsterte Hannes von unten herauf, in den Händen hielt er ein Kleiderbündel.

Das Mädchen wurde augenblicklich aus den Gedanken gerissen und schreckte hoch, beflügelt kletterte es geschwind die Leiter hinunter und schmiegte sich in seine Arme, dabei gähnte es herzhaft. „Guten Morgen, Hannes!"

In ihrem schlichten Unterkleid sah sie bezaubernd aus und der Henkerssohn brauchte einen Moment, um sich zu sammeln. Zärtlich entfernte er jeden einzelnen Strohhalm aus ihren zerzausten Haaren und strich glättend darüber. „Hier, das müsste dir passen, das schickt dir die Mutter. Ein paar Sachen von meiner älteren Schwester, deine eigenen sind noch nicht trocken."

„Ich wusste gar nicht, dass du eine ältere Schwester hast."

„Sie ist gestorben, mit siebzehn."

Johanna zuckte zusammen und strich achtsam über den weichen Stoff, dem ein Geruch von getrocknetem Lavendel entströmte, seine Worte schaudernd wiederholend. „Mit siebzehn, – Kleider von einer Toten, so alt wie ich."

„Sie war etwas ganz besonderes, so wie du. Mein Vater hat sehr an ihr gehangen. Alles, was wir von ihr besitzen hat er in einer Truhe aufbewahrt."

„Wie hat sie denn geheißen?"

„Helene, nach der schönen Helena aus der griechischen Mythologie. Vater hat uns die Sagen oft erzählt. Ich mochte vorallem die von Odysseus, wo der überall herumgekommen ist, das hat mir gefallen."

„Erzählst du mir auch davon?"

„Später, jetzt haben wir keine Zeit mehr dazu. Wir müssen fort! Die wollen euer Haus nochmal untersuchen und dich holen, zu einer Aussage!"

„Was?" Das Mädchen war zu Tode erschrocken.

„Johanna, ich habe es mir heute Nacht schon überlegt, lass uns nach Augsburg gehen. Dort will ich mein blutiges Handwerk vergessen und als ehrlicher Mann arbeiten, mit einem geliebten Weib an meiner Seite, mit dir."

„Oh, Hannes, mein Liebster!" Überglücklich bedachte sie ihn mit wilden Küssen, dann glitt ein Schatten über ihr freudestrahlendes Gesicht. „Ach, Hannes, wie soll das bloß gehen?"

„Ein Freund von mir ist Flößer, er kann uns nach Augsburg bringen. Ich will ihn gleich aufsuchen."

„Hannes, nein – bitte warte noch!" Johanna warf ihre Haare zurück, Hannes Vorgehensweise ging ihr zu schnell. „Aber was wird aus meiner Mutter? Ich kann doch jetzt nicht fortgehen. Auch wenn sie streng zu mir war und mich belogen hat, das war doch bloß, weil sie so ein hartes Leben gehabt hat. Ihr ist doch gar keine andere Wahl geblieben. Das hat sie nicht verdient, dass ich sie jetzt im Stich lasse!"

„Dir bleibt auch keine andere Wahl, Johanna! Du kannst deiner Mutter nicht mehr helfen."

„Aber …", flehte das Mädchen verzweifelt.

Hannes nahm ihre beiden Hände in die seinen und drückte sie sanft, dabei sah er ihr mit festem Blick in die Augen, seine Stimme zitterte leicht, doch in ihm war kein Wanken und Schwanken mehr. Er wusste jetzt, was zu tun war. „Glaub mir, deine Mutter wünscht auch, dass du fortgehst. Sie weiß, dass sie selber verloren ist. Es ist ihr Schicksal und dir soll es nicht genauso ergehen, dafür sorge ich."

Johanna war hin und hergerissen, doch sie fühlte instinktiv, dass Hannes recht hatte. „Gut, aber ich muss vorher noch nach Hause."

„Dazu haben wir wirklich keine Zeit mehr!"

„Bitte, es ist wichtig für mich. Meine Mutter hat mir ein Versteck verraten und ohne diese Sachen gehe ich nicht weg." Johanna ließ nicht mit sich reden, die ganze Nacht hatte das Geheimnis um ihre wahre Herkunft sie beschäftigt und sie wollte unbedingt die volle Wahrheit herausfinden, bevor es andere taten. Ihre Mutter hatte es ihr ans Herz gelegt und sie fühlte, dass es um Leben oder Tod ging. Sie schöpfte Hoffnung, vielleicht war es für ihre Mutter doch noch nicht zu spät.

Hannes seufzte, in seinem Kopf reifte bereits ein neuer Plan. „Zieh dir die frischen Sachen an und warte hier, ich will noch kurz mit meiner Mutter reden." Er verschwand im Haus und kam nach einer Weile wieder zurück, führte die Liesel aus dem Stall, spannte sie vor den Karren und bedeutete Johanna stumm, hinaufzusteigen.

„Um Gotteswillen, das ist ja die Hexenfuhre!" Die Hebammentochter war blass um die Nasenspitze geworden. „Nie und nimmer steig ich da hinauf!"

Mutter Kuisl eilte mit einem kleinen Tonkrug aus dem Haus und drückte ihrem Sohn einen Beutel in die Hände. „Hier habt ihr etwas Wegzehrung. Beeilt euch, bevor der Vater aufwacht. Der Schlaftrunk, den er gegen seine Albträume nimmt, ist nicht allzu stark!"

Hannes umarmte die Mutter, sah sie mit traurigem Blick an und schluckte schwer. „Leb wohl, du gute Mutter! Vergelt's Gott für alles, was du für uns tust!"

„Viel Glück in Augsburg, Gott schütze euch!" Seine Mutter segnete und besprengte ihn, Johanna und auch die Liesel mit Weihwasser aus dem Krüglein. Tränen standen in ihren Augen und sie wirkte plötzlich um Jahre gealtert.

Greti und Peterle sprangen freudig herbei, umringten das fremde Mädchen und betrachteten es mit staunenden Kinderaugen.

Hannes umarmte und drückte die beiden jüngeren Geschwister fest. Tränen flossen ihm unaufhörlich über die Wangen.

Die Kleinen schauten verstört, und weil sie ihre Mutter ebenfalls weinen sahen, taten sie es ihr gleich.

Der Henkerssohn gab sich einen Ruck und hob die zitternde Johanna auf die strohbedeckte Ladefläche, bedeutete ihr, sich flach hinzulegen, dann zog er eine alte Pferdedecke darüber, schwang sich auf den Kutschbock und schnalzte mit der Peitsche. „Hüa, Liesel, hüa!"

Er warf einen letzten Blick zurück, auf das Haus, in dem er geboren war, sah seine kleine Schwester ihm zaghaft hinterher winken, den einen Daumen im Mund und im Arm die Strohpuppe fest an sich gedrückt, die er ihr geschenkt hatte, ohne die sie nirgends hinging und die längst ausgebessert werden müsste, und ihm wurde bewusst, dass er das nicht mehr würde tun können. Mutter Kuisl nahm ihre beiden Kinder in den Arm. Den wehen Gesichtsausdruck, mit dem sie ihm hinterher sah, würde Hannes nie mehr vergessen und das schmerzte ihn mehr, als hundert Peitschenhiebe. „Hüa, Liesel, hüa!"

Und das treue Tier gehorchte und setzte sich mühsam in Bewegung, scheppernd rollte das Gefährt über den Hof.

„Die Hexenfuhre!", durchfuhr es den Henker und er wurde schlagartig wach, sprang auf und rannte zum Fenster, wo er gerade noch das Gefährt um die Ecke biegen sah. Kuisl besaß ein untrügliches Zeitgefühl und er spürte, das hier etwas nicht stimmte. Hannes hatte sich die ganze Zeit über komisch verhalten. Er stolperte die Treppe hinunter und zur Haustür hinaus, wo er mit seiner schluchzenden Frau, den Weihwasserkrug in den Händen, und den heulenden Kindern zusammentraf.

„Was zum Teufel passiert hier, warum ist der Bub ohne mich los?"

„Der Hannes hat ein Mädchen auf dem Wagen versteckt", meldete sich der kleine Peter zu Wort und bekam dabei einen roten Kopf vor Aufregung.

„Was! Wen?" Dann fiel es ihm wie Schuppen von den Augen. „Die Hebammentochter, das verflixte Luder, die hat ihn verhext!" Er rüttelte sein Weib heftig an den Schultern. „Vielleicht ist er noch zu retten, sag schnell, wo will er hin?"

Unter Tränen gestand ihm Mutter Kuisl alles, was der Sohn von seinen Fluchtplänen erzählt hatte.

Der Henker zog die buschigen Augenbrauen zusammen und dachte einen kurzen Moment scharf nach, dann hatte er einen Entschluss gefasst.

„Ich werde den Vorfall dem Herrn Landrichter melden! Wenn sich die Stadtwache umgehend auf den Weg macht, können wir ihnen den Weg noch abschneiden!"

„Bitte, lass ihn ziehen, Vater!", bettelte Mutter Kuisl und hielt ihren Mann an seinen muskulösen Oberarmen fest.

„Den Verrat nicht melden? Ja weißt du denn nicht, Weib, was dann mit unserer Familie passieren wird?" Ungläubig starrte Kuisl sie an, dann stieß er seine Frau zur Seite und eilte zu Fuß den Weg zur Stadt hinauf.

In der Zwischenzeit war das Gefährt über die Lechbrücke gerumpelt und erreichte die Floßlände. Dort hielt Hannes Ausschau nach seinem Freund, während Johanna sich still verhielt. Sie spähte durch die Decke und sah, wie der Henkerssohn mit einem Burschen, der ungefähr im gleichen Alter wie er zu sein schien, verhandelte, seinen Beutel hervorzog und ihm etwas in die Hand drückte.

Hannes kehrte zurück und flüsterte ihr zu. „Gottfried wird am Ufer mit seinem Floß warten, aber jetzt müssen wir uns wirklich beeilen!" Er stieg auf den Bock, nahm die Zügel und schnalzte mit der Peitsche. „Hüa, Liesel!" Er wendete und lenkte das Gefährt am Zimmerstadel vorbei auf die Schongauer Straße Richtung Peiting. Vor dem langgezogenen Anstieg am Schneckenbichl stieg er ab und half Johanna aus dem Wagen. Wortlos schlenderten sie nebeneinander her, gedachten der vergangenen Tage, als sie hier, unbeschwert und zu Scherzen aufgelegt, unterwegs waren. Der Henkerssohn führte das Pferd bis unterhalb dem Schlossberg. Voller Ungeduld zerrte er an den Zügeln, da sie so langsam vorwärtskamen. Als sie die Häuserdächer von Peiting erblickten, kletterte er wieder auf den Bock und das Mädchen versteckte sich abermals unter der großen Decke, denn jetzt ging es ein langes Stück abwärts. Unten angekommen, lenkte er die Fuhre von der Schongauer Straße auf einen schlechten Weg, der in die Lexe führte, zum Haus der Hebamme.

Noch bevor Hannes die Zügel angezogen hatte und das Gefährt zum Stehen brachte, sprang Johanna vom Wagen und eilte ins Haus.

Hannes stieg vom Bock, klopfte die Liesel am Hals und belohnte sie mit einer mitgebrachten Rübe, die das brave Pferd langsam zermalmte. Er beschloss, draußen zu warten und aufzupassen. Regen setzte ein und er zog seines Vaters Schlapphut tiefer ins Gesicht.

Entdeckung im Haus der Hebamme

Pater Anselm schob keuchend die schwere Holztruhe beiseite. Er entdeckte das bezeichnete Brett mit dem fast verblichenen Drudenfuß darauf. Mit seinen dicken Wurstfingern versuchte er mühsam, das Brett aufzuhebeln, als er bemerkte, dass es angenagelt war. Stöhnend raffte er sich auf, um unten an der Kochstelle den eisernen Schürhaken zu holen. Außer Atem und mit Herzrasen quälte er seinen beleibten Körper abermals die schmale Leiter hoch. Es gelang ihm, mit dem provisorischen Werkzeug, das Brett zu lösen; tastend griffen seine Finger in den Hohlraum, bis er neben einigen toten Spinnen und Asseln einen Stoffbeutel herauszog, den er vorsichtig ausleerte. Einzelne Goldmünzen sprangen klimpernd über den Holzboden. Der Pater nahm ein Goldstück ums andere zwischen die Zähne und biss darauf herum. Ein breites Grinsen erhellte sein Gesicht. Plötzlich hörte er draußen Wagengeräusche und Stimmen, die sich dem Haus näherten. Unten öffnete sich die Tür, leichtfüßige Schritte durchquerten den Raum und tapsten die Leiter hoch. Pater Anselm rappelte sich so schnell er vermochte auf, packte alles in den Beutel und versteckte sich in einer dunklen Ecke im hinteren Bereich der Kammer, sein heftiges Schnaufen im Kuttenärmel unterdrückend, umklammerte er den Schürhaken mit zittrigem Griff.

Die Hebammentochter gelangte auf den Dachboden und bemerkte sofort das herausgerissene Brett. Blitzschnell gingen ihr alle möglichen Gedanken durch den Kopf. Wer wusste außer ihr von dem Versteck, wem hatte die Mutter sonst noch das Geheimnis verraten? „Pater Anselm!", entschlüpfte es ihren bebenden Lippen.

Lauernd stand der Genannte hinter ihrem Rücken. Bereit, ihr mit dem Schürhaken einen kräftigen Schlag auf den Hinterkopf zu verpassen, doch er zögerte.

Plötzlich fühlte Johanna sich beobachtet. Ihr Blick fiel auf das gegenüberliegende kleine Dachfenster. Sie bemerkte die angelegte Leiter, von zwei krallenartigen Händen umklammert. Eine teuflische Fratze glotzte sie an. Mit einem Aufschrei flüchtete das Mädchen die Leiter hinunter und stürmte ins Freie.

Ungeduldig wartend, in die dicke Pferdedecke gehüllt, die er sich umgelegt hatte, um sich vor Nässe zu schützen, saß Hannes auf dem Bock und starrte ihr entsetzt entgegen.

„Der Teufel! Der Teufel ist hinter mir her! Fort, fort!" Außer sich vor Furcht kletterte Johanna zu Hannes hinauf.

Als dieser in ihr kreidebleiches Gesicht sah, fragte er nicht lange, sondern warf die Decke hinter sich und hieb mit der Peitsche auf das Pferd ein. Zu seinem Schrecken blieb der Karren im Schlamm stecken. Ein großer schwarzer Hund tauchte aus dem Nichts auf und sprang am Wagen hoch, die scharfen Zähne gefährlich bleckend. Der Henkerssohn wehrte ihn mit der Peitsche schwingend ab.

Angstvoll kreischte Johanna auf, als sie am hinteren Teil des Wagens zwei klauenartige Hände gewahrte. Mit einem Ruck kamen sie aus dem Morast frei und Liesel rannte mit letzter Kraft schnurstracks auf die Schongauer Straße zu.

„Hüa, Liesel, hüa!" Hannes, ebenfalls von Panik erfasst, riskierte keinen Blick mehr nach hinten. So blieb der Mann unerkannt, der das Gefährt angeschoben hatte. Es war der vermeintlich blinde Bettler vom Markt, der ihnen kopfschüttelnd hinterher sah und dabei seinen Hund kraulte. „Und nicht mal danke sagen, was, Hasso?"

„Iah, Iah!" Das Brüllen eines Esels veranlasste den verwahrlosten Mann, sich umzudrehen. In einiger Entfernung bemerkte er den Pater, der sich anschickte, sein Grautier umständlich zu besteigen. „Wen haben wir denn da?" Der Bettler grinste den Franziskaner Mönch aus zahnlosem Mund an.

Zutiefst erschrocken und mit zitternden Händen presste Pater Anselm den gestohlenen Beutel an seine Brust.

„Fette Beute gemacht, was Mönchlein? Hab' dich gesehen …" Mit gierig glitzernden Augen bewegte sich der Bettler auf den Pater zu, der zu bibbern anfing und dessen störrischer Esel immer noch keine Anstalten machte, sich vorwärts zu bewegen.

„Ich bin ein frommer Diener meines Herrn … und das da ist für die heilige Kirche … Du kannst die Hälfte davon haben."

„Seh ich vielleicht aus wie der Heilige Martin mit rotem Umhang und silbernem Schwert, du Tölpel? Pech gehabt, vom Teilen halte ich nichts, fetter Pfaffe! Jetzt hat dein letztes Stündlein geschlagen!"

„Gnade, so hab' doch Erbarmen, du kannst alles haben, aber lass mich leben! Denk an dein Seelenheil!"

Der Wegelagerer blieb davon unbeeindruckt, bückte sich, hob seinen Wanderstab vom Boden auf und zielte auf den Kopf des Gottesmannes. „Meinen Knüppel kannst du haben!"

Pater Anselm vermochte nicht, den harten Schlag abzuwehren und bevor er in tiefe Dunkelheit versank, sah er funkelnde Sterne tanzen.

Der Bettler beugte sich über den leblosen Körper und grinste. „Du sollst nicht stehlen, so steht es doch in der Bibel! Unser Pater konnte wohl nicht lesen, so wie wir beide, was Hasso? Ha, Ha, Ha, das ist unser Glückstag heute!"

Die Flucht auf der Hexenfuhre

Liesel spitzte aufmerksam die Ohren und rannte, was ihre altersschwachen Beine herzugeben vermochten. Die wilden Peitschenschläge, die ihre Kruppe trafen und vertrauten Zurufe des Henkersburschen, spornten sie zum Äußersten an. Endlich erreichten sie den Fluss und die Lechbrücke war schon in Sicht, als die alte Mähre langsamer wurde, stehen blieb und mit der Hinterhand einknickte.

Hannes sprang sofort vom Bock, griff mit der einen Hand der Liesel ans Halfter, mit der anderen stützte er ihre Schulter, bis das Pferd langsam zu Boden sank und liegenblieb. Seine Versuche, es wieder aufzurichten, blieben erfolglos. Das gute Tier war zu Tode erschöpft, sein Atem ging in ein klägliches Röcheln über und seine Augen quollen vor Angst über. Unverwandt starrte es den Henkerssohn an. Es litt und Hannes kniete hilflos daneben, den bebenden Pferdekörper sanft streichelnd, über seiner Hand den warmen Hauch aus den dampfenden Nüstern verspürend. „Liesel, nein! Das wollte ich nicht!"

„Stirbt sie?", fragte Johanna besorgt.

Hannes schniefte und wischte sich mit dem Hemdsärmel die Tränen fort. Er zwang sich zur Ruhe und stand rasch auf. „Wir müssen zu Fuß weiter!"

„Aber wir können die Liesel doch nicht so liegenlassen, in ihrer Qual!"

„Es ist nicht mehr weit, gleich haben wir es geschafft." Er sah sich suchend um. „Verdammt, wo bleibt denn bloß Gottfried?" Er rannte zu der vereinbarten Stelle am Fluss, wo das herrenlose Floß vertäut lag, doch von seinem Besitzer fehlte jede Spur. Hannes ließ einen schrillen Pfiff ertönen, mit zusammengekniffenen Augen das Ufer auf und ab suchend, ohne eine Antwort zu erhalten.

„Du hättest ihn vielleicht nicht vorher bezahlen sollen." Johanna kniff ebenfalls ihre Augen zusammen und blinzelte in die Ferne, bis sie einen Punkt ausmachte, der Gestalt annahm und näher rückte. Sie griff sich an die Brust und rüttelte den Burschen am Arm. „Hannes, schau – dort!"

Ihrem ausgestreckten Arm mit den Augen folgend, erkannte er die Abordnung der Schongauer Stadtwache, im Gleichschritt und erhobenen Hellebarden über die Lechbrücke auf sie zukommend. „Verdammt! Sie kreuzen unseren Weg! Wir müssen fort, bevor sie uns bemerken. Komm, schnell!" Er warf einen letzten Blick auf das leidende Pferd, dann umfasste er der Hebammentochter Mitte und setzte sie auf das Floß. Die wilden Wasser des Lechs klatschten an seine Waden, als er es losmachte, mit des Mädchens Hilfe bestieg und vom Ufer abstieß. Es war nicht leicht, auf den glatten Stämmen, die von der rauen Rinde befreit waren und das Floß zusammenhielten, das Gleichgewicht zu halten. Gefährlich schaukelten sie auf den Wellen.

Johanna lag auf den Knien und hielt sich krampfhaft fest, sie hatte Furcht vor dem Wasser, da sie nicht schwimmen konnte.

Vorsichtig steuerte der Henkerssohn das Floß unter die Lechbrücke hindurch, denn in der Floßlände trieben Baumstämme flussabwärts und er musste aufpassen, dass er nicht mit ihnen zusammenstieß. Unvorsichtigerweise riskierte er einen Blick nach hinten und geriet dadurch ins Straucheln. Das Floß rammte einen Baumstamm und mit Schrecken sah er, wie Johanna jeglichen Halt verlor und kopfüber ins Wasser stürzte. „Johanna!", schrie er gellend auf und seine Augen suchten die Wasseroberfläche ab, bis das Mädchen prustend und panisch mit den Armen um sich schlagend, wieder auftauchte.

„Hilfe, Hilfe! Hannes!" Wasser schluckend und nach Luft ringend, klammerte sie sich an den Rand des Floßes, doch ihre Hände rutschten immer wieder an dem glitschigen Holz ab. Die Strömung war hier so stark, dass sie hilflos mitgerissen wurde, bis sie Halt an einem von der Uferböschung weit ins Wasser ragenden Ast fand.

„Johanna, halt durch!", rief Hannes und versuchte, das Floß durch die Fluten zu steuern, doch er war darin nicht geübt und seine Kräfte verließen ihn. „Johanna! Zu Hilfe!"

Oben auf der Lechbrücke war ein Reiter aufgetaucht. Blitzschnell erfasste er die Notlage und handelte. Er preschte die Böschung hinunter und sprang von seinem Ross.

Völlig entkräftet ließ Johanna den Ast los, die Wellen schlugen über ihrem Kopf zusammen.

Alles, was Landrichter Hanns Friedrich Hörwarth von dem Mädchen noch zu sehen bekam, war ihr rotes, im Wasser davontreibendes Kopftuch. Sein Herzschlag drohte für einen Moment auszusetzen, und er wähnte die Hebammentochter schon verloren, als ihr Kopf ganz in seiner Nähe auftauchte. Hastig zerrte er sich Umhang und was ihm sonst noch hinderlich war vom Leib und sprang ohne zu Zögern in den kalten Lech. Mit kräftigen Zügen schwamm er auf Johanna zu, sah ihre weitaufgerissenen Augen, ihre Todesangst. Schon war er bei ihr, als sie von einem treibenden Baumstamm am Hinterkopf getroffen wurde und das Bewusstsein verlor. Er griff nach ihren Kleidern, sie entglitt ihm immer wieder, doch er gab nicht auf, bis er endlich ihre langen Haare zu fassen bekam und sie sich fest um sein Handgelenk wickelte. So zog er das Mädchen ans rettende Ufer, trug es auf zittrigen Armen und legte es behutsam ins Gras. Er selber kniete keuchend und nach Luft ringend daneben. „Johanna, Mädchen, komm zu dir!" Verzweifelt tätschelte er ihre Wangen, so lange, bis sie die Augen aufschlug. „Gott sei Dank, du lebst!"

Allmählich kam Johanna wieder zu sich. Der Schreck saß ihr tief in allen Gliedern, doch ihr erster Gedanke galt dem Henkerssohn. Sie richtete sich auf und sah angstvoll um sich. „Hannes! Wo ist Hannes?"

Augenblicklich ließ der Landrichter von ihr ab und förderte seine gewohnheitsmäßige Kaltschnäuzigkeit zu Tage. „Dein Liebhaber hat dich im Stich gelassen."

„Nein, ich bin hier!", vernahm er eine wohlbekannte Stimme hinter seinem Rücken. Erschöpft und mit schlotternden Hosen sank der Henkerssohn neben dem Mädchen nieder.

Erleichtert fielen die beiden jungen Menschen einander in die Arme.

„Hannes, dem Himmel sei Dank!"

„Johanna, Liebes …", besorgt betastete er ihre leicht blutende Kopfwunde.

Hanns Friedrich Hörwarth beobachtete beide hasserfüllt, er hob seine Schaube vom Boden auf, schnallte sich Gürtel und Dolch um die Hüfte und winkte dem herankommenden Amtmann mit der Stadtwache. „Festbinden und abführen!"

Zwei Männer ergriffen Hannes und fesselten ihm mit einem mitgebrachten Strick die Hände hinter dem Rücken.

Grimmig überwachte Richter Hörwarth das Unternehmen, bis ihn ein schwaches Wiehern umdrehen ließ. Er ging auf das sterbende Pferd zu und betrachtete es mitleidig, dann zog er den Dolch und erlöste mit einem gekonnten Schnitt durch die Halsschlagader das Tier von seinem Leid. Das Wiehern verstummte.

Hannes zuckte zusammen und Tränen füllten seine Augen. „Liesel! Wie kaltblütig Ihr seid!"

„Und dein Kopf ist als nächster dran, Henkersbürschchen!", erwiderte der Landrichter kalt.

Auf der Schongauer Straße entstand eine Unruhe. Zwei Gestalten erreichten die Lechbrücke, der eine ein Mönch auf seinem Reittier, der andere ein Wegelagerer, der es offensichtlich eilig hatte.

„Fangt den Räuber! Aufhalten!" Pater Anselm winkte der Stadtwache, mit seinen dicken Armen wild um sich fuchtelnd, deutete er auf den flüchtenden Bettler. Der Franziskaner Mönch war nur kurzzeitig ohne Bewusstsein gewesen und mit letzter Kraftanstrengung verfolgte er den Dieb nach Schongau.

Der Bettler, der mit seinem Hund wieder auf dem Weg zurück in die Stadt war, versuchte, sich mit einem Sprung ins Gebüsch zu retten, doch die Männer der Stadtwache holten ihn mit Spießen hervor und nahmen Mann samt Köter in Gewahrsam. Der Bettler beschimpfte und verfluchte die Wachen mit den schändlichsten Ausdrücken. Sein Hund kläffte wild und kein Hosenbein war vor ihm sicher.

„Hat mich überfallen ... bestohlen ..." Pater Anselm fühlte erst jetzt das Blut, das ihm die Schläfe hinunterlief. Neben dem Landrichter bemerkte er die Hebammentochter und die ganze Tragweite seines Handelns schoss ihm zuerst in den Sinn, dann mitten in sein geschwächtes Herz, er verspürte einen jähen Schmerz, zuckte ein letztes Mal, bevor er zu Tode erschrocken, zusammenbrach. „Herr, vergib mir", waren die letzten Worte, die seinen frommen Lippen entwichen.

Richter Hörwarth beugte sich über ihn und bemerkte, neben der Platzwunde auf der Stirn, die klaffende Wunde am Hinterkopf, die sich der Mönch beim Sturz in der Lexe zugezogen hatte. Er zog daraus seine eigenen Schlüsse, winkte den Amtmann zu sich heran und deutete auf den Wegelagerer. „Macht mit ihm einen kurzen Prozess!", dabei vollführte er eine unmissverständliche Handbewegung.

Gehorsam schlang ein kräftiger Wachmann ein Seil um den dicken Ast einer Buche, zog die Schlinge um den Hals des armen Mannes.

„Habt doch Erbarmen, gnädiger Herr!", flehte der Bettler.

„Spar dir das gnädig!", spottete der Landrichter, wandte sich angewidert ab und überließ ihn seinem Schicksal, das mit einem Ruckzuck beendet war. Selbst der unter den baumelnden und dreckstarrenden Füßen winselnde Hund rührte ihn nicht.

Hanns Friedrich Hörwarth betrachtete die vor Kälte frierende Johanna mit ausdruckslosen Augen, dann nahm er die Schaube ab und legte sie ihr wortlos um die Schultern.

Die Hebammentochter war verwirrt, der mit Fell unterfütterte Umhang wärmte sie. Das herbe Parfüm seines Trägers stieg ihr beunruhigend in die Nase. *Was würde als Nächstes kommen?* Bange begegnete sie Hannes eifersüchtigem Blick, bis auch sie von der Stadtwache an den Händen gefesselt und abgeführt wurde.

Mit durchnässten Kleidern schwang sich Richter Hörwarth in den Sattel, schaute kurz um sich, ließ den Friesen aus dem Stand angaloppieren und preschte den Lechberg zur Stadt hinauf.

Johanna sah ihm verunsichert hinterher, Tränen der Enttäuschung verschleierten ihr die Sicht, unbändige Wut kam in ihr hoch wegen der verhinderten Flucht und sie war in Sorge über den Verbleib ihrer gestohlenen Sachen. *Was, wenn diese in die falschen Hände geraten waren, dann kam das Geheimnis, das die Hebamme so lange gehütet hatte, ans Licht und sie waren beide verloren, so wie ihre Mutter es prophezeit hatte.* In ihrem Rücken verspürte sie einen derben Stoß.

„Jetzt geh endlich weiter! Ist noch ein gutes Stück Weg zum Faulturm. So leicht machst du dich nicht mit deinem Buhlen aus dem Staub, du Teufelsbalg!" Als der Amtmann sah, wie wackelig Johanna auf den Beinen stand, packte er sie mit groben Händen und warf sie wie einen nassen Mehlsack quer über den Rücken des Esels. Mit dem Fuß hieb er dem Tier in die Flanke, so dass es sich bereitwillig in Bewegung setzte, denn das Mädchen war eine leichtere Last, als der dicke Pfaffe.

Das Amulett

Der Amtmann stieß in freudiger Erwartung die Tür zu seiner Wachstube auf. Sein Blick fiel auf Babette, die sich auf dem schmalen Feldbett räkelte und aufreizend die Lippen schürzte. Achtlos warf er das bei dem Wegelagerer konfiszierte Bündel in die geöffnete Truhe und schlug den Deckel zu. Xaver Weiß beschloss, den Inhalt später zu untersuchen, denn jetzt wartete nach diesem anstrengenden Arbeitseinsatz eine willkommenere Ablenkung auf ihn. Schnell ließ er seine Hosen herunter, packte die Magd bei den Brüsten und fing an, sie begierig mit Küssen zu bedecken.

„Ho, ho, nicht so wild, mein Guter!", wehrte sich Babette und hielt ihren Liebhaber auf Abstand.

„Oh, Babette, du machst mich nur noch wilder!"

„Wenn unser Techtelmechtel noch länger dauern soll, musst du mir schon was Schönes schenken."

„Alles, was du möchtest, Babette, alles, wenn du mich nur lässt …" Er fuhr fort, sie zu streicheln und zu küssen, diesmal eine Spur sanfter.

Das raffinierte Weib wich ihm erneut aus und flötete mit honigsüßer Stimme. „Vielleicht einen Ehering?"

„Du weißt doch, ich bin schon gebunden, Babette. Aua!", empörte er sich, nachdem ihm die Magd fest ins Ohrläppchen gezwickt hatte.

„Das hat dir bisher auch nichts ausgemacht. Ich kann und will nicht mehr länger warten. Es wird Zeit, dass du mich offiziell zu deiner Frau machst!"

„Ach, Babette, wie denn bloß?" Der Amtmann setzte sich ratlos auf der Bettkante auf. „Mein Weib ist kerngesund und plagt mich bestimmt noch viele Jahre."

„Nun, es gibt immer mehr Hexen im Land. Deine Frau gibt sich doch mit Heilkram und dergleichen ab, da ist man leicht zu verdächtigen …", zwinkerte sie dem Opfer ihrer Begierde mit vielsagendem Blick zu.

„Du meinst, das reicht?" Xaver Weiß kratzte sich ungläubig am Bart.

„Du weißt ja, ich hab' da meine Beziehungen …", wies sie mit dem Kopf Richtung Schloss.

„Zum Herrn Landrichter? Mach mich nicht eifersüchtig, Babett'!"

„Ich tue es doch nur für uns, Xaver!" Babette tätschelte die unrasierten Wangen, zog seinen Kopf zu sich herunter und streichelte ihn auf ihre ganz eigene Art, so wie ihr erster Liebhaber es sie einst gelehrt hatte. Ihre Hand wanderte weiter hinab, ein zufriedenes Lächeln umspielte ihre Lippen, als die gewünschte Wirkung prompt einsetzte. „So könnte es immer mit uns beiden sein, Liebster. Ich werde jede Nacht in deinen Armen liegen, wenn du mich nur machen lässt."

„Oh, Babette, hör auf, mich damit zu erpressen, sonst vergeht mir die Lust!"

„Na, warte du Schuft, dir wird noch Hören und Sehen vergehen und du wirst nie mehr von mir lassen können, das schwör ich dir!"

„Nie mehr, Babatte, nie mehr und jetzt lass mich … oh Babette, oh du Luder, oh du scharfes Luder!"

Ein unmoralisches Angebot

Johanna erwachte auf dem schäbigen Lager, sie fror und zog die Arme eng um ihren Körper, bemerkte, dass sie auf dem Umhang des Landrichters gelegen hatte und rückte ein Stück zur Seite. Der Henker hatte ihr einen bitter schmeckenden Trunk verabreicht, der sie in eine andere Welt getragen hatte, so war es ihr zumindest vorgekommen. Ihr Hinterkopf schmerzte und eherne Ketten scheuerten an ihren zarten Hand- und Fußgelenken, wenigstens den schweren Eisenring um den Hals hatte man ihr erspart. Sie hatte jegliches Zeitgefühl verloren, aber nach dem schwachen Lichtstrahl, der oben aus dem kleinen Fenster drang, war es wohl später Nachmittag oder früher Abend. Das Ziepen einer Amsel war zu hören. Sie dachte voll Sorge an ihre Mutter und an Hannes, den das gleiche Schicksal ereilt hatte. Sie fühlte sich schuldig, trostlos, verlassen, allein. Eine Flucht schien unmöglich, wütend ballte sie die Hand zur Faust und stieß sie in die rauen Mauern, wobei sie sich prompt wehtat. Tränen des Zorns traten ihr in die Augen. Nebenan hörte sie das Wimmern und irrsinnige Schreien anderer Weiber. Sie horchte angestrengt, aber die vertrauten Stimmen ihrer Mutter oder von Hannes waren nicht auszumachen. Schritte näherten sich und sie gewahrte einen großen Schatten an den Gitterstäben. Die Zellentür wurde aufgesperrt und der Mann trat ein. Er kam allein. Aus seiner Gürteltasche wickelte er aus einem sauberen Tuch einen Honigkuchen, den er ihr unter die Nase hielt. Der köstliche Duft des noch lauwarmen Gewürzkuchens benebelte ihre Sinne und ließ ihren Magen begehrlich knurren.

„Das kannst du jeden Tag haben und noch vieles mehr …", säuselte ihr Besucher.

„Glaubt Ihr etwa, Ihr könntet mich damit in Versuchung führen?" Johanna wandte den Kopf ab, sie war nicht sonderlich erstaunt über das plötzliche Auftauchen des Landrichters.

„Ich habe dich für klüger gehalten." Richter Hörwarth bückte sich und begann, mit einem kleineren Schlüssel die Schlösser der Ketten aufzusperren, die das Mädchen festhielten.

„Ach ja?"

„Wirfst dich dem Falschen an den Hals, einem Burschen, dem kaum ein Bart wächst, noch dazu der Sohn des Henkers, an dessen schmutzigen Händen Blut klebt, da helfen auch die ledernen Handschuhe nichts." Er musterte sie zornig. „Hat er dich angerührt, dieser missratene Abschaum?"

„Wie kommt Ihr denn darauf?"

„Ich habe euch beide vor der Haustür gesehen, wie inniglich du ihn geküsst hast."

„Eure Augen sind zwar scharf, aber Euer Blick ist verblendet, sonst hättet Ihr gesehen, dass ich mich in rein schwesterlicher Weise von ihm verabschiedet habe."

„Pah, Brüderlein und Schwesterlein – so hat das aber nicht ausgesehen! Er ist nicht der Richtige für dich, glaub mir, Johanna. Kannst froh sein, dass wir euch vorher erwischt haben und du nicht in ein ungewisses Schicksal gestolpert bist." Der Landrichter war mit dem Aufsperren der Ketten fertig und half dem Mädchen auf.

Johanna rieb sich die schmerzenden Handgelenke, es verwirrte sie, wie er ihren Namen ausgesprochen hatte. Sie wagte nicht, ihm direkt in die Augen zu schauen, und hielt den Kopf gesenkt, voller Argwohn. Ein schwaches Zittern in den Beinen durchfuhr sie, leicht wankend, suchte sie an der Mauer Halt, fing sich aber sogleich wieder. Tief durch-

atmend stand sie mit einem letzten Rest von Würde aufrecht und erhobenen Hauptes vor ihm. „Soll ich mich etwa
bei Euch bedanken, für ein Schicksal, das mich hier gewiss
erwartet?"

„Immerhin habe ich dir das Leben gerettet."

„Wozu? – da wäre ich besser ertrunken!"

„Noch bist du nicht verurteilt, kannst wieder frei kommen und zwar bald. Du weißt, dass nur ich dir noch zu
helfen vermag."

„Bevor ich Euch zu Willen bin, brenne ich lieber!"

„Du liebst diesen Burschen? Er hat dich doch angerührt!"

„Nein, er hat mehr Anstand und Manieren wie Euresgleichen."

„Aber nein, du kennst mich doch gar nicht richtig, ich
kann ganz anders sein. Es wird dir mit mir gefallen." Er
musterte sie von oben bis unten, dabei ließ er sich Zeit und
umkreiste sie wie ein Raubtier seine Jagdbeute, die ihm
schon sicher war. „Bist eine schöne Maid, aber das hab' ich
dir ja schon mal gesagt."

Die Hebammentochter, die während dieser unangenehmen Beschau, ihre immer heftiger werdende Wut nur
mühsam unterdrückte, schnaubte trotzig. „Habt Ihr mich
deshalb einsperren lassen, um mich zu beglotzen wie ein
gefangenes seltenes Tier?"

„Nicht doch, meine Schöne", er fasste sie am Arm.

„Ihr wollt sicher Euren Mantel holen", wehrte Johanna
ihn widerwillig ab.

„Du weißt, warum ich gekommen bin."

„Ich will es nicht wissen!"

„Du hast mir keine andere Wahl gelassen, jetzt musst du
gestehen, es sei denn …"

„Aber ich hab' nichts zu gestehen! Bitte, das wisst Ihr

doch", fiel ihm das widerspenstige Mädchen ins Wort. Johanna nahm ihren ganzen Mut zusammen und sah ihm mit funkelnden Augen herausfordernd ins Gesicht.

Hanns Friedrich Hörwarth wurde von einem jähen Begehren gepackt, kurzatmig stammelte er. „Johanna, ich könnte dich retten … wenn du noch eine Jungfrau bist …"

„Ich bin eine ehrbare Jungfrau!" Das Mädchen senkte heftig errötend die Lider und sagte so leise, dass der Landrichter sein Ohr zu ihr hinunterneigen musste, um sie zu verstehen. „Was muss ich tun?"

„Mein Angebot steht noch immer, brauchst nur ein wenig gefällig zu mir sein."

„Das sagt Ihr so einfach, aber im Kerker bin ich noch schwerer zu überzeugen. Lasst mich frei, dann will ich es mir überlegen."

Der Landrichter hob Johannas Kinn an und sah ihr tief in die Augen, er zwang sich, seine innere Erregung zu verbergen, aber es gelang ihm nicht, sein rechter Arm zitterte heftig und er merkte, dass er ins Schwitzen kam. „Diese Augen, diese unvergleichlichen Augen. Du bringst mich um den Verstand, Mädchen!"

„Hört auf! Ich mach' keine schönen Augen für Euch." Erschrocken wich Johanna ein paar Schritte zurück. Eine Körperlichkeit strömte von diesem Mann aus, die ihr Angst und Bange machte und bei der sie fühlte, wie ihre Beine nachzugeben drohten, dabei fand sie ihn doch widerlich. Dennoch spürte sie eine Anziehungskraft von ihm ausgehen, die sie verstörte.

„Du stößt mich zurück?" Hanns Friedrich Hörwarth wurde blass, dann brach es wie die Tollwut aus ihm heraus. „Solche Weibsbilder wie dich kenne ich zur Genüge. Zuerst fangen sie einen mit ihren schönen Augen und dann lassen sie einen kalt abblitzen. Euch sollte man alle nach der Geburt ertränken, ihr wisst ja gar nicht, was ihr in so einem unerfahrenen Männerherz anrichtets!"

Je erregter der Landrichter wurde, umso gleichgültiger blieb Johanna. Sie verspürte keinerlei Mitleid mit dem Mann und betrachtete ihn mit kühlem, abschätzendem Blick. „So, ist er als junger Mann etwa von den Weibern versaut worden? Wohl von der ersten Liebe verschmäht worden, ha? Mir kommen gleich die Tränen vor Mitleid."

Mit drohend funkelnden Augen näherte sich der Landrichter der Hebammentochter, rücksichtslos zog er ihr beide Arme über den Kopf. Sein Gesicht kam dem ihren ganz nah und sein heißer Atem streifte ihre Wange. „Halt' dein loses Mundwerk! Wenn ich dich will, kommst du mir eh nicht aus!"

„Lasst mich los!"

Richter Hörwarth lachte gefährlich leise auf. „Jetzt auf einmal zimperlich. Weißt du denn nicht, was dich hier im Kerker erwartet? Wenn erst die Henkersknechte über dich herfallen, kannst deine Unschuld eh nicht mehr beweisen. Und das werden sie tun, denn so ein schönes Mädchen bekommen sie selten herein und sie haben schon ältere und hässlichere Weiber geschändet. Die wollen bei ihrer harten Arbeit ja auch ihren Spaß haben. Glaub mir, wir haben noch nie eine Jungfrau verbrannt. Auf dich wartet der Scheiterhaufen …"

„… und auf Euch wartet die Hölle!"

In den Augen des Landrichters zeigte sich unverhohlene Bewunderung für das mutige Mädchen. „Die habe ich schon auf Erden, was soll's! Der Herrgott wird es mir schon vergelten, für all die Hexen, die ich eliminier …"

Johanna spuckte vor ihm aus. „Hört auf damit, Ihr seid gefangen in Eurem Stolz und Wahn, blind und taub seid Ihr!"

„Johanna …", Hanns Friedrich Hörwarth griff nach ihr und drängte sie an die harte Mauer. Tief im Innersten tobte es, ihm war, als ob Dämonen sich in seinem Unterleib einen Zweikampf lieferten; heftiges Begehren erlangte die Oberhand gegenüber eiskalter Vernunft und er war nicht mehr imstande, einen einzigen klaren Gedanken zu fassen.

„Lasst mich, Ihr seid ja der Leibhaftige in Person, mir ekelt vor Euch!"

„Nicht mehr lang! – das versprech ich dir …" Seine linke Hand packte grob ihre Brust, mit der anderen hielt er sie fest, drückte den Mund hart auf den ihren, zwang sie, die Lippen zu öffnen, und schob seine feuchte Zunge zwischen ihre Zähne.

Johanna fühlte seine fordernde Zunge an ihren Gaumen stoßen und die Angst, zu ersticken, überfiel sie. Mit letzter Kraft biss sie zu und stieß ihn von sich.

Der Landrichter jaulte auf vor Schmerz. „Aah, du Metze!" Mit einem Hieb seiner flachen Hand schlug er das Mädchen zu Boden.

Die Hebammentochter schöpfte Luft, doch dann überfiel sie ein hysterischer Lachanfall, und sie krümmte sich vor lauter Krämpfen hilflos auf dem Boden.

Fassungslos starrte Hanns Friedrich Hörwarth auf sie hinunter, er geriet dermaßen in Rage, dass er nicht mehr Herr der Lage war. Mit seinem ganzen Gewicht stürzte er sich auf ihren Körper, so dass Johanna kaum mehr Luft bekam und sich nicht mehr wehren konnte. Mit einer Hand zog er ihren Rock hoch, mit der anderen nestelte er an seiner Hose, dabei stöhnte er heftig und versuchte mit den Knien, ihre Beine zu spreizen.

Johanna sah das Unausweichliche auf sich zukommen und wurde stocksteif, sie rang nach Luft und fühlte ihr Bewusstsein schwinden.

„Was ist hier los?", ertönte die dunkle Stimme des Henkers.

Der Landrichter ließ abrupt von dem Mädchen ab und drehte sich überrascht um.

„Oh, Euer Gnaden. Bitt' um Verzeihung, ich hab' ja nicht gewusst …" Kuisl, der am Eingang stehengeblieben war, starrte verblüfft in die weit aufgerissenen Augen des Landrichters und auf das am Boden liegende Mädchen und wand sich in hilfloser Verlegenheit.

„Ddd … das Weib hatte einen hysterischen Anfall …" Um Fassung ringend und sich rasch die Hosen hinaufziehend, erhob der Landrichter sich vor dem perplexen Henker, der ihn um einen Kopf überragte und richtete in arrogantem Tonfall das Wort an ihn. „Was hat er überhaupt hier zu suchen?"

„Ich, äh, hab' ein Geräusch gehört und dachte …"

Richter Hörwarth unterbrach ihn und legte ihm mit erzwungener Ruhe einen Arm um die Schultern. Er lenkte den völlig durcheinandergebrachten Henker zur Tür. Jetzt hatte er sich wieder in der Gewalt und schlug einen sachlicheren Ton an. „Das trifft sich gut, dass ich ihn treffe. Ich wollte eh noch mit ihm reden, wegen seinem Sohn, dem liebstollen Verräter, ja und wegen der alten Mayrin von Ingenried. Ich denke, wir lassen sie strangulieren, da kriegt er ein paar Kreuzer mehr, oder was meint er?"

Kuisl kratzte sich unbehaglich am Bart und blieb stirnrunzelnd stehen.

Mit einem aufmunternden Nicken drückte ihm Richter Hörwarth den klirrenden Schlüsselbund in die kräftige Hand und verließ, ohne einen Blick auf das Mädchen zu werfen, die Zelle.

„Ihr habt Euren Mantel vergessen", bemerkte Johanna lakonisch. Am ganzen Leib zitternd, raffte sie ihren Rock zusammen, ihr Herz raste und ihr wurde eiskalt, eine Art Schockstarre überfiel sie, kalter Schweiß rann ihr über die Stirn.

Der Henker stieß sie mit dem Fuß an und fing an, sie wieder festzuketten.

„Was ist mit Hannes?", wollte Johanna zaghaft wissen.

Kuisl erhob sich und maß sie mit drohendem Blick. „Du Teufelsweib verdrehst keinem mehr den Kopf, dafür werde ich schon sorgen!" Mit lautem Knall ließ er die Tür ins Schloss fallen, seine schweren Schritte entfernten sich.

Heftig schluchzend sank die Hebammentochter ins Stroh. Heute war sie dem Landrichter entkommen, aber wie lange noch? Wenn nicht bald ein Wunder geschah, würde es ihr wie all den anderen verurteilten Weibern ergehen. Aber am meisten verstörten sie die aufgekommenen Gefühle, die sie befremdeten und mit denen sie nichts anzufangen wusste.

Die Amsel hatte zu Singen aufgehört.

Als Johanna endlich, erschöpft vom vielen Weinen, in den hoffnungslosen Schlaf fiel, träumte sie sich auf eine Wiese mit gelb blühenden Blumen. Ein kleines Mädchen mit einer Pusteblume tappte in flirrendem Sonnenlicht auf sie zu … und ein Lächeln stahl sich auf ihr tränennasses Gesicht.

Eine unruhige Nacht

Kuisl wälzte sich ruhelos in seinem Bett hin und her. Er fand keinen Schlaf und das lag nicht an dem gewaltigen Gewitter, das in dieser Nacht heraufgezogen war, zusammen mit dem tosenden Wind, der unerbittlich an den Fensterläden rüttelte. Seine Frau lag mit starrem Blick neben ihm. Sie hatten eine Auseinandersetzung gehabt, zwar nicht die erste in ihrer langen und bisher guten Ehe, aber noch nie eine so heftige. Der Henker wusste, dass er ihr das Schlimmste angetan hatte, was man einer Mutter antun konnte. Er hatte ihren Sohn verraten und jetzt war Hannes in Kerkerhaft.

Ursula Kuisl haderte mit ihrem Schicksal, sicher ihr Sohn hätte die Hexenfuhre nicht entwenden dürfen, die Liebe zu dieser Peitinger Dirne hatte ihn blind gemacht und sie verzieh sich nicht, dass sie ihm zur Flucht verholfen hatte. Das war töricht von ihr gewesen und jetzt war es ihrem Mann unmöglich, anders zu handeln. Sie schluchzte auf, hörte ihren Gatten schwer schnaufen, aber kein Wort kam über seine Lippen. Schließlich stand sie auf und schaute nach den Kindern, die, aufgeschreckt durch Donner und Blitz, völlig verängstigt aufrecht im Bettchen saßen. Mutter Kuisl nahm die Kleine auf den Arm und den weinenden Buben an die Hand. Zusammen schritten sie die Treppe hinunter, wo sie sich um den großen Tisch setzten. Die Kuislin holte ihre letzte Kerze, die sie am Palmsonntag hatte weihen lassen und zündete sie mit einem Kienspan an. Betend und abwartend saß die kleine Familie beisammen, hoffend, dass das Gewitter bald vorüber sein würde.

Verstört forschten Greti und Peterle im Gesicht der Mutter; bei jedem Donnerschlag klammerten sie sich angstvoll an ihren warmen Körper. Beruhigend strich ihnen die Kuislin über das verwuschelte Haar, dabei liefen ihr unablässig Tränen über die Wangen.

Zum ersten Mal in ihrem Leben hatte Ursula Kuisl Angst vor dem nächsten Morgen und wäre froh, wenn er nie käme, denn für sie würde die Sonne nie mehr aufgehen, ihr Leben nie mehr licht und hell werden.

Im Zwiespalt

Im herzoglichen Schloss brannte ein schwaches Licht, ein Schatten zeigte sich im Fenster der Amtsstube. Hanns Friedrich Hörwarth war noch wach, er konnte kein Auge zu tun, saß in seinem Lehnstuhl und stierte ins offene Feuer. Er rang mit sich, dann stand er auf und fegte wütend ein paar Akten vom Tisch. „Verdammt, verdammt!" Alles war schief gelaufen. Das war nicht das, was er gewollt hatte, aber Johanna hatte ihn bis aufs Blut gereizt. Wie hatte er sich das bloß vorgestellt, dass es so ablief wie immer? Er ließ ein ansehnliches Weib, das ihm gefiel, einsperren und dann nahm er sich ungeniert, wonach es ihn gelüstete und verspürte höchste Befriedigung, wenn er das Weibspack demütigen konnte, so wie sie es in seinen Augen verdienten. Bei Johanna verhielt es sich anders, er spürte, dass sie rein war, unverbraucht und unschuldig. Sie hatte sich etwas bewahrt, was ihn berührte und was ihm schon längst abhandengekommen war – seine tiefen Gefühle. Plötzlich fühlte er sich wieder lebendig und fähig zu lieben, und er schämte sich, wie wüst und roh er sich ihr genähert hatte. Sie erinnerte ihn an seine erste Liebe – Marie, die so grausam zu ihm und seinem blutjungen Herzen gewesen war und der er niemals verzeihen konnte. Sie hatte ihn so schwer enttäuscht und verletzt, dass er keinem Weib mehr traute, nein sogar hasste. Ein Frauenhasser war er geworden. Seine Ehefrau hatte er nur aus beruflichem Kalkül geheiratet und sich dafür an ihr und anderen Weibern gerächt, die seinen Weg kreuzten. Doch jetzt war es ihm erneut passiert und er kam nicht umhin, sich einzugestehen, dass er sich in Johanna verliebt hatte und unfähig war, einen klaren Gedanken zu fassen. Wie töricht, anzunehmen, dass er sie sich gefügig machen könne, wenn er sie erst gefangen nähme. Nein, sie war nicht so leicht einzunehmen wie Marie und ihre Liebe zu dem Henkerssohn war echt, das war deutlich zu sehen. Eifersucht stieg in ihm auf, denn er fühlte sich zu dem widerspenstigen Mädchen hingezogen, bewunderte ihren Schneid. In ihrer Eigenart schien sie ihm ähnlich und jetzt hatte er alles verdorben. Zum ersten Mal in seinem Leben war Richter Hörwarth völlig ratlos und ihm graute vor dem nächsten Tag und dem unausweichlichen Verhör. Sein Blick fiel auf das Porträt an der Wand, das über seinem Schreibtisch hing, einer Darstellung von Herzog Christoph dem Starken, der vor hundert Jahren hier auf dem Schloss residierte und ein verwegener Kämpfer und Luftikus gewesen sein soll, der viel in der Weltgeschichte herumgereist und das Leben genossen hatte, während er sich mit Akten herumplagen musste.

Bei Wettkämpfen, so sagte man dem bayerischen Herzog nach, dass er im Mauerlauf, 12 Schuh von der Erd', einen Nagel mit dem Fuß herabschlagen konnte, außerdem warf er angeblich einen 365 Pfund schweren Stein neun Schritte weit. Auf einer Pilgerfahrt im Heiligen Land war er zum Ritter des Ritterordens vom Heiligen Grab geschlagen worden, was ihm aber nichts mehr nützte, da er in der Nähe von Jerusalem in eine Kampfhandlung mit dreißig Türken geriet. Ein Dutzend tötete er, die anderen schlug er in die Flucht, nachdem er sich zu erkennen gab, sein Ruf als großer Kämpfer war selbst hierzulande legendär. Völlig entkräftet und durstig schöpfte er mit seiner Helmhaube Wasser und trank es begierig, eine Eiseskälte überfiel ihn und er spürte den Tod an sein Herz greifen. Auf der Heimreise erkrankte er schwer, keine Medizin vermochte ihm mehr zu helfen und er verstarb auf Rhodos im Alter von 44 Jahren. Über sein aufregendes Leben hatte er Tagebuch geführt.

„Gott ist doch gerecht", tröstete sich Richter Hörwarth und fast schien es ihm, als wirkte das Gesicht des Herzogs mit dem wild wuchernden Bart im Schein des Feuers lebendig und schaute mit wachen Augen auf ihn herunter. Mokierte er sich gar über seine Schwäche? Der Landrichter zwang sich zu innerer Ruhe und konzentrierte sich wieder auf die anstehenden Aufgaben. Die Arbeit würde ihn ablenken, da glaubte er, alles richtig zu machen, so wie er es in seinem Studium gelehrt bekommen hatte. Er rief sich den Ausspruch des lateinischen Kirchenvaters Hieronymus ins Gedächtnis: „Non es crudelitas, pro deo crimina punire, sed pietas – Es ist keine Grausamkeit, im Eifer für Gott zu strafen, sondern Frömmigkeit." Seine geschwollene Zunge begann so heftig zu pochen, dass der Schmerz kaum mehr auszuhalten war. Sicher konnte ihm Babette mit einem Trank von heilsamen Kräutern Erleichterung verschaffen, oder ihn sonst irgendwie auf andere Gedanken bringen, einfallsreich und geschickt wie sie war. Er zog an der Klingelschnur.

Zwist zwischen den Schongauern und den Peitingern

Unverhoffter Sonnenschein strahlte auf die ehrwürdigen Schongauer Hausdächer nieder und es versprach, ein schöner Tag zu werden, wenn er auch nicht die Herzen aller Gemüter zu erhellen vermochte.

Mit großen Schritten und schwerem Herzen folgte Richter Hörwarth dem leichtfüßigen Gerichtsschreiber, der trotz schmächtiger Statur sich und seinem Herrn unter Einsatz spitzer Ellenbogen energisch Zutritt zum Ballenhaus verschaffte.

Auf dem großen Platz mit dem Holzbrunnen, von dem die ebenfalls hölzerne Madonna mit ihren verklärten Augen abgewandt vom Ballenhaus Richtung Kirche schaute, hatte sich wartender Pöbel, bestehend aus Bürgern und Bauern eingefunden. Jeder versuchte, einen Blick auf die bildschöne Maid zu erhaschen, die Tochter dieser hässlichen Hebamme aus Peiting, ein Geschöpf des Teufels, so munkelte man hinter vorgehaltener Hand.

Und so wurde es für Johanna zu einem Spießrutenlauf. Obwohl die Schongauer Stadtwache das schaulustige Volk mit ihren Hellebarden abwehrte, wurde sie begrapscht, bespuckt und mit faulem Gemüse und Eiern beworfen. Das Mädchen duckte sich geschickt weg und stieß wütend Verwünschungen aus, dabei blitzten ihre grünen Augen zornig.

Eine aufgebrachte Bürgerin, der die Angst ins Gesicht geschrieben stand, rief hysterisch aus. „Verbrennt's die Hex'!"

Bürgermeister Semer war bemüht, sie zu beschwichtigen. „Immer mit der Ruhe, gute Frau! Zuerst bekommt sie ein ordentliches Gerichtsverfahren, dann sehen wir weiter und jetzt lasst mich bittschön durch!" Dabei stieß er in unfeiner Manier ein paar Bauersleute zur Seite.

„Solange können wir nicht warten!", herrschte ihn ein Bauer an.

Als der Pöbel immer zudringlicher und dreister wurde, drehte sich Richter Hörwarth wütend um und gab der Stadtwache ein Handzeichen.

Diese hatten bereits auf den Befehl zum Eingreifen gewartet. Die Männer der Stadtwache waren bekannt, dass sie keine Zimperlichkeit kannten und dafür Sorge trugen, nicht ohne ein gewisses Vergnügen, die Aufrührer mit ihren Spießen zurückzudrängen und dem einen oder anderen vorlauten Maulaufreißer, ein blaues Auge oder eine angeknackste Rippe zu verpassen.

Ein alter Ratsherr mit wässrigen Augen trat dem Landrichter in den Weg. „Euer Gnaden, bitte schenkt mir einen Augenblick Euer gnädigliches Gehör. Meine Frau sitzt im Faulturm, sie ist ganz sicher keine Hexe, ein Missverständnis …"

„… das werden wir mit Sicherheit herausfinden!", unterbrach dieser ihn und musterte den alten Mann mit abschätzendem Blick, bevor er weitersprach. „Und er halte sich einstweilen besser fern vom Hohen Rat, bis diese äh, leidige Angelegenheit aufgeklärt ist."

„Aber, Euer Gnaden, wenn sie doch unschuldig ist!", beteuerte der alte Patrizier flehentlich.

„So? – na dann könnt Ihr ganz beruhigt sein, wir haben noch nie eine unschuldige Hexe verbrannt", höhnte Richter Hörwarth.

„Euer Gnaden, ich bitte Euch untertänigst in Gottes Namen …"

„Dann bete er in Gottes Namen!", herrschte der Landrichter ihn unwirsch an, zeigte ihm seinen breiten Rücken und betrat das Gebäude.

Der stehengelassene Ratsherr blickte um sich herum in mitleidlose Gesichter und schüttelte verständnislos den Kopf.

„Verbrennt's die Hexen! Wir wollen wieder Ruhe in der Stadt!", meldeten sich gleich mehrere Bürger zu Wort.

„Die meisten Hexen kommen aus Peiting!", geiferte die korpulente Frau des Schusters mit vor Aufregung wogendem Busen.

„Von Peiting ist noch nie was Gutes gekommen!" Drohend erhob ein bärtiger Schongauer Ackerbürger seine sauber geschärfte Sense, die er dabei hatte, da er schnurstracks vom Feld gekommen war.

„Ihr könnt's uns das Wasser nicht reichen, ihr Deppen!", mischte sich sein halbwüchsiger Sohn lautstark mit ein.

„Bloß gut, dass der Lech dazwischen liegt!"

„Wie redest du mit uns, du hochnäsiger Schongauer?"

Die anwesenden Peitinger fingen mit den Ackerbürgern zu schlägern an und hätte die Stadtwache nicht erneut eingegriffen, wären sie einander noch heftiger an die Gurgel gegangen.

Zwischen den Schongauern und den Peitingern, obwohl Nachbarorte und nur vom Lech und Schlossberg voneinander getrennt, herrschte schon seit jeher Zwist und Fehde. Die einen, ein gewachsenes Volk aus bodenständigen Bauern und Handwerkern, die anderen ein bunt zusammengewürfeltes Völkchen, das eine neue Stadt besiedelte und schnell zu Wohlstand, Reichtum und Ehren gekommen war. Als Bürger genoss man besondere Rechte und Schutz, konnte ohne Zustimmung heiraten und es wurde ihm sogar Straffreiheit gewährt, wenn er im Streit außerhalb der Mauern einen Rivalen erschlug, der nicht Bürger der Stadt war. Am meisten aber wurmte es die Peitinger, dass sie keine eigene Gerichtsbarkeit mehr hatten und im Streitfall oder einer Klage sich nach Schongau begeben mussten. Den Schongauern ärgerte an den Peitingern, dass sie immer wieder von ihnen überlistet wurden. Ursächlich dafür, so erzählten jedenfalls die Alten, war wohl der Streit um das Nutzrecht einer Wiese am Schlossberg gewesen, die beide Parteien für sich beanspruchten. Schließlich wurde im Jahre 1467 unter Mitwirkung von Herzog Albrecht eine Einigung erzielt. Die Schongauer bekamen die Erlaubnis, die Wiese von Georgi bis Michaeli, also von Frühjahr bis zum Sommer und die Peitinger vom Herbst bis in den Winter, bewirtschaften zu dürfen. Jetzt lachten die Schongauer schon hintergründig, weil sie ja in diesen Monaten ihr Vieh dort weiden lassen konnten und die Kontrahenten im Winter ja rein gar nichts von den schneebedeckten Wiesen hatten. Die Peitinger wussten jedoch, dass in den herbstlichen Wäldern die Schweine genügend Eicheln fanden, um sich satt und fett zu fressen, und sich das saftige Fleisch teuer auf dem Markt verkaufen ließe. Diese Bauernschläue verübelten ihnen die Schongauer und sooft sich eine Gelegenheit bot, versuchten sie den Peitingern eines auszuwischen, sobald nur einer von ihnen den Fuß in die Stadt setzte.

In einem aber waren sich die Leute in der Stadt und auf dem Land einig: Die Hexen mussten ausgerottet werden. Es stimmte, von Peiting war noch nie etwas Gutes gekommen. Elf Weiber wurden von dort bisher gezählt, die in Verdacht standen, mit dem bösen Feind zu verkehren. Die Unwetter mussten aufhören, koste es, was es wolle. Die Kaufmänner und Fuhrleute fürchteten um den guten Ruf der Stadt und dass die Geschäfte schlechter gingen. Seit der Entdeckung Amerikas hatten sich die alten Handelswege verlagert und das Ballenhaus war nur noch zur Hälfte gefüllt. Der Fernhandel, durch den die Bürger zu Wohlstand gekommen waren, entwickelte sich rückläufig. Angst ging in der Stadt um, jede konnte eine Hexe sein. Die Leute wurden hysterisch, schon das geringste unerklärliche Vorkommen löste eine anonyme Anzeige aus. Die Verleumdeten waren in der Regel Frauen, vermögende Witwen oder heilkundige Weiber, die der Bürgerschaft ein Dorn im Auge und vor allem eine Konkurrenz für den Medicus und den Apotheker waren. Manchmal reichte es, dass sie einfach nur alt und hässlich aussahen oder sonst irgendeinen Makel, wie ein schiefes Maul, eine Warze oder ein auffälliges Muttermal aufwiesen. Diese Festnahmen lösten eine regelrechte Kettenreaktion aus, da bei den durch Verhöre und Folter erzwungenen Geständnissen, die Namen von weiteren Frauen genannt wurden, sogenannten Komplizinnen, darunter unbescholtene Bürgerinnen, so glaubte man jedenfalls bisher.

Das Verhör

Johanna betrachtete staunend die getäfelte Holzdecke, die hohen Spitzbogenfenster und die gepolsterten Stühle, auf denen die Ratsherren nacheinander Platz genommen hatten. Ihr waren die begehrlichen Blicke der Männer unangenehm, die sie unverwandt anstierten und denen vor Verwunderung die Münder offen standen. Sie war sich nicht bewusst, was für einen außergewöhnlichen Eindruck sie machte. Obwohl sie die ganze Nacht in der dunklen Zelle durchgeweint hatte, waren ihre Wangen rosig und ihre Augen glänzten. Das üppige Haar hing ihr in unordentlichen Strähnen über die Schultern. Selbst das grobe und schmutzige Leinenkleid tat ihrer anmutigen Gestalt keinen Abbruch.

Gerichtsschreiber Krampf wartete mit gezückter Feder am Schreibpult auf den Beginn der Verhandlung, er räusperte sich, als der Landrichter eintrat.

Richter Hörwarth sah aus, als hätte er die ganze Nacht durchgezecht, mit blutunterlaufenen Augen und fahlem Gesicht begab er sich schwerfällig zum Schreibtisch. Was niemand ahnte, seine sonst so redegewandte Zunge lag dick geschwollen in der Mundhöhle und schmerzte ihm beim Sprechen. Deshalb beschloss er, sich auf knappe Fragestellungen zu verlegen, ohne kunstvolle Ausführungen, wie es sonst seine Art war, da er befürchtete, bei jedem Wort zu lallen und zur Belustigung der Ratsherren beizutragen. Zuerst nahm er aus dem bereitgestellten Becher einen Schluck frischen Quellwassers, um seine malträtierte Zunge etwas zu kühlen. Dann gab er dem Gerichtsschreiber einen Wink, mit den üblichen Standardfragen das Verhör zu eröffnen. Ohne die Angeklagte mit einem einzigen Blick zu würdigen, setzte er sich.

„Name?"

Das Mädchen zuckte zusammen und antwortete mit gesenktem Blick. „Johanna Magdalena Gruber."

Im Raum war es mucksmäuschenstill geworden, nur die Feder kratzte hörbar über das Papier.

„Alter?"

„Siebzehn Jahre bin ich letzten Winter geworden."

„Wo wohnst du und mit wem lebst du?"

„Mit meiner Mutter in der Lexe bei Peiting."

„Von was lebst du?"

Johanna schaute sich vorsichtig um. „Meine Mutter ist die Hebamme am Ort und ich helfe ihr, so gut ich kann." Ihr kam ein plötzlicher Einfall. „Und Frösche fangen kann ich auch."

„Und jetzt hat man dich gefangen!", warf ein vorlauter Ratsherr ein und damit schien das Verhör endlich seinen gewohnt unterhaltsamen Verlauf zu nehmen.

Richter Hörwarth klopfte auf den Tisch und erhob sich. „Ruhe im Saal! Wer stört, fliegt hinaus!", rügte er die Herren.

Gerichtsschreiber Krampf konnte es sich nicht versagen, anzumerken. „Ob er fliegen kann oder nicht."

Hanns Friedrich Hörwarth baute sich in voller Größe vor Johanna auf und sah sie forschend an. „Ergo, sie hat keinen Vater, man munkelt, dass der Leibhaftige ihr Erzeuger sei?"

„So, munkelt man das? Und das gilt Euch als Beweis, das Geschwätz böser Zungen?", fuhr Johanna empört hoch.

Richter Hörwarth war so verblüfft, dass er sich beinahe auf die wunde Zunge gebissen hätte.

Der bereitstehende Gerichtsknecht drückte das Mädchen mit grobem Griff wieder auf ihren Platz zurück.

„Und wer ist dann dein Vater?"

„Mein Vater ist kurz vor meiner Geburt verstorben, so hat mir die Frau Mutter erzählt."

„Das widerspricht der Version, die uns deine Mutter aufgetischt hat."

„Es ist die Wahrheit, warum sollte meine Mutter mir was anderes sagen?"

„Vielleicht, weil du keinen leiblichen Vater gehabt hast?"

„Wen denn sonst, Euch vielleicht?" Johanna sah ihn herausfordernd an.

„Werd' bloß nicht frech, wirst schon wissen, wer dein Vater war." Richter Hörwarth wirkte pikiert und wandte ihr den Rücken zu.

In den Gesichtern der Ratsherren war blanke Neugier zu lesen.

„Nein, er ist mir leider nie begegnet", erwiderte Johanna gleichgültig.

„Etwas mehr Respekt! Deine Mutter hat schon zum Teil gestanden."

„So, was hat sie denn gestanden?", fragte Johanna forsch.

„Das tut hier nichts zur Sache", der Landrichter drehte sich wieder zu dem Mädchen herum.

„Ja, unter der Folter – da gesteht ja jede …", sagte Johanna mit gepresster Stimme.

„Das war nicht alles. Wir haben sie untersuchen lassen und ein verdächtiges Mal bei ihr gefunden." Er verschwieg wohlweislich, dass der berühmte Meister Abriel, die Probandin noch gar nicht begutachtet hatte, war sich aber sicher, dass dieser das Signum Satanas finden würde, denn: kein Salär ohne Teufelsmal. „Sie wird zugeben, dass sie seine Buhlin war und mit ihm zusammen ein Kind gezeugt hat – dich!" Die letzten Worte schleuderte er Johanna direkt ins Gesicht.

„Nein, das ist nicht wahr! Mein Vater war ein einfacher

Holzfäller. Er ist im Doswald erschlagen worden – von einem Baum!"

Der Landrichter lachte gequält auf. „Verabschiede dich endlich von dieser Lüge!" Unbewusst musterte er das bildschöne Mädchen auf die gleiche Art, wie er es bei ihr zu Hause und im Kerker getan hatte.

Johanna fühlte sich von seinen Augen förmlich ausgezogen und ihr wurde flau im Magen.

„Und du hast nie bemerkt, dass du anders bist?"

„Wieso denn anders?"

„Woher kommen deine Heilkünste und dein Zauberwirken?"

„Ach so, die Heilkünste. Die hat mir meine Mutter beigebracht, aber das ist doch kein Zauber!" Für einen kurzen Moment fühlte sie sich erleichtert und schöpfte neue Hoffnung.

Richter Hörwarth stellte sich vor die Ratsherren, der Angeklagten wieder seinen breiten Rücken zuwendend. „Du bezirzst die Männer. Du hast den Sohn vom Henker, den Hannes verzaubert. Darum hat er die Hexenfuhre entwendet, um dich zu retten. Er ist dein Komplize. Gesteh' es endlich!"

„Der Hannes? – ich habe ihn nicht verzaubert. Er wollte mir nur helfen …", brach sie eingeschüchtert ab.

Der Landrichter drehte sich zu ihr herum und kam zum Schluss. „Also doch! Er ist dein Buhle und somit mitschuldig!"

„Aber nein! Der Hannes ist unschuldig, das müsst Ihr mir glauben!"

Hanns Friedrich Hörwarth betrachtete das zusammengesunkene Mädchen. Ihre Liebe zu dem Burschen stand in ihren Blicken und Gesten. Sein Mitleid wich einem stark aufkommenden Gefühl von Eifersucht. Wieder so ein

Dreckstück, das einen jungen Mann ins Verderben stürzte. Alles im Leben wiederholt sich, dachte er bitter. Er schenkte sich aus der Karaffe Wasser nach und nahm abermals einen Schluck, um die geschwollene Zunge zu kühlen, da ihm die Worte förmlich im Hals steckenzubleiben drohten. Das Verhör lief nicht wie geplant. Während des ganzen Verlaufes hatte er innerlich Marie vor Augen und er befand sich im Zwiespalt, wusste, dass Johanna unschuldig war. Nur seine Eifersucht und Rachegelüste ließen ihn das Mädchen in die Enge treiben, aber nur, weil Johanna es mit ihrer Sturheit schaffte, ihn beständig herauszufordern. Er war mit gewohnter Strenge und Schärfe vorgegangen, um kein Misstrauen und Argwohn bei den Ratsherren zu erwecken. Keiner durfte seine Gefühle für dieses Mädchen erahnen. Er musste den Prozess hinauszögern, schließlich gab es noch viele verurteilte Weiber zu richten. Er hatte genügend zu tun und irgendwann ging der Stadt sowieso das Geld aus. Johanna war zu retten, aber den Burschen würde er opfern, damit sie nicht völlig ungeschoren davon kam. So glaubte er jedenfalls in diesem Moment.

Eine grausige Entdeckung

Schnellen Schrittes und mit eingezogenem Kopf war Kuisl auf dem Weg zum Faulturm. Dort wurden in letzter Zeit die als Hexen verdächtigten Weiber untergebracht, nachdem in der Fronfeste, der übliche Aufenthaltsort für Strauchdiebe, Verbrecher und sonstige Halunken, längst kein Platz mehr vorhanden war.

Die Passanten wichen dem Henker aus oder wechselten auf die andere Straßenseite, das war er gewohnt und das war ihm recht, so brauchte er mit niemandem schwatzen, wortkarg wie er war. Er kannte die feine Gesellschaft mittlerweile gut genug, vorne herum taten sie vornehm und beachteten ihn nicht, hinten herum kamen sie dann angeschlichen, wenn etwas zwickte und der Stadtmedicus nicht weiterwusste oder zu teuer war. Der Henker verstand das menschliche Knochengerüst wie kein Zweiter. Die Knochen, die er ausrenkte, wusste er auch wieder einzurenken. Langjährige Erfahrung als Feldscher und Abdecker hatten ihn gelehrt, bis zu welcher Schmerzgrenze man gehen durfte, damit es nur zu einer Ohnmacht und nicht gleich zum Tode führte. Sein Handwerk beherrschte er meisterhaft, hielt die erforderlichen Gerätschaften penibel in Ordnung, denn nichts war peinlicher, als ein nicht sorgfältig geschliffenes Richtschwert, Daumenschrauben, die klemmten oder rostige Ketten, die brachen. So etwas war bei ihm noch nie vorgekommen, denn er war ein akkurater und pflichtbewusster Mensch, der seine Aufgaben ordnungsgemäß erfüllte.

Mit dem jetzigen Landrichter war frischer Wind in das verschlafene Städtchen gekommen, ein gewitzter Jurist, der mit gewöhnlichen Dieben und Verbrechern lange Zeit unterfordert gewesen war. Rigoros verfolgte er in den letzten drei Jahren gnadenlos sein Ziel, die Stadt und Umgebung restlos von den Unholdinnen zu befreien. Sein scharfer Verstand und seine hinterhältigen Wortgefechte bei den Verhandlungen verhalfen ihm schon zu einer gewissen Berühmtheit im Lande, und man nannte ihn den Hexenmeister von Schongau. Die Obrigkeit in München verließ sich immer häufiger auf ihn und sein sicheres Urteilsvermögen.

Obwohl ihn Kuisl nicht unbedingt mochte, seine herablassende Art und die aufgesetzte Affektiertheit, so zollte er ihm doch Respekt, insbesondere seine Kaltschnäuzigkeit in der Bekämpfung der Hexenplage.

Der Henker hätte nicht zu urteilen gewusst, welche der ausgeforschten Weiber eine Hexe war oder keine, aber es schauderte ihn, wie viele es am Ende waren. Wenn er eine mit der Hexenfuhre abzuholen hatte, dann besprengte ihn sein Weib vorsichtshalber zum Schutz mit Weihwasser. Bei der Tortur in der Fronfeste war üblicherweise der Landrichter, der Gerichtsschreiber und zwei Henkersknechte zugegen. Die meisten der Frauen ergaben sich schnell, sobald er ihnen die Daumenschrauben zudrehte, wurden sie schwach und gaben alles zu, was der Landrichter hören wollte. Kuisl grauste es und noch Tage danach peinigten ihn Albräume. Unglaublich, was er da alles zu hören bekam, Dinge, die für kein christliches Menschenohr bestimmt waren, die ihm Angstschweiß verursachten und die er nie mehr vergaß. Mitleid mit den misshandelten Weibern konnte er sich nicht leisten, er hatte letztendlich eine Familie zu ernähren. Mitleid war nicht sein Geschäft, da brauchte man sonst gar nicht erst anfangen. Er war dem Herrn Landrichter sogar zu Dank verpflichtet, schließlich verdiente er so gut wie nie zuvor. Sein Weib konnte ihm und den Kindern öfter mal Fleisch vorsetzen. Er war zufrieden mit sich und der Welt, hatte eine sanfte und fleißige Frau, die sich um Haus und Kinder kümmerte und ihm den Rücken stärkte. Es war eine von ihren Eltern beschlossene Heirat. Sie waren beide sehr jung gewesen und kannten sich kaum. Henkersfamilien heirateten untereinander, so verlangte es die Tradition. Sie fügten sich in ihr Schicksal und bereuten es nicht. Sieben Kinder hatte ihm seine Frau bisher geboren.

Der Erstgeborene, Matthias, wurde zum Henkersgehilfen ausgebildet und zu seinem Nachfolger bestimmt. Mit knapp zwanzig Jahren packte ihn das Reisefieber und zusammen mit einem befreundeten Tuchhändler aus Augsburg reiste er über Verona nach Venedig. Seine Familie sah ihn nie wieder. Der Augsburger Kaufmann kehrte ohne den ältesten Henkerssohn in die Heimat zurück und überbrachte die niederschmetternde Nachricht. Matthias war einem ansteckenden Fieber erlegen, das in dieser Gegend ausgebrochen war und seine Gebeine ruhten fernab der Heimat in einem Massengrab.

Die Zweitgeborene, ein Mädchen namens Helene, war von ausnehmender Schönheit und Klugheit. Sie war der ganze Stolz ihres Vaters und sein Augenstern. Als sie im zarten Alter von fünfzehn zu husten anfing, bereitete er ihr eigenhändig einen Aufguss von besonderen Wurzeln und Kräutern und machte ihr tage- und nächtelang Umschläge. An dem Tag, an dem sie in seinen Armen für immer einschlief, verzweifelte er und betrank sich bis zur Besinnungslosigkeit.

Es folgten weitere Kinder, Zwillinge, ein Mädchen und ein Bub, die ihr erstes Lebensjahr nicht überstanden. Der Winter in diesem Jahr war zu hart gewesen.

Das fünfte Kind war wieder ein Sohn – Hannes, mittlerweile zwanzig Jahre alt und von schlaksiger Statur, mit langen blonden Haaren, ein sturer Kopf außerdem. Sein Vater konnte ihn schlagen und züchtigen, wie er vermochte, vergeblich, der Bursche wehrte sich dagegen, ein Henker zu werden. Nur widerwillig ging er seinem Vater zur Hand. Kuisl ließ ihn Schwerter schleifen, Martergeräte warten und erlernen, wie eine Tortur richtig ausgeführt werden musste, damit das Opfer nicht vorzeitig an den Qualen verstarb. Hannes Neigungen galten eher der Heilkunde, seine Fähigkeiten zeigten sich im Lindern und Heilen der Folgen einer Tortur. Behutsam behandelte er Prellungen, Quetschungen, Zerrungen oder entzündete Brandwunden. Dennoch gab sein Vater die Hoffnung nicht auf, dass er eines Tages nicht doch noch in seine Fußstapfen treten würde. Und in welch verhängnisvolle Lage hatte der Bursche sich und die Familie durch sein unbedachtes Handeln gebracht. Der Hohn und das Gespött der ganzen Stadt waren sie geworden. Der Henker rechnete nicht mit der Gnade des Landrichters.

Immerhin blieben ihm noch die beiden jüngeren Kinder: Peter, ein aufgewecktes Bürschchen, immer zu Streichen aufgelegt und der allerhand anstellte. Und dann war da noch seine Tochter Greti, so sanft wie ihre Mutter und genauso blondgelockt und mollig. Kuisl tröstete sich damit, dass er mit Peter noch eine Option hatte.

Jetzt war sein Weib erneut guter Hoffnung und die tägliche Arbeit machte ihr zusehends zu schaffen. Bald hatte er ein weiteres Maul zu stopfen, so Gott wollte. Nein, Mitleid hatte er keines, mit ihm hatte auch niemand Mitleid. Inzwischen war er am Faulturm angekommen, er bekreuzigte sich und trat ein. Es stand die zweite Tortur der Gruberin an und er wollte in Ruhe mit den Vorbereitungen anfangen, bevor das Verhör der Hebammentochter beendet war und der Landrichter mit dem inzwischen angereisten Meister Abriel im Schlepptau eintraf. Beim Eintreten in die stickige Zelle spürte er sofort, dass etwas nicht stimmte. Als seine Augen sich an die Dunkelheit gewöhnten und er den Raum mit der mitgebrachten Fackel erhellte, gefror ihm vor Schreck das Blut in den Adern, obwohl er in seinem bisherigen Leben schon Schlimmes hatte sehen müssen. Die Hebamme lag in unnatürlicher Verkrümmung reglos auf dem Boden in ihrem Erbrochenen, daneben eine umgestoßene Schale mit Gerstenbrei. Der Henker stupste sie vorsichtig mit der Fußspitze an, doch das Weib rührte sich nicht. „He, he Gruberin …", er drehte ihren Körper mit einem festeren Stoß seines Lederstiefels so weit herum, dass sie auf den Rücken rollte. Der Blick aus ihren glasigen Augen ging ihm durch Mark und Bein. Entsetzt schaute er auf ihren weit geöffneten Mund und die blau angelaufene Zunge, die ihr aus dem Mundwinkel hing. In ihrem Gesicht hatte sich ein dämonenhafter Ausdruck festgesetzt, so als wolle sie alle Welt verhöhnen. Welche Verwünschungen mochte sie wohl mit ihrem letzten Atemzug ausgestoßen haben? Kuisl schüttelte sich wie ein nass gewordener Hund. Etwas zersplitterte unter seinem Fuß, er war auf eine Phiole getreten. Der Henker schnaufte ein paar mal tief durch, dann rief er sich zu innerer Ordnung und überlegte, was zu tun sei. Vorsichtig hob er eine Glasscherbe auf und schnupperte daran, überwand seine Abscheu, steckte die Fackel in die Wandhalterung und nahm die Schale in die Hand. Stirnrunzelnd roch er mit geübter Nase an dem übelriechenden Gerstenbrei, ein aufkommendes Würgen im Hals unterdrückend. Nein, diesmal war nicht der Teufel im Spiel, hier hatte die Hebamme selber Hand an sich gelegt, mit Gift. „Schierling ist es nicht", murmelte er in seinen Bart. Der gefleckte Schierling war in der Natur leicht zu finden, hätte aber intensiv nach Mäuseharn gerochen. „Blauer Eisenhut", schlussfolgerte er, der führte zu einem raschen Tod, wenn auch einem fürchterlichen. Widerwillig betrachtete er die Tote. Sollte sie keine Hexe gewesen sein, eine Giftmischerin war sie allemal, weiß Gott, wen sie alles auf dem Gewissen hatte. Wütend zerschmetterte er die Tonschale an der Wand. Warum musste das passieren, ihm blieb rein gar nichts erspart. Für die Selbsttöterin würde er zwar ein stattliches Salär von 15 Gulden bekommen, aber schließlich war es ein äußerst gefährliches Unterfangen, da der Leichnam von Selbsttötern als fluchbeladen galt und Unwetter und Hagelschauer anzog. Unwillkürlich fasste er sich an sein Holzkreuz, dass er mit dem blauen Schutzstein, einem Türkis, um den Hals trug. „Fahr zur Hölle auf deinem Venuswägelchen, du vermaledeite Giftmischerin!", schimpfte er beim Verlassen der Zelle.

Ein unerwartetes Geständnis

„Dann gestehst du jetzt endlich?" Richter Hörwarth wischte sich mit einem parfümierten Spitzentuch den Schweiß von der Stirn, auf gar keinen Fall bereit, kampflos aufzugeben. Das Verhör zog sich ungebührlich in die Länge.

„Wenn Ihr den Sohn des Henkers freilasst, gestehe ich alles, was Ihr hören wollt', vorher nicht!", gab Johanna zurück und sah dem Landrichter trotzig ins Auge.

Richter Hörwarth verschlug es für einen Moment die Sprache. Die Ratsherren hielten hörbar den Atem an, im Raum wurde es so still, dass man das Fallen einer Stecknadel hätte hören können. Die Spannung stieg ins schier Unerträgliche. Plötzlich kam Unruhe in Person des Henkers herein. Mit großen Schritten bewegte er sich auf den Landrichter zu und flüsterte ihm etwas ins Ohr, was diesen sichtlich erregte. Richter Hörwarth lief puterrot im Gesicht an und baute sich drohend vor der Hebammentochter auf. „Deine Mutter hat sich selbst gerichtet."

Als das Mädchen die Bedeutung seiner Worte begriff, sackte es in sich zusammen. „Mutter, nein!"

„Deine Mutter hat Gift genommen, wie konnte das geschehen? Jemand muss es ihr heimlich zugesteckt haben!"

Johanna wurde kreidebleich. „Um Gottes Willen, die Himmelstropfen, das habe ich nicht gewusst."

„Du meinst wohl, um Teufels Willen. Deine Himmelstropfen lassen sie schnurstracks in die Hölle fahren!"

„Aber ich dachte, das war für ihre Schmerzen", schluchzte das Mädchen verzweifelt. „Sie hat mich darum gebeten, ich sollte sie ihr bringen."

„Aha, deshalb hast du den Henkerssohn bezirzt, damit er

dir Zugang zum Faulturm verschafft. Du hast ihn benutzt, um zu verhindern, dass deine Mutter gesteht und dann alles ans Licht kommt. Du hast ihm soweit den Verstand geraubt, dass er sogar bereit war, mit dir auf der Hexenfuhre zu fliehen. Du hast eine Menschenseele in den Abgrund getrieben, weil du selber von teuflischer Abstammung bist, gib es endlich zu!"

„Aber, so war es nicht …"

„Steh auf!", forderte der Landrichter ungerührt.

„Ich bin unschuldig! Jetzt kann ich es ja sagen. Die Gruberin war nicht meine leibliche Mutter."

„Jetzt auf einmal, das kommt mir ziemlich zweifelhaft vor, und warum hast du das nicht zu Anfang gesagt?"

„Ich musste es der Mutter versprechen."

„So, so, nicht deine leibliche Mutter? Da könnte was dran sein, du siehst der Gruberin gar nicht ähnlich. Und wer war dann deine wahre Mutter?" Die Stimme des Landrichters bekam einen ironischen und lauernden Klang.

„Ich weiß es nicht", antwortete Johanna verzweifelt. „Sie hat es mir erst im Faulturm gesagt, aber den Namen konnte sie mir nicht nennen. Jetzt habe ich niemanden mehr auf der Welt, keinen Vater und nun auch keine Mutter mehr. Die Hebamme war gut zu mir und gewiss keine Hexe", schluckte Johanna und ihre grünschimmernden Augen füllten sich mit Tränen.

„Sie hat sich mit schwarzer Magie beschäftigt, das musst du doch gemerkt haben!"

„Nein, niemals!"

„Lüg nicht, du bist doch nicht so dumm, dass du auf den Scheiterhaufen willst."

„Aber ihr habt doch gesagt, Ihr könntet mich retten?", flehte Johanna mit hoffnungsvollem Blick.

Hanns Friedrich Hörwarth zeigte sich unangenehm berührt, fasste sich aber sofort, seine dunklen Augen schweiften über die angespannten Gesichter der Ratsherren. „Aber sicher und das tue ich auch, mit Freuden! Ich werde deine Seele retten, mein schönes Kind. Aber vorher verrätst du mir noch, wer dein Vater ist."

„Das kann ich nicht, die Beweismittel wurden mir gestohlen."

„Dubios, das glaubt dir keiner! Nur der Satan zeugt so schöne Kinder. Fast wäre ich auf dich hereingefallen."

„Und ich auf Euch!"

„Mit dir machen wir einen kurzen Prozess! Führt sie ab!" Richter Hörwarth winkte den Gerichtsknechten, die das Mädchen grob vom Stuhl zerrten.

„Habt Ihr denn gar kein Herz?"

Hanns Friedrich Hörwarth senkte den Kopf, dieser leidenschaftliche Blick war schwer zu ertragen. Sie ist mutig, dachte er. Dann sah er auf und erwiderte süffisant. „Mein armes Kind, väterliche Gefühle habe ich leider nie gekannt ..."

„... oder Gott sei Dank!", fiel ihm Johanna ins Wort.

Der Landrichter bedachte sie mit einem letzten wütenden Seitenblick, dann straffte er die Schultern und stürmte zur Tür hinaus.

Die Ratsherren sahen ihm verblüfft hinterher, dann erhoben sie sich von den Sitzen, streckten ihre steifgewordenen Glieder und standen eifrig schwatzend eine Weile beisammen.

„Was geschieht jetzt mit der Leich'?", wollte der Henker wissen.

„Der Leichnam muss verbrannt und die Asche im Lech verstreut werden. Nur die Elemente Feuer, Wind und Wasser können die Seele von den Dämonen befreien", wusste der Gerichtsschreiber zu sagen.

„Jetzt wird es nichts mehr mit der Henkersmahlzeit." Ratsherr Kirchbichler konnte ein leises Bedauern nicht leugnen.

„Den Sternwirt ärgert es auch, letztes Mal waren 28 Leute eingeladen, das hat der Stadt einen satten Batzen gekostet. Lange können wir uns das eh nicht mehr leisten", gab Ratsherr Augustin zu bedenken.

„Hoffen wir, dass wenigstens ein paar reiche Bürger das Holz zum Verbrennen stiften."

„Sicher, da gibt es pro Scheit' von der katholischen Kirch' Ablass …"

„Die Hexen müssen ausgerottet werden – und zwar rasch!" Darin waren sich alle einig, bevor sie zum Sternwirt aufbrachen, um das gute Schongauer Bier nicht verkommen zu lassen.

Das Familiengeheimnis

Adelheid und Babette lagen vertraut auf dem großen Bett in der Frau Landrichter Schlafgemach beieinander.

Die Dame des Hauses seufzte schwermütig auf. „Nun wirst du bald deinen eigenen Hausstand haben, meine liebe Babette. Es wird ja nun nicht mehr allzu lange dauern, bis die Weissin gesteht und dann hingerichtet wird."

„Der Amtmann besteht noch auf eine angemessene Trauerzeit, wenn es soweit kommen sollte", bemerkte die Magd und biss sich auf die Lippen.

„Das wird es, Babette, das wird es ganz sicher. Sie wird gestehen und als Hexe verbrannt werden. Und dann wäre doch ein ganzes Jahr der Trauer völlig überzogen."

„Meint Ihr, aber das Gerede der Leute? Er hat das Haus doch noch voller Kinder."

„Eben, da ist eine neue Hausherrin dringend von Nöten und dein schamloses Techtelmechtel hat endlich ein Ende."

„Aber Herrin, solche Worte aus Eurem Munde!", errötete die Magd und verdrehte die Augen.

„Wenigstens hast du dein Ziel erreicht, Babette."

„Ja, Herrin, es war wirklich ein Leichtes gewesen, in diesen Zeiten sein Weib der Hexerei zu bezichtigen …"

„Sei vorsichtig, was du da sagst, meine Liebe", mahnte ihre Herrin und fuhr fort. „Immerhin hat der Herr Landrichter dir gleich geglaubt, wieder eine mehr auf seiner langen Liste."

„Wenn Euer werter Gatte erst seine Merksäule erhalten hat, wird er sich Euch sicher wieder zuwenden", gab sich Babette zuversichtlich.

„Ph, vorher müsste man ihm das andere Weib aus dem Hirn blasen."

„Ihr meint wohl die Marie", mutmaßte die Magd, an ihren Fingernägeln kauend und beobachtete dabei ihre Herrin forschend aus den Augenwinkeln.

„Wir haben sie viel zu gut behandelt, aber mein Vater, Gott hab ihn selig, war eben viel zu milde in solchen Belangen", erregte sich Adelheid.

„Mit Schimpf und Schande hätte man sie von der Burg jagen sollen, und zwar ohne Geld!", pflichtete die Magd bei.

„Du hattest es gleich bemerkt, nicht wahr, Babette"?

„Ja, unsereins hat keine Scheuklappen auf, so wie die hohen Herrschaften. Die dumme Kuh hat versucht, es zu verbergen, aber mir machte sie nichts vor, außerdem war ihr andauernd schlecht und sie musste mehrmals aus der Küche laufen. Ich hab' mit eigenen Augen gesehen, wie sie in den Ausguss kotzte und da hab' ich es ihr auf den Kopf zugesagt. Ich hab' ihr klargemacht, dass der junge Herr nur mit ihr gespielt hat und niemals unter seinem Stand heiraten wird. Sie hat es mit der Angst bekommen, als ich ihr damit drohte, dass ich sie bei der Herrschaft anzeigen würde – wegen Unkeuschheit. Jeder weiß ja, was dafür die Strafe ist …"

„Aber Babette, du hast ihm doch auch schöne Augen gemacht!"

„Um Gottes Willen, nein, Herrin! Jeder auf der Burg war im Bilde, dass er nur für Euch bestimmt war", zwinkerte die Magd, aber sie wusste, dass ihre Herrin nicht Unrecht hatte. Babette agierte raffinierter, sie wartete wie eine Spinne, bis sich die Beute in ihrem weitgesponnenen Netz verfing und schlug dann in aller Seelenruhe zu. Doch kannte sie ihre Grenzen und trieb es niemals auf die Spitze, sondern harrte einer neuen Gelegenheit. Wie gesagt, ihr Netz war weitgesponnen.

Adelheid lehnte sich etwas entspannt zurück. „Mein Vater hat dir geglaubt, als du sie als leichtfertiges Weib verleumdet hast."

„Nun, das war sie doch auch. Kein anständiges Mädchen würde …"

„Ach Babette, hör auf, da redet die Richtige."

Die Magd zog beleidigt die Knie hoch und überlegte angestrengt. „Dann hat der Herr Landrichter wohl einen Sohn oder eine Tochter?"

„Ph, Bastard bleibt Bastard! Besser, er wusste nichts von dieser Schmach und seine Weste blieb makellos. Stell dir vor, wenn das jetzt herauskäme, in seiner Position! Nicht auszudenken, das Gerede der Leute!"

„Man hat nie wieder von ihr gehört."

„Bei ihrer Familie, dem Jagdmeister vom Würmsee, ist sie jedenfalls nie angekommen", wusste Adelheid, „und wir konnten ihnen auf ihre Anfrage auch nicht mitteilen, was mit ihr geschehen war. Offiziell war sie aus unseren Diensten entlassen. Also in ihre Heimat zurückgekehrt ist sie wohl nicht."

„Da wäre ich auch nicht zurück, sie lebte ja schließlich in Schande", stellte Babette nüchtern fest.

„Was hättest du denn in ihrer Lage gemacht, Babette? Mein gnädiger Vater hat sie ja nicht mit leeren Händen vom Hof geschickt, sondern ihr Stillschweigen mit einer beträchtlichen Aussteuer bezahlt, mitleidig wie er war."

„Ach, den Balg wäre ich wohl losgeworden …"

„Das ist eine Todsünde!", rief Adelheid mit hochgezogenen Augenbrauen.

„Nun, da gibt es noch andere Möglichkeiten", sagte Babette gedehnt und kicherte in das weiche Kissen. „Sie hätte als Hübschlerin gehen oder gar selber ein Lusthaus aufmachen können, am nötigen Kapital fehlte es ihr ja nicht."

„Möglich", erwiderte Adelheid kurzangebunden, sie wollte sich nicht vorstellen, was aus dem Liebchen ihres Gatten geworden war. Hoffentlich blieb sie weit weg, noch besser, sie war gar nicht mehr am Leben. Und der Bastard war keine Gefahr, niemand war in der Lage, irgendwas zu beweisen, nicht nach so langer Zeit. Plötzlich lachte sie hysterisch auf.

„Was gibt es da zu lachen, Herrin?"

„Unser makelloser Herr Landrichter!" Adelheid war nicht zu beruhigen.

„Was ist mit ihm?"

„Ach nichts", winkte Adelheid ab.

„Doch, doch, ich kenne Euch inzwischen sehr gut, Herrin. Was ist mit dem Herrn Landrichter?"

Adelheid zögerte, sie sah Babettes vor Spannung geweitete Augen und sprach es aus. „Er ist nicht ganz ohne Makel."

„Wie meint Ihr das, Herrin? Ihr sprecht in Rätseln."

„Nun ja, seine Herkunft, aber das weiß hier niemand …"

„Erzählt!" Babettes Neugierde war nicht mehr zu bändigen.

„Es ist ein Familiengeheimnis", sagte Adelheid bedeutungsvoll, „und ich dürfte es eigentlich niemandem sagen …"

„Ich werde schweigen wie ein Grab!", schwor Babette und hob die rechte Hand.

„Du weißt, ich habe ihn all meinen anderen Freiern vorgezogen …"

„Ihr ward' scharf auf das, was er zwischen seinen Lenden trug!"

„Ph, als wenn es nur das wäre, wenn ich das vorher gewusst hätte … Er war ja fast ein Jüngling, frischweg vom Studium und in gewissen Dingen völlig unerfahren, jedenfalls hatte es den Anschein. Aber auch darin hat er mich betrogen, denn er war bereits so verdorben wie die Früchte, die er aus dem welschen Land mitbrachte."

„Ihr habt mir immer noch nicht das Geheimnis verraten."

„Der Bastard!", brach es aus Adelheid heraus. „Verstehst du, mein werter Herr Gemahl, der saubere Herr Landrichter von Schongau, ein Bastard!" Sie bekam abermals einen Lachanfall, so heftig, dass sie fast zu ersticken drohte und schlug mit der flachen Hand auf das Kopfkissen. Als sie sich wieder einigermaßen beruhigt hatte und aufsah, stellte sie mit einiger Belustigung fest, wie ihrer sonst so gesprächigen Magd der Mund offenstand und diese stumm blieb. „Und jetzt mach deinen Mund wieder zu und behalt' es für dich!"

„Ahnt Euer Herr Gemahl etwas?"

„Möglich, aber wenn ja, dann will er es nicht wahrhaben oder verdrängt es."

„Ist er etwa von niederer Geburt?" Babettes Augen wurden groß und rund und sie war nicht imstande, länger stillzusitzen.

„Wir wissen es nicht. Meine Tante Giselle, die Schwester meiner Mutter, kam aus Frankreich und lebte eine Weile bei uns. Sie hatte beste Aussichten in hohen Stand einzuheiraten, aber, nun ja, sie war eben ein leidenschaftliches Mädchen, das sich ständig in irgendwen verliebte und das hatte schließlich unangenehme Folgen."

„Ts, Ts, was für eine peinliche Affäre", äußerte sich Babette und wartete begierig auf den Fortgang der Unterhaltung.

„Sie brachte das Kind heimlich in einem Kloster zur Welt, man nahm es ihr gleich nach der Geburt weg und die bayerische Verwandtschaft in die Pflicht. Die älteste Schwester meines Vaters hatte nach Bayern geheiratet, wo ihr Gemahl Caspar Hörwarth zuvor ein Schloss am Würmsee erworben hatte, in Possenhofen, ein unbedeutender Fleck auf der Landkarte. Leider hatte er sich mit diesem Immobilienkauf finanziell völlig übernommen, außerdem hatte er vier Töchter mit einer Mitgift zu versorgen und keinen Stammhalter. So profitierten beide Familien von dem Abkommen. Es geht halt nichts über nützliche verwandtschaftliche Beziehungen."

„Was wurde aus der leiblichen Mutter, Eurer werten Frau Tante?"

„Meine Tante Giselle hat das nie verwunden, sie starb an gebrochenem Herzen, wie man so schön sagt. Das Geheimnis um den Namen des Kindsvaters nahm sie mit ins Grab. Jeder wäre in Frage gekommen, der Umgang mit ihr hatte, vom Stallknecht bis zum hochgestellten Herrn, ein lustiger Unterrock, der sie war. Mein guter Vater hat sich ihren vorzeitigen Tod nie verziehen und sorgte zeitlebens für ihren Sohn. Er ermöglichte ihm sogar das teure Jurastudium."

Jetzt klingelte es bei Babette und sie begriff die Tragweite sofort. „Ein Bastard", wiederholte sie stirnrunzelnd und überlegte scharf. „Vielleicht wird uns das irgendwann mal von Nutzen sein."

„Zu gegebener Zeit werde ich mir das zu Nutze machen", betonte Adelheid mit gepresster Stimme.

Die Magd musterte ihre Herrin aufmerksam und stellte fest. „Ihr liebt ihn noch immer! Habt Ihr denn nicht bemerkt, dass er ein Auge auf Johanna geworfen hat?"

Adelheid war um eine gleichgültige Miene bemüht. „Ach ja? – nun, das schert mich wenig."

„Sie sieht Marie irgendwie ähnlich, das ist mir schon bei unserer ersten Begegnung aufgefallen. Könnte es sein …"

Adelheid fiel ihr schnell ins Wort. „Das ist völlig ausgeschlossen, außerdem hat diese Maid ja eine Mutter."

„Man munkelt, dass die Hebamme nicht ihre leibliche Mutter sei", sagte die Magd und lauerte auf den wechselnden Gesichtsausdruck ihrer Herrin.

„Der Prozess dauert schon viel zu lang!", Adelheid stand gequält auf, sie fühlte, dass sie wieder Kopfschmerzen bekam, das unbeständige Wetter setzte ihr zu. Nie würde sie sich hier wirklich heimisch fühlen.

„Ich habe den Verdacht, dass der Herr Landrichter sie entlasten will …", meinte Babette mit vielsagendem Blick und ließ das Ende ihrer Überlegungen offen.

„Wie kommst du darauf?" Adelheid zeigte sich augenblicklich wachsam wie die Katze vor dem Mauseloch.

„Nun ja, ich weiß vom Ulrich, äh vom Gerichtsschreiber, dass Euer Herr Gemahl die Akte zur Seite gelegt hat. Angeblich hat er keine Zeit dazu, sich näher damit zu befassen, bei all den anderen Verhören, die seiner Ansicht nach dringlicher sind."

„So, so", sagte Adelheid und massierte sich mit den Fingerkuppen angestrengt die Schläfen.

„Vielleicht kommt sie am Ende noch frei", mutmaßte Babette.

„Sie muss weg und zwar schnell!" Auf dem Gesicht der Frau Landrichter zeigte sich ein entschlossener Ausdruck.

Eine verhängnisvolle Intrige

Adelheid Hörwarth hatte das zögerliche Verhalten ihres Gemahls in Sachen der Peitinger Hebammentochter natürlich längst bemerkt. *Worauf wartete er denn noch?* Das Schreiben an die herzogliche Kammer war halbwegs abgefasst und ruhte in seiner Schreibtischschublade. Derweil stürzte ihr Gemahl sich auf das Ausforschen weiterer Hexen. Die Verdächtigungen und Anzeigen zogen immer engere Kreise und machten nicht vor dem näheren Umfeld des Landrichters halt. Dem Weib des Amtmanns, seinem getreuen Dienstmann, stand inzwischen nach der gütlichen, die peinliche Befragung bevor, doch wie nicht anders zu erwarten war, fügte dieser sich demütig in seine Opferrolle und überließ die Ehefrau ihrem Schicksal. Wenigstens war Babette in diesen Wochen äußerst guter Dinge und blühte förmlich auf. Adelheid beschloss, dass es an der Zeit war, etwas zu unternehmen. An einem leidlich warmen Sommertag, als ihr Göttergatte wie gewohnt seinen morgendlichen Ausritt in die nähere Umgebung unternahm, überraschte sie den stets mit Akten beschäftigten Gerichtsschreiber mit ihrem Besuch. Sie hielt sich nicht erst mit belanglosen Äußerungen auf, sondern kam ohne Umschweife zu der Angelegenheit, die ihr am Herzen lag. „Krampf, wie Ihr wisst, hat mein Gatte in letzter Zeit sehr viel zu tun und ich fürchte um seine Gesundheit.“

„Gewiss, gnädige Frau“, hüstelte der Gerichtsschreiber, der schon länger nicht mehr an die frische Luft gekommen war. Irritiert legte er die Schreibfeder beiseite und schob die Brille auf die Stirn. Seine mausgrauen Augen musterten die Dame des Hauses erstaunt. Besuche der Frau Landrichter in der heiligen Amtsstube waren in der Regel ungewöhnlich und nicht angemessen.

„Mein lieber Krampf, ich wünsche, dass Ihr meinen Gemahl in Zukunft mehr entlastet, es würde Eurer weiteren Karriere mehr als dienlich sein. Ich kenne schließlich meinen Mann", und als sie sah, wie der Gerichtsschreiber ungeduldig sein leichtes Gewicht von einem Fuß auf den anderen verlagerte, ließ sie vielsagend durchblicken. „Es hat den Anschein, dass der Herr Landrichter erwägt, eine Beförderung für Euch zu erwirken."

„Oh, tatsächlich?" Krampf errötete wie ein junges Mädchen vor dem ersten Kuss.

„Ihr seid sein eifrigster Diener und deshalb bitte ich Euch um einen Gefallen."

„Und das wäre?", begann der Gerichtsschreiber vorsichtig und wappnete sich innerlich, denn wenn hohe Herrschaften Süßholz raspelten, hatte das immer irgendeinen Haken.

„Ihr müsst diese Anklageschrift auf den Weg bringen!" Damit trat Adelheid an den Schreibtisch des Landrichters, öffnete die Klappe und zog mit sicherem Griff eine Akte aus einer der Schubladen heraus. Sie vernahm, wie Ulrich Krampf hörbar die Luft anhielt, doch das übersah sie geflissentlich. Sie entnahm der Akte ein Schreiben und legte es dem Gerichtsschreiber auf das Pult. „Ich werde es Euch zu Ende diktieren und Ihr werdet stellvertretend unterzeichnen."

„Aber ich weiß nicht recht, ob ich dazu die Befugnis habe ...", zögerte der Gerichtsschreiber und schob seine Brille wieder auf die Nase.

„Tut, was ich Euch sage! Ich versichere Euch, Ihr nehmt meinem Gemahl damit eine große Last ab. Ich werde das Schreiben mit meinem persönlichen Siegel versehen und wie Ihr ja wisst, habe ich eine einflussreiche Verwandtschaft." Dabei sah sie ihn mit dem hypnotisierenden Blick einer Python an, so dass der schmächtige Mann augenblicklich weiche Knie bekam.

„Sehr wohl, gnädige Frau." Krampf verbeugte sich, nicht ohne Adelheids triumphierenden Augen zu begegnen. Mit zittrigen Fingern führte er die Feder über das Pergament, ohne den Inhalt der Worte bewusst wahrzunehmen, welche die Gattin des Landrichters ihm geschickt einflößte und die sie längst parat hatte.

Sobald der Gerichtsschreiber seine Unterschrift daruntergesetzt hatte, entzog sie ihm das Schriftstück und streute eigenhändig Sand zum Trocknen der Tinte darüber. Ihr seidenes Oberkleid raffend kehrte sie zum Schreibtisch zurück, erwärmte über einer brennenden Kerze das Siegelwachs und träufelte es langsam über das aufgerollte Pergament. Zufrieden streifte sie ihren goldenen Siegelring vom Finger und drückte das Wappen ihrer Tiroler Familie darauf, anschließend reichte sie die Rolle dem Gerichtsschreiber mit den Worten. „Das übergebe er dem herzoglichen Boten höchstpersönlich und mache er die Sache dringlich!" Sie nestelte an ihrer Rockfalte und zog einen kleinen Lederbeutel hervor, den sie an ihrem bestickten Gürtel trug, entnahm einen Gulden und drückte ihn dem Gerichtsschreiber in die schweißnasse Hand. „Nehme er das, für seine Mühe."

Mit einem tiefen Diener, bemüht, seine Verlegenheit zu verbergen, bedankte sich dieser und begleitete die Dame des Hauses zur Tür.

Mit einem angedeuteten, leichten Kopfnicken verabschiedete sich Adelheid. Um ihre Mundwinkel zuckte es verräterisch. Was war der Gerichtsschreiber bloß dumm wie ein Hühnerhund. Das Schicksal von Johanna war damit besiegelt und die Rivalin hoffentlich bald aus dem Weg geschafft.

Das Urteil aus München

Adelheid wartete über eine Woche voller Unruhe und Ungeduld, als sie endlich schnelles Hufgeklapper auf dem Hof vernahm. Sie schaute aus dem Fenster und gewahrte in höchster Vorfreude das Eintreffen des herzoglichen Boten aus München. Mit steigender Erregung verfolgte sie, wie der Gerichtsschreiber die Botschaft in Empfang nahm und betete inniglich, dass das ersehnte Dokument darunter war: der Permiss von Herzog Ferdinand. Auf leisen Sohlen schickte sie sich an, die Treppe hinabzusteigen, um der Reaktion ihres Gatten beizuwohnen. Durch den Spalt der offenen Türe beobachtete sie lauernden Auges, wie Krampf das herzogliche Siegel aufbrach und einen flüchtigen Blick darauf warf. „Hier ist der Erlass in Sachen der Peitinger Hebammentochter, der Johanna Magdalena Gruber." Er räusperte sich und wartete gespannt.

„Was?" Richter Hörwarth glaubte, sich verhört zu haben, und riss ihm das Schreiben aus der Hand. „Gib er her!" Hastig überflog er die Zeilen, sein Hals rötete sich und er zog heftig an der engen Halskrause. „Wer zum Teufel hat das angeordnet?", brüllte er und packte den Gerichtsschreiber am Kragen.

Gerichtsschreiber Krampf zappelte im harten Griff seines Herrn wie ein gefangener Fisch, schnappte nach Luft und fing zu stottern an. „Euer Ehren, ich sollte Euch entlasten … Eure werte Frau Gemahlin … sie bat mich um diesen Gefallen, ich nahm an, es war in Eurem Sinne …"

„Das ist immer noch meine Entscheidung!", tobte der Landrichter völlig außer sich. Er zerknüllte das Papier und warf es dem Gerichtsschreiber vor die Füße.

„Aber Euer Gnaden, Ihr wolltet doch einen kurzen Prozess", verteidigte sich Krampf, sein Adamsapfel hüpfte auf und ab, und er versuchte, mit nervösen Fingern seine Halskrause zu ordnen.

„Wenn sein Hirn nur so flink wäre, wie sein Arsch furzt!", herrschte ihn der Landrichter zornig an.

„Aber …", versuchte es der Gerichtsschreiber kleinlaut und gab die Hoffnung nicht auf, die Stimmung möge zu seinen Gunsten umschlagen, immerhin hatte er sich selbigen in letzter Zeit für seinen Herrn aufgerieben und erwartete Lob und Dank für alle Mühe.

Doch statt des erwarteten Lobes, steigerte sich sein Dienstherr in immer größere Rage, bekam einen hochroten Kopf und schnaufte schwer, so dass Krampf schon das Schlimmste befürchten musste und vorsorglich in Deckung ging.

„Sitzt er vielleicht auf diesem Posten? Hinaus, aus meinen Augen, er Hundsfott!"

Dies ließ sich Gerichtsschreiber Krampf nicht zweimal sagen und entfernte sich schleunigst, bevor Richter Hörwarth die völlige Beherrschung verlor.

Die an der Tür lauschende Adelheid hörte einen Stuhl umfallen und einen Gegenstand an die Wand knallen. Ein triumphierendes Lächeln umspielte ihre Lippen, als der Gerichtsschreiber mit verzerrtem Gesicht herausstürzte und gegen sie prallte. Mit ungläubigen Augen starrte er sie an, stammelte eine undeutliche Entschuldigung und wich vor ihr zurück wie vor einer mächtigen Zauberin, die nichts Gutes im Schilde führte. Adelheid winkte ihn ungnädig weiter und amüsierte sich über die ungelenken Bücklinge, die er beim Abgang vollführte.

Mit einem Ausdruck höchster Genugtuung auf dem Gesicht schlich sie in ihre Gemächer zurück. „Schachmatt!"

Wieder einmal war ihre Taktik aufgegangen und sie dachte dankbar an ihren Vater, der ihr in Ermangelung eines Sohnes schon früh den Umgang mit Damen und Läufern im Schachspiel beigebracht hatte. Sie war ihm eine ebenbürtige Gegnerin geworden und das zahlte sich jetzt aus. Ihr Vater wäre stolz auf seine einzige Tochter gewesen.

Außer sich vor Wut schritt Hanns Friedrich Hörwarth auf und ab. Die Eichendielen knarzten bei jedem seiner Tritte, doch er nahm keine Notiz davon. Das Tintenfass lag zerbrochen am Boden und die Tinte rann wie ein schwarzes Band die Wand hinunter. Er atmete tief durch und versuchte, seine Fassung wieder zu erlangen, zwang sich, einen klaren Kopf zu bekommen. Jetzt saß er in der eigenen Falle, mit gebundenen Händen. Nun war es also entschieden und nicht von ihm. Nach einer Weile hatte er sich beruhigt, eine Welle der Erleichterung überkam ihn. Ja, fast war es ihm, als wäre eine große Last und Bürde von ihm abgefallen. *Was war bloß in ihn gefahren? Wieder einmal hatte er sich von einem schönen Mädchen blenden lassen, nein, er war mit den Jahren nicht klüger geworden.* Er fühlte sich so schlapp wie ein begossener Pudel. Das Schicksal hatte zugeschlagen und ihm die Entscheidung abgenommen, ein Fingerzeig von oben, der ihn vor weiteren Torheiten bewahrte. Johanna hatte seine Sinne verwirrt wie einst die Sirenen Odysseus oder wie Marie, in die er hoffnungslos verliebt gewesen war. Solchen Augen nochmal zu begegnen, darauf war er nicht vorbereitet gewesen. Fast hätte sie es geschafft, ihn in die Irre zu leiten und in den Abgrund zu lotsen. Nicht auszudenken, was er für sie imstande zu tun gewesen wäre. Er bückte sich gequält, griff nach dem zerknüllten Papier, stellte den umgefallenen Stuhl wieder auf und setzte sich an den Schreibtisch, wo er mit einer Hand, der Zitternden, glättend über die Seiten strich. Ein dicker Kloß bildete sich in seinem Hals und ließ ihn räuspern. Wiedermal unterlag sein kühl berechnender Kopf der ungezähmten Leidenschaft und führte ihn direkt in eine Sackgasse, wo am Ende seine Frau Gemahlin wartete, bereit, den Sack zuzubinden. Er schenkte sich aus dem Krug einen Becher Wein nach, verschüttete dabei ein wenig davon. Mit leerem Blick verfolgte er, wie sich der rote Burgunder wie Blut auf dem Pergament ausbreitete und er fürchtete sich vor dem Auftauchen weiterer Schreckensbilder. Mit einem kräftigen Schluck versuchte er, sein heftig schlagendes Herz zu beruhigen, doch es gelang ihm nicht.

Ein tiefes Stöhnen ließ Artus aufmerksam den Kopf heben, traurige Hundeaugen nahmen Anteil am Schmerz seines Herrn, doch als dieser ihm keinerlei Beachtung schenkte, rollte er sich winselnd an seinem Platz vor dem Kamin zusammen.

Hanns Friedrich Hörwarth dachte an jenen denkwürdigen Winter zurück, den er damals auf Burg Arnsberg bei der Verwandtschaft in Tirol zugebracht hatte. Sein Onkel, Graf Anton gab an Weihnachten ein großes Fest, zu dem Verwandte, Bekannte und hochgestellte Persönlichkeiten eingeladen wurden. Es herrschte Hochbetrieb und geschäftiges Treiben auf der Burg. Händler mit ihren Waren kamen und gingen, das Personal wurde aufgestockt. Nach der vorweihnachtlichen Fastenzeit handelte es sich dabei um ein großes Gelage. Beim ersten gesellschaftlichen Abendessen wurden die köstlichsten Speisen aufgetragen. Auf großen Silberplatten häuften sich feine Geflügel- und Wildpasteten, Schmalzbrot, geräucherter Enten- und Schweineschinken, gebackene Wachteln und gekochte Wachteleier, danach wurde in einer Suppenschüssel Fasanenbrühe mit Portwein ausgeschöpft. Zum Hauptgang folgten weitere Platten mit gepfeffertem Hasen- und Rehrücken, auf Spießen würzig gebratene Kapaune und Rebhühner, Kaninchen- und Spanferkelkeulen, gedünsteter Aal und Hecht. Mit Bergkräutern marinierte Krebse und Forellen stammten aus den umliegenden Wildbächen. Wer noch nicht satt war, versuchte sich an gekochten Ochsenbacken mit Sauerkraut, sautiertem Kalbsbries mit Zwiebeln, lauwarmen Kalbszüngerl in einer Sauce aus getrockneten Steinpilzen und Trüffeln. Schmackhaftes Wintergemüse lieferte der Meraner Klostergarten. Über allem thronte der mit Wildhasen-, Hühnerspießchen und Bratäpfeln gespickte Kopf eines Ebers, den der Graf, ein passionierter Jäger, in seinem Wald erlegt hatte. Zum Nachtisch wurde gebackenes Naschwerk, Rosinen- und Honigkuchen, Christstollen, kandierte Weintrauben und Pomeranzen, Datteln und Feigen, glasierte Maronen und Walnüsse, in Rotwein und Zimt eingelegtes Birnen- und Apfelkompott, Wacholderschinken und Frischkäse mit Weißbrot serviert. Teure Gewürze wie Pfeffer, Safran, Zucker und Zimt bezog der Graf über seine weitverzweigten Handelsverbindungen. Zwischen den Gängen floss das Bier reichlich und Graf Anton ließ edlen Rebensaft aus den eigenen Weinbergen kredenzen.

Den jungen Hanns Hörwarth hatte man zwischen der Gastgeberin und Tante, Gräfin Isabelle und ihrer Tochter, seiner Cousine Adelheid, platziert. Er zeigte sich beeindruckt von dieser üppigen Pracht und gab seinerseits amüsante Anekdoten zum Besten, prahlte mit seinen Erlebnissen während der Studienzeit in Padua, erzählte mit stolzgeschwellter Brust von den juristischen Spitzfindigkeiten, die er dort gelehrt bekommen hatte. Auch über die dort vorherrschende Mode der welschen Damen und anderen hochinteressanten Äußerlichkeiten wusste er detailgetreu Bescheid und konnte bestens darüber Auskunft geben. Wie ein viel beachteter Pfau bemerkte er schnell, dass er im Mittelpunkt dieser Gesellschaft stand und die Damen bei Tisch begierig lauschend an seinen Lippen hingen, während sie sich vom opulenten Mahl nur ein paar Häppchen genehmigten. Er aber war jung und hatte einen ordentlichen Appetit, doch musste er aufpassen, dass er den Mund nicht zu voll nahm, weder beim Essen noch beim Reden.

Bei Tisch bediente eine hübsche Magd, die sich auffallend schüchtern gab und beim Anblick des jungen Mannes äußerst ungeschickt und verlegen wurde.

Freudig erkannte Hanns in ihr Marie, des Jagdmeisters Töchterlein vom Würmsee, die er seit längerer Zeit nicht mehr gesehen und die hier fernab der Familie eine Anstellung vermittelt bekommen hatte. Das einst pummelige Mädchen mit den dicken Zöpfen war zu einer bildschönen Jungfer herangewachsen, das blonde Haar sittsam mit einem Kopftuch bedeckt.

Als Hanns ihr unverhohlen zulächelte, errötete sie zutiefst und verschüttete vor Schreck den Teller mit heißer Suppe, den sie ihm hatte hinstellen wollen. Die Brühe ergoss sich über sein Wams und Hemdärmel. Erschrocken wischte das Mädchen mit dem Zipfel ihrer Schürze darüber, doch die Tochter des Hauses sprang empört auf, schalt die völlig verstörte Magd wegen dieser Ungeschicktheit und befahl sie postwendend hinaus. Mit Tränen in den Augen stürzte Marie davon.

Adelheid entschuldigte sich bei Hanns für das Malheur und betupfte mit einer Spitzenserviette seinen durchnässten Ärmel.

Die alte Küchenmagd kam herein und säuberte mit einem Lappen den Fußboden.

Der alte Graf räusperte sich verlegen, dann ging man zum nächsten Gang über.

Hanns hielt die ganze Zeit Ausschau nach Marie, aber sie erschien an diesem Abend nicht mehr. Nachdem er eine Weile mit dem Grafen bei einer Karaffe Rotwein vor dem knisternden Kaminfeuer gesessen hatte, täuschte er Müdigkeit vor und verabschiedete sich höflich mit dem Vorwand, ein wenig frische Luft schöpfen zu wollen. Frischgefallener Schnee flirrte unter seinen Füßen und am dunklen Firmament leuchteten die Sterne, allen voran der Abendstern, die Venus. Um die Ecke vernahm er ein leises Schluchzen und er folgte dem Geräusch. Es war Marie, die dort an der Mauer gelehnt stand und weinte. Als sie ihn bemerkte, wischte sie sich schnell mit ihrer Schürze über die nassen Augen. Hanns zog ritterlich sein Taschentuch hervor und reichte es ihr. Verschämt dankte sie ihm und bemühte sich, nicht mehr zu weinen. Um sie abzulenken, erzählte er von früher, als sie beide am Ufer des Würmsees gespielt und er sie immer geneckt hatte. So wie damals gelang es ihm, sie zum Lachen zu bringen. Aus ihren glänzenden Augen sprach unverhohlene Bewunderung. Nun ja, er hatte sich inzwischen zu einem stattlichen Burschen gemausert. Als er den Versuch unternahm, sie zu küssen, entwand sie sich ihm geschickt und lief in die dunkle Nacht davon.

Die Feierlichkeiten zogen sich bis in den Januar, da Graf Anton am Heilig Drei Königstag bei bester Gesundheit und Stimmung seinen sechzigsten Geburtstag feierte, danach reisten die Gäste nach und nach wieder ab. Hanns sah Marie täglich und er freute sich schon, wenn er ihrer anmutigen Gestalt bei den Mahlzeiten ansichtig wurde. Ihre rosenfarbenen Wangen glühten und ihre Augen leuchteten. Wenn sie ihm Wein nachschenkte, berührten sich ihre Finger wie unabsichtlich und beide zuckten verlegen zurück.

Adelheid notierte das mit Argusaugen und begegnete dem Blick ihrer Mutter, die ebenfalls ihre hochwohlgeborene Nase rümpfte.

Nach Tisch entschuldigte sich Hanns mit der Ausrede, dass er sich in die Bibliothek zurückziehen wolle, um in Ruhe zu studieren. Sein Onkel hatte im Laufe seines Lebens eine stattliche Ansammlung von Büchern aus aller Herren Länder zusammengetragen und stellte sie ausgewählten Gästen zur Verfügung.

Die restliche Tischgesellschaft löste sich auf, nach dem opulenten Mahl war niemandem mehr ganz wohl. Adelheid blieb enttäuscht mit ihrem Vater zurück, der erstaunt seine buschigen Augenbrauen hochzog, sich dann aber ebenfalls empfahl, da sein voller Bauch ihn drückte. Nicht mal zu einer Partie Schach war er aufgelegt.

Die alte Gräfin entschuldigte sich mit Kopfschmerzen und begab sich in ihre Gemächer.

Adelheid, die gerne noch ein wenig länger im Salon gesessen und mit Hanns geplaudert hätte, folgte enttäuscht ihrer Mutter. Im Vorbeigehen schielte sie in den Raum, wo Hanns über einem dicken Folianten gebeugt saß und im Schein einer Kerze vorgab, zu lesen.

Kaum waren die Schritte der Hausbewohner und Gäste in den Gängen verhallt und die Türen der Schlafkammern geschlossen, schlich er sich leise fort. Als er sich sicher wähnte, beschleunigte er seine Schritte, ja fast flog er in die kalte Nachtluft hinaus, aufgefangen von etwas Warmen, Weichem – Marie, das Mädchen seiner Träume und Begierde. Er stöhnte auf, zog ihr das Kopftuch herunter und wühlte mit der Nase in ihrem weichen Haar, dann küsste er sie leidenschaftlich auf den Mund, seine heißen Lippen wanderten tiefer bis zum Ansatz ihres Mieders.

Marie seufzte leise auf und klammerte sich fest an ihn, nicht ohne vorher einen vorsichtigen Blick hinauf zum Burgfenster zu werfen. Im Schein einer Kerze gewahrte sie einen Schatten. Rasch zog sie Hanns in ihre kleine Kammer und verriegelte die Tür.

Ostern nahte und der Frühling hielt Einzug ins Land. Und mit der einsetzenden Schneeschmelze ging Hanns Aufenthalt zu Ende. Adelheid hatte ihn kulinarisch verwöhnt und höchst persönlich die Küche beaufsichtigt. Er hatte den Speisen gut zugesprochen, so dass man ihm mittlerweile das leibliche Wohl ansah. Er bekam ein rundes Bäuchlein und die Tochter des Hauses änderte eigenhändig sein Wams, mit ihren im Umgang mit Nadel und Faden geschickten Fingern.

Hanns war zum Liebling der Frauen auf der Burg aufgestiegen, sogar die alte Gräfin kokettierte mit ihm. Nur Marie war in den letzten Wochen sonderbar geworden, sie mied ihn und er konnte sich das nicht erklären, suchte vergeblich ihre Nähe. Sie aber wurde immer kratzbürstiger und wollte nichts mehr von ihm wissen. Er pochte leise an ihre Kammertüre, flüsterte, bettelte, aber vergebens, sie öffnete ihm nicht mehr. In ihm wühlte ein tiefer Schmerz. War er nur eine Abwechslung für sie in den langen, kalten Winternächten gewesen? Er verfiel in Trübsal und wurde des höfischen Lebens überdrüssig.

Der alte Graf bemerkte sehr wohl, wie es um ihn stand und eines Abends vor dem Kamin klärte er ihn auf. „Mädchen in diesem Alter verwechseln oft Leidenschaft mit Liebe", sagte er und riet ihm, Marie laufen zu lassen. Sie sei nichts für ihn, ein loses Küchenmädchen eben, das nicht für ihn in Frage käme, zum Vergnügen ja, aber nichts für den Ernst des Lebens. Eine Heirat aus Vernunftgründen wäre der einzig richtige Weg für ihn, die Liebe käme dann später. Ehen, die sich auf ein festes Fundament gründeten, hätten die besten Aussichten auf Erfolg. Er bot ihm seine Tochter an und malte ihm die gesellschaftlichen Aufstiegschancen in den schönsten Farben.

Hanns dachte an die reservierte, schmallippige Adelheid mit ihren straff zurückgekämmten Haaren und den flachen Brüsten, würde sie je leidenschaftlich in seinen Armen liegen? Bei diesem Gedanken schüttelte es ihn wie einen nassen Hund. Doch sein junges Herz blutete und er sann nach Ablenkung. Er vermisste die heißen Küsse von Marie, ihren warmen Leib, die kleinen, wohlgerundeten Brüste, ihr seidenweiches Haar, das golden glänzte und dessen Duft ihm die Sinne betörte. Schmerzlich sah er ihr herzförmiges Gesicht vor sich, mit den nixenhaften Augen, deren Strahlkraft ihn von Anfang an in ihren Bann geschlagen hatten und die, je nach Tageslicht und Laune, ihre Farbe von einem blassgrün bis hin zu einem smaragdgrün wechselten und im Halbdunkel schimmerten wie Juwelen, so dass er am liebsten darin versunken und nie mehr aufgetaucht wäre. Er erinnerte sich an ihre kleinen Hände, mit denen sie so schwere Arbeit verrichten musste und deren Schwielen und Blasen er einzeln weggeküsst hatte, in ihren leidenschaftlichen Nächten. Doch wie eine gemeinsame Zukunft vorstellbar war, daran hatte er keinen einzigen Gedanken verschwendet. Marie war siebzehn Jahre gewesen und er gerade mal dreiundzwanzig. Adelheid mit ihren knapp dreißig Jahren erschien ihm alt und unattraktiv. Ihre stattliche Mitgift, die ihm ihr Vater aufgezählt hatte, war das Einzige, was ihn an ihr erregte. Marie war für ihn das schönste Wesen auf der Welt und in seinem jugendlichem Sturm und Drang erschien ihm nichts unmöglich. Wenn sie ihn mit ihren hellhäutigen Beinen umschlang, öffnete sich ihm eine Welt höchster Wonnen und Glückseligkeit. Sie gab sich ihm mit größter Hingabe und er spürte, dass das ein großes Geschenk war und jetzt hatte sie ihn aus ihrem Paradiesgärtchen wieder vertrieben. Er war enttäuscht wie nie zuvor in seinem Leben. Es schmerzte und er hätte aufschreien mögen wie ein verwundeter Hirsch, dem ein Jagdpfeil das Herz durchbohrte, aber er beherrschte sich, sein Stolz gebot es ihm. Er unterdrückte seine Wut und aufkommenden Gefühle, um sein Herz legte sich ein eiserner Panzer. Er bekam einen Hass auf solche Weiber, die alle gleich zu sein schienen und er würde sich an ihnen rächen, irgendwann, wenn die Zeit gekommen war. Nie mehr sollte es einem Weib gelingen, ihn arglistig zu täuschen und ihr Spielchen mit ihm zu treiben, das schwor er sich. Da war es besser, aus Berechnung zu heiraten und genau zu wissen, woran man war. Von nun an richtete er sein Augenmerk mit voller Kraft auf die Karriere, sie erschien ihm jetzt als das Wichtigste in seinem jungen von der Liebe so geschmähten Leben. Widerwillig beschloss er, das Angebot des Grafen anzunehmen, wenigstens würde die Eheschließung den Beifall seiner Familie finden und alle zufriedenstellen. Mit dieser Einschätzung lag er goldrichtig, die Hochzeit wurde ein großes, gesellschaftliches Ereignis, von dem man noch lange sprach.

Hanns wusste, dass er nicht die erste, aber die einzige Wahl Adelheids war, und er rechnete mit einem raschen Fortgang seiner beruflichen Laufbahn, als er den Handel einging. Und schon bald bekam er, auf Vermittlung des Schwiegervaters, einen Posten als Stadt- und Landrichter in Schongau, einer reichen Handelsstadt am Lech, nördlich der Alpen und einen Tagesritt entfernt von München und Augsburg. Er beschloss, alles hinter sich zu lassen und vorwärts zu schauen.

Und auch jetzt, herausgerissen aus seinen Erinnerungen, zwang er sich zu innerer Ruhe, verbat sich, an Vergangenes zu denken, und schickte sich in das Unabänderliche. Sein Verstand sagte ihm, es sei besser so. Pflichtschuldig widmete er sich den Akten, aber er war nicht imstande, sich zu konzentrieren, das Papier verschwamm vor seinen Augen.

Mit dem Herzen einer Mutter

Ursula Kuisl saß am Küchentisch und war mit einer Näharbeit beschäftigt. Tränen tropften auf den Stoff, sie blinzelte, weil alles vor ihren Augen verschwamm. Schließlich gab sie unverrichteter Dinge auf, ließ Nadel und Faden sinken und rieb mit einem jähen Aufschluchzen ihre Wange an Hannes Leinenkittel, der einen Riss bekommen und den sie sich zu flicken vorgenommen hatte. Ungeduldig erwartete sie das Heimkommen ihres Mannes und sprang auf, als sie ihn vom Fenster aus erblickte.

Wortlos und mit gebeugtem Kopf trat Vater Kuisl ein, blieb mit hängenden Schultern vor seiner Frau stehen. „Unser Sohn ist zum Tod verurteilt worden."

Mutter Kuisl schrie gequält auf, als hätte ihr jemand einen Dolch ins Herz gestoßen. „Nein, nein, nein!"

Ihr Mann rüttelte sie an den Schultern. „Sei still, Weib! Er ist selber schuld daran, hätte er nur nichts mit der Hexe angefangen!"

„Du weißt, er ist unschuldig. Er wollte Johanna bloß helfen …"

„Ph, mit einer Hexe abhauen! Meister Abriel hat das Hexenmal bei ihr gefunden, das ist Beweis genug. Ich musste sie nicht erst peinlich befragen. Das Urteil aus München ist bereits eingetroffen."

„Und unser Sohn?" Die Kuislin sah ihren Mann mit bangen Augen an. „Hast du, hast du etwa unsern Bub gefoltert?"

Der Henker senkte hilflos den Blick. „Vor dem Teufel ist kein Mensch sicher, er kann in jeden hineinfahren …"

Es war ihm nicht möglich, den Satz zu beenden, da seine Frau wie eine Furie auf ihn losging. „Aber unser Sohn doch nicht … das hast du nicht getan … sag, dass du das nicht getan hast!" Mit ihren Fäusten trommelte sie auf seine Brust ein. Sie wollte nicht wahrhaben, dass ihr Mann es fertigbrachte, sein eigen Fleisch und Blut zu quälen.

Kuisl fing ihre Hände geschickt auf und umschloss sie beruhigend mit den seinen. Er schluckte hart. „Kapier es endlich! Er ist besessen von diesem Weib, sie hat ihn verhext!"

Weinend sank Mutter Kuisl auf den Boden nieder. Flehentlich sah sie zu ihrem Mann auf. „Er darf nicht sterben …"

Der Henker wandte sich von ihr ab und schaute starr zum Herrgottswinkel, mit dem aufgehängten Richtschwert daneben. „Das ist die gerechte Strafe. Das Urteil lautet Tod durch das Schwert."

Auf den Knien am Boden rutschend zerrte seine Frau ihn am Kittel. „Das musst du verhindern, du bist doch der Henker!"

„Wenn ich es nicht vollstrecke, tut es ein anderer und das will ich nicht. Weiß Gott, wie der sein Handwerk beherrscht." Er drehte sich zu seiner Frau herum und zog sie hoch. „Ich will nicht, dass einer pfuscht. Ich will, dass er leicht hinübergeht, verstehst du?"

Ursula Kuisl sah ihm fassungslos ins Gesicht. „Gott, wie du da redest. Er ist dein Sohn!" Sie schüttelte ihren Mann an den muskulösen Oberarmen. „Seid ihr alle des Wahnsinns? Bringt ihr jetzt schon unsere Kinder um?"

„Das Urteil ist gefällt. Ich kann mich nicht weigern", antwortete Kuisl ohne äußerlich erkennbare Regung, nur sein Kinn zitterte leicht.

„Wenn du das tust, verlasse ich dich mit den Kindern!"

„So, und wo willst du dann hin?" Vater Kuisl wirkte erschöpft und resigniert.

„Zu meinem Bruder nach Augsburg."

„Und von seinem Brosamen leben?", höhnte ihr Mann.

„Besser, als mit dem Mörder meines Kindes!"

Wie von der Wespe gestochen, fuhr der Henker auf. Heftig drehte er seine Frau zu sich herum, und tippte ihr mit dem Zeigefinger an die Stirn. „Will es nicht in dein Hirn hinein? Wir können nur noch seine Seele retten, verdammt noch mal!"

Sein, ansonsten von Natur aus sanftmütiges Weib, bedachte ihn mit einem Blick aus feurig funkelnden Augen. „Und wenn ich auch eine Hexe bin, verbringst du mich dann eigenhändig zur Köpfstätte?"

Das war mehr, als ihr Mann auszuhalten vermochte. „Geh zum Teufel, Weib! Ihr macht mich noch alle verrückt. Das Gespött der Stadt bin ich schon." In jähem Zorn lief er hinaus, die Haustüre heftig zuschlagend und eine Frau zurücklassend, die weit weniger hilflos war als er.

Greti und Peterle liefen herbei, aufgeschreckt durch den Lärm, klammerten sie sich angstvoll an die weinende Mutter. Der Vater war zwar streng, aber so wild tobend hatten sie ihn noch nie erlebt. Das Mädchen versuchte, die Mutter zu trösten, und strich unbeholfen mit ihrer kleinen Kinderhand über ihr Haar. Peterle stand mit triefender Rotzglocke daneben und wusste nicht, was unternehmen.

Mutter Kuisl nahm die verstörten Kinder in ihre Arme, in ihrem Leib regte sich das Ungeborene und ihr Hass auf ihren Mann wurde noch größer.

Drei Tage später – die letzte Gunst

Mit schwerfälligen Schritten mühte sich der Henker den Lechberg hoch, und dieser erschien ihm steiler denn je. Er rang mit sich. Während ihrer langen Ehe hatte er noch nie ernsthaften Streit mit seinem Weib gehabt. In der Brust verspürte er einen stechenden Schmerz und er war genötigt, stehenzubleiben, um kurz zu verschnaufen. Die Rottfuhrwerke mit ihren Ochsengespannen zogen an ihm vorbei und er sah sich ihren neugierigen Blicken und Spötteleien ausgesetzt. Hannes mochte zwar vom rechten Weg abgekommen sein, aber er war doch sein Sohn. Und Vater Kuisl hatte es in der Hand, ihm wenigstens in der letzten Nacht einen Wunsch zu erfüllen. Das Gewähren einer letzten Gunst stand schließlich jedem Gefangenen zu und da machte der Henkerssohn keine Ausnahme. Sein Sohn erwartete ihn in kauernder Körperhaltung und mit abweisendem Blick. Er beugte sich zu ihm hinunter und sperrte die Ketten auf, dann riss er Hannes hoch und zerrte ihn mit sich. „Komm mit!"

„Geht's dir nicht schnell genug, Henker? Dachte, mir bliebe noch eine weitere Nacht in dieser noblen Herberge!"

Kuisl schleifte ihn den Gang hinunter und stieß ihn in eine Zelle, wo die Hebammentochter getrennt von den anderen Weibern untergebracht war. „Da geh' hinein!"

Verstört und aus dem Dämmerschlaf gerissen, schaute Johanna von ihrem Lager hoch.

Der Henker kniete ächzend nieder und befreite sie von allen Ketten.

Hannes verfolgte die Bewegungen seines Vaters mit misstrauischen Augen und wachsender Verwunderung.

Kuisl stand mühsam wieder auf und genauso schwer kamen ihm die folgenden Worte über die Lippen. „Eine letzte gemeinsame Nacht, mehr kann ich nicht für euch tun."

Der Henkerssohn verspürte einen dicken Kloß im Hals, er schluckte hart. Jetzt war er auch noch gefangen im Zwiespalt seiner Gefühle und wusste nicht, was das alles zu bedeuten hatte. Ihm wurde klar, dass sein Vater, trotz gezeigter Härte, ihm ein Geschenk machen wollte, eine letzte Gunst, aber er fühlte sich außerstande, ihm dafür zu danken.

Wortlos und ohne eine Geste sahen sich Vater und Sohn ins Auge.

Johanna verharrte ebenfalls in regungsloser Haltung und beobachtete gebannt die beiden Männer.

Der Henker rührte sich als Erster und trat schnellen Schrittes und mit gesenktem Kopf, ohne die Zurückbleibenden anzusehen, zur Tür hinaus. Der Schlüssel drehte sich hörbar im Schloss, dann wurde es still.

Das Mädchen und der Bursche starrten ungläubig hinterher, dann sahen sie sich stumm an und sanken einander schluchzend in die Arme.

„Hannes, Liebster!"

„Johanna!"

Draußen neben der Tür stand der Henker und schlug seinen Kopf gegen die harte Mauer, stöhnte schwer auf, dann fasste er sich und schlurfte den Gang entlang zur Wachstube. Dort hatte er mit den Wachen ein kurzes Gespräch, an dessen Ende er eine Pulle von bestem Branntwein spendierte und anzügliches Gelächter erntete. Dem alten Kerkermeister drückte er einen Beutel Münzen in die magere Hand, den dieser rasch unter seinem Umhang verschwinden ließ. Auf Burkharts Verschwiegenheit war Verlass, das wusste er sicher. Damit hatte er Johannas Jungfräulichkeit teuer erkauft. „Geschafft!" Jetzt musste er nur noch seinen eigenen Kopf betäuben und das war am besten im Wirtshaus zu erreichen, mit Branntwein und Bier, viel Bier.

Debakel beim Sternwirt

Vroni brachte dem Henker, der in der hintersten dunklen Ecke saß, einen weiteren Enzian. „Zum Wohl, Kuisl, meinst nicht, dass jetzt genug hast?"

„Halts Maul, dummes Weib, ich sauf so viel wie ich will."

Die Schankmagd zuckte die Achseln, ihr Blick streifte die Ratsherren, die tuschelnd und mit geduckten Köpfen beieinander saßen.

Üblicherweise trank der Henker sein Bier im Sonnenbräu, das zwischen Lechtor und Kuhtor lag, und wo sein Krug an einer langen Kette befestigt war, damit er nicht abhandenkam. Heute jedoch war er erhobenen Hauptes über die Schwelle vom Gasthof zum Goldenen Stern getreten, wo er kein gern gesehener Gast war, wegen all der noblen Gesellschaft, die hier verkehrte. Doch heute war ihm danach, er hatte nicht die Absicht, sich zu verstecken, sondern verspürte eine aufkommende Lust auf Konfrontation. Ein letzter Rest von Stolz und Würde gebot es ihm. Und niemand wagte es, ihn aufzuhalten, als er sich an einen einzelnen Platz setzte.

„Welch seltener Gast in meiner feinen Stube!", rümpfte Sternwirt Semer seine Nase, stand auf und hob den Bierkrug. „Prost Kuisl! Gell, mit Saufen geht alles leichter."

Die anderen Ratsherren taten es ihm gleich und prosteten dem Henker ebenfalls zu.

In scheinbarer Gleichmütigkeit verharrend, brütete Kuisl vor sich hin, doch sein Hals rötete sich für alle Augen sichtbar.

„Wie ist es, wenn man dem eigenen Filius die Daumenschrauben anlegen muss?" Ratsherr Augustin reckte seinen wulstigen Hals und wartete begierig auf eine Antwort.

Doch der Henker stierte ihn mit glasigen Augen an, als wolle er Maß nehmen für den Strick um seinen Hals.

Ratsherr Augustin blieb die Antwort förmlich im Hals stecken und eingeschüchtert zog er seinen Kopf ein. Ja, ein Henker war kein gerngesehener Gast, schon gar nicht in einer gemütlichen Gaststube, wo man das Vergnügen suchte und nicht das Verderben.

„Hat er arg geschrien?", wollte Ratsherr Kirchbichler wissen.

„Na, wenigstens hat er vorher noch seinen Spaß gehabt, mit der Hexe! Er soll sie ja fleißig besucht haben, bis nach Peiting war er auf Freiersfüßen unterwegs, der Depp! Als wenn es in Schongau nicht genug hübsche Mädchen gibt", brüllte Bürgermeister Semer und hielt sich den Bauch vor Lachen. Die anderen Herren stimmten in sein lautstarkes Gelächter mit ein.

„Morgen wird aus dem Spaß dann Ernst", lallte Augustin mit vom Bier schwerer Zunge.

Der Sternwirt vollführte eine eindeutige Handbewegung. „Hast dein Richtschwert schon geschärft, Kuisl?"

„Sauf nicht soviel, nicht dass daneben haus't!"

„Das Wetter wird anscheinend auch wieder besser", bemerkte Kirchbichler, mit einer Hand den Bierkrug hochstemmend, während er der Vroni in den Ausschnitt glotzte, mit der anderen Hand ihr Gesäß tätschelnd.

Die Schankmagd klopfte ihm scherzhaft auf die Finger. „Hier gibt's nichts zum Schauen, schon gar keine Aussicht!"

Augustin hob seinen Krug. „Na dann, auf eine schöne Hinrichtung! Prost!"

Die Herren prosteten sich und dem Henker abermals zu.

Kuisl stand abrupt auf, rempelte dabei den Stuhl um, der

krachend auf die Holzdielen fiel. Seine riesenhafte Gestalt und der drohende Blick unter den buschigen Augenbrauen ließ die Anwesenden augenblicklich verstummen. Er hob den Krug, leerte ihn in einem Zug und stellte ihn hart auf dem Holztisch ab. „Haltet Euer Maul, vielleicht seid Ihr schon die Nächsten, die der Teufel holt!" Er knallte eine Handvoll Kreuzer für die Zeche auf den Tisch, dann stürmte er hinaus.

Die Ratsherren schüttelten die Köpfe, wohl war ihnen aber nicht mehr, das Bier schmeckte plötzlich fad und trotz der Hitze, die dem Kachelofen in der Gaststube entströmte, fröstelten sie.

Vroni und die alte Berta standen am Ausschank beisammen und plauderten leise. Die Hinrichtung am morgigen Tag versprach ein Ereignis der besonderen Art zu werden, da wurden viele Leute aus dem ganzen Umkreis erwartet. Wo gab es das schon, dass ein Henker seinen eigenen Sohn enthauptete? Selber schuld, um den tat es ihr nicht leid, meinte die Vroni und erinnerte sich, wie der Henkerssohn vergangenen Winter schüchtern vor ihr gestanden hatte. Er war ja ein fescher Bursche und sie hatte ihn mit auf ihre Kammer genommen. Als sie dann mit all ihren Reizen vor ihm lag und ihn aufmunternd berührte, wich er erschrocken zurück, warf ein paar Kreuzer aufs Bett und verließ fluchtartig den Raum. So gedemütigt hatte sie sich noch nie gefühlt. Ein sonderbarer Kerl, da war mit Sicherheit Hexerei im Spiel, um so einen Stock zu verführen. Und dann trieb er es mit dieser Peitinger Dirne, die hochnäsig und arrogant war und wohl glaubte, dass sie was Besseres sei. Und ihre Mutter, die Hebamme, ein gar grässliches Weib. Der Schankmagd war immer bange gewesen, wenn sie die Gruberin aufsuchen musste, aber was half's. Wer was Verbotenes getan hatte, ging am besten weit weg. Die

Peitinger Hebamme verstand ihr Handwerk und wurde hinter vorgehaltener Hand als Engelmacherin gelobt. Der Schankmagd fröstelte es nachträglich, in welche Hände sie sich da begeben hatte. Die ganze Welt stand Kopf und man wusste gar nicht mehr, wem man trauen konnte. Selbst das ehrbare Weib des Amtmanns hatte nach langen Wochen im Faulturm nach der zweiten Tortur gestanden und war inzwischen hingerichtet worden. Wer hätte jemals gedacht, dass die Weissin eine Hexe war und was sie so alles im Verborgenen getrieben hatte, unfassbar. Nun, sie kam ja aus Peiting und hatte nach Schongau geheiratet. Das hätte der Rat der Stadt nicht zulassen dürfen. Aber jetzt erfuhren alle Unholdinnen ihre himmlische Gerechtigkeit. Vroni freute sich schon auf die willkommene Abwechslung und die Vergnügungen in der Stadt, die mit einer Hinrichtung einhergingen. Auf einen Wink der alten Berta trocknete sie die Teller und Krüge eine Spur schneller ab.

Die Herren erhoben sich und verließen grüßend, einer nach dem anderen, den Gastraum. Die Lust war allen vergangen und so konnte die Schankmagd kein zusätzliches Trinkgeld einstecken. Selbst Ratsherr Kirchbichler, der ihr schon den ganzen Abend eindeutige Avancen gemacht und mit dessen Obolus sie fest gerechnet hatte, drückte sich schulterzuckend an ihr vorbei. Und der dürre Gerichtsschreiber, ihr zuverlässigster Besucher, hatte sich schon länger nicht mehr blicken lassen. Angeblich, so hatte es sich mittlerweile herumgesprochen, war er auf Anweisung des Herrn Landrichters vom Dienst suspendiert worden. Vroni dachte sich, dass er jetzt sicher andere Sorgen hatte, wie er seine große Familie durchbringen sollte. Enttäuscht schlug die Schankmagd die Augen nieder und seufzte vor lauter Selbstmitleid. Die Anschaffung der teuren Schnallenschuhe musste eben noch warten.

Jedermann fand seinen Weg ins traute Heim und wärmte sich am eigenen Herdfeuer. Das Pflaster in der Stadt war heiß geworden, gefährlich heiß.

Prima nocte

„Wird es sehr weh tun?" Johanna sah Hannes mit angstvoll geweiteten Augen an.

„Nein, man spürt keinen Schmerz", beschwichtigte sie der Henkerssohn.

„Wie bringt er es bloß fertig, seinen eigenen Sohn zu töten? Hast du nicht Angst, dass er zittert und daneben schlägt?"

Hannes schluckte und schloss für einen Moment die Augen. „Nein, mein Vater ist ein Meister des Tötens. Sein Handwerk hat er von seinen Vorfahren erlernt und im Krieg oft ausgeübt. Er überlässt es keinem anderen, ich vertraue ihm. Ich war oft ungerecht zu ihm, aber jetzt hat er alles wieder gutgemacht, weil er uns zusammengeführt hat." Er schluckte abermals. „Wenn ich mir bloß vorstelle, was die Henkersknechte mit dir angestellt hätten. Eine wahre Hexe, musst du wissen, ist mit dem Teufel im Bunde und kann deshalb keine Jungfrau sein, deshalb werden die Weiber vorher untersucht und …". Er kam ins Stocken und war nicht mehr imstande, weiterzusprechen.

„Jetzt verstehe ich, was der Landrichter meinte", sagte Johanna und wiederholte die Worte, die er im Kerker zu ihr gesprochen hatte. „Man hat hier in Schongau noch nie eine Jungfrau verbrannt …" Entsetzt von dieser Vorstellung, klammerte sie sich verzweifelt an Hannes. „Aber ich habe solche Angst vor dem Sterben und was ist, wenn ich zittere?"

„Auch dagegen ist mein Vater gewappnet, er flößt den Gefangenen, aber nur denjenigen, mit denen er Mitleid hat, seinen Spezialtrunk ein. Davon werden die Sinne benebelt, du wirst nichts mitbekommen."

Johannas grüne Augen füllten sich mit Tränen. „Es tut mir so leid, dass ich dich da hineingezogen habe."

Hannes Augen leuchteten auf und er erwiderte mit fester Stimme. „So ein Mädchen wie du ist mir noch nie begegnet. Für dich tue ich alles …"

„Sogar sterben?" Erregt und mit glühendem Gesicht ergriff die Hebammentochter seine Hände, küsste zärtlich die Innenflächen und die malträtierten Daumen.

Dem Henkerssohn rollten die Tränen über die Wangen und er nickte gerührt. „Mein Leben war vorher so düster. Ich hab' vor dir noch nie ein Licht gesehen. Du bist mein Licht …"

„Ach, Hannes, bei mir war es genauso."

„Oh, Johanna …"

„Uns bleibt nur noch diese eine Nacht."

„Für tausend Nächte tauschte ich sie nicht ein."

„Mein Liebster!" Johanna warf sich in seine Arme.

Mit leidenschaftlichen Küssen und steigender Erregung ließen sie sich auf das Strohlager sinken. Oben am vergitterten Fenster leuchtete friedlich der Abendstern herein.

Johanna umschlang mit ihren langen Beinen, gleich zwei seidenen Bändern, Hannes Leibesmitte, fuhr mit den Fingern durch sein strähnig gewordenes Haar und ließ sie dann sanft liebkosend seinen Rücken hinunterwandern, bis zu den beiden festen, runden Pobacken, was den Burschen aufstöhnen ließ.

Hannes rührte sich gleichfalls, vorsichtig tastend glitten seine Finger über ihren Körper, erschauderten kurz an den kleinen Brüsten, deren rosige Warzen knospengleich aufstanden. Er wagte sich tiefer, suchend und zögernd, bis das Mädchen seine Hand nahm und ihn führte, zu dem geheimen Ort, der ihm entgegen bebte und das Ziel allen Begehrens war.

Beide schlossen die Augen und gaben sich völlig einander hin. Zeit und Raum lösten sich auf, die Welt um sie herum versank, und sie verschmolzen zu einem Wesen, fühlten sich als die einzigen Menschen im ganzen Universum. Bittersüße Seligkeit durchströmte sie und sie vergaßen alles, was hinter und was vor ihnen lag. Es erschien ihnen wie die Vorstufe zur Ewigkeit. Eng ineinander verschlungen und einander tief in die Augen sehend, liebten sie sich wieder und wieder, bis sie schließlich in einem Zustand höchster Glückseligkeit ermattet einschliefen. Das Schicksal hatte sie zusammengeführt, beide waren ausgegrenzt, einsam und auf der Suche nach etwas Unbestimmten gewesen. Sie hatten sich unvollständig gefühlt, so als fehlte irgendein wichtiger Teil und diesen hatten sie jetzt gefunden. Sie gehörten zusammen, auf immer und ewig, und nichts sollte sie mehr trennen, nicht einmal der Tod.

Hannes wusste nun mit Bestimmtheit, dass sie nur zusammenleben oder sterben würden. Diese Nacht hatte ihre Liebe gekrönt und ihnen alle Ängste vor der Zukunft genommen.

Mitten in der Nacht erwachte die Hebammentochter, betrachtete liebevoll das entspannte Gesicht ihres Liebsten, seine leicht geöffneten Lippen, lauschte den regelmäßigen Atemzügen und verspürte eine gewisse Zuversicht. Noch war sie nicht bereit, die Hoffnung aufzugeben, sie wusste selber nicht warum, aber sie hatte das unbestimmte Gefühl, dass alles gut werden könne. Während der Gefangenschaft hatte sie sich oft das Gehirn zermartert, was am Tag ihrer Flucht im Hause der Hebamme vor sich gegangen war und sie war zu dem Schluss gekommen, dass Pater Anselm und der Wegelagerer damit etwas zu tun hatten. Der Franziskaner Mönch hatte von dem Geheimnis der Hebamme gewusst und der Bettler war ihm in die Quere gekommen. Leider hatten sie keine Zeit mehr auszusagen, denn sie waren beide tot. Wenn sich nur das Schreiben fände, dann würde sich alles zu ihren Gunsten aufklären. Die einsam verbrachten Jahre mit der Hebamme zogen an ihr vorbei, aber sie war ein junges Mädchen, dass sich bisher, trotz allem, in ihrem unschuldigen Herzen den Glauben bewahrte, etwas Schönes und Glückliches warte auf sie in der Zukunft. Leise betete sie einen Rosenkranz für das Seelenheil ihrer Ziehmutter und für ihre leibliche Mutter, die sie nie gekannt hatte und der sie sich plötzlich ganz nahe fühlte. Mit einem Stoßgebet wandte sie sich an die Heilige Maria Magdalena, jene Frau, die Jesus bis zum Schluss begleitete und in der schwersten Stunde bei ihm war. Dann rief sie den Heiligen Antonius, der Schutzheilige für Verlorenes und der Liebenden, an und erbat sich seine Fürsprache. Die Liebe hatte sie gefunden, ihre Hände faltend formten ihre Lippen den Spruch, den man ihr schon als Kind beigebracht hatte. „Heiliger Antonius, kreuzbraver Mann, bitte hilf mir, dass das Verlorene wieder gefunden werden kann. Vergelt's Gott!" Beruhigt und voller Zuversicht schlief sie ein. Hier im düsteren Kerker hatte sie ihr ständig wiederkehrender Albtraum endgültig verlassen. Statt dessen träumte sie von einer lichten, heiteren Zukunft voll Glück und Sonnenschein.

Ein bedeutender Fund

Vorsichtig räkelte sich Babette unter dem lautstark schnarchenden Amtsmann hervor und stand vom gemeinsamen Lager auf. Auf leisen Sohlen schlich sie zur Truhe, schaute sich nochmal um, doch der dicke Mann rollte sich nur tief seufzend auf die andere Seite. Die Magd wühlte darin, bis sie ein Halsband mit einem Amulett hervorzog. Hingebungsvoll bewunderte sie das kunstvoll gearbeitete Schmuckstück.

Xaver Weiß rührte sich und erwachte vom spätnachmittäglichen Schäferstündchen mit Babette, dass sich unverhofft in seiner Dienststube ergeben hatte. Schlaftrunken und mit einem herzhaften Gähnen blinzelte er um sich. „Wo bleibt denn mein Turteltäubchen?" Seine gutmütigen Augen fielen auf das vorgebeugte Hinterteil des Weibes. „Was machst du da, Babette? Lass die Finger von den Sachen!"

Mit wiegenden Hüften drehte sich das ertappte Weib herum, das Band mit dem Amulett verlockend zwischen den nackten Brüsten baumelnd. „Darf ich das behalten? Du hast mir noch nie was Schönes geschenkt und dabei bin ich immer so lieb zu dir. Bitte, bitte, bitte", säuselte sie in ihrem süßesten Tonfall und ihr Lippen kräuselten sich verführerisch.

„Aber, das geht doch nicht, Babette!"

„Du hast versprochen, dass du mich zu deinem Eheweib machst, sobald Agnes aus dem Weg ist …"

„Trotzdem müssen wir noch mindestens ein Jahr warten bis Gras über die Sache gewachsen ist."

„Dann bekomm ich jetzt wenigstens das Amulett?"

Der Amtmann kratzte sich am Kopf, sein Gehirn arbei-

tete fieberhaft, bis er zu einem Entschluss kam. „Meinet-
wegen, das war ja Diebesgut und keiner wird es bemerken.
Wie gut, dass der Herr Landrichter, den Schurken an Ort
und Stelle hat aufhängen lassen."

„Wer war das denn?", wollte Babette voller Neugierde
wissen.

„Ach irgendein Wegelagerer, der in der Gegend sein Un-
wesen trieb. Pater Anselm hatte ihn auf frischer Tat ertappt
und starb durch seine Hand."

„Ach, der fette Mönch, hat's den endlich erwischt? Aber
einerlei, wo er es herhatte, jetzt gehört es mir." Selbstver-
liebt drehte sie sich vor dem kleinen Spiegel an der Wand
und betrachtete mit glitzernden Augen das Amulett.

Xaver Weiß trat hinter sie, umfing sie mit seinen großen
Händen und wiegte ihre Hüften zärtlich hin und her. „So
und jetzt komm noch mal her und hab mich so richtig lieb,
mein Schätzchen …"

Das Techtelmechtel wurde unterbrochen, von draußen
drang Adelheids befehlsgewohnte Stimme an ihr Ohr.
„Babette! Wo treibt sich dieses Weibsstück bloß immer
herum? Babette!"

Geschwind langte die Magd nach ihrem Oberhemd und
streifte es sich über, das Mieder hastig zuschnürend,
schmatzte sie dem enttäuschten Amtmann einen Kuss auf
die Wange. „Du hörst ja, ich muss los, Xaver." Sie kraulte
ihm liebevoll den Bart und tippte auf das Amulett, das sie
unter der Bluse verbarg. „Dankeschön, Brummbär!" Dann
rannte sie hinaus, um unverzüglich ihre Herrin aufzusuchen.

Der Amtmann starrte auf die offene Truhe, aus der ein
Stoffzipfel heraushing. Er zog daran und hielt ein Bündel
in den Händen, dessen Inhalt er vollständig ausleerte. Etliche Goldmünzen und ein Schreiben fielen heraus. Er rollte

es auseinander und sein geübtes Auge erkannte sofort dessen Brisanz. „Heiliger Strohsack, was haben wir denn da?" Er raffte alles zusammen, schlüpfte hastig in Hemd und Hosen und machte sich auf den Weg über den Hof zum Hauptgebäude.

Missmutig stand die Frau Landrichter auf der Treppe, sie war ausgehfertig und sah Babette ungeduldig entgegen. „Wo bleibst du bloß, trödelst herum und die Arbeit bleibt liegen?"

„Wieso? War die Wachstube saubermachen", entgegnete die erhitzte Magd trotzig.

Adelheid rümpfte die Nase und musterte sie pikiert von oben bis unten. „Und das hat solange gedauert? – muss wohl ziemlich schmutzig gewesen sein. Man riecht es!" Mit einer flüchtigen Kopfbewegung deutete sie Richtung Haus. „Geh jetzt und bring meinem Gemahl die Brotzeit in die Amtsstube, sie ist schon bereitgestellt. Beeil dich, er ist hungrig und sicher schon ungeduldig."

„Sehr wohl, gnädige Frau." Babette knickste und drückte sich schnell an ihrer Herrin vorbei.

Adelheid verspürte ein paar Regentropfen auf der Nase. Sie warf einen prüfenden Blick gen Himmel, wo sich dunkle Wolken zusammenbrauten, und zögerte kurz. Dann zog sie resolut die Kapuze ihres Umhangs über den Kopf und schickte sich zum Gehen an, als sie den Amtmann im Laufschritt auf sich zukommen sah, eilig das Hemd in seine Hosen stopfend.

„Gnädige Frau, so wartet noch!", blieb er schwer schnaufend vor ihr stehen.

Mit hochgezogenen Augenbrauen und heruntergezogenen Mundwinkeln drehte sich die Frau Landrichter zu ihm herum. „Was gibt es?"

„Eine Eilsache für den Herrn Landrichter! Ich muss

dringend zu ihm!", fuchtelte er mit seinen dicken Armen, das Bündel unter ihrer Nase schwenkend.

Adelheid fühlte sich belästigt und reagierte äußerst ungehalten. „Mein Gemahl ist müde, er hatte einen schweren Tag …"

Der Amtmann wurde um eine Spur eindringlicher. „Gnädige Frau, bitte schickt nach Eurem Gemahl, es ist wirklich von größter Wichtigkeit!"

„Das hat sicher bis morgen früh Zeit …", bedeutete ihm die Dame in herablassender Manier.

„Das haben wir bei dem Dieb gefunden, diesem Wegelagerer, den der Herr Landrichter hat aufhängen lassen. Diese Angelegenheit ist brisant und duldet keinen Aufschub!", fiel er ihr ins Wort.

In Adelheids Gesicht zeigte sich Erstaunen und sie nahm ihm das Bündel aus der Hand. „Nun denn, überlasst es mir und nun gehabt Euch wohl."

„Aber, ich denke, es ist intern und für den Herrn Landrichter persönlich bestimmt …"

„Vertraut er mir etwa nicht? Mein Mann hat keine Geheimnisse vor mir."

Xaver Weiß wirkte nicht zufrieden und empfahl sich mit einer halbherzigen Verbeugung. „Wünsche einen schönen Abend, gnädige Frau."

Die Dame des Hauses seufzte, schlug die Kapuze zurück und machte auf dem Absatz kehrt, um ihren Gemahl höchstpersönlich in seiner Amtsstube aufzusuchen.

Böses Erwachen

Babettes Haare fielen vornüber den Schreibtisch, sie hielt sich an der Kante fest, das Amulett schlenkerte zwischen ihren Brüsten.

Der Landrichter hatte ihren Rock hochgeschoben und lag schwer keuchend auf ihr, sein Gesäß bewegte sich rhythmisch auf und nieder, so dass der Tisch wackelte.

Das Brotzeitbrett fiel herunter und traf den Hund, der jaulend zur Seite kroch, aber zum Trost die Wurst schnappte. Artus ließ seinen Herrn nicht aus den Augen und zerrte mehrmals an dem Rocksaum des Weibes, wenn es ihm zu wild einherging, doch jedes Mal traf ihn ein Fuß und er zog sich beleidigt zurück.

Die Magd gab kurze spitze Laute von sich, geduldig ertrug sie die harten Stöße ihres Herrn in dieser für sie unbequemen Stellung. Aber der Herr Landrichter liebte es nun mal a`tergo. Endlich stöhnte er befriedigt auf und drehte sie zu sich herum.

Wie auf Kommando wechselte Babette ihren unleidigen Gesichtsausdruck und hob ihm lächelnd ihre Brüste entgegen.

Doch, statt sie zu liebkosen, fiel sein Blick auf das Amulett. Sein Gesicht wurde kalkweiß wie die Wand, dann riss er ihr das Band vom Hals und schüttelte sie an den Schultern. „Woher hast du das?", brüllte er.

„Gefunden." Babette zuckte mit den Achseln und bekam weiche Knie, ein Zittern überfiel sie.

„Wo?" In den Augen des Landrichters flackerte etwas auf, was der Magd Angst einflößte.

„Weiß nicht, das hatte der Dieb bei sich …"

„Der Amtmann soll ihn sofort herbringen lassen! Los,

geh'!" Mit diesen Worten stieß er Babette grob zur Tür.

„Aber, Ihr habt ihn doch aufhängen lassen …"

Wie ein Blitz durchfuhr es den Landrichter und er erinnerte sich fluchend an die Geschehnisse auf der Schongauer Straße. „Hinaus!"

Schnell raffte die Magd die Röcke und rannte zur Tür hinaus. Auf dem Flur stieß sie fast mit ihrer Herrin zusammen und erschrak zutiefst. Sie versuchte, sich zu erklären, doch Adelheid legte den Finger an die Lippen und bedeutete ihr, zu schweigen. Wild aufschluchzend stürzte Babette weiter.

Adelheid blieb zurück und lehnte wie betäubt an der Wand. Ihr blasses Gesicht war aschfahl geworden, sie hatte hinter der Tür gelauscht und alles mitbekommen. Was war sie doch all die Jahre blind gewesen. Sie fühlte sich hintergangen, von ihrem Gatten und besonders von Babette, ihrer einzigen Vertrauten, das hatte sie bislang geglaubt. Mit Tränen in den Augen begab sie sich in ihr Schlafgemach, das Bündel fest an die Brust gepresst.

Hanns Friedrich Hörwarth hatte noch nie Mitleid mit einem Halunken gezeigt, schon gar nicht mit einem Dieb oder Wegelagerer. Aber diesmal hatte er sich mit seinem vorschnellen Handeln ins eigene Fleisch geschnitten. Und diese Wunde schmerzte, blutete. Immer, wenn er glaubte, dass sie verheilt war, riss sie von Neuem auf. Jetzt würde er nie mehr erfahren, wo das Amulett herkam, und ob seine einstige Geliebte, Marie, in der Nähe war und noch lebte. Der aufkeimende Hoffnungsschimmer auf ein Wiedersehen mit ihr war genauso schnell wieder verflogen, wie er aufgekommen war. Er stand am Fenster und betrachtete den Abendstern, das Halsband in den Händen haltend. Er erinnerte sich mit Wehmut, wie er als junger Mann Marie das Amulett geschenkt hatte. Ihren Wangen erglühten, als er es ihr um den zarten Hals band und danach das blonde Haar mit ungelenken Fingern wieder ordentlich zurechtlegte.

„Oh, wie wunderschön", hatte sie gehaucht und ihn freudig umarmt.

Und er, mit von reiner Liebe erfülltem Herzen, beugte sein Knie und sprach mit bewegendem Ernst in der Stimme die für ihn bedeutungsvollen Worte. „Von meiner seligen Frau Mutter und jetzt schwör mir ewige Liebe …"

Mit einem innigen Kuss verschloss sie ihm den Mund und ihm wurde erst heute bewusst, dass sie damals nicht darauf geantwortet hatte.

Adelheid war hellwach, vor dem Spiegeltisch sitzend, las sie im Kerzenschein das Schreiben, das sie dem Bündel entnommen hatte. Zitternd ließ sie es sinken, ihre Brust hob und senkte sich mit steigender Erregung und Wut. Sie erhob sich und sank schluchzend aufs Bett. Ihre Ahnungen hatten sich bestätigt und sie hatte sich all die Jahre nur etwas vorgemacht. Verlorene Lebenszeit, dachte sie bitter. Nach einer Weile erholte sie sich ein wenig und richtete sich auf, mit geradem Rücken fasste sie einen Entschluss. „Na warte nur, mein geiler Junker. Jetzt sieh dich vor!"

Johannas Traum

Der nächste Morgen fand die beiden Liebenden innig schlummernd und mit einem seligen Lächeln auf den erhitzten Gesichtern.

Mit dem ersten Hahnenschrei erwachte die Stadt, goldenes Morgenlicht glänzte über den Dächern und die Vögel fingen an, fröhlich zu zwitschern.

Johanna wachte auf, weil sie etwas an der Wange kitzelte – Hannes Kinn, auf dem sich ein Flaum von einem Bart gebildet hatte, lag dicht neben ihr. Im ersten Moment war sie verwundert und begriff nicht gleich, dass sie diese Nacht nicht allein verbracht hatte, so wie sie es in ihrem bisherigen Leben gewohnt gewesen war. Liebevoll wie eine Mutter betrachtete sie den selig schlafenden Burschen, der im Schlaf fast wie ein Knabe aussah, bevor sie ihn mit federleichten Küssen weckte. „Aufwachen, Bursche! Der Tag ist keine Woche!", schlug sie bewusst einen scherzhaften Ton an, nicht so mürrisch wie sie es von ihrer Mutter gewohnt war, die diesen Ausspruch mit Vorliebe in den Mund genommen hatte.

Hannes schlug die Augen auf, erblickte seine Liebste und zog sie zu sich hinunter, um ihre Küsse zu erwidern.

Der Hahn krähte ein zweites Mal und Hannes Lächeln verschwand, seine frohe Miene verdüsterte sich. Er sah sein Mädchen traurig an. „Unsere letzten Stunden …"

Schluchzend warf sich Johanna in seine Arme. „Ach, Hannes, ich will mit dir noch unzählig viele Morgensonnen sehn'."

„Ach, Johanna, das will ich doch auch."

„Für uns gibt es nicht mal einen nächsten Morgen …"

„Mein Herz, gib mir einen letzten Kuss, dann will ich sterben."

„Warte, nicht so eilig! – ich träumte einen Traum!"

„Erzähl!" Hannes hielt das Mädchen ein Stück von sich weg, die geduldige Miene eines Erwachsenen aufsetzend, dem ein Kind ein aufregendes Erlebnis zu schildern weiß.

„Ich fühle es tief in mir drinnen, ein Wunder! – es wird, es muss einfach geschehen! Ich hab' uns beide auf einer blühenden Wiese gesehen – mit unserem Kind. Das hat doch etwas zu bedeuten!" Hoffnungsvoll schaute sie zu ihm auf und begegnete seinem mitleidigen Blick.

„Ach, Johanna! Du und deine Träume! In einer Welt wie dieser, gibt es kein Entrinnen."

„Aber ich will noch nicht sterben, ich will mit dir sein."

„Für uns ist das Paradies nicht hier auf Erden, sondern im Himmel. Hab' keine Angst, Liebste, ich bin bei dir, für immer und ewig, nichts wird uns mehr trennen."

Voller Verzweiflung und Hoffnung zugleich, klammerten sie sich aneinander und erwarteten ihr Schicksal.

Der Tag der Hinrichtung

Ein Schongauer Ackerbürger trieb seine kleine Herde durch das westliche Hoftor zum Brunnen und auf die Weiden vor der Stadt. Nach und nach rührten sich die anderen Bewohner, Fensterläden wurden geöffnet und der übelriechende Inhalt von Nachttöpfen in hohem Bogen in die Gosse geleert.

Vom Osten tauchte der Henker auf, einen müden Ackergaul am Halfter mit sich führend, den er den steilen Lechberg hinaufzog. Mehrmals war er genötigt, auf das lahme Pferd mit der Rute einzuschlagen, bis die Hexenfuhre geräuschvoll durch das Lechtor bog und er auf den Bock steigen konnte. Es ging ihm nicht schnell genug, am liebsten hätte er den Ballast an Gedanken abgeworfen, die ihn beschäftigten. Eine ruhelose Nacht lag hinter ihm, in der er jeden möglichen Zweifel von sich gestoßen hatte. Der Branntwein hatte ihm dabei geholfen, hatte ihn betäubt und ihm letztendlich zu ein paar Stunden Schlaf verholfen. Das frühe Morgenessen ließ er aus, obwohl seine Frau ihm eine Hafergrütze hingestellt hatte. Ihre Anwesenheit war spürbar gewesen, gesehen hatte er sie nicht, doch er wusste, dass sie ihm aus dem Weg ging. Gewohnheitsmäßig und mit erzwungener Ruhe hatte er alles für die Abholung der Verurteilten und deren Hinrichtung vorbereitet. Sorgsam die Handschuhe, die Stricke, die Zangen und die Brennketten verstaut, die Schärfe des Richtschwerts überprüft, das Ross gefüttert und vor die Karre gespannt. Der Gaul war bösartig und schnappte mit gebleckten Zähnen nach ihm, offensichtlich war er vom Vorbesitzer misshandelt worden, aber was Besseres hatte er in der Kürze der Zeit nicht auftreiben können. Die Liesel war zwar alt gewesen, aber willig und zäh.

Vor drei Tagen waren die Verurteilten ins kleine Stüberl im Ballenhaus gebracht worden, wo ihnen die sogenannte letzte Gunst gewährt wurde – die Henkersmahlzeit. Wie immer hatte der Sternwirt ein außerordentlich gutes Essen servieren lassen. Von der Früh weg hatte es Malzkaffee und Schmalzbrezen gegeben, mittags dann Rindfleisch, Butternudeln, gebackenen Fisch und Hendl, Kapaunen im Reis, dazu die ganze Zeit hindurch Dünnbier und Brot sowie eineinhalb Maß Wein den ganzen Tag über. So etwas hatte die Mehrzahl der Gefangenen bisher nur vom Hörensagen gekannt. Trost spendende Franziskaner und andere, an der Hinrichtung beteiligte Bedienstete waren von der Stadt eingeladen und ließen sich das üppige Mahl schmecken. Der Henker schluckte schwer und dachte daran, dass er solch eine Mahlzeit seinem Sohn gern unter anderen Umständen gegönnt hätte, und obwohl er selber nicht an der Völlerei teilgenommen hatte, war ihm in der Magengegend furchtbar flau und er hatte das Gefühl, sich übergeben zu müssen. Am Faulturm angekommen, zog er die Zügel an, dann drehte er seinen Kopf zur Seite und erbrach grünlichen Schleim.

Vier Stadtknechte trieben die an Händen und Füßen mit Stricken gefesselten Gefangenen vor sich her. Wie Lämmer, die zur Schlachtbank geführt wurden, humpelten sie mit leerem Blick vorwärts, so als schienen sie sich in ihr Schicksal ergeben zu haben oder nahmen es gar nicht mehr wahr. Es war eine kleine Gruppe, neben Johanna und Hannes, ein junges Mädchen mit flachsblondem Haar und zwei ältere Frauen, darunter die Ehefrau des greisen Ratsherrn, der den Landrichter vergeblich um Gnade angefleht hatte.

Kuisl holte ein kleines Fläschchen unter seinem Umhang hervor, packte mit einer raschen Handbewegung die ersten drei Weiber nacheinander am Kinn und kippte ihnen den Inhalt in den Schlund, so dass sie heftig würgen und schlucken mussten. Als Johanna an der Reihe war, presste sie die Lippen aufeinander und sah ihm fest in die hellblauen Augen. Wortlos drehte er sich zu seinem Sohn herum, sein Mund war wie ausgetrocknet, so dass ihm die Worte mühsam über die Lippen kamen. „Hier Bub, du weißt, was das ist …"

Betrübt starrte Hannes den Vater an, er war über sein Aussehen erschrocken. Der sonst so vitale und unbezwingbar wirkende Mann war vor der Zeit alt geworden, aschfahl spannte sich seine Gesichtshaut über die eingefallenen Wangen. Und er sah, wie schwer es ihm diesmal fiel, gehorsam seine Pflichten zu erfüllen.

Mit ausdruckslosen, fast totengleichen Augen verharrte der Henker in einer Art Wartestellung.

Johanna bemerkte, dass Hannes zögerte und noch ehe dieser seinen Mund öffnen konnte, schlug sie mit dem Ellenbogen, dem Henker das Fläschchen aus der Hand. Die Phiole zersplitterte und ein dunkler Fleck ergoss sich auf dem Boden.

Mit wütender Gebärde vollführte Kuisl eine Kehrtwende, in der Absicht, dem störrischen Mädchen eine Ohrfeige zu verpassen, als sich Hannes dazwischen warf. „Vater, auf ein letztes Wort! Mir tut es von Herzen leid, was ich Euch vorgeworfen habe. Ich weiß, Ihr könnt' nicht anders, tut nur Eure Pflicht. Und ich wollte Euch dafür danken, dass Ihr mir das Leben geschenkt habt und Ihr habt auch das Recht, es mir wieder zu nehmen. Ich konnte nicht der Sohn sein, den Ihr Euch gewünscht habt und ich bitte Euch dafür um Vergebung."

Es hätte nicht viel gebraucht und der massige Mann vor ihm, hätte die Gewalt über sich verloren, doch er fasste sich und wankte nur leicht. „Du wagst es, mich um Vergebung zu bitten? Fahr' zur Hölle, ich habe keinen Sohn mehr!" Vater Kuisl zwang sich, nicht mehr sein Eigen Fleisch und Blut vor sich zu sehen, sondern einen beliebigen Verbrecher. Ein Wink von ihm und die wartenden Henkersknechte packten die Gefangenen und zwangen sie nacheinander auf den Wagen.

Johanna kauerte sich nieder und hob ihr Gesicht gen Himmel, den wärmenden Sonnenstrahlen entgegen. Sie blinzelte, denn ihre Augen mussten sich nach der langen Kerkerhaft erst an das Licht gewöhnen. Dunkle Wolken zogen vom Westen auf und schoben sich vor die Sonne.

Der Henker kletterte auf den Bock und ließ die Peitsche auf den Rücken des Pferdes niederknallen. Der Gaul zog ruckartig an und mit einem polternden Geräusch setzte sich die Hexenfuhre in Bewegung.

Immer mehr Neugierige folgten der Prozession, die einmal um das Ballenhaus schritt.

Am hölzernen Brunnen mit der Mariensäule wartete der Schmied mit der Glutpfanne. Der Henker stieg vom Wagen und zwickte die Verurteilten mit glühend gemachten Eisenzangen in Brust, Arme und Hüften, so dass die Weiber zusammenzuckten und aufschrien vor Schmerz.

Nur Johanna ließ diese Prozedur tapfer über sich ergehen, doch Hannes bemerkte, wie ihr eine Träne über die Wange rollte. Sie erhob ihre Augen zum Antlitz der Marienstatue und bewegte stumm die Lippen zum Stoßgebet. Traurig dachte sie daran, dass sie das kommende Mariä Himmelfahrtsfest zu Ehren der Stadtpatronin nun nicht mehr erleben durfte. Zuerst hatte sie noch einen vagen Hoffnungsschimmer verspürt, da waren die drei Tage im Ballenhaus, wo man ihnen reichlich zu Essen und Trinken gab, aber sie hatte keinen Bissen hinuntergebracht. Schaudernd warf sie einen Blick auf Hannes von der Folter dunkelgeränderte Handgelenke, die eine Hühnerkeule umklammerten. Der Henkerssohn langte gut zu, und mit jedem Bissen schienen seine Kräfte zurückzukehren. Die meisten der verurteilten Weiber saßen teilnahmslos am Tisch, da sie von den Folgen der Folter völlig entkräftet und in ihren Bewegungen eingeschränkt waren. Das Weib des alten Ratsherrn hatte zudem keine Zähne mehr und bekam von der mitleidigen Vroni etwas Suppe eingeflößt. Den größten Appetit und Genuss bei dieser Völlerei hatten die eingeladenen Ratsherren, der Gerichtsschreiber und der Amtmann, die von den Schankmägden des Sternwirtes eifrig bedient wurden. Johanna widerte das Ganze an, was für eine Groteske. So als wolle sich die Stadt nur ja nichts nachsagen lassen, als wenn Scheinheiligkeit ein Sakrament wäre. In Wahrheit hatte man Angst vor Verwünschungen und wollte sich mit den Todgeweihten gutstellen.

Doch die größte Gunst hatte ihnen Hannes Vater verschafft. Sie schloss die Augen und dachte an ihre erste und einzige Nacht mit ihrem Liebsten. Lautes Geschrei und Gebrüll riss sie aus ihren Gedanken. Beunruhigt schaute sie zu Hannes hinüber, der in der anderen Ecke des Wagens kauerte. Dieser versuchte, einen letzten Rest von Stolz und Würde zu bewahren, und zeigte ein gleichmütiges Gesicht.

Das Volk johlte und bespuckte die Gefangenen auf der Hexenfuhre, da waren sich auch die Schongauer Bürgerinnen nicht zu fein.

Auch der Henker wurde verspottet, aber er ließ sich nicht aus seiner stoischen Ruhe bringen, unbeirrt fuhr er weiter, den Wagen Richtung Kirche lenkend.

Eine Hinrichtung war für die Stadt und ihre Bürger eine willkommene Abwechslung. Auf dem Marktplatz war einiges los, in den aufgebauten Holzbuden wurden allerlei Spezereien und Naschwerk angeboten. Zahlreiche Besucher waren aus dem Umland herbeigeströmt. Bäuerinnen mit ihren Kindern, die mit großen Augen den flinken Bewegungen eines Jongleurs folgten, der kleine mit Sand gefüllte Lederbälle in die Höhe warf. Nicht weniger Aufmerksamkeit erhielt ein Feuerschlucker, dessen muskulöser Oberkörper schweißnass glänzte.

In der Mitte des Platzes stand ein Moritatensänger mit Zeigestab vor einer Tafel mit Bildmotiven. Mit tiefer, beschwörender Stimme, die abwechselnd an- und abschwoll, verhöhnte er das Schicksal der Peitinger Hebammentochter. „… so hat die schöne Dirne den Henkerssohn geblendet, doch ihr Schicksal sich nun wendet. Die Schergen des Landrichters wollten sie holen, doch der Henkerssohn hat die Hexenfuhre gestohlen, will seine Liebe retten und sich fürstlich mit ihr betten, mit all dem falschen Gold, mit dem sie ihn lockte so hold. So braust er geschwind nach Peiting hinan, wenn man die alte Mähre geschwind nennen kann." Der Sänger vollführte eine Verbeugung und gestattete sich eine kleine Pause, um beifälliges Gelächter und seinen verdienten Applaus vom Publikum zu ernten.

Einige Marktweiber versammelten sich mit erhobenen Fäusten vor ihren Verkaufsbuden und ereiferten sich derart, so dass sich ihre keifenden Stimmen überschlugen und man kaum ein Wort verstand. „Recht geschieht's der Hure und ihrem Buhlen! Sollen sie sich woanders suhlen!"

„Und gar der Henkerssohn! Schande, Schimpf und Hohn!"

Der Moritatensänger bat um Ruhe und zeigte mit dem Stab auf das nächste Bild, seine Stimme schwoll dramatisch an, als er mit dem Bänkellied fortfuhr. „… doch die schnellen Rösser des Landrichters kommen schon. Ach, du armer Henkerssohn, das wird dir zum Verdruss. Und statt dem ersehnten Kuss, wird er den Kopf verlieren, den er schon längst verloren hat. Ich sag' bei so wenig Hirn ist das nicht schad'." Erneut hielt er inne und wartete zufrieden das brüllende Gelächter der Umstehenden ab. Zum Ende kommend, deutete er auf das letzte Bild. „Just fährt nun auf der Hexenfuhre, die Hexe und ihr Henkersbuhle, zur Köpfstätt' ohne Ehre, gezogen von noch einer langsameren Mähre!"

Die Hexenfuhre kam erneut zum Stehen und die Gefangenen mussten ein letztes Mal die Prozedur des Zwickens mit der glühend heißen Zange über sich ergehen lassen, als sich eine weibliche Gestalt von der Kirchenmauer löste und mit schriller Stimme an das Gefährt klammerte. „Hannes!"

„Mutter!" Der Henkerssohn hatte sich die ganze Zeit äußerlich gefasst gezeigt, doch jetzt verlor er die Beherrschung. Tränen überströmten sein Gesicht, er bedachte die Mutter mit einem letzten innigen Blick, so als wolle er sich ihr Bild auf immer und ewig einprägen und auf seinen schweren Gang mitnehmen.

Mutter Kuisl umklammerte seine vorgeneigten Schultern, ließ ihre rauen Hände über die tränennassen Wangen streifen und küsste ihn auf die Stirn, als sie von den groben Griffen der Stadtwache von ihrem Sohn fortgerissen wurde.

Das Letzte, was Hannes von seiner Mutter sah, waren ihre tieftraurigen, seelenvollen Augen, wie sie die Deichsel des vollbepackten Handkarrens aufnahm und mit seinen Geschwistern fortzog, ohne ihren Mann eines Blickes zu würdigen. Beim Vater bemerkte er keine einzige Regung, aber wie mochte es in seinem Innersten aussehen?

Die Arme-Sünder-Glocke ertönte und augenblicklich wurde es totenstill, die Leute bekreuzigten sich.

Ein schwaches Wimmern erhob sich über den gesenkten Köpfen. Der alte Ratsherr hob seinen Stock und erhaschte einen letzten Blick auf sein apathisch wirkendes Weib.

Als die Hexenfuhre auf Höhe der Fronfeste in die Bauerngasse bog, um an deren Ende das Hoftor zu passieren, gefolgt von einem langen Zug von Menschen, fing der Himmel an zu grollen und in der Ferne zeigten sich die ersten Blitze.

Eklat im Schloss

Eine düstere Stimmung herrschte im Haus des Landrichters. Richter Hörwarth stand am Fenster und starrte teilnahmslos auf die vorüberziehende Prozession, sein Blick fiel auf die Hebammentochter, die, mit Stricken gefesselt, auf der Hexenfuhre kauerte. Als sie zu ihm emporsah und sich ihre Blicke kreuzten, wandte er sich rasch ab, doch ihm entging nicht, wie sie verächtlich ausspuckte. „Stolzes, impertinentes Weibsbild", durchfuhr es ihn und er verspürte einen Stich im Herzen. Vor der Tür zum Amtszimmer hörte er, wie seine Gattin Babette anwies, ihm sein zweites Frühstück zu servieren. „Aber sei leise, er ist heute nicht gut aufgelegt", vernahm er ihre eindringliche Stimme.

„Geht der Herr Landrichter nicht zu der Hinrichtung?"

„Nein, er fühlt sich nicht wohl. Aber du kannst gerne hingehen! Beeil dich, sonst versäumst du das Spektakel noch! Ich gebe dir für den Rest des Tages frei."

„Gnädige Frau, ich wollt' Euch noch sagen, neulich, ich hab' nichts dafür gekonnt … Euer Herr Gemahl, er war nicht ganz bei Sinnen, das müsst Ihr mir glauben …", hörte er die Magd stammeln und nach den richtigen Worten für ihre Ausrede suchen.

„Schon gut, geh' jetzt hinein!" Die Stimme seiner Frau klang seltsam belegt.

Hanns Friedrich Hörwarth, der diese peinliche Unterredung unfreiwillig verfolgt hatte, zuckte ertappt zurück, aber er war sich sicher, dass seine Gemahlin wusste, dass die Wände hier Ohren hatten. Das Klopfen an der Tür überhörte er geflissentlich. Dennoch trat die Magd leise ein und stellte das Tablett auf dem Seitentisch in der Nische ab.

Babette versuchte, dabei möglichst kein Geräusch zu verursachen. Sie warf einen vorsichtigen Seitenblick auf ihren Dienstherrn, der im Schlafrock war und keine Anstalten machte, sich umzudrehen. Achselzuckend und auf leisen Sohlen entfernte sie sich.

Die Dame des Hauses trat ein, setzte sich an den kleinen Tisch, nahm eine Scheibe Brot und bestrich sie mit Butter und Honig, was sie sonst für ihn nicht zu tun pflegte. Sie ließ sich dabei Zeit und ihren Gatten nicht aus den Augen. Mit Genugtuung schielte sie auf seinen breiten Rücken, wie er regungslos am Fenster stand und ins Leere stierte. „Na, hat der Herr Landrichter heute keinen Appetit?" Adelheid gab sich betont gutgelaunt. „Ach, bevor ich es vergesse, hier ist übrigens ein Bündel für dich. Der Amtmann brachte es gestern zu später Stunde. Du warst gerade, äh, sehr beschäftigt und da wollte ich dich lieber nicht stören."

„Lass mich damit in Ruh'! – wird wohl nicht so eilig sein."

„Ich nehme dir das nicht übel, das kleine Techtelmechtel mit Babette, irgendwie musstest du ja deine niederen Instinkte ausleben."

„Gott, jetzt kommt wieder diese Leier, kannst du nie damit aufhören …"

„Sie ist genauso dein Opfer wie ich", betonte Adelheid bitter.

„Um Babette brauchst du dir keine Sorgen mehr zu machen, sie wird ja wohl den Amtmann heiraten und hat mit deiner Hilfe ihre hochgesteckten Ziele erreicht."

„All die Weiber, die du ausgeforscht hast, da waren bestimmt Unschuldige darunter …"

„Oha, die Frau Landrichter hat sich plötzlich ein Gewissen zugelegt?"

„Warum sollte ich? Das habe ich gar nicht nötig."

„Wie ist die Welt doch scheinheilig und verlogen, das Gute siegt nur im Märchen und ich nehme mich selber nicht davon aus."

„Du wirst doch jetzt nicht selber ein schlechtes Gewissen bekommen und am End' sentimental werden?" Adelheid sah ihren Gatten befremdet an. Diese Seite war ihr neu an ihm. Sie erhob sich und trat zu ihm ans Fenster. Argwöhnisch den Himmel betrachtend und die hohe Stirn runzelnd, bemerkte sie mit vorgetäuschtem Bedauern. „Ich hoffe, es wird keinen Regen geben, das wäre schade um die schöne Hinrichtung."

„Jetzt hast du ja, was du wolltest." Richter Hörwarth drehte sich zu seiner Gemahlin herum. „Aber eines sag' ich dir, in Zukunft mischt du dich nicht mehr in meine Aufgaben!"

„Willst du mir etwa drohen? Da liegst du verkehrt! Ich hatte nur die gutgemeinte Absicht, dir und deiner Karriere förderlich zu sein. Du hast dich andauernd über die vielen Akten beschwert."

„Glaubst du, dazu hätte ich dich aufgefordert?"

„So, du scheinst vergessen zu haben, wo du herkommst! Was warst du denn schon? – Ein wilder Junker aus bedeutungslosem Landadel, vom Würmsee – wahrlich eine noble Adresse", brach es aus Adelheid heraus. Irgendwo in ihrem Innern rührte sich eine Stimme und sie fragte sich, was sie dazu trieb, ihren Gatten derart herauszufordern. Waren es all die seelischen Entbehrungen der vergangenen Jahre, der unwiederbringlichen Lebenszeit, was ihren sonst so kühl berechnenden Verstand ausschaltete? Sie unterdrückte diese Regung schnell. „Meinem Vater und seinem Geld hast du es zu verdanken, dass du zum Landrichter aufgestiegen bist. Was wärst du denn ohne mich? – Ein kleiner Winkeladvokat wärst du geblieben! Aus der Traum!"

„Ha, das ist alles, was ich mir als junger Mann erträumt habe – Akten, nichts als staubige Akten!", höhnte er und wischte einige vom Schreibtisch, so dass die losen Blätter durcheinanderwirbelten.

„Du hättest unserer Ehe eine Chance geben sollen, Hanns", begann Adelheid vorwurfsvoll.

Hanns Friedrich Hörwarth wusste, dass seine Frau Recht hatte und dennoch konnte er es sich nicht versagen, den Stachel der Wahrheit tiefer in ihr Herz zu treiben. Ihr voll ins Gesicht sehend, und jegliche Rücksichtnahme der vergangenen Jahre fallenlassend, bekannte er fast mit Erleichterung. „Du warst mir von Anfang an zuwider, dein vornehmes Getue. Du hast mich jeden Tag spüren lassen, dass du was Besseres bist."

„Aber, das ist nicht wahr! Ich habe so gehofft, dass du mich eines Tages lieben würdest, aber selbst in unserem Bett ..."

„Schweig, ich will das nicht hören."

„Wir sind uns ähnlicher, als du denkst, wir sind beide vom gleichen Stamm, vom gleichen Blut, verfolgten dasselbe Ziel. Gemeinsam haben wir viel erreicht, Ansehen und Macht." Sie rüttelte ihn am Arm. „Wir sind hier Wer, willst du das alles zerstören, was wird dann aus uns werden?"

Ihr Gemahl drehte sich angewidert von ihr weg und meinte lakonisch. „Du kannst ja wieder auf deine Burg zurück, in dein geliebtes Tirol, Schongau war dir doch eh zu hinterwäldlerisch. Und die Babette nimmst gleich mit, dann könnt ihr dort weiter eure Intrigen spinnen."

„Vielleicht öffnest du jetzt besser das Bündel", unterbrach ihn seine Gemahlin mit gepresster Stimme. „Es ist ein äußerst aufschlussreiches Schreiben darin, dass dich vielleicht interessieren wird. Der Amtmann hat es bei dem Wegelagerer gefunden, den ihr kürzlich an der Lechbrücke aufgegriffen und vorschnell aufgeknüpft habt …"

„Du hast es geöffnet und gelesen?" Richter Hörwarth war fassungslos, verärgert entriss er den schmutzigen Leinenbeutel ihren spitzen Fingern. Überrascht starrte er auf die Münzen, dann rollte er mit fahrigen Handbewegungen das Schreiben auf, rasch begann er zu lesen.

Adelheid verfolgte angespannt sein weiteres Verhalten, seine Mimik, den veränderten Gesichtsausdruck, wie er erblasste, die zitternden Hände.

Hanns Friedrich Hörwarth griff sich an die Brust, ließ sich in den Lehnstuhl fallen, seine Beine gaben nach und vermochten sein Gewicht nicht mehr zu tragen. Er traute seinen Augen nicht, als er die Zeilen überflog. Allzu unvermittelt sprangen ihn die Worte an, die ihn in eine Vergangenheit zurückversetzten, die er längst verdrängt geglaubt hatte, ein Lebenszeichen von Marie, eine Botschaft, die sie ihm hatte zukommen lassen.

Mein geliebter Hanns, ich schaffe es nicht mehr, ich sterbe, von der Burg haben sie mich weggejagt, sie haben mir gedroht, ich würde deine Karriere zerstören und dir nur ein Klotz am Bein sein, sie haben mir Gold- und Silbermünzen geboten, ich hab's genommen, für unser Kind, doch ich habe es nicht geschafft, dich zu vergessen. Als das Kind zur Welt kam, wollte ich in deine Nähe, es ist ein Mädchen, ich habe sie Johanna genannt, nach dir mein liebster Hanns. Sei gut zu ihr, sie ist das Einzige, was dir von mir bleibt. Bitte, denk' nicht schlecht von mir. Auf ewig die Deine, Marie.

Er ließ das Schreiben sinken, ihm gingen die Augen auf, was bisher verschwommen und unklar gewesen, ergab plötzlich einen Sinn. Erregt sprang er auf. „Marie! Johanna!"

„Oh, du armer Narr des Schicksals!", spöttelte Adelheid mit gespielter Anteilnahme.

„Mein Gott, die Hinrichtung, sie muss aufgehalten werden!" Mit einem Satz war er bei der Tür und rief nach der Wache, doch auf dem Flur zeigte sich nur gähnende Leere und im Haus blieb es ruhig, nicht einmal im Hof waren Geräusche zu hören. „Wachen! Verdammt, wo bleiben die Wachen?"

„Ich nehme an, sie sind zur Hinrichtung."

„Johanna, um Himmelswillen, Johanna … ich muss das verhindern!"

Adelheid stellte sich ihm in den Weg. „Du weißt, es ist zu spät, das Urteil wird vermutlich gerade in diesen Augenblicken vollstreckt."

„Ich muss dort hin …"

„So willst du hinaus? Du machst dich zum Gespött der Leute!"

„Meine Stiefel, Babette!"

„Deine Rufe sind umsonst, niemand kann dich hören. Dein Personal ist ausgeflogen."

„Bitte, hilf mir!"

„Bitte? – welch seltenes Wort aus deinem Munde. Du bist ein falscher Hund, hast mich all die Jahre betrogen! Selbst Babette hat deinem Ego nicht genügt."

„Hol meine Stiefel, Weib!", forderte der Landrichter mit schneidender Stimme.

Diesmal kam seine Gemahlin der Aufforderung nach, ging nach draußen und kehrte mit den Stiefeln zurück, die sie ihm vor die Füße schleuderte. „Du hast mich nie geliebt, zeigtest mir die kalte Schulter, selbst dein Hund war mehr dein Freund als ich. Warum hast du mich geheiratet?

Du warst nur auf mein Vermögen aus, gib es endlich zu!"

Richter Hörwarth war damit beschäftigt, sich hastig den Schlafrock auszuziehen, unbeholfen schlüpfte er in Hemd und Beinkleider. „So, hilf mir doch!", bettelte er verzweifelt.

„Wie, – die Tochter deiner Geliebten retten?"

„Meine Tochter retten!"

„Du hast ein Kind mit einer Andern gezeugt und unsere Ehe blieb unfruchtbar!", rief Adelheid mit anklagender Stimme. Ungerührt verschränkte sie die Arme und sah ihrem Gemahl tatenlos zu. Dieser nestelte an seinen Hosen, schleuderte die Pantoffel von sich und mühte sich mit den hohen Stiefeln ab. Ihr Verhalten ließ ihn jähzornig werden, er verlor die Selbstbeherrschung und brüllte sie an.

„Ich bin einen Handel mit deinem Vater eingegangen, er malte mir meine Zukunft in den schönsten Farben, aber ich habe einen kalten Fisch geheiratet! Marie habe ich geliebt, sie war zwar nur eine einfache Magd, aber sie hat ein Herz gehabt, da wo bei dir nur ein Loch ist. Und jetzt lass mich vorbei!" Er stieß seine Frau grob zur Seite.

Adelheid hieb mit Fäusten auf ihn ein. „Du warst kalt und herzlos zu mir! Um deine Liebe musste ich betteln wie ein hungriger Hund um einen Knochen."

„Du warst mir gleichgültig, aber Marie habe ich gehasst. Sie hat mir das Herz herausgerissen. Ich kann nichts dafür, dass ich so geworden bin. Ihr Weiber seid schuld daran."

„Wie ich dieses Weib gehasst habe!"

„Du hast all die Jahre eine Tote gehasst."

„Aber in deinem Kopf war sie nicht tot. Was glaubst du, wie ich mich gefühlt habe …"

Der Landrichter schien etwas vergessen zu haben, er erinnerte sich, kehrte zum Schreibtisch zurück und nahm das Halsband aus der Schublade, streifte es sich über den Kopf, so dass es an der Brust baumelte.

Adelheid war seinen Bewegungen gefolgt, ihre Augen weiteten sich und wurden vor Staunen groß. „Das Amulett deiner Mutter! Du hattest es doch angeblich verloren?"

„Ich war so blind, diese unglaublichen Augen, ich hätte es gleich merken müssen …"

„Aber du wirst doch nicht unsere Existenz aufs Spiel setzen, für diesen, diesen Bastard!"

„Marie hat mir vertraut. Johanna ist von meinem Fleisch und Blut, mein einziges Kind. An ihrem Elend bin ich schuld."

Völlig außer sich schrie Adelheid auf. „So begreif es doch, niemals hättest du ihr Kind anerkennen können, es sei denn …", sie zögerte und um ihre Mundwinkel zuckte es spöttisch.

„Was?", fragte ihr Mann argwöhnisch mit finster zusammengezogenen Augenbrauen.

„Es sei denn, wir hätten deine wahre Identität offenbart." Sie lachte gefährlich leise auf. „Was, wenn die Leute erfahren, dass ihr sauberer Herr Landrichter selber ein Bastard und von unbekannter Herkunft ist? Zumindest väterlicherseits", korrigierte sie sich.

„Was redest du da für einen Schwachsinn?"

„Was glaubst du denn, wer dein Studium finanziert hat?" Sie musterte ihren Gemahl, der sie fassungslos anstarrte, ohne jegliches Erbarmen. „Mein Vater! – um seiner leichtfertigen Schwägerin zu helfen und die Familienschande zu vertuschen. Weiß Gott, mit wem sie sich eingelassen hatte, meine hochwohlgeborene Tante Giselle aus Frankreich." Als sie den entsetzten Ausdruck auf seinem Gesicht sah, fuhr sie ungerührt fort. „Man gab dich zur bayerischen Verwandtschaft nach Possenhofen. Deine Pflegeeltern hatten sich mit ihrem exquisiten Lebensstil etwas übernommen und waren dankbar für ein paar Silberlinge. Und du

warst der Hahn im Korb bei vier älteren Schwestern."
Adelheid holte tief Luft, für einen letzten gezielten Seiten-
hieb aus ihrem Munde. „Von deiner leiblichen Mutter hat
man dir nur das Amulett in die Wiege gelegt – dein einziger Besitz."

In Richter Hörwarths Schädel fing es wild zu pochen an,
seine Gedanken flatterten durcheinander wie aufgescheuchte Hühner. Langsam fing er an, ihr zu glauben. Er
hatte früher schon Lücken in seiner Biografie entdeckt und
jetzt fiel es ihm wie Schuppen von den Augen. „Was geschah mit meiner Mutter?"

„Gestorben, vor Gram im Kloster."

„Und mein Vater?", er zwang sich zur Ruhe, unterdrückte ein aufkommendes Zittern.

„Weiß Gott, es fehlte ihr nicht an zahlreichen Liebes-
abenteuern, als sie eine geraume Zeit bei uns zu Besuch auf
der Burg weilte, ein Kardinal soll auch darunter gewesen
sein. Aber den Namen des Kindsvaters hat sie Gott sei
Dank mit ins Grab genommen." Sie überlegte kurz, dann
rief sie erheitert aus. „Ha, vermutlich ein Parzival oder ein
anderer Ketzer. Ha, vielleicht hast du ja auch den Leibhaftigen zum Vater!"

„Du lügst, deine Eifersucht hat dich wahnsinnig gemacht!"

„Es tut mir leid, aber es ist die Wahrheit und das weißt
du!", triumphierte Adelheid. „Und dann deine Romanze
mit Marie. Wir konnten dich doch nicht in dein Unglück
rennen lassen, so wie deine Mutter ohne Hirn und Verstand."

„Ihr hattet nicht das Recht dazu …"

„Aber die Macht! Du warst blind vor Liebe und sie
konnte dich um ihren kleinen Finger wickeln, das raffinierte Ding."

„Aber du hast mir die Augen geöffnet, du falsche Schlange, du und dein nobler Herr Vater!"

„Ich bekomme immer, was ich will, mein Lieber. Marie hätte dich so oder so verlassen, das Gold und Silber war ihr wichtiger ..."

„Ihr habt sie erpresst ..."

„Das war nicht schwer, in der misslichen Lage, in der sie sich befand."

„Du hast gewusst, dass sie ein Kind erwartet?"

„Babette hatte es bemerkt. Glaub mir, sie hat sich schnell entschieden."

„Aber sie hat es aus Liebe getan, für unser Kind."

„Ja, und daran ist sie verreckt. Das geschah ihr recht und Johanna verdient es auch nicht anders."

„Du widerst mich an!" Mit schnellen Schritten wandte der Landrichter sich zur Tür.

Adelheid hielt ihn an der Schulter fest. „Lass uns neu anfangen, Hanns", bettelte sie. „Niemand muss davon erfahren ..."

„Das Schreiben, du hast es mir absichtlich erst heute Morgen gegeben. Du hast alles gewusst, von Anfang an!"

Seine Gemahlin stellte sich vor die Tür und versperrte den Ausgang. „Ich habe es für uns getan! So begreif doch, die Hinrichtung ist längst in vollem Gange, es ist zu spät. In diesem Augenblick verschlingen die Flammen dein lasterhaftes Vergehen und dein Schandfleck geht in Rauch auf. Mach dich nicht zum Narren vor all den Leuten. Wenn die Wahrheit ans Licht kommt, dann wird nichts mehr so sein wie vorher und all deine Mühe und Arbeit umsonst, dein ganzes Lebenswerk vergeudet. Dein Streben nach Ruhm und Ehre haben dich blind gemacht, so blind, dass du sogar dein eigen Fleisch und Blut foltern und hinrichten ließest!"

„Du verkommenes Subjekt, du Hex', du Hex'", rief der Landrichter rasend vor Wut und merkte nicht, wie er seine Frau am Hals zu würgen begann, solange, bis ihr fast schwarz vor Augen wurde. Jäh ließ er sie los, sie taumelte rückwärts, verlor das Gleichgewicht und schlug mit dem Hinterkopf hart auf dem Kaminsims auf. Ein knackendes Geräusch war zu hören, dann war es totenstill. Entsetzt schaute Richter Hörwarth auf die leblos am Boden liegende Gemahlin, der ein Rinnsal von Blut aus Nase und Mundwinkeln lief. Er stürzte davon, um wenig später auf seinem Ross in schnellem Galopp durch das Hoftor hinauszupreschen. Sein Hund, der im Hof gewacht hatte, sprang sofort auf und setzte hinterher.

Während dem scharfen Ritt hinunter auf die Altenstädter Straße dankte er innerlich dem Regen, der mittlerweile heftig eingesetzt hatte und der ihm kostbare Zeit verschaffen würde. „Lieber Gott, lass sie nicht sterben", betete er. Der Boden war matschig geworden, doch Tassilos Hufe schnellten hurtig dahin, rücksichtslos angetrieben von der Gerte seines Herrn. Der Landrichter entschied sich, die Straße zu verlassen und nahm die Abkürzung durchs Gelände. Ein tiefhängender Ast wurde ihnen zum Verhängnis und hob ihn aus dem Sattel. Mit dem Gesicht fiel er in den Matsch, wo er regungslos liegenblieb. Sein Pferd blieb stehen und der Hund winselte um ihn herum, stupste ihn mit der Schnauze an die Wange, doch nichts vermochte seinen Herrn aus der tiefen Bewusstlosigkeit wieder hervorzuholen.

Der Sand im Stundenglas zerrann und der Wettlauf mit der Zeit schien verloren.

Ein Wettlauf mit der Zeit

Eine feuchte Hundezunge fuhr ihm übers Gesicht. Er öffnete die Augen und wusste im ersten Moment nicht, was geschehen war. Artus wedelte freudig mit dem Schwanz, Tassilo stand mit ungeduldig scharrendem Huf daneben. Hanns Friedrich Hörwarth wollte mit einem Satz aufspringen, als er einen Stich im Knie verspürte. „Aah! Verdammt!", fluchte er. Nichtsdestotrotz nahm er den Steigbügel in die eine Hand, mit der anderen stützte er sich am Widerrist ab und versuchte, sich in den Sattel zu stemmen, doch er rutschte immer wieder ab. Er unternahm mehrere Versuche, bis ihn die Kräfte verließen und Tassilo mochte sich die Prozedur nicht mehr länger gefallen lassen und fing an zu bocken. Wutentbrannt schlug der Landrichter mit der flachen Hand auf sein Hinterteil und scheuchte ihn davon. Der Hund raste hinterher, in der Absicht, den Gaul zu stoppen, kehrte unverrichteter Dinge zu seinem Herrn zurück, der mit schlammverschmierter Kleidung und dreckigem Gesicht einen furchterregenden Anblick bot.

Richter Hörwarth schleppte sich, hinkend und mit zusammengebissenen Zähnen vorwärts, sein Herz schlug ihm bis zum Halse, doch sein eiserner Wille verhalf ihm zu ungeahnten Kräften und trieb ihn voran.

Beim Näherkommen hörte er schon die Trommeln.

Die Hinrichtung

Das Gewitter war weitergezogen und der Platzregen hatte aufgehört. Der Himmel klarte auf und die Sonne mit ihren wärmenden Strahlen kam zum Vorschein. Langsam krochen die Leute aus den behelfsmäßigen Unterständen. Die Abordnung der Stadt und des Herzogs hatten Schutz in einem provisorisch aufgestelltem Zelt gefunden. Allein die Verurteilten waren den Unbilden des Wetters ausgesetzt gewesen und kauerten völlig durchnässt in einer Ecke des Podestes. Durch die dünnen Büßerhemden, die eng an ihnen klebten, zeichneten sich bei den Frauen die Konturen ihres Körpers ab und sie waren schutzlos den schamlosen Blicken der Männer ausgesetzt, da die Fesseln sie hinderten, sich anständig zu bedecken. Beifällige Pfiffe und Gejohle waren zu hören. So manche Mutter hob ihr kleines Kind hoch, damit es eine bessere Sicht hatte. Mit offenen Mündern verfolgten die Kleinen das Geschehen auf dem Podium, begreifen konnten sie es mit ihrem kindlichen Verstand nicht, aber sie ahnten, dass etwas Wichtiges vorging, so seltsam, wie die Großen sich verhielten.

Vroni erspähte in der Menge Babette und gesellte sich zu ihr. Die Schankmagd hatte vom Sternwirt ebenfalls frei bekommen und wohnte der Hinrichtung bei. Sie schämte sich wegen ihrem abgelatschten Schuhwerk, das von der Nässe aufgeweicht, sich aufzulösen begann. Wie gern hätte sie mit neuen Schnallenschuhen angegeben.

Babette konnte eine gewisse Schadenfreude gegenüber der Hebammentochter nicht verbergen, ja sie empfand sogar Genugtuung, weil ihre Vorahnung sie nicht getäuscht hatte. Ihre Blicke ruhten des Öfteren auf dem Amtmann und sie versuchte, seine Aufmerksamkeit auf sich zu ziehen. Dieser stand vorne bei der Stadtwache auf dem Posten und überwachte mit Argusaugen das Geschehen. Verstohlen zwinkerte sie ihm zu, doch zu ihrer grenzenlosen Enttäuschung rührte er sich nicht.

Auch die Schankmagd vom Sternwirt vermochte kein Mitleid mit den Verurteilten zu verspüren, schon gar nicht mit Hannes, der sie einst verschmäht und sich lieber mit der Peitinger Hexendirne eingelassen hatte. Das hatte er jetzt davon. Selbst nach wochenlanger Kerkerhaft sah er noch unverschämt gut aus, wirkte selbstbewusster und war zum Mann gereift. Neidisch schaute sie auf Johanna, die dünnhäutig und verletzlich aussah, und mit ihrer fast überirdischen Schönheit nicht von dieser Welt zu sein schien. Sie freute sich, dass der Gerichtsschreiber wieder im Dienst war und bemerkte erstaunt das Fehlen seines Herrn, dem Landrichter, dessen Abwesenheit wohl einen triftigen Grund haben musste, da er üblicherweise keine Hinrichtung versäumte.

Die Bretter des Podiums waren inzwischen von der Sonne aufgeheizt und fingen an zu dampfen. Eine mystische Stimmung kam auf und das Volk raunte, als der Henker vortrat, die schwarze Kapuze, die zwei Schlitze für die Augen frei ließ, tief ins Gesicht gezogen. Sorgfältig streifte er sich die Lederhandschuhe über und winkte seinem Gehilfen heran, der ihm einen hölzernen Kübel brachte, aus dem Wasser überschwappte. Er tauchte den Lappen ein, benetzte die scharfe Klinge des Richtschwertes, damit sich später das Blut leichter abwischen ließ. Jetzt war der Moment gekommen, den alle in unerträglicher Spannung erwarteten. Kuisl war bereit und nickte den Henkersknechten zu. Auf sein Kommando wurde die erste Gefangene über die rutschigen Bretter geschleift und vor einem Ballen Stroh in die Knie gezwungen.

Das Mädchen mit den kurzgeschorenen, hellblonden Haaren wirkte aufgrund des zuvor verabreichten Trunkes, völlig teilnahmslos und begriff kaum, was vor sich ging. Erst als der Gerichtsschreiber mit salbungsvoller Stimme ihren Namen nannte und das Urteil verlas, hing sie an seinen Lippen und sah ihn erwartungsvoll an, während die auf Hinrichtungen spezialisierten Franziskaner fortwährend in einem monotonen Singsang beteten, die Rosenkränze in den gefalteten Händen.

Sie wähnte sich in der Kirche, kurz vor dem Empfang der heiligen Hostie und streckte gehorsam ihre Zunge heraus.

Ulrich Krampf wusste nicht recht, wie er mit dieser grotesken Situation umgehen sollte. Sein Redefluss geriet ins Stocken, zu allem Übel fing er zu schwitzen an, beklommen blinzelte er durch die beschlagenen Brillengläser.

Einige Zuschauer lachten erheitert auf, denn das seltsame Betragen des jungen Weibes und die Hilflosigkeit des Gerichtsschreibers amüsierten sie. Dann wurden Buhrufe laut, die Menschenmenge wurde langsam ungeduldig. Die Henkersknechte lösten die Fesseln der Gefangenen und verbanden ihr die Augen mit einer Leinenbinde. Plötzlich war es mucksmäuschenstill und nur das Knacken des dünnen Holzstabes war zu hören, der über dem Haupt des Mädchens zerbrach, als Metapher für das zerbrochene Leben.

Die Menge hielt den Atem an und der Henker ging in Stellung. Zuerst ein surrender Probeschlag in der Luft, dann ließ er das Richtschwert niedersausen, trennte mit einem sauber und präzise ausgeführten Hieb den Kopf vom Rumpf. Der Körper des Mädchens kippte vornüber, Blut schoss pulsartig aus der Halsschlagader und bespritzte die Gaffer in der ersten Reihe, die sich erschrocken bekreuzigten, um dann den heilbringenden Lebenssaft in dafür eigens mitgebrachten Behältern aufzufangen. Ein Henkersknecht rannte dem davonrollenden Kopf hinterher, trug ihn mit ausgestreckten Armen zu einem mit Stroh ausgelegten Weidenkorb und ließ ihn hineinplumpsen. Kuisl trat einen Schritt zurück, wischte das Blut von der Klinge ab, tauchte den Lappen in den Kübel und befeuchtete das Schwert erneut mit Wasser. Danach verharrte er einen Moment regungslos, ohne seine Augen nach rechts oder links zu bewegen.

Inzwischen nestelte Hannes unbemerkt an den Handfesseln und versuchte, den Knoten zu lockern, den er selbst schon so oft bei den Gefangenen angewandt hatte.

Die städtischen Trommler setzten wieder ein. Johanna war die Nächste. Das Podium war von den Henkersknechten freigemacht und der schlaffe Körper des getöteten Mädchens bei Seite geschafft worden, nur eine Blutlache auf dem Holzboden war zurückgeblieben. Johanna war vor Schreck starr geworden und versuchte, nicht hinzusehen. Hilflos begegnete sie Hannes Blick. Die Worte des Gerichtsschreibers fegten über sie hinweg, sie verstand nur Wortfetzen, Tränen stiegen in ihre Augen, und bevor ihr die Sicht verhüllt wurde, nahm sie verschwommen Gesichter in der Menge wahr, nein, keine Gesichter, nur gaffende Fratzen. Die Trommeln verstummten und das Geräusch des brechenden Holzstabs ließ sie zusammenzucken. Die von den Henkersknechten schlampig gebundene Augenbinde verrutschte und Johanna sah den Schatten des Henkers, der hinter sie getreten war. Vom hellen Licht geblendet, hörte sie die Menschenmenge johlen. „Nieder mit der Hexe!" Doch diesmal waren es keine Traumbilder, aus denen sie erwachen würde.

Kuisl holte abermals zum Probeschlag aus. Eine lästige Pferdebremse surrte um seinen Kopf und er versuchte, sie mit einer raschen Kopfbewegung zu verscheuchen. Die Bremse aber blieb hartnäckig und war nicht abzuwehren, was ihn sichtlich nervös werden ließ. Unter der dunklen Kapuze rann ihm der Schweiß über die Stirn und tropfte in seine Augen.

Die atemlose Stille wurde plötzlich von einem einzigen Aufschrei durchbrochen. „Haltet ein! Kuisl, so warte er!" Es war unbestritten eine menschliche Stimme und doch schien das Wesen, aus dem sie drang nicht von dieser Welt, sondern direkt der Hölle entstiegen zu sein.

Das Volk bekreuzigte sich in aufsteigender Panik und deutete auf die dreckverschmierte und furcherregend aussehende Gestalt im schwarzen Gewand, gefolgt von einem großen Hund. „Der Leibhaftige!", rief ein Bürger mit angstverzerrtem Gesicht und einige Weiber klammerten sich aneinander, als die Dogge gefährlich die Zähne fletschte. „Gott sei bei uns!", schrien sie hysterisch.

Der unheimlich aussehende Mann verschaffte sich humpelnd und seine Ellenbogen gebrauchend einen Weg durch die Menge, die entsetzt vor ihm zurückwich. Mit verbissener Miene erklomm er die Stufen zum Holzpodest. Oben angekommen, stieß er den Henker zur Seite und griff nach der am Boden kauernden Johanna, riss ihr die Augenbinde herunter, packte sie an den Schultern und zog sie hoch. Entsetzt und wie gelähmt starrte ihn das Mädchen an. Artus sprang hinterher, schnupperte kurz an der Blutlache und schüchterte die Henkersknechte mit seinem bedrohlichen Knurren ein.

„Hilfe, lasst mich los!" Die Schockstarre fiel von Johanna ab und sie wehrte sich verzweifelt.

Hannes, dem es gelungen war, sich von allen Fesseln zu befreien, stürzte sich mit einem Wutschrei auf den vermeintlichen Feind, zog mit einem schnellen Griff dessen Dolch aus der Scheide und ging mit erhobenem Arm mit der Waffe in der Hand auf ihn los. Bevor er den Dolch in seine Brust stoßen konnte, wehrte ihn sein Gegner mit einer geschickten Parade ab. Richter Hörwarth, der von einem florentinischen Fechtmeister ausgebildet war, verdrehte dem kampfunerfahrenen Burschen den Arm und setzte ihm die Dolchspitze an den Hals. Hannes, der dadurch in eine lebensbedrohliche Lage geriet, verharrte hilflos im Griff des Stärkeren.

„Nein!" Johanna schrie gellend auf, und für einen Moment setzte ihr Herzschlag aus, als sie sah, wie der Landrichter zum tödlichen Stoß ansetzte. Sie dachte an die Liesel und wusste, dass die Kaltblütigkeit dieses Mannes keine Grenzen kannte. Aus den Augenwinkeln sah sie ein aufblitzendes Schwert.

Und dann geschah das Unerwartete. Der Henker, der sich wieder gefasst hatte, versetzte mit der scharfen Klinge des Richtschwertes der Schulter des Landrichters einen gezielten Hieb, der ihm fast den Arm abtrennte und den oberen Teil des Brustkorbes aufschlitzte.

Tödlich getroffen sank Hanns Friedrich Hörwarth zu Boden, den andern Arm schützend vor die Brust haltend, rang er nach Luft.

In dem ganzen Gerangel war der Hund auf den Henker losgegangen und hatte sich an dessen Hosenbein festgebissen. Fluchend um sich schlagend versuchte Kuisl, den zähnefletschenden Köter abzuschütteln.

Mit röchelnder Stimme rief Richter Hörwarth das treue Tier zu sich. Artus gehorchte aufs Wort, ließ von dem Henker ab und kroch zu seinem Herrn, die feuchte Schnauze unter dessen Hand schiebend. Dieser strich ihm über den Kopf. So blieben sie liegen.

Hannes hob den Dolch auf und schnitt die Stricke durch, mit denen Johanna gefesselt war, nahm das zitternde Mädchen schützend in seine Arme.

Gequält verfolgte der Landrichter die Bewegungen der beiden, suchte den Blick des Mädchens. „Johanna, mein Kind, Tochter …"

Ungläubig starrte sie dem Mann, der sie bisher nur belästigt und gequält hatte, in die dunklen Augen und sie fand Liebe darin. Plötzlich fügten sich die fehlenden Teile zu einem Mosaik zusammen und sie begriff, dass der sterbende Mann vor ihr, ihr leiblicher Vater war. Zuerst schüttelte es sie vor Grauen, doch sein flehender Blick berührte sie und sie kniete vor ihm nieder.

Hanns Friedrich Hörwarth stöhnte vor Schmerzen auf, mühsam nestelte er unter dem Wams, das mit seinem Blut befleckte Amulett hervor und legte es der Tochter in den Schoß. „Johanna, vergib mir …", brachte er mit letzter Anstrengung hervor.

Johanna betrachtete fassungslos das Amulett, sie wusste nicht, wie sie sich verhalten sollte, doch dann kam ihr jenes Wort über die Lippen, auf das er sehnsüchtig wartete. „Vater!"

Hanns Friedrich Hörwarth von Hohenburg seufzte und schloss kurz die Lider. In diesen Sekunden zog sein Leben in einer raschen Abfolge von Bildern an ihm vorbei und er war wieder Junker Hanns, der seiner ersten Liebe begegnete. In seine dunklen Augen stahl sich ein Leuchten, bündelte sich wie ein Lichtstrahl auf einen bestimmten Punkt. Neben ihrer Tochter und nur für ihn sichtbar, gewahrte er die lichte Gestalt von Marie, seiner einzigen großen Liebe, die lächelnd die Hand nach ihm ausstreckte. Er hob gleichfalls die Hand ihr entgegen, spürte keine Schmerzen mehr, denn sie war da, war gekommen, ihn heimzuholen, endlich. Mit brechenden Augen hauchte er den Namen, den auszusprechen, er sich all die Jahre versagt hatte. „Marie …", sein Kopf sank zurück, eine letzte Träne floß über die schmutzige Wange und hinterließ eine helle Spur. Seine Gesichtszüge entspannten sich, als er mit einem Lächeln auf den Lippen verschied.

Johanna zögerte abermals, dann überwand sie sich und drückte ihm sanft beide Augenlider zu.

Hannes half ihr auf, leicht schwankend hielt sie sich an ihm fest, da ihr die Beine nicht mehr gehorchten. Der Henkerssohn bemerkte, dass er immer noch den Dolch in der Hand hielt. Sein Blick fiel auf seinen Vater, der regungslos dastand, das Heft des Richtschwertes mit beiden Händen fest umklammernd. Unsicher sahen sie sich in die Augen, dann legten sie die Waffen nieder und machten einen Schritt aufeinander zu.

„Vergelt's Gott, Vater."

Kuisl musste schlucken. „Mein Bub", sagte er. „Ich bin ja so froh!" Schluchzend sanken sich Vater und Sohn in die Arme.

Der alte Ratsherr stieg auf das Podest und schloss mit Tränen der Erleichterung sein gebrechliches Weib, welches von den Folgen der Tortur deutlich gezeichnet war, in die Arme.

Die Menschenmenge klatschte begeistert Beifall – was für eine Enthüllung! Der Herr Landrichter in Person war der leibliche Vater der vermeintlichen Hexendirne, und er hatte nicht davor zurückgeschreckt, sein eigen Fleisch und Blut der Inquisition zu opfern. Der Leibhaftige war gar nicht im Spiel gewesen, konnte man da der Obrigkeit noch Glauben schenken? Zweifel kamen auf und der Schatten der Inquisition verschwand wie düstere Wolken am Horizont. Über der Stadt spannte sich ein strahlender Regenbogen. „Seht, ein Zeichen!", rief jemand und alle staunten ehrfürchtig.

Epilog

„Aua!" Der Mann mit der geschwollenen Backe sah dem Bader vorwurfsvoll ins Gesicht.

Ein kurzer Ruck, dann hielt Hannes die Zange mit dem fauligen Backenzahn, der so durchlöchert war, als wäre er vom Holzwurm befallen, in die Höhe.

Der Schmied, ein kräftiger Mann, der mit den bösartigsten Rössern zurechtkam, aber ganze drei Tage gebraucht hatte, um mit fürchterlichen Zahnschmerzen den Bader aufzusuchen, spuckte das Blut in einen Holzkübel, den ihm Hannes geschwind unter das Kinn hielt. Anschließend reichte er dem Jammernden einen sauberen, in einen blutstillenden Sud getränkten Leinenlappen.

Der Henkerssohn arbeitete hier in Augsburg als Bader und mit dem angewandten Wissen um die Heilkraft der Kräuter von seinem Vater und Johannas Kenntnissen bekam sein Haus bald einen guten Ruf und wurde oft aufgesucht.

Erleichtert und von den quälenden Zahnschmerzen erlöst, drückte der Schmied Hannes zum Dank fünf Kreuzer in die Hand, hielt seine Filzkappe vor die Brust, grüßte und war schnell bei der Tür hinaus.

Was waren die Männer bloß für Waschweiber! Mit einem Grinsen schaute ihm Hannes hinterher. Er dachte zurück an die schwierigen Anfangszeiten, an den glücklichen Ausgang der Hinrichtung und die abenteuerliche Floßfahrt auf dem reißenden Lech hierher nach Augsburg, wo er und seine Familie eine dauerhafte Bleibe fanden. Fürs Erste waren sie bei seinem Onkel untergekommen, um Abstand von den schrecklichen Geschehnissen zu bekommen und einer ungewissen Zukunft in Schongau und der Konfrontation mit dem neuen Landrichter zu entgehen.

Nebenan hantierte Mutter Kuisl mit der Waage, sie half ihrem Sohn und seinem Weib beim Sammeln und Abwiegen der Kräuter und bei der Herstellung von Tinkturen und Salben. Dabei folgten sie den Anweisungen und Rezepten der Heiligen Hildegard von Bingen, erzielten gute Heilerfolge und wurden in kurzer Zeit bis ins Augsburger Umland bekannt. Das Geschäft blühte und ermöglichte dem Henkerssohn, ein eigenes Haus zu erwerben und seine Familie zu ernähren.

Ursula Kuisl hatte ihrem Mann verziehen, war ihm dankbar, dass er sich in letzter Sekunde für seinen Sohn entschieden und rechtzeitig das Unrecht erkannt hatte, das die Familie beinahe ins Unglück gestürzt hätte. Sie dankte der Heiligen Dreifaltigkeit, die sie inständig um Hilfe angefleht und die ihre Gebete erhört hatte für dieses Wunder. Dafür stiftete sie in der Basilika mehrere Wachskerzen vor dem Altar der Heiligen Afra, der Schutzpatronin von Augsburg und ließ einige Messen lesen. Heute wartete ein besonderer Tag auf sie, ihr Mann würde kommen, um sie und die Kinder nach Hause zu holen, nach Schongau, ihrer geliebten Heimatstadt. Ihr zweieinhalbjähriger Sohn Jakob spielte auf dem Fußboden, er war gerade damit beschäftigt, das Stroh aus der Puppe der älteren Schwester zu zupfen. Seine Mutter entriss sie ihm und erntete lautes Protestgebrüll, der Kleine warf sich auf den Boden und strampelte mit Armen und Beinen. Die Kuislin seufzte. *Der Bub brauchte dringend seinen Vater.* Ihr Jüngster war in Augsburg geboren. Der Henker kam vorbei, wenn er hier in der Gegend zu tun hatte, was jetzt wieder öfters der Fall war, nachdem die Hexenfeuer in der Stadt Schongau endgültig verlöscht, und er auswärts sein Salär, das er als Abdecker und mit der Tortur und Hinrichtung gemeiner Verbrecher verdiente, aufstocken musste. Die vielen Regenfälle und Unwetter hatten aufgehört und mit dem nächsten Frühling sprießte das Korn und brachte den Bauern reiche Ernte. Ruhe und Ordnung kehrten wieder in der Stadt ein. Später versuchte man, diese wenig ruhmreiche Zeit zu vergessen. Ein neuer Landrichter zog ins Schloss, ein unscheinbarer Typ, dessen Ehrgeiz, Karriere zu machen sich in Grenzen hielt. Er verhielt sich relativ ruhig und man bemerkte ihn kaum.

Die durch den überraschenden Tod ihrer Herrschaften stellungslos gewordene Babette heiratete nach einer kurzen Trauerzeit ihren heimlichen Geliebten, den verwitweten Amtmann, dessen Frau Agnes als eines der letzten Opfer der Schongauer Hexenprozesse ihr Leben lassen musste. Seine sechs Kinder aus erster Ehe warf sie nach und nach aus dem Haus. Nachdem sie immer zänkischer und unzufriedener wurde, ertränkte er jeglichen Kummer im Bier. Schon bald nach seinem frühen Ableben, fiel sie auf die Versprechungen eines Wanderschauspielers herein, der, sobald die Lust vergangen und ihre gesamte Barschaft verjubelt war, bei Nacht und Nebel weiterzog und die Witwe auf einem Schuldenberg sitzen ließ. Die ehemalige Magd sah sich gezwungen, das Haus zu verkaufen. Mit dem Rest erwarb sie das heruntergekommene Badehaus an der Altenstädter Straße, wo sie zusammen mit Vroni und deren Ersparnissen ein Lusthaus eröffnete, das sogleich regen Zuspruch fand. Die findige Babette war wie eine Katze, die immer auf ihren vier Pfoten landete, und alles, was sie anfasste, verwandelte sich in pures Gold.

Von draußen erschallte Kinderlachen. Hannes wusch seine Hände gründlich mit Seife in einer Schüssel mit Wasser, hing die Schürze an den Nagel und trat zur Tür hinaus. Ein heller, sonniger Frühlingstag lachte ihm entgegen und das Herz in der Brust zersprang ihm fast vor Freude, als er seine Frau mit dem zweijährigen Töchterlein inmitten einer gelbblühenden Wiese mit Löwenzahn sitzen sah.

Johannas Traum im Faulturm war wahr geworden und ihr sehnlichster Wunsch hatte sich erfüllt. Glückstrahlend lächelte sie ihren Mann an, als er auf seine kleine Familie zukam. Sie hatte ihren Frieden mit sich und der Welt gemacht. Täglich schloss sie die Hebamme und ihre leiblichen Eltern in ihre Gebete mit ein. Zwar konnte sie die traumatischen Erlebnisse nicht vergessen, aber sie war fähig, zu vergeben und sich damit von den Fesseln ihrer schrecklichen Vergangenheit zu lösen. Unbewusst spielte sie mit dem Amulett, das sie seit jenem Tage um den Hals trug und nie mehr abgelegt hatte. „Engele oder Bengele"?, fragte sie das Kind, das eifrig an der Blume pustete, so dass die Samen mit ihren weißen Hütchen durch die Luft segelten.

Hannes bückte sich zu dem kleinen, blondgelockten Mädchen hinunter und betrachtete zusammen mit ihm den kahlen Blumenkopf. „Na, Marie – was bist du denn?", neckte er sie.

Artus, der bislang zufrieden im Gras gelegen und der, seit die Hebammentochter damals den herrenlosen Hund zu sich genommen hatte, ihr und später der Kleinen nicht mehr von der Seite wich und besorgt jedem der tapsigen Schritte seines Schützlings in bedingungsloser Liebe folgte, hob knurrend den Kopf, dann aber bellte er kurz und wedelte mit dem Schwanz.

Alle blinzelten in Richtung der noch vom Schnee bedeckten Berge. Eine große Männergestalt näherte sich vom Süden der Familie. Artus lief mit freudigem Gebell auf den Mann zu und sprang an ihm hoch.

Mutter Kuisl, die ihnen vom Fenster aus zugesehen hatte, kam mit Jakob im Arm herbei und ihr Herz hüpfte vor Freude.

„Dada!", brabbelte der Kleine und juchzte mit leuchtenden Kinderaugen.

Vater Kuisl kam, seinen schwarzen Schlapphut schwenkend, mit eiligen Schritten näher, ein breites Grinsen auf dem Gesicht, so wie man es lange nicht mehr bei ihm gesehen hatte.

Die Kuislin lief ihm entgegen und warf sich in seine Arme, ihr Mann strich mit den großen Händen erst ihr, dann dem kleinen Jakob über das Haar.

Greti und Peterle hatten die Ankunft ihres Vaters ebenfalls mitbekommen, rannten herbei und schmiegten sich an seinen weichen Bauch.

Johanna und Hannes nahmen die kleine Marie in ihre Mitte, hielten sich an den Händen fest und lächelten einander mit feuchtschimmernden Augen zu.

Kater Felix strich schnurrend um ihre Beine. Felix, das bedeutete der Glückliche.

Johanna hatte endlich einen passenden Namen für ihn gefunden.

ENDE

Dramatis Personae

Johanna Magdalena Gruber, Hebammentochter
Hannes Kuisl, Henkerssohn
Hanns Friedrich Hörwarth von Hohenburg, Schongauer Stadt- und Landrichter
Gundula Gruber, genannt Froscher Gundel, Peitinger Hebamme
Adelheid Hörwarth von Hohenburg, Frau des Landrichters
Babette, Magd und Köchin im Haushalt des Landrichters
Ulrich Krampf, Gerichtsschreiber
Xaver Weiß, Amtmann
Johannes Kuisl, genannt Kuisl, Schongauer Scharfrichter
Ursula Kuisl, Frau des Scharfrichters
Peterle, Greti und **Jakob,** die jüngeren Kinder des Scharfrichters
Pater Anselm, Franziskaner Mönch aus Weilheim
Vroni, Schankmagd beim Sternwirt
Michael Semer, Bürgermeister von Schongau und Weinwirt zum Goldenen Stern
Lorenz Kirchbichler, Schongauer Ratsherr
Benedikt Augustin, Schongauer Ratsherr
Hans Miller, Bauer aus Soien
Hans Leuter, Zimmermann aus Soien
Graf Anton aus Tirol, Vater von Adelheid
Gräfin Isabelle, Mutter von Adelheid
Giselle, Tante von Adelheid aus Frankreich
Marie Weßling, Tochter eines Jagdmeisters, ehemals Küchenmagd auf der Burg des Grafen
Caspar Hörwarth von Hohenburg, Vater des Landrichters
Moritatensänger auf dem Markt
Burkhart, Kerkermeister
Gottfried, Flößer und Freund von Hannes

Historisch erwähnte Persönlichkeiten

Johann Baptist Zimmermann (1680–1758), deutscher Maler und Stuckateur des Barock und Rokoko

Dominikus Zimmermann (1685–1766), kurbayerischer Stuckateur und Baumeister des Rokokos (beide Brüder werden der Wessobrunner Schule zugerechnet)

König Ludwig II. von Bayern (1845–1886), aus dem Haus Wittelsbach stammend, Visionär, Technikfreak und Bauherr von Schloss Neuschwanstein, Linderhof, Herrenchiemsee

Heilige Hildegard von Bingen (1098–1179), Benediktinerin, Äbtissin, Dichterin, Komponistin und eine bedeutende Universalgelehrte

Heiliger Antonius von Padua (um 1195–1231), portugiesischer Theologe, Franziskaner und Prediger, wird u.a. angerufen beim Wiederauffinden von verlorenen Gegenständen (Schlampertoni) oder um Hilfe bei der Partnersuche

Eleonore von Aquitanien (1122–1204), Herzogin von Aquitanien, erst Königin von Frankreich, dann von England, sie war eine der einflussreichsten Frauen des Mittelalters

Maximilian I. (1459–1519), Sohn des römisch-deutschen Kaisers Friedrich III und dessen Nachfolger; durch geschickte Heiratspolitik sicherte er die Dynastie der Habsburger; er trug den Beinamen „der letzte Ritter"

Bianca Maria Sforza (1472–1510), Kaiserin des Heiligen Römischen Reiches und zweite Gemahlin von Maximilian I., der die Mailänderin wegen ihrer Mitgift heiratete; als sie früh und kinderlos verstarb, meinten Zeitgenossen, die fehlende Liebe ihres Mannes hätte ihre Dörrsucht verursacht

Hieronymus (347–420), lat. Kirchenvater

Sokrates (469 vor Chr.–399 v.Chr.), griechischer Philosoph, nach dem Todesurteil, er war angeklagt, die Jugend zu verderben und gegen alte Sitten aufzuhetzen, darf er nach altem Brauch, selbst eine Strafe für sich vorschlagen und trinkt einen Becher giftigen Schierlings

Xanthippe, Ehefrau des Sokrates; in die Literatur eingegangen als Inbegriff des zänkischen Weibes

Welf VI. (1115–1191) der Milde Welf genannt, Markgraf von Tuszien (Toskana) und Widersacher des staufischen Königs Konrad III., er war ein wohltätiger Mäzen und stiftete u.a. das Kloster Steingaden, seine letzte Ruhestätte

Welf VII. (1140–1167), Sohn von Welf VI., mit dessen Tod der süddeutsche Zweig der Welfen in männlicher Linie ausstarb

Kaiser Friedrich I. (HRR) (um 1122–1190), aus dem Geschlecht der Staufer, wegen seinem roten Bart auch Barbarossa genannt, Kaiser des römisch-deutschen Reiches von 1155–1190, übernimmt im Jahre 1179 das welfische Erbe und gründet das Oppidum Schongau, eine fest ummauerte und befestigte Stadt samt Schloss und Münzstätte auf dem Lechumlaufberg. Von der Planung bis zur Bebauung der Stadt wird ein Zeitraum von 40 Jahren angenommen (Ende 12. / Anfang 13. Jh)

Herzog Wilhelm V. von Bayern (1548–1626), auch der Fromme genannt, regierte von 1579–1597 das Herzogtum Bayern; als Sparmaßnahme ließ er 1589 die erste Hofbrauerei einrichten, da der Import von Bier dem Hof erhebliche Kosten verursachte

Herzog Ferdinand „der Wartenberger" (1550–1608), jüngerer Bruder von Wilhelm V., seit etwa 1580 oberster Gerichtsherr von Schongau und politisch verantwortlich für die Schongauer Hexenprozesse, ihm wird die Stadt als

Finanzausstattung übertragen; mit seinem verschwenderischen Lebensstil und den Kosten des kurkölnischen Krieges, der seinen jüngeren Bruder Ernst zum Erzbischof von Köln macht, presst er der Stadt Schongau immer mehr Geld ab und treibt sie in die finanzielle Katastrophe

Herzog Ernst von Bayern (1554–1612), Kurfürst und Erzbischof von Köln (1853–1612), Bruder des regierenden Herzog Wilhelm, musste gegen seinen lebenslustigen Willen die geistliche Laufbahn einschlagen; ihm ist eine wichtige Rolle im gegenreformatorischen Spiel der katholischen Partei zugedacht

Herzog Christoph, der Starke von Bayern (1449–1493), auch der Kämpfer genannt, residierte in der wittelsbacherischen Nebenresidenz Schongau und machte die Stadt 1490 zum Verwaltungsmittelpunkt und damit zum spätmittelalterlichen Landgericht, Pilgerfahrt ins Heilige Land mit Kurfürst Friedrich III. von Sachsen; Erbauer der Herzogsägmühle.

Hanns Friedrich Hörwarth von Hohenburg (+1598), Jurist, Kämmerer und Stallmeister des Herzog Ferdinand von Bayern, Publizist, Stadt- und Landrichter in Schongau seit 1588, Richter bei den Hexenprozessen

Johannes Kuisl (+1627), historisch erst später Scharfrichter in Schongau (1589 war dies Christoph von Biberach, danach Meister Jörg Abriel 1590); die Henkersdynastie der Kuisls gab es in Schongau vom 16. bis 19. Jahrhundert

Jörg Abriel (+1604), Scharfrichter in München und Schongau ab 1590; dieser Mann war im ganzen Herzogtum Bayern sehr einflussreich, denn nur ihm trauten die Gerichte zu, zu unterscheiden, was ein Hexenmal war und was keines

Agnes Weiß (Engeli) aus Peiting (+1590), Schongauer Amtmannsfrau, Tortur und Hinrichtung, von ihr sind die ausführlichsten Prozessunterlagen im Stadtarchiv erhalten; Titelfigur des Historienspiels „die Hexe von Schongau" von Herbert Rosendorfer (Uraufführung 1992)

Semer oder **Semmer,** Gastwirt zum Goldenen Stern und Bürgermeister der Stadt Schongau; die Familie Semmer ist seit dem Ende des 16. Jahrhunderts urkundlich in Schongau erwähnt

Joseph Friedrich Lentner (1814–1852), Dichter und Buchhändler in München, Wien und Innsbruck; sammelte im Auftrag des Kronprinzen Maximilian von Bayern volkskundliches Material und schöpfte daraus Sagen und Geschichten; die Buchhandlung Lentner in München ist das älteste existierende Buchgeschäft Altbayerns.

Auszug aus
„Der Schongauer Hexenprozess und seine Opfer"
von Dr. Hubert Vogel:

Der Schongauer Prozess von 1589/92 war mit seinen etwa 63 Opfern der größte in Südostdeutschland, wenn nicht in ganz Deutschland. Seine Besonderheit – und möglicherweise ebenfalls Einmaligkeit – liegt darüber hinaus darin, dass die originalen Gerichtsakten dieses Prozesses – zumindest, wie sich bei einer genauen Prüfung zeigt, zum wohl weit überwiegenden Teil – erhalten sind.

Die Zeit von etwa 1590 bis 1630 bildete jedenfalls in Bayern und Baden-Württemberg die Ära der stärksten Hexenverfolgungswelle. Die Zeit von 1600 bis 1630 kann als eine Periode des Kampfes zwischen den Befürwortern der Verfolgung mit den Gegnern, die sich um eine Eindämmung bemühten, bezeichnet werden, welche in Süddeutschland mit einem Sieg der Gemäßigten endete. Zwischen 1630 und 1650 änderte sich in Bayern in der Hexenfrage das Meinungsklima generell. Es wurde nämlich die Abhaltung großer Hexenprozesse, bei gleichzeitigem grundsätzlichen Festhalten am vorgefassten Hexenglauben, möglichst vermieden. Nicht mehr die rücksichtslose Ausrottung der „Unholden", sondern der Schutz der Unschuldigen vor einem übereilten Zugriff des Staates wurde vorrangig.

In Schongau wurden die 63 Hexen nicht auf einmal, sondern in kleinen Gruppen von 4–6 Personen hingerichtet.

Unter den als Hexen verurteilten Frauen waren einige Hebammen, Bettlerinnen und offensichtliche „Kräuterweiblein" namhaft gemacht, denen die Möglichkeit zu schaden nur gegeben wurde, weil sie nicht nur als „böse Weiber", sondern auch als heilkundige Helferinnen im Falle von Krankheiten bei Mensch und Vieh galten. Die medizinische Versorgung der Bevölkerung war bis ins 19. Jahrhundert unzureichend, vor allem auf dem Land. Ärzte gab es nur in größeren Städten, in kleineren häufig nur einen Apotheker. Die Stadt- und Landbevölkerung behalf sich mit Kräuterheilmitteln aus dem eigenen Kräutergarten oder aus der Natur. Dabei fanden auch Kräuter und Pilze Verwendung, die narkotische und halluzinatorische Wirkungen hervorrufen konnten und dadurch äußerst gefährlich waren (Tollkirsche, Bilsenkraut, Stechapfel, Alraune). Die Kräuterweiber oder „weisen Frauen", die mit Pflanzenmitteln Liebe bringen oder nehmen konnten, galten als Helferinnen bei Liebesproblemen, bei der Abtreibung („Mutterkorn") bzw. der Empfängnisverhütung. Andererseits gab es auch zahlreiche Pflanzen, die zum Zweck der Hexenabwehr und Dämonenvertreibung herangezogen wurden.

Für die Durchführung der sogenannten „peinlichen Frage" (Folter) mussten bestimmte Voraussetzungen vorliegen, ehe sie angewandt werden durfte (bayerische Landrechtsreformation von 1518):

1. das gütliche Verhör war durchgeführt

2. Beschuldigte wurden durch Geständnis oder Beweis nicht überführt

3. ein Tatbeweis lag vor

4. ausreichende Indizien waren vorhanden (dies war am wichtigsten)

5. es handelte sich um eine schwerwiegende Tat

6. Folter sollte nur Mittel der Wahrheitsfindung sein

7. eine Prüfung, ob der Beschuldigte von der Folter befreit war, lag vor

Der Beschuldigte durfte normalerweise nur einmal gefoltert werden. Der Landrichter hatte nach der Malefizordnung die aufgezeichneten Aussagen der Beschuldigten an den Münchner Hofrat zu senden und weitere Befehle abzuwarten.

1. Wenn der Täter(in) mit dem Tod zu bestrafen war, erhielt der Malefizrichter die Akten zurück. Dieser verfasste dann das Urteil und ließ es vollziehen.

2. Wenn Täter(in) nur mit Leibesstrafe zu bestrafen war, so gingen die Akten zusammen mit dem Urteil an den Malefizrichter zur Verkündung und zum Vollzug.

Durch die Mitwirkung gelehrter Universitätsprofessoren bei der Behandlung peinlicher Gerichtsverfahren im herzoglichen Hofrat wurde eine Aktenversendung zu den juristischen und theologischen Fakultäten der Landesuniversität Ingolstadt weitgehend entbehrlich.

Gerichtsherr war nicht der regierende Herzog Wilhelm V., sondern sein Bruder, Herzog Ferdinand „der Wartenberger".

Offenbar hatte ein verheerendes Hagelunwetter in der Schongauer Gegend den seit 1588 hier amtierenden Landrichter Hörwarth veranlasst, sich an seinen Gerichtsherren zu wenden und um Weisungen für zu ergreifende Maßnahmen zu bitten. Daraufhin schrieb Herzog Ferdinand unterm 24. Juli 1589 an Hörwarth, er solle die Geistlichkeit veranlassen, das Volk zu Buße und Besserung zu ermahnen und selbst Nachforschungen nach Leuten anstellen, die verdächtig sein konnten, Schadenzauber ausgeübt zu haben, diese gegebenenfalls verhaften lassen und darüber Bericht erstatten.

Die bayerische Hexenprozessordnung wurde auf Grundlage eines Gutachtens gelehrter Juristen und Theologen der Universität Ingolstadt im Mai 1590 zusammengestellt und um den 31. Juli 1590 an die zuständigen Stellen gesandt. Dabei wurde der Teufelspakt als spiritueller Kern des Hexereideliktes betrachtet, Teufelsbuhlschaft, Hexenflug und Hexentanz aber auch für Realität gehalten.

Die letzte Entscheidung über das Schicksal der Beschuldigten lag bei Herzog Ferdinand, der sich seine Entscheidungen keinesfalls leicht gemacht und die besten Juristen des Landes im Hofrat und an der Universität um Rat gefragt hat. Herzog, Hofräte, Professoren, Richter und das Volk einschließlich der beschuldigten Frauen waren von der Existenz Gottes, des Teufels und der Möglichkeit von Schadenzauber zutiefst überzeugt.

Agnes Weiß aus Peiting wurde vermutlich am schwersten belastet und am intensivsten verhört; sie wurde mindestens zweimal gefoltert, was einer besonderen Genehmigung der zuständigen höheren Instanz bedurfte. Nach strenger Weisung von Herzog Ferdinand, in der ausdrücklich verlangt wurde, dass „mit größerem Ernst der Hostien wegen zu foltern sei und dem Weib nit Ruhe zu lassen, bis man die Wahrheit, soweit wie möglich, erfahren habe."

Der Gerichtsschreiber hatte nach der bayerischen Malefizordnung vor allem die Aussagen des „Inquisiten" (= Verhörten), die „Indizien", die Zeugenaussagen und die Stimmen bei der Urteilsfassung zu protokollieren.

Nach der Bamberger peinlichen Halsgerichtsordnung von 1507, die 1510 veröffentlicht wurde, ist die Folter in fünf Stufen vollzogen worden:

1. Bindung, 2. Anlegung von Daumenschrauben, 3. Anlegung von Beinschrauben, 4. Leiterzug (Streckung), 5. Rutengeißelung; gefoltert wurde durch den Nachrichter

Die Verhaftung und Einkerkerung der unglücklichen Frauen oblag dem Gerichtsdiener (Amtmann). Die Gerichtsdienerwohnung mit der Eisenfronfeste war im Hause Münzstraße 48. In der Fronfeste wurden die Frauen verhört, gefoltert und zu Geständnissen gezwungen.

Es wurde zwischen fünf maßgebenden Verbrechensarten unterschieden:

I. Teufelspakt mit Gottesverleugnung, auch mit Hostienfrevel und unwürdiger Kommunion

II. Teufelsbuhlschaft

III. Hexenfahrt, auch Kellerfahrt

IV. Hexenmahl, auch Hexentanz

V. Schadenzauber, nämlich Teufelssalbenverwendung, Viehtotschmierung, Kindertotschmierung, Schauerwettermachen

Nach den vorliegenden Protokollen haben unter dem Druck der Folter gestanden: 8 Frauen aus Schongau, 4 aus Altenstadt, 3 aus Burggen, jeweils eine aus Dienhausen, Hohenfurch und Sachsenried, 6 aus Ingenried, 11 aus Peiting, 2 aus Schwabbruck („Bruck"), 7 aus Schwabsoien („Soien"), 11 ohne Herkunftsangabe, eine Namenlose, etwa 70 Jahre alt

Letztere sagte aus, sie habe die Kreuzbäuerin oft ermahnt, von den verschiedenen Hurenhändeln abzulassen ... der böse Feind wisse nicht, was man im Gefängnis verhandle; der böse Feind habe gesagt, das hochwürdigste Sakrament sei ihr nicht mehr nützlich, denn die Seele sei sein; Gott habe nichts mehr mit ihr zu tun.

Lucia Dietrich aus Schongau bemerkte zu ihrer Aussage: „Unser Herrgott werde den Meister Gerg wohl dafür bestrafen, dass er aus frommen Witwen Unholden und sie geschwätzig mache, da sie doch nichts besser wisse."

Appolonia Zeitzler aus Dienhausen bekannte, dass sie es

herzlich reut und ihr leid ist, weshalb sie jedermann bittet, für sie Gott den Allmächtigen zur Erlangung des verlorenen Himmels bitten zu helfen. Sie bekannte sich schuldig der Teufelsbuhlschaft (mit ihrem Mann stets uneinig gehaust), Kellerfahrt um Wein beim Wirt mit Gespielin, Hexentanz zwischen Asch und Leeder, ziemliche Zahl von Pferden, Kühen und Kälbern tot geschmiert. Gerichtliche Erkundigungen wurden beim Keglerwirt in Dienhausen eingezogen, ob er eine Verminderung bei seinen Weinen bemerkt oder plötzlichen Mangel gehabt habe, da ihm vielleicht die Hexen in den Keller könnten gefahren sein. Der Wirt antwortete darauf: Dies sei wahr.

Margreth Leutter, Hebamme aus Soien gesteht, dass der böse Feind die erste Nacht, als sie ins Gefängnis herein gebracht worden, zu ihr in den „Feule Thurn" gekommen und allda sie unkeusch beschlafen.

Die alte Mairin aus Ingenried sitzt zum 21.VII.1590 noch im Gefängnis; Rechtsgutachten soll bei der Universität Ingolstadt angefordert werden; unterm 14.IX.1590 befiehlt Herzog Ferdinand die Einleitung des Malefizverfahrens und genehmigt Strangulierung, falls dies für milder als die Hinrichtung mit dem Schwert angesehen wird.

2 verhaftete Männer wurden wieder entlassen (einer davon Freilassung gegen Bürgenstellung und freiwilliger Zahlung von 400 Gulden).

Nach Abschluss des Verfahrens der Urteilsfassungen wurden die gefangenen Beschuldigten in die Gerichtsdienerstube geführt, wo ihnen ihre Aussage noch einmal vorgelesen wurde und sie gefragt wurden, ob sie bei ihren Geständnissen blieben. Blieben sie dabei, so wurde ihnen das öffentliche Malefizrecht auf den dritten folgenden Tag angekündigt, damit sie inzwischen beichten und kommunizieren konnten. Am

Malefiztag selbst hatte der Gerichtsschreiber auf dem Richtplatz (Köpfstätte) das Geständnis und die Taten der Delinquenten, sowie das Urteil zu verlesen. Die Schongauer „Unholden" wurden nicht verbrannt, sondern erst mit dem Schwert enthauptet und dann die Leichen verbrannt. Die Asche durfte nicht in geweihter Erde beigesetzt werden, was als besonders strafverschärfend betrachtet wurde.

Der von Herzog Ferdinand für seinen Gerichtsbezirk bestellte Stadt- und Landrichter Hanns Friedrich Hörwarth von Hohenburg erhielt ein Jahresgehalt von rund 92 Gulden, zu denen noch weitere Gerichtsgebühren und Naturalreichnisse kamen. Ihm gebührte täglich 1 Gulden 30 Kreuzer für Pferdefutter und Verpflegung. Von der Gemeinde Peiting bekam er als Anerkennung für sein Tätigwerden bei der Bekämpfung des eingerissenen Hexenwesen den Nießbrauch zweier gemeindeeigener Höfe für die Dauer seiner Amtstätigkeit. Außerdem hatten sich einige Angehörige von Hingerichteten mit Richter Hörwarth wegen ihres Prozesskostenanteils bereits privat geeinigt und ihm zwischen 20 und 400 Gulden gezahlt. Es wird berichtet, dass Richter Hörwarth an einem Samstag früh um 4 Uhr, also zu nachtschlafender Zeit, mit 80 Bewaffneten in Schwabsoien einfiel und die Witwer von drei hingerichteten Frauen, die sich mit ihm noch nicht privat geeinigt hatten und deren Zahlungen ausstanden, nach Schongau ins Schuldgefängnis abführen ließ.

Die Akten vermerken, dass wegen der Schwabsoierischen Hexen insgesamt etwa 670 Gulden Prozessbeiträge bezahlt wurden.

Die Gesamtkosten eines Prozessabschnittes beliefen sich jährlich auf 496 Gulden, 40 Kreuzer und 3 Pfennige.

Ein Gulden (fl) zählte dabei 60 Kreuzer (x) oder 210 Pfennige (d. oder Pfg.)

Malefiz- und ordentliche Rechtsprozesse wurden auf dem Rathaus, die anderen zusammenfassenden Verhandlungen im Haus des Landrichters (heute Christophstraße 46) abgehalten, verhört und verabschiedet. Verhöre von Schongauer Bürgern sollten jederzeit in Anwesenheit von einem oder zwei Angehörigen des bürgerlichen Rates vorgenommen werden.

In seinem Abschlussbericht vom 14. II. 1594 schreibt Richter Hörwarth an Herzog Ferdinand: „Demnach bei 63 des abscheulichen Lasters der Zauberei wegen verhaftete Weiber in ungefähr zwei Jahren auf Grund ihrer eigenen Geständnisse wie auch auf Grund von Reue und Leid, die sich durch Beichte und Kommunionempfang gezeigt haben, hingerichtet wurden. Daran werden sich Ihre Durchlaucht wohl zu erinnern wissen. Dies alles gereicht Gott dem Allmächtigen zu grossem Lob und Dank und Euer fürstlichen Durchlaucht nicht weniger im In- und Ausland Lob, Ehre und Ruhm. So haben auch unter den Hingerichteten viele auf der Richtstatt frei und öffentlich erklärt, dass sie hiermit hier und in jener Welt Gott dem Allmächtigen für diese Obrigkeit dafür Dank sagen wollen, dass sie so fleißige Nachforschungen nach diesen geheimen Sünden und Lastern angestellt hat ... (Auf Grund dieses scharfen Durchgreifens) gebührt Gott dem Allmächtigen grosses Lob und Danksagung dafür, dass seit etwa 3 Jahren keine Schäden an Menschen, Vieh und anderen Sachen zur Anzeige kamen, dazu auch die drei aufeinanderfolgenden Sommer das gesamte Getreide und alle Feldfrüchte – Gott Lob – reichlich und gut gewachsen sind und eingebracht werden konnten, wie dies seit über 20 Jahren nicht mehr der Fall gewesen ist ..." Darüber meint Hörwarth: „Damit im Übrigen dieser schreckliche Prozess nicht völlig vergessen werde und das Unkraut vielleicht wieder Wurzel fasst oder einreißt … könnte Eure Fürstliche Durchlaucht verordnen, dass nicht allein zur Erinnerung an die Sache oder den Prozess selbst, sondern auch den fremden Vorbeireisenden und Jedermann zur Erinnerung, Warnung und Andenken etwa an einen Ort hierum bei der Stadt an die Straße eine ewige Merksäule, Zeichen oder Gedenken gemauert und erbaut würde. So würde an diese schreckliche Angelegenheit für ewige Zeit erinnert und Jung und Alt erhielten einen abschreckenden Spiegel derartiger Laster, zumal Eurer Fürstlichen Durchlaucht dieses auf meinen früheren mündlichen Bericht hin wohl gefallen hat."

Glossar

Spanische Hofmode – Mitte des 16. Jahrhunderts wandelte sich der modische Geschmack hin zu mehr Eleganz der Erscheinung, anfangs bunte Farben, sehr bald schwarz; die Halskrause war fester Bestandteil der gehobenen Ausgehkleidung bei Männern und Frauen; aufgrund von Spaniens damaligem großen Einfluss in der Politik und Wirtschaft verbreitete sich die Mode in ganz Europa; Ziel war es, der Renaissance-Mode entgegenzutreten, die als wenig fromm galt

Korduan-Leder – widerstandsfähig, robust, beste Qualität bis 18. Jh.

Barett – flache, runde oder eckige Kopfbedeckung aus Filz, Wolle, Stoff, Samt oder gefütterter Seide ohne Schirm und Krempe; bis 16. Jahrhundert für gebildete Stände, bis 1600 langsam aus der Mode gekommen

Schaube – ein weiter, oft glockiger, vorn offener, ungegürteter Überrock, knielang bzw. bis zu den Knöcheln

Wams – Oberbekleidungsstück der Männer, Frühform der heutigen Weste, dazu trug der aristokratische Mann enganliegende Trikothosen, darüber eine ausgestopfte Oberhose (Pluderhose)

Schamkapsel – auffällig gestalteter Hosenlatz, der im 15. und 16. Jahrhundert bei Männern Mode war, jedoch von der Kirche scharf kritisiert wurde, wegen symbolhafter Darstellung männlicher Potenz

Lech – (lat. Licus, der schnell Fließende oder als der Steinreiche), der aufgrund des mitgeführten Kalkgesteins in einer grünblauen Farbe schimmert; entspringt im Lechquellengebirge (Voralberg) und mündet nach 264 km in die Donau; vor seiner Verbauung als Energieträger Anfang des 20. Jahrhunderts noch ein wildes Gewässer und seit der Römerzeit bis 1914 für die Flößerei genutzt, ein blühendes Gewerbe von dem die großen Umschlagplätze Füssen, Schongau, Landsberg und Augsburg profitierten und zu Reichtum und Wohlstand kamen: prominentester Fahrgast im 16. Jahrhundert von Füssen nach Augsburg war Michel de Montaigne

die Nase – eine Fischart, die früher wegen ihres massenhaften Auftretens zur Laichzeit ein wichtiger Bestandteil in der Ernährung der Lechanwohner war und in großen Schwärmen flussaufwärts nach Augsburg zog; nach der Verbauung des Lechs steht sie heute vor dem Aussterben

Litzauer Schleife – ein im mittleren Lechverlauf, von Menschenhand unberührter Abschnitt, erinnert an die einstige großartige Wildflusslandschaft des Alpenvorlandes

Floßlände – flaches Flussufer an der rechten Lechseite flussabwärts, unweit der Lechbrücke

Zimmerstadel – am rechten Lechufer, auf der anderen Seite der Lechbrücke bei den Stadtmühlen, Warenlager

Rottfaktor – war in der Stadt verantwortlich für die Warenlogistik (fachgerechte Lagerung und/oder Weitertransport)

Ballenhaus – ein gotisches Lagergebäude zur Unterstellung der Kaufmannsgüter mit Ratsstube, Schranne oder Kornhaus; vor dem Hintergrund des steigenden Warenverkehrs auf der Rottstraße zwischen Venedig und Augsburg, der aufgrund eines herzoglichen Privilegs durch Schongau führte, wurde nach Errichtung einer Stadtwaage (1407) den Bürgern 1419 der Bau einer Warenniederlage erlaubt; nach der Einhüllung der Waren („Ballen"), für die sie eine Abgabe verlangen durften, erhielt das 1493 abgebrannte und bis 1515 wieder aufgebaute Gebäude die Bezeichnung „Ballenhaus"; 1855–1860 erfolgte der teilweise Abbruch; 1987–1989 grundlegende Restaurierung und Umbau zur heutigen Gestalt; bis 1902 Sitz des Rates der Stadt

Faulturm, Feilturm, Feichlturm, Feuleturm („Hexenturm") – fünfstöckiger Turm an der Südseite der Stadtmauer im Knick nach Westen; als Stadtgefängnis auch bei der großen Hexenverfolgung 1589–1592 benutzt; 1704 von den kaiserlich-österreichischen Truppen gesprengt

Fronfeste, Amthaus – Amtsgebäude für Rechtsvollzug, Haft und Folterung, heute „Münzgebäude" genannt und bis vor kurzem noch Sitz der Polizei

Kuhtor, Kuehtor, Küehtor, Kietor (Torwarthaus) – vor diesem Stadttor aus ältester Zeit (Fundamente frühes 13. Jahrhundert), lagen wichtige Wiesen- und Weidegründe (Änger) der Schongauer Ackerbürger; nach dem Umbau des baufälligen Tores zum barocken Festungswerk im Vorfeld des Spanischen Erbfolgekrieges ab 1699 Frauentor; heute lokale Weinstube

Lechtor – nicht mehr bestehende, ehemals stark befestigte Toranlage mit Vorwerk; 1704 durch kaiserliche Truppen schwer beschädigt und 1877 durch Magistratsbeschluss endgültig abgebrochen

Schmid-Kemlins-Tor – hat seinen Namen von der Schongauer Münzmeistersfamilie, das heute verschwundene Tor war vermutlich ein kleiner Auslass nach Norden (Hohenfurch, Reichsstraße) und nachdem die Schongauer Münze Mitte des 16. Jahrhunderts an Bedeutung verlor, umfunktioniert zum Frongefängnis (Fronfeste)

Rösslebräu – Gasthof und ehemals älteste Brauerei (13. Jh.)in der Christophstraße

Sonnenbräu – ehemals Gasthof und Brauerei in der Lechtorstraße

Gasthof zum Goldenen Stern – ehemals eine Schongauer Nobelherberge, errichtet um 1515 und Mitte des 18. Jh.

umgebaut zu einem bürgerlichen Palais mit barockem Treppenhaus, Stuckdecken und Hauskapelle; heute Musikschule

Alter Einlass, beim Einlass, vor dem Einlass, Einlassturm – einer der wenigen Stadttürme, welche die Zeitabläufe überdauert haben, ein Wahrzeichen der Stadt am südlichsten Punkt der Stadtmauer gelegen, im 19. Jh. Wohnung des Polizeidieners (Name „Polizeidienerturm"), später Nutzung durch den Alpenverein

Schloss – ehemals Schloss und Wittelsbacher Nebenresidenz aus der Zeit der Stadtgründung: Sitz des staufischen Propstes, des Wittelbachischen Vogtes und Stadt-, Landrichters, seit 1490 ununterbrochen Sitz der staatlichen Zentralverwaltung in der Stadt(Landratsamt)

Hoftor, Maxtor – ursprünglich wichtige Kopfbefestigung am westlichsten Punkt der Stadtmauer in Verbindung mit dem Schloss und später Kaserne, versehen mit drei Türmen, von denen heute nur mehr der westliche Eckturm verkürzt steht; der kleine und der große Schlossturm (5 Stockwerk) wurden 1704 von den österreichischen Husaren gesprengt

Stadtpfarrkirche Mariä Himmelfahrt – die Kirche (zu unserer Lieben Frau) ist das älteste christliche Gotteshaus auf dem Hügel der neuen Stadt, urkundliche Erwähnung der Pfarrei in den Akten des Kloster Rottenbuchs 1253; nach dem großen Stadtbrand 1493 Errichtung eines spätgotischen Kirchenbaus; Renovierung wegen Baufälligkeit Mitte des 18. Jahrhunderts. Anstelle des dreischiffigen gotischen Baus entsteht ein spätbarocker Saalbau (Architekt des Langhauses: Dominikus Zimmermann, Baumeister des Langhauses: Lorenz Säppl)

Erasmuskirche – mit Gründung des Heiliggeist-Spitals bei S. Erasmus im Jahre 1445 wird aus dem Gotteshaus eine Heiliggeistkirche; heute Stadtmuseum in der Christophstraße

Altenstadter Straße, Bauerngasse, Hennengasse, Salzgasse, Zankgasse (älteste Straßenbezeichnungen) – die Stadt innerhalb der Mauern war seit altersher zur Verwaltung in vier Stadtviertel eingeteilt, wobei die Hausnummerierung jeweils am Marienplatz begann: Frauentorviertel, Hoftorviertel, Metzgerviertel und Lechtorviertel

Köpfstätt, Haubtstätt, bei der Köpfstatt – Hinrichtungsstätte an der Altenstädter Straße, wo die Verurteilten durch den Henker mit dem Richtschwert enthauptet wurden

Lusthaus, Bad (Altes)Mayenbad – das Maibad lag außerhalb der Stadt an der viel benützten Straße nach Altenstadt unweit des heutigen „Gnettnerviertels"; „maien, sich ermeyen" in der Bedeutung von „sich belustigen", „sich ergötzen"

Katzenweiher – vor der Stadtmauer am heutigen Münztor gegenüber der Bücherei, später aus touristischen Zwecken Schwanenweiher genannt, 1937 aufgefüllt und beseitigt

Gerberviertel – Wohnsitz der Rot- und Weißgerber, heutige Lechvorstadt

Außenbürger – wohnte außerhalb der Stadt (ohne Bürgerrechte)

Ackerbürger – ein Bauer mit Bürgereigenschaft, der im Haupterwerb Landwirtschaft betrieb

Amtmann – oberster Dienstmann, sorgte mit einer kleinen bewaffneten Einheit für Sicherheit und Ordnung

Altenstadt – Alte Stätte Schongau, liegt an der Römerstraße Via Claudia Augusta, Grabfunde aus dem 4. Jh. n. Chr. lassen auf eine befestigte Höhensiedlung auf dem Burglachberg und eine zivile Niederlassung schließen;

für die Zeit der Frankenherrschaft wird in Alt-Schongau ein fränkischer Reichshof vermutet, mit einer Missionskirche, die wohl im 8. Jh. als Holzbau errichtet wurde und als Reichshofkirche diente. Unter dem Schutz der Herren von Alt-Schongau (= Schönachgau), Ministerialen der Welfen, die 1055 den Schwerpunkt ihrer Verwaltung in den Lechrain verlegten, gewann der Ort, der zwischen 1065 und 1090 erstmals als „Scongoe" erwähnt wird, Bedeutung als Raststation für Heeresabteilungen und als Stapel- und Umschlagplatz für Warenzüge von Augsburg nach Italien; der Templerorden hatte einen kleineren Besitz, der 1289 an das Prämonstratenserkloster in Steingaden verkauft wurde. Die Befestigung auf dem Burglachberg war schon im 15. Jh. Ruine, heutiger Sitz der Kaserne der Bundeswehr

„Großer Gott von Altenstadt"– das überlebensgroße Kruzifix der Triumphkreuzgruppe in der romanischen Basilika St. Michael von Altenstadt (datiert auf 1210/20) ist ein Original, während die Assistenzfiguren Maria und Johannes zur Finanzierung der Kirchenrenovierung 1867 an das Bayerische Nationalmuseum verkauft wurden

Welfenmünster von Steingaden – das St. Johannes Baptist geweihte Kloster wurde 1147 von Markgraf Welf VI. als Prämonstratenser-Chorherrenstift, sowie als Hauskloster und Grablege der Welfen gegründet; Brandschatzung und Plünderung im Bauernkrieg, Zerstörung im Dreißigjährigen Krieg, Wiederaufbau im Stil des beginnenden Barock und Rokoko

Auerberg – auch schwäbischer Rigi genannt (1055 m ü.NHN), erste Besiedelung in der Jungsteinzeit (etwa 2500 Jahre v.Chr.), ab dem 8. Jh. vor Chr. legten eingewanderte Kelten die Grundlage für eine intensive bäuerliche Wirtschaftskultur; nach einer keltisch-römischen Entscheidungsschlacht stand die Region für die nächsten Jahrhunderte unter römischer Vorherrschaft; heute wegen der Aussichtsmöglichkeit zu den Alpen, besonders von der auf dem Gipfel stehenden St. Georgs-Kirche ein beliebtes Ausflugsziel

Hohenpeißenberg – auch bayerischer Rigi genannt (988 m ü.NHN), der einstige Bergbauort liegt im Zentrum des Pfaffenwinkels, die Wallfahrtskirche Mariä Himmelfahrt ist ein bekannter Pilgerort und beliebtes Ausflugsziel; auf dem Berg befindet sich heute ein Sendeturm und ein meteorologisches Observatorium, das als die älteste Bergstation der Welt gilt

Amperleite – der Begriff Leite bedeutet steiler Bergabhang, wildes Gewässer; die Ammer ist ein Gebirgsfluss bei Peiting (Schnalz)

Lexe – Flur südlich des Lechs gegen Peiting zu, teils in die Peitinger Flur hineinreichend, mögliche Namensherleitung von Liesch, Liest, Liessen oder Lixe (mhd. lisca), „Rohrkolben" und „Gräser", „Lange Lisen"; früher Alte Hammerschmiede mit Lexebad, heute modernes Wohngebiet

Schlossberg – Erhebung (818 m) zwischen Lech und Peiting südlich des Kannen-Wäldls mit frühmittelalterlichem Burgstall und westseitigen Wall- und Grabenanlagen einer vermuteten Vorgängerbefestigung

Schneckenbichl, Schneckenbühl – Erhebung an der Lechschleife westlich des Kannenwäldchens mit Steinfundamenten eines im 19. Jh. abgebrochenen mittelalterlichen Turms mit vermutetem Burgstall; nach neuesten Erkenntnissen stand die Welfenburg (Wohnturm von Welf VI.) hier und nicht, wie bisher angenommen, auf dem Schlossberg (Fund einer Fensterlaibung aus Sandstein)

Doswald – Waldgebiet südlich des Lechstausees; das schwäbische Dos, Das entspricht den bairischen Dachsen, den Nadelzweigen, die dann kleingehackt zur Unterstreu im Viehstall verwendet wurden

Lechumlaufberg – der heutige Altstadtberg wurde im Lauf seiner Geschichte einmal vom Lech umarmt; zuerst zog er in westlicher Richtung eine Schleife (Fauler Graben), dann verkürzte er vor 5.300 Jahren seinen Lauf und durchbrach mit ungebrochener Kraft und dank zahlreicher, vorausgehender Hochwasser und Überschwemmungen das letzte Hindernis, eine Felsnase zwischen Schneckenbichl und Altstadtberg, wo er sich sein heutiges Bett in 22 Metern Tiefe grub

Schloß Possenhofen, am Starnberger See – im Jahre 1536 erbaut, ging im 16. Jh. in den Besitz eines Caspar von Hörwarths über, 1834 von Herzog Maximilian gekauft, dessen Tochter „Sisi", spätere Kaiserin von Österreich, hier ihre Jugend verbrachte

Würmsee – frühere Bezeichnung für Starnberger See

Mädesüß – mitteleuropäische Duftpflanze, genutzt bei der Bierbrauerei, zum Aromatisieren von Desserts, für Duftsträuße und Kräuterkissen; Aspirin des Mittelalters

Christophskraut – Hahnenfußgewächs mit Beeren; galt als Heilmittel gegen die Pest und als Zaubermittel zum Heben verborgener Schätze

Gefleckter Schierling – das Alkaloid Coniin lähmt das Atemzentrum; erlangte Bekanntheit durch den Schierlingsbecher, den der griechische Philosoph Sokrates leeren musste

Blauer Eisenhut – gehört zu den giftigsten einheimischen Pflanzenarten; seine an der Spitze wie Pferdeköpfe aussehende Kronblätter ziehen nach alter Überlieferung den „Venuswagen"

Tollkirsche – gehört zu den gefährlichsten Giftpflanzen Europas; im Mittelalter galt die Wirkung einer geringen Dosis – glänzende Augen und geweitete Pupillen – als Schönheitsmittel (lat. bella donna = schöne Frau); eine höhere Dosis ruft Rausch- und Wahnzustände (Name) hervor und wurde zur Bestätigung des Hexenverdachts verabreicht

Mutterkorn – der Mutterkornpilz produziert giftige Alkaloide (Krankheitsbild im Volksmund genannt: Antoniusfeuer, Mutterkornbrand); Pilzbefall besonders bei Roggen, Weizen, Hafer, Gerste, Dinkel; seine toxischen Effekte werden häufig in der Medizin eingesetzt und sind schon seit 2000 Jahren vor Christus bekannt; seine Inhaltsstoffe regen Wehen an und finden Verwendung bei Schwangerschaftsabbrüchen

Alraune – gilt als Zauberwurzel, stark psychoaktive Wirkung (hypnotische Zustände), Schutzpflanze vor Schadenszaubern und Gespenstern; war selten und teuer

die Blumenuhr – unter dem Begriff Blumenuhr versteht man die Zeitbestimmung anhand der Öffnungszeit von Blüten; durch die unterschiedlichen Blühzeiten wird gesichert, dass 24 Stunden Nektar und Pollen für die Bestäuber bereitstehen

die Voguhr – basiert darauf, dass unterschiedliche Vogelarten zu verschiedenen Zeitpunkten in den frühen Morgenstunden mit dem Gesang beginnen; die räumliche Zuordnung des Gesanges eines gewissen Vogelmännchens innerhalb einer Art wird deutlicher, wenn dessen Stimme nicht im Chor von irgendwelchen anderen untergeht, sondern in Konkurrenz mit ähnlichen zu hören ist

Hexentiere – man glaubte, dass Hexen sich in alle Tierarten verwandeln konnten, die nicht, wie z.B. Lamm und

Taube, nach christlicher Anschauung Symbole der Reinheit waren; besonders verdächtig waren fremde und schwarze Katzen, die generell als unheimliche, dämonische Wesen galten; eine Sage erzählt vom „Katzenboale" („dem Katzenluder"), einer Hexe, die mit mehreren Schülerinnen in Burggen bei Schongau Menschen und Vieh quälte; als sie in Katzengestalt einen Kaufmann aus Schongau überfielen und ihm die gesamte Ware verdarben, rettete ihn selbst nur das Mittagsläuten; noch um 1800 hieß es von den Burggenern, dass sie eines Tages sämtliche Katzen gefangen und ersäuft haben sollen

Morganatische Ehe oder „Ehe auf bloße Morgengabe" – eine Form der Eheschließung im europäischen Adel, bei der ein Ehepartner – meistens die Frau – von niederem gesellschaftlichen Stand war, als der andere; eine morganatische Heirat erfolgte oft mit der Absicht des Mannes die bestehende Liebesbeziehung zu legitimieren; da nach dem Tod des Ehemannes seine Witwe und Nachkommen zumeist nicht erbberechtigt waren, mussten sie zu Lebzeiten finanziell abgesichert werden

Hanswurst – komische Figur im deutschen Theater des 17. Jh., Gegenstück zu Arlecchino (ital. Harlekin)

Welsche Komödianten – italienische Schauspieler

Signum – das Zeichen, Mal, das bei den verdächtigen Frauen durch den Hexenbeschauer festgestellt wurde

Peinliche Befragung – Folter, Tortur; vorher gütliche Befragung

Leichtfertiges Mädchen – untugendhaft

Sogenannte letzte Gunst – Henkersmahlzeit

Zehent, Zehnt – eine etwa zehnprozentige Steuer in Form von Geld oder Naturalien an eine geistliche oder weltliche Institution (Kirche, Grundherr)

Mauerlauf (auch Wandlauf) – mittelalterlicher Wettkampf, hierbei wurde mit Anlauf an einer senkrechten Wand hochgelaufen und zum Schluss mit gestrecktem Bein ein Ziel (hier Nagel) berührt: die beste überlieferte Leistung erbrachte Christoph der Starke mit 12 Fuß (ca. 3,60 m), außerdem warf er angeblich einen 364 Pfund schweren Stein 9 Schritte weit; an der Tormauer zum Brunnen der Münchner Residenz erinnern eine Inschrift, der Stein und der höchste von drei Nägeln an diese Tat

Andreaskreuz – Kreuz in X-Form oder einer römischen Zehn, benannt nach dem Apostel Andreas, der an einem solchen Kreuz den Märtyrertod starb.

Thomasnacht – die Nacht auf den Thomastag, 21. Dezember, Wintersonnenwende und kürzester Tag des Jahres, eine der zwölf Rauhnächte

„von Georgi bis Michaeli" – vom Tag des Hl. Georgs am 23. April bis zum Tag des Hl. Michaels am 29. September

„Der Gott sei bei uns!" – Redensart, um den Namen des Teufels nicht aussprechen zu müssen

„Hurrengoaß, losst an Schoaß und macht dem Teufel Knödel hoass" – alter Peitinger Spottvers

„Ora et labora" – lat. „Bete und arbeite"

„Ego te absolvo e peccatis tuis in nomine patris et Filli et Spiritus Sancti. Amen" – lat. „Ich spreche dich frei von deinen Sünden im Namen des Vaters, des Sohnes und des Heiligen Geistes. Amen."

„Attenzione, Signore!" – ital. „Achtung, Herr!"

„Avanti, avanti!" – ital. „Vorwärts, vorwärts!"

Quellen und Literatur

Dr. Hubert Vogel, Der große Schongauer Hexenprozess und seine Opfer 1589–1592, Herausgeber Stadt Schongau 1989

Joseph Friedrich Lentner, Die Venezianer in Schongau, Herausgeber Stadt Schongau 1993; Die Hexenfuhre, aufgelegt im Klösterle Museum in Peiting

Die Kirchen der Stadtpfarrei Mariä Himmelfahrt Schongau, Herausgeber Kath. Stadtpfarramt Mariä Himmelfahrt Schongau 1998

Kirchenführer Basilika St. Michael Altenstadt/Verlag Schnell & Steiner GmbH Regensburg

Helmut Schmidbauer, Die Schongauer Stadtmauer, Türme und Tore; Schongauer Historisches Namenbuch (2013); Begegnung mit Schongau; Abriss der Geschichte Schongaus/Altenstadts

Hans Pörnbacher (Hrsg.), Schongau, Stadt und Land

Eberhard Pfeuffer, Der Lech

Blumenschule Schongau, Hexenkräuter, Heimisches Räuchern

KosmosNaturführer, Der neue Kosmos Tier- und Pflanzenführer

Erika Thiel, Geschichte der Mode von den Anfängen bis zur Gegenwart und Kostümwerkstatt Gandiva

Gisela Schinzel-Penth, Sagen und Legenden um Werdenfelser Land und Pfaffenwinkel

ADAC Wander & Radkarte Starnberger See Wolfratshausen

Dietrich Schwanitz, Bildung – alles, was man wissen muss

und „Last but not least" Wikipedia

Nachwort und Dank

Der Roman basiert auf der Novelle „Die Hexenfuhre" von Joseph Friedrich Lentner, einer bittersüßen Liebesromanze, die tragisch endet und mich zu dieser Story inspirierte. Zusammen mit der umfassenden Dokumentation „Der Schongauer Hexenprozess und seine Opfer" von Dr. Hubert Vogel, die ich in Auszügen vorgestellt habe und dem interessierten Leser überaus empfehlen kann, verwob ich den Stoff zu einer komplexen Geschichte. Die Schongauer Hexenprozesse haben tatsächlich stattgefunden und das Schicksal der als Hexen verurteilten Frauen darf nicht in Vergessenheit geraten. Heute erinnern im Klostergarten des Karmeliterklosters 63 Rosenstöcke an die Namen der zu Unrecht Hingerichteten, deren Geständnisse allein durch die Tortur (Folter) erzwungen wurden. Die Person des Landrichters ist historisch belegt, er war im Ausforschen der Hexen so erfolgreich, dass er ein Denkmal beantragte. Ich versuchte, mir zu erklären, warum der Landrichter so grausam handelte. Deshalb unterstellte ich ihm eine unglückliche Jugendliebe, in der er sich so verraten wähnte, dass er zum Frauenhasser wurde. Durch die Begegnung mit der Hebammentochter, die seiner Jugendliebe gleicht, brechen alte, längst verschüttet geglaubte Gefühle in ihm auf. Das Mädchen aber weist ihn ab und wendet sich dem Henkerssohn zu. Der Landrichter gerät daraufhin erneut in einen inneren Zwiespalt. Am Ende ist seine unglückliche und kinderlose Ehe gescheitert. Als er erfährt, dass Marie ihn damals aus Liebe verlassen hatte und er an ihrem Elend schuld war, versucht er, seine Tochter und einziges Kind zu retten, ohne an die gesellschaftlichen Folgen zu denken. Dass damit Johanna vom Vorwurf der

Hexerei freigesprochen wird, kann letztendlich durch das aufgetauchte Schreiben bewiesen werden. Sie ist nicht die Tochter der Hebamme und somit kein Teufelsbalg.

Es wird angenommen, dass die Hexenverfolgungen deshalb ihr Ende nahmen, nachdem die klimatischen Verhältnisse sich besserten. Die Akten der Hexenprozesse wurden Anfang 1594 geschlossen, in der hinteren Ecke im Ballenhaus Café erinnert ein Denkmal an diese finsteren Zeiten. Das weitere Schicksal von Richter Hörwarth liegt im Dunkel der Vergangenheit. Den Henker Kuisl habe ich ebenfalls vorzeitig übernommen, wie in dem Historienschauspiel von Herbert Rosendorfer „Die Hexe von Schongau", sein Nachfahre Oliver Pötzsch, erfolgreicher Autor der „Henkerstochter-Saga", möge mir das nachsehen.

Eine wahre Fundgrube und einen Besuch wert ist das schmucke Stadtmuseum mit der Erasmuskapelle.

Joseph Friedrich Lentner, Feuilleton-d'apres la nature

Nicht immer scheint die Sonne,
nicht jeder Tag zieht herein durchs Thor der Zeit
wie ein Bräutigam im lichten Gewande,
nicht jeder Tag im Menschenleben
kann ein helles Sonnenkind seyn,
das uns noch in der Erinnerung hold anlächelt.
Dichte Wolkenschichten lagern sich düster zwischen uns
und jene heiteren Höhen, die wir Himmel nennen,
und eine unheimliche Halbnacht
zieht ein in unserem Innern.
Glücklich jener, der in solchen Tagen,
wo's aussen unwirtlich und öde,
eine Stelle weiß, wo er sicher ruht
unterm schirmenden Dache,
an der erquickenden Flamme des Herdes,
glücklich jener, der in des Lebens Stürmen
eben so ein gastlich-stilles Plätzchen weiß,
im Herzen, wo er sich Hinflüchten kann,
um in ernst-freundlicher Ruhe vergessen zu lernen,
was er Böses befahren.

Joseph Friedrich Lentner